湛庐CHEERS

与最聪明的人共同进化

HERE COMES EVERYBODY

星际方舟

Arkwright

[美] 艾伦·斯蒂尔 著
Allen Steele
耿永霞 译

浙江教育出版社·杭州

把科幻作为思考方法
发现改变现实的力量

科幻是推动商业创新的强大动力

当未来呼啸而来，定义人类下一个时代的新兴概念“元宇宙”，其实早在 30 年前就已被科幻小说预言。1992 年，科幻作家尼尔·斯蒂芬森在小说《雪崩》中创造了“元宇宙”（Metaverse）一词，并描绘了这一概念背后的虚拟世界，自此这一概念成为 Google Earth、Xbox、Blue Origin 等无数高科技发明的灵感来源，甚至启发 Facebook 更名 Meta 开启战略转型。

纵观人类历史，许多重大科技发明都与科幻小说密不可分，许多科幻作品都直接刺激或促进了现实世界里的科技创新。马克·扎克伯格、史蒂夫·乔布斯、杰夫·贝索斯、埃隆·马斯克、比尔·盖茨……这些影响世界的商业领袖都是资深的科幻迷，他们每一个人都坦言，自己的创业灵感曾受到科幻小说的影响。当代知名历史学家、《人类简史》作者尤瓦尔·赫拉利也将科幻列为 21 世纪初最重要的艺术品类。

一直以来，科幻总是比现实领先一步，指出商业发展中潜藏的矛盾和需求。少数如何战胜多数？如何打破固有观念？如何维护生存环境？科幻并不能预测未来，但它能够指明可能性，正是这些可能性启迪我们应当如何采取行动。

近些年，微软、谷歌、英特尔、亚马逊等大企业开始把科幻当作商业上的武器，用来推进公司内部的研究开发，也有越来越多的公司邀请科幻作家来当自己的商务顾问。企业家们从科幻作品的奇思妙想中直接获取商业灵感，或是把科幻当作锻炼想象力和创造力的练习场。

现实科幻：从现实飞向未来，再回到现实

作为全球最前沿思想的播种者，湛庐多年来持续向读者传递世界上不同领域最伟大头脑的所思所想。当世界飞速变化，为读者提供更多想象未来的视角，激发与推动更多创新的生成，是湛庐一贯的使命。

在过去的十年里，湛庐向读者介绍了众多引领全球科技前沿、未来趋势领域的大师作品，包括率先启动可穿戴计算的阿莱克斯·彭特兰（《智慧社会》）、重新界定人工智能与人类关系的迈克斯·泰格马克（《生命 3.0》）、提出第五维空间理论的丽莎·兰道尔（《弯曲的旅行》）、构建人工智能自主意识蓝图的马文·明斯基（《情感机器》）、提出虫洞能够作为时间旅行工具假说的基普·索恩（《星际穿越》）、领军商业太空探索的彼得·戴曼迪斯

（《未来呼啸而来》）等人的作品。

由此，基于湛庐一直以来对科技创新与未来趋势的洞察，现在我们全新推出了现实科幻系列。我们认为，科幻不只是故事与想象，更是一种思维方式，科幻并非遥不可及的幻想，而是一面现实的镜子。通过科幻，我们的思想从现实飞向未来，再回到现实，并平稳着陆。湛庐・现实科幻系列精心筛选世界上前沿优质的科幻作品，保证每部作品都有着坚实的内核：每本书都是一个可能实现的未来世界；每本书都有着严谨而深刻的科幻设定；每本书都代表了一种前沿的科幻思考。

把科幻作为思考方法，发现改变现实的力量

湛庐・现实科幻系列中的每一部作品，都挖掘了人类以及人类社会深处具有普遍性的故事，是我们学习和理解现实世界的路标。通过阅读它们，我们有能力去展望未来，更有能力去应对意料之外的未来。在湛庐・现实科幻系列中，把科幻当作思考方法，你能获取改变现实的三种力量。

你将有能力想象意料之外的未来。

科幻常常是从一个超越现实的设定开始的，我们选择的作品设定大多指向近未来，基于可见的技术发展，预想一种即将发生、可以改造的现实。

当科幻在当下和远方之间架起桥梁，那里面就会出现一个预想之外的丰饶世界，每一扇门都通往一种可能。我们在虚构与现实之间来回往复、随意畅想，探索足够多的未来社会可能拥有的形态，直到有能力选择自己的未来。

你能够在变化的时代保持变化。

科幻带给我们的最大警示与启迪，是提醒人类在社会的发展过程中可能随时会遭遇一些意外，人类社会并不是直线发展的。我们选择的科幻作品，一定是对于观照现实的三重问题的设想：想象一个出乎意料的未来社会；想象这个社会中存在的问题；想象问题的解决方法。

这些作品能够给我们一个思想上的准备，提醒我们未来可能会出现各种各样意想不到的情况。这就是对改变固有思维方式的训练，能够使我们保持灵活的头脑，让我们在碰触未知的世界时，体会到切实的手感。

你会获得新商业新科技的创新燃料。

湛庐·现实科幻系列的每一位作者，都是跨界科学与人文的新锐思想家。他们不仅是小说创作者，更是权威的机器人研究专家、神经科学家、航空航天工程师、人类学家……他们能够站在技术创新的前沿，为故事搭建坚实的骨架。

在科幻中，我们卸掉思考的桎梏，从硬邦邦的固有观念中获得自由。当我们习惯把科幻作为思考方式，就能发现新的价值观，获得深刻的洞察，甚至创造新的商业形态。想象力本就是人与生俱来的力量，阅读科幻作品让我们的想象获得可见的形状，所有在摸索未来形态的人都能从中受益。

科幻是想象力，带给我们去到未来自由一瞥的机会；科幻是反思力，带给我们关于自己和社会的深刻洞察；科幻是思考力，带给我们改变现实的巨大力量。湛庐一直相信，未来属于终身学习者，而现实科幻系列的每一本书，便是一把通向未来的钥匙。踏上科幻的旅程，把科幻作为思考方法，发现改变现实的力量，一起去到想去的未来。

现实科幻系列 · 让科幻照进现实

已出版书目

《未来史记》

◎人脸识别、虚拟现实、纳米机器、数字生命……当人工智能不断进化，人类文明将何去何从？

◎中国科幻代表作家、七届银河奖得主、全球华语星云奖金奖作家江波顶峰力作！

◎在机器与人的史诗中涌现密集的思想冲击，重塑我们对现实和未来的认知。

◎刘慈欣、韩松倾情推荐。

《残心》

◎在被机器人支配的未来世界，一个13岁女孩能否拯救人类残缺不全的心？

◎在人工智能的未来中，发现人性和情感亘古不变的本质。

◎权威机器人研究专家重新定义人机关系的跨时代小说。

《馈》

◎当元宇宙世界陷入电子病毒大流行，是人类文明的末日，还是新时代的原点？

◎馈，是给人类的馈赠，抑或是让人类溃灭？

◎《黑镜》导演执导、《行尸走肉》制作人开发，亚马逊热门剧集《喂食》原著小说。

更多新书敬请期待

《星际方舟》作者序

每当有人知道我是一个科幻作家，同时也喜欢收藏科幻小说，总会问我一个问题：“你最喜欢的一部科幻小说是什么？”这个问题对我而言总是很难回答，因为自从我开始具备阅读能力，就一直在看科幻小说。我收藏的数万册书籍中有小说、短篇集、选编集、诗歌、杂志和漫画，其中罗伯特·海因莱因创作的《伽利略号火箭飞船》是我读过的第一本科幻小说，是一个姐姐在我九岁时送给我的礼物。所以，单是让我挑出十本最喜欢的科幻小说，我都感到很困难，更别提只选出一本来。

如果非要我给出一个答案，我可以列一些我喜欢的小说名字，即便它们不一定是我的最爱。比如，阿瑟·克拉克的《与罗摩相会》，弗雷德里克·波尔的《通往宇宙之门》，拉里·尼文和杰里·波奈尔的《上帝眼中的微尘》。除了长篇小说之外，我还推荐像海因莱因的短篇故事集《地球上的绿色山丘》，以及格罗夫·康克林的经典选编集《科幻小说精选》。等一下，我突然想到一个最合适的的答复：科幻小说史。

科幻小说发展史本身就是一部科幻小说。科幻作为一种文学类型，受19世纪爆发的科学革命与工作革命影响而诞生。纵观科幻发展史，大部分科幻创作者皆为年轻人：玛丽·雪莱在1816年创作出《弗兰肯斯坦》时年仅19岁，这篇小说被许多学者认为是世界上第一部科幻小说，还有，从20世纪早期到现在来看，世上大多数重要的科幻作家不到30岁就开始写作了。然而，这些年轻创作群体倾向于在科幻小说中，不是传递热情洋溢的乐观主义，就是表达黯淡落寞的悲观主义。由此产生的影响是，科幻小说逐渐发展成一种探索神秘未来的预言文学，一类因人类愚蠢造成最坏结果的警告寓言。但是，历经两个世纪的发展，科幻小说史并非由一系列简单的随机事件组成，而是已然形成了属于它自己的长篇传奇史诗：一个伴随时间推移，影响着未来，并改变了世界的文学类型故事。

这就是我的小说《星际方舟》要讲述的故事。

在真正着手创作这部作品之前，我大概是在20年前就开始构思这个故事。有一段时间，我甚至觉得它不算一部科幻小说，反而更像是一部以科幻作家为主角的传记小说。主人公的名字最开始也不是内森·阿克莱特，具体是什么名字，我记不清了。从20世纪30年代的纸浆杂志时期到如今，他的子孙们一直追随先辈理想，发展为一个对科幻和人类发展作出贡献的家族。

可是，令我感到难过的是，每一个听完我讲这个故事的编辑，虽然赞赏这会是一部好作品，但并不想买下它。“我很想读读看，但并不想购买。”这是我一遍又一遍听到的回复。他们所有人只是希望从我这里获得设定上严谨的硬科幻小说；没人想要一本关于科幻小说的小说，尽管他们自己也会被这个想法所吸引。

《星际方舟》原定名《惊奇轶事》。我对这本小说的想法一直萦绕在我的脑海中，为它做的笔记也一直保存在办公室。有了一个好想法，却无法付诸写作，这真是一件让人感到懊恼的事情。因为一本无法得到出版的作品，意味着没人能买来阅读，从实际意义层面来看，这其实在浪费时间和精力。每一个我认识的作家都有自己想要创作的作品，但总会因为这样或那样的原因而放弃；所以我在冷静下来之后，不情愿地搁置了《惊奇轶事》的创作。

与此同时，我继续创作着我最喜欢的太空探索主题小说和故事。自 2000 年起，我开启了一个长篇系列小说的创作，讲述一颗遥远的系外行星“土狼星”上发生的故事，以现实主义手法刻画人类的第一个星际殖民地，这故事后来大受读者欢迎，我最终创作出五部系列小说、三部衍生小说、一部中长篇小说，以及大量短篇小说。直到 2011 年末，我实在厌倦了创作“土狼星”系列作品，头脑中也没有什么新想法了，于是决定终止这个系列故事。可是，我依然对星际探索主题有表达欲望，只是暂时想不到新点子了。

后来，我在 2013 年 5 月受邀到加利福尼亚大学圣迭戈分校阿瑟·克拉克中心参加了一个主题为“世纪星舰”的会议；它是一个由科学家、科幻作家和各类未来学家齐聚一堂的多学科研讨会，大家在一起探讨 21 世纪末建造和发射第一艘星舰的可行性……是的，在 21 世纪内，而非两百年、三百年，或是四百年之后。此次会议由物理学家格雷戈里·本福德和他的兄弟詹姆斯主持，我这时才发现自己身边的一些人皆是太空领域最杰出的人才，其中就包括我心目中的科学家英雄——弗里曼·戴森。

戴森博士在他的演讲中提出了一个有意思的设想。星际旅行当下面临的最大障碍之一是要保证人类乘客的生命安全，因为即便是在人类休眠状态下，一艘星舰也要花费数十年甚至上百年才能到达宜居星球。他针对此类困境提出了一个可替代方案：用基因材料替代活人，进行星际旅行，等到达目的地后，再将它们培育成人类胚胎，让其生存在一个经过后人类殖民者改造成宜居环境的星球上；这是一个与其让地球移民者适应外星球环境，不如将外星球改造为适宜人类生存环境的解决方案。

戴森博士的设想非常大胆超前，这与多年来盛行于科幻小说界的“星际迷航式想象”大不相同。那时，我坐在台下听他演讲，脑海中接连浮现了一连串的问题。这无疑是有史以来最昂贵的太空项目之一，谁来承担这样一项如此耗时费力的工作？我们怎么建造一艘无人驾驶的星舰，去往一个无人到过的世界？还有，我们如何保障这样的一个项目持续运转数年，甚至几代人？

我突然想起自己一直想创作的那本关于科幻小说历史的小说。没人想买那部作品，是因为它不算科幻小说；拒绝那部作品的编辑们只想让我再写一本星际小说，但我之前一直苦于找不到新鲜想法。

一瞬间，我有了一个解决方案：我可以将这两个不同的想法组合起来形成一部小说。

《星际方舟》这本书就是这么来的。

《星际方舟》作者序

这是《星际方舟》首次翻译成中文，面向中国读者出版，就像数年前的《土狼星》一样。《土狼星》在中国出版时，我感到非常自豪；目前为止，我已去过中国两次，我非常尊重中国，所以这本书能在中国出版，我觉得是一份荣幸。和“土狼星”系列小说一样，《星际方舟》是我个人最喜欢的作品之一，尽管它大部分的背景设定和人物角色都与美国有关，可我相信它所包含的主题与每一个国家都息息相关，比如，参与太空探索、在遥远的世界寻找人类最终定居地。就像美国科幻小说激励了美国人进行太空冒险一样，我期待着中国科幻小说也能发挥同样作用。

艾伦・斯蒂尔

2022 年 7 月

写于美国，马萨诸塞州，惠特利

你了解科幻与现实的关系吗？

扫码鉴别正版图书
获取您的专属福利

扫码获取全部测试题及答案，
一起走进科幻世界

- 科幻是遥不可及的幻想吗？（ ）

  A. 是

  B. 否

- 一直以来，科幻总是比现实领先一步，并指出商业发展中潜藏的矛盾和需求，这是真的吗？（ ）

  A. 真

  B. 假

- “元宇宙”一词早在 1992 年就被科幻作家创造了，具体出现在哪部作品中？（ ）

  A. 威廉 · 吉布森的《神经漫游者》

  B. 康妮 · 威利斯的《末日之书》

  C. 尼尔 · 斯蒂芬森的《雪崩》

  D. 刘慈欣的《三体》

扫描左侧二维码查看本书更多测试题

目录

CONTENTS

ARKWRIGHT

序幕

他醒了过来，预感自己离死不远了。

他不知道自己为什么还会醒过来，他期待在睡梦中安然离世，然而有些无法预料的事情发生了——也许是心脏的急速跳动，也许是短促的呼吸，也许是他的潜意识认为他生命的最后一刻到了。种种原因促使他最后一次睁开了眼睛。

他独自躺在昏暗的卧室里，唯有门边一盏沉闷的红色夜灯做伴。自从妻子30年前去世之后，再无人陪在他枕侧，弥留时刻，他对妻子思念至极。朱迪思要是在，一定会握住他的手，而他也会握住她的手，她还会抚摸着他那冰凉的额头，轻言细语地安慰他……可惜，她不在这里。他从来不是一个虔诚的教徒，无法相信自己死后可以和妻子相聚。

胸口突然感到一阵剧烈的疼痛，这在他的意料之中，他丝毫不感到惊讶。医生早在数月前就告知了他诊断结果，长期吸烟导致他患上心血管疾病，日常锻炼的缺乏使他的身体状况更加恶化，他的心脏已不堪重负。医生说，他可能撑不过这一年，甚至一次中风或昏厥就可能带走他的性命。手术也不能解决任何问题，最多再帮他延长一阵寿命。朱迪思是逝于医院的，她最后在医院的那段日子给他留下了可怕的记忆，他不想再重温。他决定回家等待生命最后时刻的来临。

现在，它来了。

他的床头右手边有一个红色的预警铃按钮，是他的住家管家斯特林坚持安装的。一旦他触碰到那个大红按钮，住在庄园另一头卧室的斯特林就会醒来。但管家能做的不过是拨打急救电话，救护车飞速赶来，将他及时送往医院抢救。在那里，他的鼻孔将插着输氧管，他头顶上方的心电图会不停地发出哔哔声，他的眼睑不断被医生用手扒开，照着手电筒灯光检查。最终，他将死在一间冰冷的无菌病房里。那里可比不上家里温暖、安静又黑暗的卧室。他选择有尊严地死去，于是放弃了按下预警铃的想法。

他的呼吸越来越急促，疼痛感越来越强。床边有一个闹钟，但因视线模糊，他已经读不出准确的数字。那是 2：21 还是 3：21？ 其实都不重要了。他转头看向卧室里的落地窗。斯特林原本想要拉上又长又厚的窗帘，被他制止了。窗外星空澄净，秋季星座在今晚出现了，过一会儿，他便可以一边欣赏星星，一边沉沉地睡过去。星星总是有种魔力，能深深地吸引住他。他感到很欣慰，自己能在英仙座①的陪伴下度过生命里的最后时光。

哈克·塔卢斯在哪里？那是他笔下的一个虚构人物。此刻很容易想到，哈克·塔卢斯正大步流星地穿梭在以光年计的旅途中，腰上别着爆破枪，身后跟着银河巡逻队。恍惚间，他仿佛真的看到了哈克·塔卢斯……他感到眼泪滑出眼眶。今晚，他的想象力还不够。他从来没有像现在一样，想要成为哈克·塔卢斯本人。

---

① 英仙座，秋季星空中很容易辨认出来的星座之一。它和古希腊的英雄珀尔修斯有关，珀尔修斯一家死后，被宙斯变成了秋季星座，其中英仙座象征珀尔修斯。——译者注（若无特殊说明，本书注释均为译者注）

身上的刺痛感没有那么强烈了，但是外面的星光开始变得黯淡，他现在的每一口呼吸都很费劲。他努力控制自己按响预警铃的想法。他觉得自己已经活得够久了，是时候离开了。何况，他现在已经虚弱到没有力气去找到按钮并按下它。他凝视着英仙座，为一个事实感到宽慰：即使哈克·塔卢斯不在那里，人类终究有一天会去那里冒险。

也许，某一天。

“前进吧！我的联盟。”他低语道，然后闭上了眼睛。很快，他就失去了知觉。

没有人听到内森·阿克莱特说的最后一句话。但是，他最亲密的朋友会明白他说的是什么意思。

ARKWRIGHT

第一册书

▼

明日联盟

1

ARKWRIGHT

凯特·莫里西的外公死于2006年10月5日，这个消息登上了第二天早上《波士顿环球报》的头版。凯特从她剑桥公寓的入口处捡起报纸，第一眼就看到了报纸首页下半个版面上的一行标题："内森·阿克莱特，科幻小说先驱，逝于——"

凯特穿着睡袍，盯着手里的报纸看了许久，才拿着它回到公寓里。她先去泡了今天的第一杯咖啡，然后把报纸平铺在厨房餐桌上，从那条新闻的导语开始读了起来：

> 内森·阿克莱特，著名科幻小说家，代表作《银河巡逻队》，本周四于马萨诸塞州雷诺克斯镇的家中逝世，享年85岁。
>
> 阿克莱特生前被誉为20世纪四大科幻巨头之一。与他齐名的还有罗伯特·海因莱因、艾萨克·阿西莫夫和阿瑟·克拉克。他的23部小说和5部短篇小说集已被翻译成几十种语言，在全世界售出数百万册。很多读者感谢阿克莱特点燃了他们对科学的兴趣。

阿克莱特最声名远播的作品是《银河巡逻队》。他从1950年开始了该系列小说的创作，最终完成了这部多达17册的太空冒险主题的长篇连载小说，最后一册《穿越黑洞边界》出版于1988年。《银河巡逻队》曾被改编成1部广播剧、1部CBS电视剧、3部电影，以及1套连载漫画。很多宇航员表示他们曾受到《银河巡逻队》的启发，他们甚至还在国际空间站存放了一整套该小说。

内森·阿克莱特，1921年3月18日出生于纽约布鲁克林区，是……

凯特停下阅读。她用一只手捋着睡得乱蓬蓬的红头发，缓慢地平复了一下呼吸。然后，她抓起了电话。她母亲住在波士顿南区的米尔顿镇，凯特给她打电话时，母亲已起床。

“外公去世了。”母亲刚接起电话，凯特就说了这一句。

“是的，他走了。”出乎意料地，母亲很平静，好像她听到的不过是一则天气预报。

“我从报纸上发现的。你怎么不给我打电话？”

“我打过了，但你不在家。”

“我去佛蒙特州了。”凯特快速瞟了一眼座机，上面的信息屏显示的读数为0，与凯特昨晚很晚到家时看到的一样。“你没有给我留言。你可以给我的手机打电话。”

“佛蒙特州怎么样？现在正是一年中最好的时节，树叶开始变颜色了。”

“妈妈……”凯特闭上眼睛，试图数到10之后再和母亲说话，但只坚持到了3，“你觉得我不关心外公去世的消息吗？”

“嗯，也许你关心，但是……”

西尔维亚·阿克莱特·莫里西没有把话说完，她也不需要。凯特出生以前，她就已经不再和父亲说话了，她从未解释过其中缘由。事实上，凯特一生只见过外公几次。最近的一次还是凯特在达特茅斯学院上学的时候。凯特当时的男朋友发现她是内森·阿克莱特的外孙女之后，缠着她从新罕布什尔州开车去，好让他见一见当时身为著名作家的外公。两人在前门遇到了管家，管家只允许他们进入前厅，在那里等着外公从书房过来。外公答应了她男朋友的要求，在一本皱巴巴的《银河巡逻队》上签了名。随后，外公将两位不请自来的大学生送到车道上，凯特的二手汽车停在那里。凯特母亲对她的行为感到很生气，她自己也觉得有点丢人。那次见面还是在8年前，不，似乎是9年……自那以后，凯特再没有和外公联系过。

“你会去参加外公的葬礼吗？”凯特在电话中问母亲。

电话另一端沉默了片刻。“不去。”

“妈妈——”

“如果你愿意去，你就去吧。也许你会遇到某些你认识的人。”

凯特知道母亲的意思了。凯特的外婆在她出生前就已经去世了，据她所知，外公已经没有其他直系亲属了。“如果你能告诉我外公去世的消息就好了。”

“他的经纪人打电话给我，我才知道他去世了。”母亲的语气有些强硬，“她的名字是玛格丽特，请代我向她问好。”

和母亲通话之前，凯特没想过要去参加外公的葬礼。对凯特而言，外公几乎是一个陌生人，只是名义上的家人。但是母亲对外公的冷漠，让她下决心去雷诺克斯参加外公的葬礼。因为外公唯一的孩子拒绝去看望父亲最后一面。

“好的，我去参加葬礼。”凯特说。

“嗯，如果你认为必须去。回来告诉我，你外公给我们留了什么遗产。虽然我觉得他可能不会，但也不排除他可能会。”

“我——”凯特咽回了那句可能让母女双方都不愉快的话，转而说道，“再见，妈妈。”然后挂断了电话。

2

ARKWRIGHT

凯特前往佛蒙特州是为一篇稿件做调研，她正在给一本杂志撰写关于布拉特尔伯勒镇[①]居民想要关闭当地核电站的报道。凯特和她的外公唯一的共同之处就是两人都是作家，不同之处是凯特选择成为一名科学新闻报道自由作家，而不是像外公那样创作科幻小说。这天剩下的时间里，凯特忙着整理之前的采访录音，为她的稿件寻找有力的论据。忙碌之余，凯特抽空给《伯克希尔鹰报》[②]打了个电话，询问其发讣告的部门葬礼的具体举办时间和地点。凯特还征得编辑同意，晚几天再交稿，以便能赶去参加葬礼。实际上，凯特的编辑很惊讶她是阿克莱特的外孙女，希望凯特写些关于她外公的文章。但是凯特以再考虑为由婉拒了编辑的约稿。第二天，凯特穿了一条黑色裙子，开车向西驶入马萨诸塞州收费公路，赶赴目的地伯克希尔县。

内森·阿克莱特是一名无神论者，可是他的葬礼却设在了一座公理会教堂。凯特后来知晓了其中原因，该教堂的牧师是外公的铁杆粉丝，他几乎是乞求着才争取到给外公办追悼会的机会。幸亏车上装有

① 布拉特尔伯勒镇，位于佛蒙特州东南边。

② 《伯克希尔鹰报》，马萨诸塞州当地日报。

GPS，凯特很容易就找到了举办葬礼的教堂，只是找停车位花了一些时间。凯特有些后悔没早点从家里出发，现在街道两边排队等着停车的队伍整整有三个街区那么长，当地交警正忙着疏解由这场葬礼造成的交通拥堵。

教堂是一栋建于19世纪的哥特式建筑。凯特到达时，教堂的橡木长凳上已经坐满了人，还有很多人贴着墙边站着。内森·阿克莱特也许没有什么直系亲属，但是他和他的粉丝之间建立了亲密的情感纽带。有些粉丝似乎并不知道葬礼的着装礼仪，一片黑色的正式套装中，凯特看到有些人穿了“银河巡逻队”的制服，他们中的大部分人可能在银河学院待不了一星期就会被淘汰。还有不少粉丝带来了《银河巡逻队》的小说，像是期待作者在去往火葬场之前，还能从棺材中出来给他们签最后一次名。

棺材被放置在教堂中殿前方，四周摆满了花环。教堂里充溢着花香味，似乎城里的每家花店都被买空了。凯特暗自庆幸外公棺材的盖子已经合上了，她还没有勇气面对一具尸体，尽管殡仪师已精心整理过逝者的容颜和服装。外公的一幅肖像画摆在一个画架上供人吊唁。这幅肖像画自1972年开始就被印在外公出版的每一本书的封套上。当时的内森·阿克莱特，50岁出头，还拥有一头浓密的红色头发，一双闪烁着智慧和善良神采的眼睛藏在金丝眼镜后面，看上去在对每一个潜在读者亲切地微笑。这可不像她和男友去拜访他时曾生气地瞪过她一眼的外公。

领位员开始阻拦人们进入教堂。但是当凯特解释自己是逝者家属之后，领位员一路护送她，从教堂中间的过道来到最前方的两个长凳，那里的座位已用红绒绳隔离出来。这片区域已有几个白发苍苍的人就座，凯特猜想这些人可能是远方表亲，但是她不怎么认识。他们向凯特点头问好，似乎也没有认出来她是谁。凯特独自一人坐在第一排的长凳上，环顾周围。正如她所预料的，她的母亲西尔维亚·阿克莱特·莫里西“信守承诺”，没有来参加父亲的葬礼。

凯特再一次好奇外公到底做了什么事情，让自己的女儿如此憎恨他。凯特的母亲从来没有解释过她为什么要疏离她的父亲，或是尽可能地不让他接近凯特，连凯特的父亲也不知道原因。凯特的母亲在给他一个满意的解释之前，就提交了离婚申请。

牧师走出侧门，准备走上布道坛，有四个人走近了前排区域。凯特认出其中一个最年轻的中年人正是外公的管家，凯特记得他的名字是斯特林，他的样貌几乎和凯特第一次见到他时一样。其他两男一女和外公差不多年纪，其中一位男士坐在由斯特林推着的轮椅上。

护送凯特就座的那位领位员赶忙走上前询问。凯特看到他在向他们解释说，前排区域仅限逝者的亲属和朋友。那位女士身体瘦弱，个头小巧，一头银发，神态庄严，令人敬畏。她直视着领位员的眼睛，对领位员说了一些凯特没能听到的话。凯特只看到，领位员听完后慌忙道了歉。他主动拉开隔离用的红绒绳，协助斯特林帮助那位女士和高个子的男士在长凳就座。坐轮椅的那位男士则停留在过道上。

凯特对他们一点儿印象也没有，他们究竟是谁？但是看起来那位女士似乎立马认出了凯特——当她看向凯特时，坚定的神态中多了一分惊讶。那位高个子男士瘦削，头发灰白，有一对大耳朵和一个像鸟喙一样长而尖的鼻子，他几乎没有注意到凯特。但是那位坐在轮椅上的男士正在仔细地打量凯特，看上去像在回忆她是谁。他的头发大部分虽已掉光，但仍留着修剪整齐的一字胡。

凯特有些受不了那位女士投来的热切的目光，她慌乱地移开了视线，但仍能感受到那位女士目不转睛地盯着她。凯特决定在牧师登上布道坛后，主动上前介绍自己，可一声让教堂所有人安静下来的号令，让凯特不得不决定等到仪式结束之后再去交谈。

开场致辞按照通常的基督教流程进行，但是颂歌部分被《银河巡逻队》的电视剧主题曲代替了。圣歌诗集仍旧在教堂带靠背长凳的口袋中，每个人手中都拿着进教堂前获得的歌词纸。起立唱一首在上初中时很流行的歌，让凯特感到有些难为情。但是对于坐在她身后的大部分人来说，这是一个苦乐参半的时刻。尤其当大家唱到“我们勇敢地奔向星辰”时，凯特听到了窸窣的啜泣声和哽咽声，她回头看见很多人双眼含泪，神情哀伤。这是谁的主意呢？凯特不得不承认，这比让大家颂唱福音歌曲《天赐恩宠》或《我们聚集生命河边》好太多。毕竟，外公是出了名的无宗教信仰者。

牧师的致辞很像《波士顿环球报》刊登的那则讣告，充满崇敬之意但缺少情感。牧师见过内森·阿克莱特并对他赞赏有加，但是牧师不够了解他，致辞不过是一个泛泛之交的感触。接着，牧师谈起了内森的小说和故事如何激励和鼓舞一代又一代的读者。他说内森·阿克莱特喜欢独处，尤其自妻子朱迪思离世之后，他更愿意一个人待着。他补充道，与内森通信的人包括科学家、作家、航天员、明星等和深受他的作品启发的名人，牧师朗读了一些他收到的来自名人的吊唁词，包括美国国家航空和航天局前局长、阿波罗登月宇航员、电影《银河巡逻队》中“哈克·塔卢斯”的扮演者。最后，牧师用朗读外公最后一册小说《穿越黑洞边界》中某个段落的方式结束了追悼会。这本书曾登上《纽约时报》的畅销书榜，在榜单上停留了将近三个月。牧师的诵读再一次触发了人们的伤感情绪，人群里传来一阵阵的叹息和哭泣声。

追悼会结束之前，牧师告知在场来宾，在逝者生前的住所，将举办一个仅限逝者亲人和朋友参加的私人聚会。只有收到邀请函的人才能前往。另外有一个聚会是面向公众的，将在下午于当地的图书馆举行。

凯特没有收到邀请函，如果她不急着回家，倒是可以去参加面向公众开放的聚会。聚会现场会有水果、曲奇饼和装扮成“哈克·塔卢斯”的粉丝，可是这个聚会不是很吸引她。凯特刚从座位上站起来，管家斯特林就走过来，递给了她一封精致的刻字邀请函。邀请函背面印有路线指引，以防她不知道如何前往。

凯特始终犹豫要不要去参加私人聚会。从雷诺克斯回剑桥有 3 个小时的车程，尤其现在正是赏叶旅游旺季，马萨公路上挤满了旅游大巴，回程时间可能要更久。她跟在斯特林身后，和其他三位长者一起走在过道上。那位女士停下脚步转过身来，面朝凯特。

“你是凯特，对吗?”她率先伸出手示好，“我是玛格丽特·克劳，你外公的文学经纪人。”

“噢，是的。”凯特记起了她的名字，外公小说的致谢页上总会提及她，“很高兴见到你，克劳夫人。”

“请叫我玛吉。”她微微一笑，很有神秘感。“这是哈里，”她向凯特介绍了坐在轮椅上的男子，“这是乔治。”那个高个子男士朝凯特点了点头，咧嘴笑了笑。“你参加在老宅举行的私人聚会吗?”

“嗯……”凯特还在犹豫。

“请一定要来，我想和你谈一谈。”玛吉转身回到了哈里和乔治身边，他们礼貌地等待着她，但已经有点不耐烦了。“好吧，绅士们，”她说，“我们走吧。”

管家斯特林继续推着轮椅，哈里突然举起一只粗糙的拳头高呼：“前进吧！我的联盟。”

其他人都大声笑了起来。凯特不清楚其中缘由，不知道为什么这句话好笑。

3

ARKWRIGHT

内森·阿克莱特的家在雷诺克斯镇外的山脚下，占地约 8 公顷。它是一栋平房样式的庄园宅第，规模庞大，整体建筑呈现出 20 世纪 70 年代现代主义的设计风格，混合了传统的新英格兰盐屋[①]特点和美国中西部的牧场农舍[②]风格，有雪松木制成的房屋外墙和阶梯状的石板瓦屋顶。穿过前门“勿闯私人宅邸”的标志牌，凯特循着碎石铺成的车道驶进了庄园。车道两旁枫树掩映的草地上，秋天的野花在迎风摇曳。凯特来到车道尽头处，这是一个环岛，中间有一座抽象的铁制雕塑。

车道一侧已停靠了两三辆车，凯特刚驶进环岛，就有一个身穿黑色风衣的泊车员走过来为凯特打开车门，并要了车钥匙。凯特的代步车是一辆已使用 8 年的斯巴鲁，它和一辆雷克萨斯和一辆宝马并排停靠。凯特感到有些羞愧，她的车看上去不仅老旧，还丢了轮毂盖。不言而喻，凯特可能是到访亲朋中较穷的一个。

管家斯特林早已回到了老宅。一如多年前相见的情形，他在前厅

① 盐屋，北美特色历史建筑。斜顶，有烟囱，因状似盛盐的盒子而得名。

② 美国牧场农舍，以其长条形走廊和开阔式房屋布局为特点。

迎接凯特，只不过这次他更友好了，称呼她为凯特而不是“莫里西女士”，还为她挂起外套。他亲自将凯特引至客厅，招呼一位身穿无尾礼服的侍者为凯特取来了一杯香槟酒。然后，他便致歉告退了。

这间客厅宽大气派，拥有挑高很高的天花板，透过高大明亮的彩色玻璃窗可以看到伯克希尔县的景色。现代主义风格的粗犷木纹家具围绕着一个圆形的中央壁炉。橡木镶嵌的墙面上，悬挂着精心挑选的外公已出版的书籍封面，其中埃姆什威勒、佛里亚斯和惠兰的设计十分出彩。还有一个必不可少的大书柜，里面装有外公不同版本的小说和翻译成多国语言的典藏版。其中，最引人注目的是一个由透明亚克力制成的立方体奖杯，它是“美国科幻与幻想作家协会”在外公停笔退休后，授予他的终身成就奖——大师星云奖①。

这栋房子看起来价值百万美元，凯特毫不怀疑它确实值那么多钱。“银河巡逻队”系列小说让它的创作者成了一名富翁。

凯特手里拿着香槟，独自一人在房中晃荡。除了刚在葬礼上见过的远方表亲，她不认识在场的任何人。房间里的人大部分可能是从纽约远道而来的编辑或者出版商，也许还有外公的作家同行。她在科幻文学领域并不活跃，所以她不熟悉在场的访客们。凯特虽然是内森·阿克莱特的外孙女，但事实上，她除了对外公出版的书籍和故事比较熟悉，对他本人一点也不了解。

“喝完你的香槟就离开吧！”凯特暗暗对自己说，“你已经履行了身为家庭一员的义务。没有人会注意到你已经离开。”

“凯特？”有人在呼唤她。

凯特转过身，发现玛格丽特·克劳就站在她身边。这位老太太来得悄无声息，要不是她报出凯特的名字，凯特都没有发现她。“您好，

① “大师星云奖”为作者杜撰的奖项名称。现实中星云奖的终身成就奖名称为“达蒙骑士纪念大师奖”。

克劳夫人。”

“请叫我玛吉。”她再一次用那双祖母绿般的眼睛热切地注视着凯特，它们未曾因年老而光彩黯淡。“很高兴你能来，我一直在等你。”

“谢谢，嗯……”凯特拨弄着手中的酒杯，她还没有喝里面的酒，“我真的是刚好顺路来访，还要赶很长的一段路回家，而且——”

“请等一下，还不到离开的时候，我想和你稍微谈一会儿，乔治和哈里也想。”玛吉兀自牵起了她的手，“请跟我往这边走，我们去能私下聊天的地方。”

对于一个80岁年纪的女人来说，玛吉的精力非常旺盛。她走得很快，领着凯特穿过客厅，一路上引来不少注目。玛吉显然是这群人中受人尊敬的人物。一位身材矮小、行动机敏的男士向她们冲了过来，那位男士合体的西装看上去得花费比凯特一个月薪水还要多的钱，可是玛吉在他开口说话之前，仅用一个友好而克制的笑容就把他打发了。

“他是谁？”凯特小声询问玛吉。

“内特[①]的出版商之一，他可能想要重新商讨版权一事，我稍后再与他联系。”玛吉在一架小型三角钢琴旁边打开了一扇门，她请凯特先进去。“进来吧，亲爱的。”

玛吉随后关上了身后的门，拧上门锁。凯特小时候也没来过这个房间。这里是外公的办公室。橡木书架之间有一个玻璃展示柜，里面陈列着地球、月球和火星的模型，L形的办公桌上放置着一架古董黄铜望远镜，旁边还有一台老式IBM电脑，周围散落着几沓纸。办公室的窗户面朝大山，但是窗帘被拉上了。屋内唯一的光源来自落地灯，它靠近磨破了皮的扶手椅和一个凹陷的沙发，看起来它的主人经常在这里打盹。也就是这位。

① 内特，内森·阿克莱特的昵称。

乔治站在书架前，打量着火星模型。哈里坐在轮椅里，翻看着办公桌上的稿纸。凯特曾因那样乱翻外公的东西被打过手掌，那是在唯一的一次圣诞家庭聚会上，她的父母都来了。但是哈里似乎毫不在意他被当场撞见这样做。

“想要偷走一个好故事？”玛吉戏谑地问道。

哈里不满玛吉的诘问，大声嚷道：“你在开什么玩笑？是他偷走了我最好的故事！”

“你总是这么说。”乔治移开看向火星模型的视线，拿起他放在办公桌上的酒杯，“你只是妒忌他的才华……不管怎样，没有关系了。你好，莫里西女士。很高兴你来了。很抱歉，我们直到现在才有机会见面。”

“没错，我们是第一次见面。但我从来没有见过外公的朋友，所以一切情有可原。”面前的两位男士对凯特来说是陌生人，但是很明显，他们都是外公的老熟人。“玛吉告诉过我你们的名字，但我不太——”

“哈里·斯金纳，”哈里补充道，“我是内特的同行，我们同一年开始创作。”他苦笑了一下，然后把一些已经打印好的纸张放回它们在办公桌上的原位。“我很少用真名写作，大部分读者会用‘马特·布朗’称呼我。”

哈里对凯特的反应充满期待，希望她能认出自己的署名。“很抱歉，斯金纳先生——”

“请叫我哈里。”

“除了外公的作品，我没有读过太多的科幻小说。”

一个苦笑过后，是一声更沉重的叹息。“这就是我一生的故事。”哈里轻声抱怨，“我完成了 39 本书，可是等我死后，人们忘记我，仅需 10 分钟。”

“我早就告诉过你，应该取一个更好记的笔名。”玛吉无动于衷地走向一把扶手椅，缓慢落座。“一个更容易记住的名字，布朗[①]好比是你为房子涂漆的颜色，太普通常见了。”

“我是乔治·哈里汉。”乔治端着酒杯坐到沙发上，“我不是一个作家……或者说，至少不是写科幻小说的。”

凯特点了点头，心中感觉这个名字似曾相识。她想起来了，几年以前，她曾在麻省理工学院报道过一个关于星际探索主题的会议。多位发言者提到了一个为“曼哈顿计划”[②]工作过的科学家，他是来自普林斯顿高等研究院[③]的物理学家，名字叫作……

“乔治·哈里汉博士。”凯特不可置信地看着他。他可是理论物理学界的一个传奇人物！“你和外公是老熟人。”

“是的，我们是交往很久的老朋友了。他会时不时地打电话向我咨询一些事。”看到凯特吃惊的表情，乔治忍不住笑起来，“但是，你不会在任何致谢声明中发现我的名字。我在通用原子能公司[④]做军事研究时签署过协议，如果美国联邦调查局知道我告诉一名科幻作家核火箭发动机是如何工作的，我会被他们请去做客。再说，这并不影响内特的声誉，就让他的读者们相信那些由他自己幻想出来的高科技吧！”

“别提他的故事情节有多假了。”哈里趁机挖苦。

“行了！你很清楚，事情不是那样的。”玛吉向凯特解释，“他们之间的关系没有那么糟糕，哈里和内森是彼此最好的朋友，情同手足。你所听到的纯属口舌之快。”

---

① Brown，作为人名时译作“布朗”，同音名词意为棕色。

② 曼哈顿计划，美国陆军部于 1942 年 6 月开始实施的利用核裂变反应来研制原子弹的计划，初衷是抢在纳粹德国之前研制出原子弹。美国、英国、加拿大等国均有参与。整个项目耗时 3 年，投入 20 亿美元，雇工 10 万余人。1945 年 7 月试爆成功，8 月，美国向日本广岛和长崎分别投下一颗原子弹。随后日本投降，第二次世界大战结束。

③ 普林斯顿高等研究院，专门从事尖端研究的科研机构，代表人物：爱因斯坦、奥本海默、杨振宁、李政道等。

④ 通用原子能公司，美国国防承包商，专研核裂变与核聚变技术。

凯特悄悄地看了眼手表，马上要1点钟了。如果她再待下去，回波士顿的收费公路上，等待她的将是周末交通大堵塞。“嗯，我很高兴见到你们，但是——”

玛吉举起一只手。“我们要讨论的事情很重要，请再留一会儿，我们不会耽误你很长时间。这事关你外公的遗嘱。”

“噢？”

玛吉露出一个歉意的微笑：“我希望我能告诉你一些别的事，但是它不是你所期待的那样——如果我猜中了你所想的。内特的律师让我看过遗嘱内容了，我可以直接告诉你，这样你就不用再焦急等待他那里的消息了。你外公没有给家里人留下任何遗产，没有给你，没有给你母亲，也没有给等在外面的任何一位亲戚。”玛吉尴尬地笑了笑。“斯特林先生在地下室发现了一箱《银河巡逻队》。上面签了名字，是地精出版社[①]第一版丛书，只是存放时间久了，书的边缘略旧。这些书非常珍贵。他会把它分发给每一个人，这样就没有人空手而归。”

“我打赌，一半的书籍很快会出现在eBay上。”哈里猜测。

“感到失望？”乔治试图解读凯特的反应。

凯特耸了耸肩。“并没有，我不怎么了解外公，他和我妈妈的关系也很糟糕。我并不指望他能够留给我们——”凯特在办公室里用手比画了一圈，“他的所有财产。”

“是这样的。”玛吉交叉双腿，换了个姿势，“这套房屋不久将会被售出，房间里的家具也会被拍卖。他的藏书将会由纽约的一个古董书籍交易商出资购买，我们正在和芝加哥还有亚拉巴马州的科幻艺术收藏家商谈你外公收藏的画作如何处理。他的存款会用来清偿庄园债务，还好债务不是很多。如果内森不节俭，他还真没什么可剩下的。”玛吉

① 地精出版社，美国一家出版了众多科幻经典的出版社，其中包括艾萨克·阿西莫夫的“基地”系列作品。

笑了笑，“他的手稿将无偿捐赠给伊顿收藏[①]，这个机构隶属于加利福尼亚大学河滨分校。不会有现金剩下。不过，这套房产应该能得到不错的税收减免。”

“我明白了，那这笔遗产最终会由谁获得？”凯特追问。

“它将由阿克莱特基金会持有管理。”玛吉答复。

“你说什么？”凯特一时没有反应过来。

“内特的遗嘱要求，成立一个以他名字命名的基金会，扶植各类有价值的项目。我作为他文学作品的遗产执行人，将确保未来所有源于他作品的收入，包括版税、再版销售、媒体衍生品等，都会直接流向这个基金会。这些资金将用于投资各类企业，来保证基金会的资产随着时间增值。”

“嗯，我明白了。”凯特放下手中的酒杯，双臂交叉，进一步发问，“那用什么保证阿克莱特基金会不会成为你个人的资金账户呢？”

玛吉神色变冷，紧闭双唇。乔治清了清他的嗓子。“你当然有权利怀疑，”他先是婉转地认同了凯特的想法，然后再解释，“但是，请你相信，我以我的名誉，以我们这些好友与你外公一起度过的岁月情谊向你担保，绝不会有此类背信弃义的事情发生。事实上，这就是我们请你来的原因。我们想邀请你加入基金会，由你来担任理事长。”

“我？但是我——”凯特急于拒绝。

“不怎么了解他，”哈里替凯特补充，“没错，我们都清楚。请你相信我说的话，内特比你想象的要后悔。”

“我相信你所说的话，他从来就没有让我知道他还关心家人。”

“你妈妈妨碍了你们之间的沟通，”乔治接过话头，“他们之间存在的芥蒂，是我们无法调解的。但是，我们可以绕过她，请你以家族代

① 伊顿收藏，世界上最大的科幻、恐怖、奇幻、乌托邦小说收藏档案馆。

表的身份，参与阿克莱特基金会的运营。”

“我明白了。”凯特只是嘴上回应，心中还是充满疑惑。她拿起酒杯，轻啜深酌，梳理思绪。香槟里已不再有泡沫，但它还能润湿自己发干的喉咙，凯特继续发问：“你们还是没有告诉我，成立基金会是为了什么？建立一个野生鸟类保护区？拯救鲸鱼？还是向穷苦孩子提供免费的科幻小说？”

三人沉默着，没有回应凯特的问题。哈里和乔治看向玛吉，等待她的决定。

“我们可以告诉你，”玛吉终于开口了，“但它是一个很长的故事，你现在听到，可能不会相信它的真实性。如果你能自己去发现并理解，那是最好的。”

玛吉从扶手椅中起身，走向办公桌。她拉开其中一个抽屉，拿出一个白色纸盒。“这是你外公生前最后写的东西，”玛吉一边介绍，一边拿着它走近凯特，“你外公在他生命的最后几个月里，都在写他的自传。他还没有完成……坦白来讲，我庆幸他没有完成。我曾经提醒过他，不要写自传，可是他不听劝告。”

凯特接过盒子，打开了它。里面是一捆打印纸，大概有六七十页，封面标题为“我的未来生活”，署名是外公的名字。“你为什么不希望外公写自传？”

玛吉犹豫了一会儿：“你外公身上的一些事情，不应该公开。”

“她说得很对，”哈里补充，“你外公有一些秘密，不能在他生前公开……因为涉及很多还在世的人。”乔治点头表示认同。

“它是一本未完成的手稿，你肯定还会有疑问。”玛吉回到她之前坐过的椅子。伴随低声呻吟，她弯腰拿起先前放在桌脚边的手包。“你可以给我们打电话，”她继续说道，然后从中掏出一个银色的卡包，“这是我的名片。哈里和乔治也会把他们的联系方式告诉你。”

“我没有名片，”哈里说，“但是你可以从费城电话簿上找到我的名字和联系方式。”哈里注意到了玛吉看他的眼光，但他满不在乎地耸了耸肩，“这有什么，我可不想花钱印名片。”

“你可以打电话到研究院找我。”乔治接着说，“如果你打来，我会让我的秘书转接进来。”

凯特瞥了一眼手中玛吉的名片：克劳文学经纪社，地址在纽约市公园大道某处。“你们为什么不能直接告诉我？”凯特感到不解。

“你把它当成一次新闻调查吧，”玛吉回复，“只是不需要公开调查结果。”

“好吧，但是我怎么知道，你们会告诉我真相？”

“你可以相信我们。”乔治狡黠地笑了笑，“我们可是明日联盟的成员。”

4

ARKWRIGHT

凯特忙于撰写核电站的故事，桌上那本《我的未来生活》放置了好几周仍未翻开。不等凯特再有机会观赏秋叶，秋风已带走树上剩下的叶子。她逐渐忘却了和外公朋友们的那场谈话，它已变成自己波澜不惊的日常生活中的一首小插曲。

她母亲对自己未出席葬礼一事丝毫不感到愧疚，但她倒是对凯特和玛吉、哈里、乔治见面一事感兴趣。她不认识哈里和乔治，但是她告诉凯特，她和玛吉相识多年。很明显，她和外公的经纪人关系还不错，因为她还特意向凯特询问了玛吉的近况。她并不惊讶她的父亲没有给她或者凯特留下任何遗产，反而平和地接受了他把自己所有的财产用来成立阿克莱特基金会这一事实。

“我一点儿也不奇怪他会那么做。”她和凯特面对面坐在角落里吃着早餐，“即使到了最后，他也不关心他的家人。”

听到这里，凯特想起玛吉说过外公其实很关心自己，但是她的母亲不肯让他靠近。“妈妈，你和外公为什么处得不好？”凯特问，“他做了什么不可原谅的事情？”

她母亲低下头，盯着她的咖啡杯：“你还是不知道最好。”

凯特迟疑了一下："那是……他……嗯……碰过你，或者……"

"不是你想的那样。"她母亲摇了摇头，"你外公可能有很多过错，但他不是那种猥亵儿童的人。"她端起自己的咖啡杯，凯特注意到母亲的手有些轻微颤抖。"从小到大，他都对我很冷淡。当我还是一个小女孩的时候，我就知道他真的不爱我。你外婆在去世之前，才告诉了我其中缘由。"

"那到底是为什么？"凯特追问。

她母亲沉默着，转头看向厨房窗户外面。"你外婆让我发誓，除非你外公去世了，否则我不能告诉你。"她最终还是开口向凯特解释，"但是，我还不确定我已准备好告诉你一切。回忆对我来说太痛苦。我不太想和任何人谈及此事，即便那个人是你。"

和母亲的一番交谈，重新燃起了凯特对外公那本未完成的自传的兴趣。一回到家，她就拿起它进了书房。

这时，她收到了一条来自男朋友的短信，他抱怨两人已经数周没见面了，他想知道近期是否能见面。凯特不擅长维持关系，但她知道如果不向他表明自己愿意继续交往的心意，他很有可能就和凯特几个前任男朋友一样，悄悄地从她的生活中离开了。她需要马上给他回复一个电话，约他吃一顿晚饭，看一场演出。

她本来打算先处理与男朋友的关系，可是，当她打开外公自传的第一页，就把这事儿忘在脑后了。

5

ARKWRIGHT

“我的生活就此改变了，”内森·阿克莱特后来写道，“那天，我拿起了 1939 年 6 月的《惊骇科幻》[①] 杂志，其中有一篇《去往未来》，提到 7 月的第一周在纽约会有一场科幻小说迷的集会。它的名字像是刻意模仿在法拉盛草地公园举行的纽约世界博览会[②]，叫作‘世界科幻小说大会’。我当时只觉得自己应该去参加，但并没有意识到它会影响我的命运……”

周日清晨，教堂钟声回响在曼哈顿中城区，内特漫步在西区第 59 号街道上。他不知道大篷车礼堂具体的位置在哪里，《惊骇科幻》仅仅提到大会在那个地址举办。他后来发现集会举办地离哈德逊海滨仅有几个街区，没费多大劲儿就找到了。有几个年轻人站在外面，手里正拿着最新一期的《惊奇故事》《惊骇科幻》和《惊悚怪谈》，他知道自己来对地方了。

---

① 《惊骇科幻》，1930 年创刊，1939 年 7 月刊被认为是科幻小说黄金时代的开端，该期刊登了 A. E. 范·沃格特的《黑色驱逐舰》和艾萨克·阿西莫夫的《潮流》，这两位作者日后都成长为科幻巨头。

② 1939年纽约世界博览会的主题是“明日世界”，在纽约市皇后区法拉盛草地公园举行。同年9月，第二次世界大战爆发。

奇怪的是，有两个警察站在通向大楼前门的台阶旁。他们紧盯着进入大楼的每一个人，内特不由自主地看向他们，其中一个警察不时地用警棍拍打腿侧。他们看上去并不友好。内特觉得自己最好再确认一下是否来对了地方，于是，他走向站在大楼对面街道的三个家伙。他们其中有一个骨瘦如柴、有点儿龅牙，他一直注视着内特朝他们走来。

“打扰了，我想——”内特刚开口。

“你在找世界科幻大会举办地？”

内特点了点头。

“在楼上，二楼。”他朝门口点点头，“怎么称呼你？”

“内森·阿克莱特，来自布鲁克林区。”

“弗雷德·波尔，来自皇后区。”他主动和内特握了握手，还朝他旁边的两位男子点点头，分别介绍道，“唐·沃尔海姆，西里尔·科恩布卢特。”

内特掩饰住自己的紧张，与他们一一握手。他曾读过沃尔海姆和波尔写的小说。他们不是主流作家，可内特确实嫉妒他们，他们只比自己年长一点，就已在流行刊物上发表了作品。他嫉妒的还不止那一点。内特没有喜爱科幻小说的朋友，他之前所在的布鲁克林高中，没有人对这些幻想类事情感兴趣，内特还为此苦恼过自己的不合群。

“你怎么知道集会消息的？”科恩布卢特问道。他身材高大，肩膀宽厚，戴了一副角质边框眼镜，正用犀利的目光打量着内特。

“我从那本杂志上看到的。”内特用手指了指夹在科恩布卢特腋下的《惊骇科幻》杂志。新一期的封面故事是“黑色驱逐舰”，内特还没有听过这位作者的名字，A. E.范·沃格特[①]。“这里离我住的地方很近，所以我过来看看。”

---

① A. E.范·沃格特，全名阿尔弗雷德·埃尔登·范·沃格特，现实中与艾萨克·阿西莫夫、罗伯特·海因莱因、阿瑟·克拉克齐名的科幻四巨头之一。

“明白了，你是新人，”沃尔海姆回应道，“你运气不错。他们现在禁止未来人参会。”

内特疑惑地看着他：“什么是未来人？”

三人听后，轻声笑了起来。“你最好不知道，”波尔继续说，“你还要进大楼参加活动。如果有人看到你和我们在一起，他们可能就不让你进去了。”

联想到他们之前所说的，内特断定这三人不管是谁，他们就是未来人。他看向街对面的警察：“所以，大楼门口才会有警察把守？”

“嗯。”科恩布卢特顺着内特的目光看去，其中一个警察看了过来，他们对视上了，但是科恩布卢特和警察都没有转头避开彼此的目光。“萨姆……那个萨姆·莫斯科威茨，他是大会主席。他看到我们来了，不想让我们参加。我们想冲进去，他就报警了——”

“你们冲过了那道门，”波尔惊声尖叫，“我还在看牙医的时候。”

“没错。你来晚了，错过了好戏。”沃尔海姆咧嘴笑着，好像谚语中那只有九条命的猫，“西里尔用拳头打中了福里·阿克曼的肚子——”

“我是这样打他的。”科恩布卢特朝内特笑笑，然后突然攥起一个拳头，向他冲过来。

这不是内特第一次被恐吓。内特没有躲闪，只是瞪着他，失望的科恩布卢特放下了他的拳头。然后，内特继续问波尔：“萨姆反对你们做什么，为什么他想要——”

“不提了，说来话长。”波尔摇了摇头，“赶快上去吧，祝你玩得愉快。不要让别人知道你见过我们，这对你没好处。”

内特迟疑了一下，还是转身离开，走向街对面。那两个警察已经盯上内特了，他刚迈上台阶，其中一个警察就挡住了他。这时，有一个和内特差不多年纪的孩子，站在警察背后拍打他的肩膀，对他耳语了一番。警察听后点了点头，一句话也没说便往后退，用警棍示意内特可以走了。内特松了一口气，走上台阶打开门进去了。

大篷车礼堂是一个大单间，地面铺着粗糙的木地板，墙面漆有仿埃及艺术的装饰。这里的二层阁楼经常被租去，用作会议室或者开私人舞会。尽管阳台门是开着的，屋内依旧充斥着炎炎夏日的灼热空气。唯一的解暑方式是从旁边的冷水自动售卖机中买一杯 5 美分的冰水。内特只是看了一眼，就决定还是先渴着。他刚进门就已经花了 1 美元门票钱，那可是他在家里鞋坊打工一周挣的工钱的一半，他还需要用剩下的钱吃饭和搭地铁回家。

房间内挤满了年轻人，大部分是十多岁和二十多岁的男孩子，他们穿着夹克、打着领带，到目前为止，内特只看到两三个女孩子。他们相互交谈着，翻阅着桌上摆出的流行刊物，欣赏着画架上展出的绚丽的杂志封面。房间尽头已安好一架投影仪，内特看过节目单，今晚将放映《大都会》。

内特听说过那部电影，但还没有看过；他心里暗自琢磨，如果自己看完电影再回去，父亲会不会责怪他。也许不会。他的父亲不是很在意自己的儿子热衷阅读拙劣的故事书，还任由他潜心创作科幻小说。因为家里的店铺周日关门，内特只能在这一天来参加集会。内特漫无目的地在人群中闲逛，决心好好享受闲余时间，可他也不知道如何在这里找乐子。

他注意到有人聚集在房间另一端，于是，他走过去看看发生了什么事。原来，一个高个子的家伙穿了一身带鳍的服装，像是来自太空探险类漫画《巴克·罗杰斯》[①] 里的人物。他傻傻地笑着，陶醉在周围人欣赏的目光和欢声笑语的氛围中。内特想要走近点看，却撞到了一个比他小一两岁的年轻人的肩膀。

---

① 《巴克·罗杰斯》，太空歌剧类型漫画，号称太空 007，刊登于 1928 年 8 月的《惊奇故事》杂志，后改编为广播剧、电视剧和电影。

“抱歉，”内特得到了对方一个原谅的笑容。“你对那件带鳍的衣服感兴趣么？”内特试图搭讪，开启一段交谈。

“哈哈，它看起来很不一样，是吧？”男孩穿了一件敞领衬衫，没有系领带。他的穿衣打扮和美国中西部地区的口音，让内特看出了他不是纽约本地人。“福里自己做的带鳍衣服，他本来还打算穿去乘公共汽车，我劝他打消了这个念头。”

内特猜想这个福里肯定是之前被科恩布卢特打了的人。他在想那是因为福里奇怪搞笑的衣服，还是因为科恩布卢特脾气暴躁，故意找事呢？不管是哪个原因，他觉得还是不要和面前的男孩提起那件事。“你从哪里来？”

“洛杉矶。”

“你是从加利福尼亚乘汽车来的纽约[①]？”内特脸上露出难以置信的表情。男孩开心地点点头。“那你花了多长时间？”

“你以为你是谁？”突然，一个男声插入。

起先，内特还以为有人在问他。环顾四周之后，内特发现了说话的人，他正好站在内特和加利福尼亚男孩的后面。他看起来很生气，正冲着另一个二十六七岁的男子发火。

“我是这个大会的主席。”那个男子怒气冲冲地回复，看起来和发问的那个男孩一样生气。“如果你打算在会场散发那些东西，”他用手指了指年轻男孩手中的红色宣传册，“那我有权让你离开会场。”

“让我离开？你凭什么这么要求？”他身材粗壮，比自称主席的人矮了一头，嘴唇上留着一撮绒毛似的胡子，让他看起来年长了一些，可他争强好斗的脾性就像是街头的青年混混。内特听出了他的费城口音。“它们不是我的，朋友。我只是在暖气片底下发现了它们，然后我

① 洛杉矶到纽约，意味着从美国的西海岸到东海岸，横跨整片大陆。

以为——”

“所以，你只是好心帮忙散发？”内特猜测这个大会主席肯定是萨姆·莫斯科威茨，西里尔·科恩布卢特曾提过，就是萨姆叫警察来把他们带走的。“少胡扯了！我不允许你们未来人在会场散发污秽思想，把它们都交出来！”

男孩边后退边表示抗拒，有一本红色宣传册从他的手中掉了下来。出于好奇，内特蹲下身捡了起来。他还没有读完标题“警惕独裁统治！”，萨姆就一把从他手中夺走了宣传册。

“嘿！”内特大声抗议，“我正在看呢！”

萨姆没有理他。这时，原本关注那身未来派衣服的人们，把注意力转移到了这边的争吵上。内特从余光里看到，其中有一个和他年纪相仿的漂亮女孩，她是这间房内为数不多的女孩之一。内特暗自希望自己刚才没有出丑。

“只是阅读这些宣传册，还不足以被驱赶出会场。”旁观的一人说出了自己的看法。他个子挺高，鼻子不知怎么破了，还有一对像陶罐握柄的耳朵。他指着萨姆从内特手中夺去的宣传册说：“如果你不想被称作独裁者，你就不应该驱赶他。”

萨姆怒瞪了他一眼。趁着萨姆分心，那个女孩走上前：“请给我一本宣传册，好吗？”女孩很有礼貌地向男孩伸出手，“我想看看上面到底写了什么。”

那个男孩咧开嘴笑了笑，准备递给她一本宣传册，但是萨姆阻止了他。“不行！你再散发这些册子，我就把你和剩下的未来人一起丢出会场。”

“是吗，那你怎么还让阿西莫夫进来了？”男孩指了指站在附近的一个戴领结的人，“你自己清楚，他也是未来人之一。”

“嘿！不要把我扯进来。”阿西莫夫抱怨道。

“他同意遵守大会规则，不在此发表政治观点。”

“政治，所以你只是不喜欢政治吗？”男孩轻蔑地看着萨姆，“你不觉得自己的表现很像希特勒吗？”

萨姆彻底被激怒了，他满脸通红，咬牙切齿。内特看到他攥起了一个拳头，准备揍人。

“嘿，大家冷静一点。”内特站在两人中间，试图平息两人的怒火。

但萨姆早已冲上前，内特试图挡住他，却被撞倒在地。回过神来时，内特发现自己跌倒在那个年轻女孩的脚面上。她有一双漂亮的腿。他抬头正好迎上她俯身关怀的目光，两人都感到吃惊和好笑。内特打算说些什么来缓和气氛——希区柯克电影的男主角卡里·格兰特会怎么处理这事？此时，已经另有人冲上前，分开了打斗中的主席和那个男孩。

“够了，停下来！”他喝止两人，“不要在这里打架！”

“把他们赶出去，威利。”萨姆大声呵斥，指向那个男孩和内特，“扔出去，两个人一起！”

内特瞪了他一眼，试图辩解：“请等一下！我没有——”

“他可什么也没做。”女孩跨过内特，上前反驳萨姆，“他只是在劝你们不要打架。你的朋友——”

“还有她！”萨姆粗暴地打断，手指大门下了逐客令，“出去，现在！”

威利试图先控制那个女孩，却被女孩打中了手腕。“把手拿开，伙计！”他因疼痛抽回了手。然后，女孩朝萨姆说：“如果这就是你组织科幻大会的方式，那我愿意离开。”

内特坐起来，“哪怕你在这件事上不让我选，我也要和她一起离开。”

女孩低头瞅了瞅内特，露出一个可爱的笑容。没错，就应该这么说。内特挣扎着想要站起来，那个男孩伸手扶起他。现在是 3 个人对抗大会主席和他的朋友。内特没有想要通过这种激烈的方式结交朋友，但是他现在已经没有回头路了。

“我不是未来人，”内特向萨姆挑衅，“但是，我想请你告诉我，他们有哪些人？我想加入他们。”不等萨姆回答，内特拍了拍身边男孩的肩膀：“走吧，朋友，我请你喝一杯咖啡。”

“让我来请你们吃顿午饭，”女孩说道，“我知道街对面有一个吃饭的地方，我们一起走吧。”

内特和男孩相视一笑，暗自庆幸。他们当然不会拒绝一个时髦漂亮的女孩提供免费午饭的邀约。

“你先请，女士。”那个男孩殷勤地鞠躬，显示风度。

“谢谢你，好心的先生。”女孩与他们迈着相同的步伐离开了。三人没有理会围观人群静默的注视和零星鼓励的掌声，穿越人群走下楼去。等他们来到人行道上，才发现队伍末尾又增加了一个人，是那个为他们说话的高个子男子。

“你跟着我们做什么？”内特发问，“他们又没有驱赶你。”

“对，他们没有。”高个子男子把手伸进夹克口袋，掏出一支烟斗，“但我觉得和你们三个待在一起可能更有趣。”

餐馆在大篷车礼堂的街对面，是一个带有未来感的自动售卖餐馆，和世界科幻大会倒是很配。装有玻璃门的自动售货机里，摆着三明治和馅饼，每个卖5美分。餐馆里需要侍者做的工作只剩下帮客人倒咖啡了。周日中午，来餐馆吃饭的人很多，所有桌子都被占满了。

那个女孩的名字叫作玛格丽特·克劳，她坚持让内特他们喊她玛吉，她遵守承诺，给内特和那个男孩买了午餐。男孩的名字是哈里·斯金纳，他看上去和内特一样贫穷，他很享受占慷慨大方的玛吉的便宜，他让玛吉不停地投币，直到他的托盘被一个潜水艇三明治、一个波士顿蛋糕和一盒大容量牛奶占满。内特点了一个鸡肉沙拉三明治，他告诉玛吉自己晚点儿会把饭钱给她。高个子男子自己掏钱付了午餐，他的名字是乔治·哈里汉；玛吉没有给他提供免费午餐，可他并不介意。乔治可能是他们中最年长的，他一直很矜持，可是内特捕捉到了他那温和安静的微笑后面隐藏着的敏锐和聪慧。

他们取好食物后，还等了几分钟，一群人清空桌子后，他们才有位置坐。“我感觉，有一半参加集会的人都来这里了。”内特环顾四周，在他们在镀铬金属椅子上落座之后，说出了他的一个判断。这间餐馆里面的每一个人，和他们刚刚离开的会场里的人一样，都喜欢科幻。

“我一点也不惊讶，”哈里说，“科幻大会组织者之间有分歧。未来人是失败的那一方，胜利的那一方制定了排除法案，禁止未来人参会。”有一伙人将几张桌子拼在一起，内特认出了其中的波尔、科恩布卢特和沃尔海姆。“但是未来人还是来了会场，不管怎样，这让会场里面的人感到生气和难堪。”

“为什么未来人让其他人不高兴了呢？”

“未来人相信科幻小说能改变世界，”哈里继续解释，“他们认为科幻小说不应该只是娱乐人们，还可以向人们展现科学与技术如何解决社会问题。其他人，你也可以称呼他们为新一代粉丝，其实大部分还是旧科幻小说联盟里面的顽固分子。他们只想从科幻小说中看到怪兽和疯狂的科幻家，指责未来人不过是一群理想主义者。”

内特点头认同。他的确认为科幻小说需要避免往青少年文学方向发展。“你要散发的小册子是什么？”

“它是由戴夫·凯尔编写的，是对未来人立场的阐述。”哈里咬了一口三明治，“他一定是想把它们丢弃在暖气片底下。”哈里讲话时嘴里含满了食物。“无论如何，我发现了它们，就打算散发出去。”哈里不高兴地耸耸肩，“结果，对我一点好处也没有。”

内特皱了皱眉头，没有说话。他有些后悔自己之前挺身而出支持哈里的决定。不仅浪费了 1 美元，还和大会主席结了仇。他希望这不会影响他成为一个作家，但是很明显他现在选错了阵营。

“听起来你好像知道很多情况。”玛吉评论道。内特从她的口音听出，她是纽约本地人。但是从玛吉精致的穿着和出手大方这两点来看，她不像住在附近街区的人，她可能住在纽约市上西区那边。“你认识那些未来人吗？”

“我认识一些，我参加费城科幻协会的活动已有一年了，第一届科幻大会就是在费城举办的。”哈里把三明治放到一边，拿起了牛奶，“你呢？你为什么来参加集会？”

“我就是喜欢科幻小说。”她的语气中带有一些提防。

内特打开他的三明治，仔细检查了一下顶部那片蔫了的生菜，确定自己即使吃下去也不至于生病。“我想哈里的意思是会场里没有那么多女孩，你懂的。我之前还以为女孩子不读科幻小说，你是我遇到的第一个。”

玛吉不高兴地看了内特一眼，但当她看到内特脸上的笑容之后，情绪平静了一些。“你说得对，没有多少女孩子会看科幻小说。”玛吉认可了他们的观点，“我喜欢读有趣的书，科幻杂志中有些好故事，比如《惊骇科幻》，他们最近来了一位新主编。”

“约翰·坎贝尔。”内特深表同意，“没错，他给那份杂志带来了很大的改变。我想过——”

他停下来，没有继续往下说“我想要给他寄些我写的故事”。他不太想过早地把自己标榜为作家，尤其是和刚认识的三个人讨论这件事。

但是，玛吉似乎有所察觉，他差点儿要说出口了。玛吉拿起叉子，拨弄着她买来的一盘沙拉。“我很乐意为《惊骇科幻》那样的杂志工作，”她率先袒露自己，“比如，做一个助理编辑。”

“这是你感兴趣的工作？”乔治没有吃他刚买的三明治，而是先点燃了烟斗。他向后靠在椅背上，小心翼翼地避开三人的脸，再吐出烟雾。

“没错，我计划以后做一名编辑，”玛吉确认，“今年秋天，我将入读哥伦比亚大学的英语专业，我希望今后能在纽约的某个出版社工作。”

“真的吗？”内特有些激动，“我下个学期也要上学了，我在波士顿大学读工程学。”他没有说的是，自己能上大学全靠他在布鲁克林高中毕业时拿到了奖学金。玛吉的家庭显然有足够的财力送她去上大学，但内特没有。

“真有趣！”乔治举着烟斗笑了，“我正在麻省理工学院读第三个学期[①]，物理学专业。看来，我和内特将在同一个城市读书。”

“我不去上大学。”哈里说完，就低下头看他的托盘，仿佛刚承认了一件丢人的事。不过，哈里一会儿心情就好转起来，他笑着对玛吉说：“嘿！要是你在《惊骇科幻》找到一份工作，或许你可以发表我的故事。”

玛吉看上去很感兴趣：“你想成为一名作家？”

“我已经是一名作家了。”哈里坚持更正，“我只是还没卖出去一篇文章。”

“我也在写作。”内特脱口而出。玛吉挑了挑眉，哈里投以不信任的表情，仿佛在说：是啊，你也在写。“真的，我给《惊奇故事》投过稿，但还没有好运气被刊登。”

“那应该不难，”哈里若无其事地说，“他们的编辑帕默愿意发表任何内容。”

内特的脸红了。《惊奇故事》拒绝了他的稿件，它的新编辑更喜欢廉价通俗的故事，而不在意故事的科学准确性。随后，他看到哈里刻意地咧开嘴笑，才意识到他的那句话并不针对自己。哈里也许是一个潜在的竞争对手，但也是一个值得交往的朋友。

---

① 美国有些大学采用一学年三学期制，一个学年 9 个月，每个学期 10 ～ 12 周。

“所以，我们现在是未来人了。”玛吉有些惆怅，“至少在大会组织者的眼中，我们成了未来人的同伙。”玛吉对他们已被驱赶出会场耿耿于怀。

“不，我们不是。”哈里摇了摇头，“我刚刚是说了一些关于加入他们的话，但是他们早已有自己的小团体，他们不会因为我帮着散发宣传册，就让我们加入未来人组织。”他向内特和玛吉表示抱歉。“我不是故意让你们一起被驱赶，谢谢你们当时支持我。”

“没事，不用感到抱歉，”内特安慰道，“我是看不惯他们欺负人。”

“是啊，再说我们没有错过任何东西，”玛吉补充道。然而，其他三人不相信她这么快就转变了态度。“我的意思是，我们遇到了彼此，不是吗？我掏的钱值了。”

“嗯，也许你说得没错。”哈里点头同意，“谁需要加入未来人？我们或许可以试试成立自己的团体。”

乔治闭上眼睛，仰头面朝天花板：“联盟……太空联盟……”“不好，”哈里摇头，“杰克·威廉森[①]前些年写过一部同名小说。”

“我知道。”乔治笑了笑，“我很喜欢那篇小说，我对太空很感兴趣。”

“我也是。”内特开心地看着乔治，“你懂的，我这样说听起来有点疯狂，但是我真的相信，总有一天人类会登上月球。也许就在这个世纪末。”

乔治点头同意，露出一个会心的笑容：“我想时间可能还要早些。”

“我喜欢这个名字，”玛吉认真地说，“太空联盟，真不错。”

“好吧，但是哈里说得对。我们再想想别的。”内特想了一会儿，“时间联盟。”

---

① 杰克·威廉森（1908—2006），世界科幻巨擘，文内指的同名小说为《时空军团》。

“这有什么区别，不还是和杰克·威廉森有关。”哈里用叉子从玛吉的沙拉里，叉出一颗橄榄向内特扔去，“再想想，还有什么——”

“明日联盟。”玛吉提出了一个新的名字，她顺手把沙拉盘从哈里面前端走。

一时间无人说话。四人相互交换了眼神，回味玛吉刚提议的名字。“我喜欢这个，”内特率先表态，“我很喜欢，听起来很不错。”

“好的，那么，我们就是——”玛吉伸出她的手，掌心朝下，“明日联盟。”

内特没有犹豫。他伸出了自己的手，放在玛吉的上面。乔治笑着伸出手，放在了内特的上面。哈里迟疑地看了看其他三个人，不确定他们是否会平等对待自己，但他还是选择伸出自己的手，放在了最上面。

“前进吧！我的联盟。”哈里提出口号。然后，他向后靠着椅背，冲附近就座的未来人大喊，“你们听到了吗？明日联盟成立了。”

唐·沃尔海姆看着哈里，问道：“你说什么？”

6

ARKWRIGHT

当天晚些时候，萨姆·莫斯科威茨向未来人提出了一个妥协方案：他们可以进入科幻大会会场，条件是言行举止要得当，不能给大会带来任何麻烦。大家都接受了萨姆抛出的橄榄枝，选择再次进入会场，只有 5 个人拒绝了——唐·沃尔海姆、弗雷德·波尔、西里尔·科恩布卢特、鲍勃·朗兹和杰克·吉莱斯皮，萨姆意欲促成双方和平共处的法子没有起多大作用。第二天，未来人宣布在 7 月 4 日于布鲁克林举行一场类似的科幻集会，而那天也是世界科幻大会的最后一天。

我不知道这个消息。7 月 3 日是星期一，我要在鞋店工作。我认识的新朋友哈里、乔治和玛吉，他们受益于萨姆对未来人的赦免约定，可以返回会场聆听一场关于科学以及它对璀璨未来影响的讲座，而我正忙着给坐不住的小孩们量脚的尺寸，好给他们做一双像漫画《布朗小子》中的人物穿的漂亮鞋子。我父亲看出我情绪低落，便与我做了一个约定：如果我不再垂头丧气、可怜兮兮地盯着窗外，他就在独立日（7 月 4 日）关店一天，让我去参加剩下的科幻大会活动。

世界科幻大会的最后一天，后来也被称为“公约 1 号”，那天的活动不在大篷车礼堂举行，甚至不在曼哈顿区举办。遵照大会组织方的安排，最后一天大家要去皇后区的法拉盛草坪公园打垒球，来一场“科幻小说垒球赛”。

小约翰·W. 坎贝尔松开领带，卷起衬衫袖子，往手掌里啐了一口唾沫。他不慌不忙地弯腰捡起上一个球员丢下的球棒。接着，他慢悠悠地走向本垒板，蹲在沙袋上，将球棒举过肩，盯着站在投手区土墩上的年轻人。

“来吧，孩子，”坎贝尔叫嚣着，“让我看看你的本事。”

他朝投手露出的凶悍目光和大声喊出的冰冷话语，也曾无数次用到那些怯懦地站在他办公桌对面的作家身上。但是，他现在不在《惊骇科幻》杂志位于斯特里特 & 史密斯大厦的办公室里。那位来自费城，站在土墩之上的年轻粉丝，也没有向他出售故事的渴望。他打量着一个为昆斯博罗桥[①]队充当替补击球手，身材魁梧的老年人，随后转移视线，看向那人身后的接球手。另一个来自费城的球员把手放在双膝间，然后用一根手指指向了地面。对面的投手缓缓点头，示意明白了接球手的手势。投手戴着无缝手套，在手中抛耍垒球，让坎贝尔以击球准备姿势等了一会儿。投手偷偷看了眼身后的二垒，确定皇后队的跑垒员还在原位——今天的比赛中已出现多次盗垒[②]。然后，没有任何征兆，投手突然出手。“吧嗒”一声，球径直进了接球手的手套。

投手巴比·鲁思掷出了一个不能再完美的低手球。坎贝尔还没有准备好。他挥动手中的球棒，但它离球还是远了些。当球棒还停在半空中时，垒球已经“砰”的一下进了接球手的手套。

① 昆斯博罗桥，纽约市内连接皇后区和曼哈顿区的一座桥梁，竣工于 1909 年。此处指皇后科幻联盟，坎贝尔所在球队。

② 盗垒，战术专用名词，指跑垒员在投手做出投球姿势后，可以提前离开原垒包，抢占下一个垒包。投手或者接球手可以通过传球阻杀盗垒者。

“好球[①]！”裁判已判定。

“见鬼！”坎贝尔咆哮道。

观众看台区爆发出笑声，少数来观看球赛的科幻作家明智地用手捂住了嘴。坎贝尔是流行刊物出版业的重要人物，没人想惹他不快。这场比赛在组织方的安排中，原本是一场“科幻作家 VS 科幻粉丝”的友谊赛，但因来参赛的科幻作家人数过少，参赛阵容最后一刻更改了。现在改成了由皇后科幻联盟的彗星人队，对阵费城科幻协会的黑豹队。所有人都坐在长条木板凳上，观众和球员也在一起。事实上，黑豹队甚至因为球员太少，不得不从观众中找人来代表费城科幻协会参赛。

“你觉得他会被三振出局吗？”玛吉问道。

内特想了想。坎贝尔的年纪比场上大部分球员都大，他还有一个久坐办公室形成的体型。萨姆·莫斯科威茨邀请他下场代表主队参加比赛之前，他正在用一个象牙制烟嘴抽烟。从他持球棒的姿势来看，这场比赛很可能是他自从毕业后首次拿起球棒。

“很有可能。”内特小声回复。玛吉轻声笑了起来，内特的分析有几分道理。内特搭乘高架铁路火车来到皇后区后，失望地发现大部分科幻作家都去布鲁克林了，还好明日联盟的成员们来看比赛了。

嗯，还有……内特必须承认的是，他不仅高兴能再次见到联盟成员，更开心玛吉也来了。那个下午，她看上去漂亮极了，一条棕黄色的棉质休闲裤和一件天蓝色的无袖 T 恤恰到好处地展现了她的好身材。其他粉丝总是将他们的视线瞟向玛吉，这让内特意识到自己坐在玛吉旁边很幸运，即便还有另外两个明日联盟的成员也在她身侧。

“两个好球！”

坎贝尔这次没有咒骂，但是他脸上的表情，暗示着他已后悔下场

① 好球，棒球术语，投手掷出的球未落地而进入好球带，或者击球手球棒落空。好球带指击球手站在本垒板上，肩部以下膝盖以上的区域。

参加比赛。

“我想你说得对。”玛吉说道。正当内特想要补充说些什么，玛吉看向了他的身后：“噢，谢谢你，乔治，你太好了。”

内特回头看到，乔治·哈里汉从附近的手推车买回来两个冰激凌圆筒。“不客气，”他一边说道，一边小心翼翼地将巧克力口味圆筒递给玛吉，留给自己香草口味的圆筒。“抱歉，内特，”他在他们两人身旁坐下后道歉，“我只有两只手。”

“你是说你不能再长出一只手来了？”内特调侃道。

“至少不是在这场科幻垒球比赛中。”乔治一边舔着冰激凌圆筒的顶部，一边伸手摸向自己的头顶，往后挪了挪头上那顶费多拉帽，“说到这个，我错过了什么精彩部分？”

内特没有专心跟进比赛进度。他看着记分牌。那个来自加利福尼亚的小伙子正在小心照看它。内特今早得知他的名字是雷·布拉德伯里，他看上去正要翻动客队的牌子，将 2 换成 3。“皇后队的比分领先，现在是 17 比 7，”内特说道，“但是他们让坎贝尔参加这个回合的比赛，没能帮到他们。”

“好吧，”乔治耸肩，“就像我之前说过的，它应该是一场关于科幻小说的比赛。”

内特转向和他一起来法拉盛草坪公园观赛的集会伙伴们。这里面没有他在那个周日早上遇到的作家，除了坎贝尔，他只认出了罗斯·罗克林恩。罗斯·罗克林恩很有可能不知道，大部分科幻作家同行都去了布鲁克林。内特有些好奇，为什么坎贝尔要来观赛。他猜想，他是为了和科幻读者搞好关系吧。毕竟，他们是杂志的购买者。然而，内特预料，坎贝尔有可能在完成他作为明星选手的出场秀义务之后，就赶去布鲁克林会见作家。

垒球比赛场地的设置很科学，整个赛场由低栅栏围成了钻石形状[1]。越过右外场区，就能看到世界博览会展馆。它的顶部是“帕西半球和特伦[2]”，一个球体和三面方尖碑建筑组合。通过反射在它们身上的光，可以看到游泳池和露天游乐场的散步长廊。这极具未来感的建筑设计外表，象征着一个奇幻美妙的世界，在等待每一个人摆脱经济大萧条，再幸运地远离欧洲战争。这场垒球比赛结束之后，所有的人都会去世博馆参加晚宴，观看庆祝独立日的烟花晚会，这也是本届科幻大会的最后一项活动安排。内特早已参观过世博馆，但是他还希望再去一次——这一次，他希望玛吉能挽着他的胳膊去。

希望玛吉还没有找到同伴。

突然，赛场上传来一砰的一声，吸引了内特的注意力。坎贝尔终于在第三次击中了垒球。球沿着一个抛物线，越过三垒，向左外场区飞去。坎贝尔丢下了球棒，正慢悠悠地向一垒区走去，他非常自信自己能够拿下本垒打。与此同时，皇后队的另一个跑垒员已冲向三垒，欲跑完最后一个垒包，回到本垒。

哈里·斯金纳在左外场区为黑豹队当防守员。开局以来，除了晒黑了一点儿皮肤，他一直闲着没什么事可做。但是坎贝尔往左边打飞的垒球，给哈里带来了一份礼物，他竭尽全力地跑去接住了球。坎贝尔在到达一垒时，守垒员告诉了他一个坏消息：哈里把球投给了二垒守垒员，他们的跑垒员因球被接杀[3]赶回二垒时，被对方的守垒员一记触杀[4]，他们的跑垒员出局了。

“太棒了！”玛吉跺脚欢呼，差点抖落手中的冰激凌，“加油，哈

① 棒球和垒球的赛场，呈钻石形状，所以它们也被称作“钻石球场”。

② 原文为 The Trylon and The Perisphere，译作“特伦和帕西半球”或“尖脚塔和圆球”，现实中为 1939 年纽约世博会的标志性建筑。作者这里调换了两个建筑的名字，故称作“帕西半球和特伦”。

③ 接杀，棒/垒球运动中进攻方击球手打出的球被防卫方守场员接住。此时，离垒的球员需退回原垒，或再次触垒后起跑，如能成功进入下一垒，此球则成为高飞牺牲打。

④ 触杀，棒/垒球运动中守场员用手套握住球，碰触跑垒员身体，使其出局的防守行为。

里！前进吧，明日联盟！”

在现场的彗星队粉丝大失所望，发出嘈杂喧嚣的声音，他们的人数几乎是黑豹队粉丝的两倍。然而，哈里还是从一片不满声中听到了玛吉的加油声，他咧嘴笑着使劲朝玛吉挥手。内特说服自己不要去嫉妒哈里，但是他不得不承认，如果哈里是自己赢得玛吉注意力的竞争对手，他刚刚已经领先了！而且哈里的外表看上去很不错，他脱下了背心，身上的肌肉因一层汗水而闪闪发亮。内特早已看出哈里是工人阶级家庭的孩子，他那强壮的体格可不是在鞋店工作就能锻炼出来的。

因为彗星队有两位球员出局，第四回合提前结束了，哈里和他的队员在场内闲逛。路上，他碰到了萨姆。萨姆不仅是本次科幻大会的主席，还是彗星人队的队长。内特看到哈里对萨姆说了什么，但不知道是什么，只看到萨姆生气地瞪着哈里，而哈里则是一脸洋洋自得的笑意。

“你刚刚和他说了什么？”等哈里来到跟前，内特问道。

“我问他想到要如何处理那些宣传册了吗。”哈里笑着说，“我想，他没有把它理解为一个笑话。”

内特和乔治面面相觑。这对萨姆来说很糟糕，他被迫允许那天公然挑战他的哈里重新返回会场参加集会活动。哈里对此不但毫不领情，还主动加入了费城黑豹队。尽管费城科幻协会在今天的比赛中一败涂地，但哈里以他的方式完成了向萨姆的复仇。

今天场上的糟糕事情不止一件。很明显，两个科幻协会的粉丝之间有敌意。尽管昨晚他们还在温德姆餐厅聚餐，前去参加晚宴的人需自付 1 美元购买入场票。未来人和新一代粉丝之间的冲突已经蔓延到了比赛中。开场头几个回合里，就发生了队员临阵倒戈、公然违反比赛规则、数起作弊指控等事件。这也就怪不得大部分科幻作家逃往布鲁克林。聪明的那一类人，比如阿西莫夫，他会选择远离冲突。来自外埠的作家，比如杰克·威廉森，会刻意避免卷入冲突，这场球赛基本上是东海岸一群暴躁、倔强的青少年之间的混战。

“你的好运怕是要到头了。”玛吉苦笑。她朝坎贝尔的方向点点头，后者正在用毛巾擦拭脸上的汗水，忙着与粉丝交谈。“我的意思是，他可能会记仇，你可是阻止了他完成全垒打而丢面子的那个人。”

哈里听完笑不出来了。他有些担心地望向坎贝尔。“我不知道……你们觉得，我应该过去道歉吗？”

“如果他因为你在垒球比赛中赢了他就拒绝你的投稿，”乔治安慰他，“那他真是一个糟糕的编辑。再说，等你给他投稿时，说不定他已经忘了这回事。”乔治耸耸肩，表示反对他前去道歉：“不管怎样，如果我是你，我不会去找他说话。”

非常好的建议。但内特还是忍不住走过去向坎贝尔介绍自己，他很想在《惊骇科幻》杂志上发表作品。如果他能给主编留下一个好印象……

“我赞同，他更认可好故事，而不是球友之谊，”玛吉补充，“如果你明白我在说什么。”

内特不知道玛吉是如何猜到自己的想法的，但是她向内特挤了挤眼，表示自己确实看出来了。“但是我认为，如果能够提前了解他想要什么类型的故事……”

“那你打算写什么？”

“这是什么问题，当然是科幻小说了。”

“我明白，我是问哪种类型的科幻小说？”玛吉的表情开始变得严肃起来，“你知道，科幻有很多类型，你打算写哪一类？”

内特先是警惕地看了一眼哈里。他虽然很喜欢哈里这个人，但他不确定自己是否能够信任哈里，他担心哈里会剽窃自己的想法。哈里已转过身靠近邻座，轻拍一个来自费城的粉丝的肩膀，想要尝尝那人随身携带的桃汁白兰地。于是内特放心地告诉玛吉，“我在考虑写一个关于太空冒险的故事，”他降低声音，继续说，“小说名字我都想好了，《银河巡逻队》。它是一个关于……”

“听起来有点像 E. E. 史密斯[①]，或者埃德·汉密尔顿[②]。”

“还有，温鲍姆[③]、莱茵斯特尔[④]和威廉森。”乔治凑过来，加入了内特和玛吉的讨论。

“好吧，当然，他们也是我最喜欢的作家，所以——”

“你觉得坎贝尔会想要一个其他作家已经写过的故事吗？”玛吉继续发问，毫不客气地打断了他的话。内特清楚她是一个敢于表达的女孩。“我是说，每次《惊骇科幻》杂志刊登其他类似“透镜人”系列的小说，销量都会上涨。温鲍姆已经去世了。但是还有很多愿意写太空冒险题材的作家可以替代他。所以，你的故事有什么独特之处，坎贝尔为什么不能从别人那里得到同样的故事？”

内特张了张嘴，又闭上了。垒球赛场上，彗星人队的一垒球员刚用触杀淘汰了黑豹队的一名球员，然后传给投手一个滚地球。但是内特不怎么关心比赛局势，他觉得玛吉说得很对。他想写的故事和他在《惊奇科幻》《惊奇故事》《震惊故事》或其他流行刊物上读到的故事，并没有多大区别。

“让我来问你些问题，”乔治靠近内特，“你故事中的飞船……它们移动起来比光速还快吗？”

“嗯……是的，当然。”

---

① E. E. 史密斯，全名爱德华·埃尔默·史密斯，1917 年起创作科幻小说，多为太空冒险题材，如“透镜人”系列，被世人尊称“太空歌剧之父”。

② 埃德·汉密尔顿，《惊悚怪谈》杂志最多产作家之一，代表作有《放逐幻星》。

③ 斯坦利·温鲍姆，美国科幻小说家，1934 年曾在《奇异故事》杂志（与《惊奇故事》同一老板）上发表短篇小说《火星奥德赛》，该故事广受赞誉。一年半之后，温鲍姆因肺癌英年早逝。

④ 默里·莱茵斯特尔，美国作家，擅长科幻和架空历史题材，创作过 1 500 篇短篇小说。

“好的。”乔治点头，“你知道光速是多少吗？说一个大概的数字就行。”

“嗯——”内特想了一会，“大概是每秒 30 万公里，对不对？”

“非常接近了。然而，爱因斯坦在广义相对论里明确提出过，光速是极限速度值，没有任何东西的速度可以超越光速。那些我们读过的故事中的飞船，它们都不可能超越光速。”

乔治用手指向眼前的钻石形状垒球场地。“让我们把整个赛场比作太阳系。地球在本垒板的位置，月球在投手区。好吗？”内特点点头，示意自己跟上了乔治的思路。乔治继续，“那好，根据这个比例，火星在中心场区之外，火星与木星之间的小行星带，大概在栅栏的位置，木星在场外的帕西半球建筑物那里。”

“木星没有离得那么远吧！”哈里发出质疑，他加入了这场谈话。

“不，它的确离得很远，冥王星还在纽约市东北部的布朗克斯区呢！”乔治朝向内特解释道，“你来猜一下，离太阳系最近的半人马座[①]在哪里？”

内特环顾四周，看到球场西面远处的曼哈顿天际线。“帝国大厦？”

“猜得不错。我本想说新泽西州，我们就选帝国大厦。现在，假设光速是绝对的，没有任何东西的速度可以超越光速。即使我们所创造的飞船的飞行速度能达到光速，至少也需要四年半的时间才能抵达半人马座。所以，史密斯和汉密尔顿在故事中描绘的飞船数天便能到达银河系的中心位置，纯属科学谬误。”

“我明白你的意思了，但这有什么影响？”哈里深入讨论，“它们不过是科幻小说。”

乔治叹了口气，摇头反对：“让我这样解释……当你在赛场上，你

---

① 半人马座是离太阳系最近的恒星系。在很多星际旅行的科幻小说中，此处被当作进入太阳系的“第一个停靠港口”。

得到了一个很好的机会，能把球打过投球区，甚至越过栅栏，这样你就可以轻松地获得一个本垒打。但是，你绝对不可能把球打到帝国大厦那里。即使是超人，他也做不到。”

“超人绝对能做到。”邻座一个彗星人队的粉丝出声抗议。

“闭嘴，朱利叶斯。”哈里呵斥他。

“重点是，几乎每个写太空旅行的人都没有认识到此类错误。”乔治的目光越过他的眼镜上方，紧盯着内特，特意向他强调，“你们知道吗？在我就读的麻省理工学院，教授得知我在读科幻小说后，他质问我为什么要把时间浪费在那些垃圾读物上。对，他用的就是垃圾这个词来形容科幻小说，可不是我说的。我问过他是否读过科幻小说，他承认自己曾读过，但当他发现作家既不关心科学，还爱犯一些低级的错误，他就不再读科幻小说了。他的原话是‘如果那些作家能够写出尊重科学，可读性强的科幻故事，那么科幻小说可能有更多读者’。”

“所以，你想告诉我的是……”

“如果你想让自己区别于其他科幻作家，那么你就得比他们做得要好，写出更科学的故事来。”乔治再次指向球场，“火箭就像垒球。如果你一直玩这些，你就走不出球场。你的银河巡逻队，要想去往其他星系，它们就需要完全不同量级的科学理论。”

“比如说？”

“你听说过保罗·狄拉克的反物质理论吗？或者爱因斯坦-罗森桥（虫洞）理论？”内特摇头，乔治笑了：“我以后告诉你。我们在下个学期，我们彼此只相隔一条查尔斯河[①]。”

“听起来不错！”哈里咧嘴大笑，“我也能向你请教吗？我——”

“斯金纳！”负责组织管理黑豹队球员的人，朝球员所在的包厢喊

① 查尔斯河，位于马萨诸塞州，途径哈佛大学、波士顿大学、麻省理工学院等著名大学。

道，“该你上场了，快下来！”

“马上来！”哈里站起来往下走。不过他又停下脚步，转回来找玛吉，“嗨，甜心，如果我能把球打到火星上，我能和你一起去看今晚的烟花晚会吗？”

玛吉大笑：“没问题！快上场，把球打到火星去，我们一起去看烟花。”

“不要忘记，你赢不过光速。”内特调侃道。

“我不用追赶光速。”哈里朝玛吉眨眨眼，“等我跑下这一回合，我就是比金博尔·金尼森[①]还伟大的英雄。”

“他做不到。”内特等哈里走远，小声嘟哝。

内特错了。哈里把球打到了栅栏外，赢了一回合。尽管彗星人队最终以 23 比 11 打败了黑豹队，玛吉当晚还是和哈里一起去看烟花了。

对内特来说，乔治的那番话改变了他的人生。

① 金博尔·金尼森，E. E. 史密斯笔下“透镜人”系列书中的主角。

7

ARKWRIGHT

玛吉提醒过凯特，她外公的回忆录并不完整。第一次科幻大会之后的叙述突然就中断了，凯特不清楚她外公到底隐瞒了多少过去。内森接着记录他刚进入波士顿大学几个月，便向《惊骇科幻》杂志卖出了第一篇小说，之后他通过发表一系列短篇故事赚得了学业费用。在那个科幻的黄金时代，他也因此成为科幻杂志最主要的供稿人之一。他还提到自己如何因身体原因被拒入伍，不能参与战时征兵，手稿到这里就突然结束了。

也许是因为外公日益不佳的身体状况不允许他再伏案写作，或者他听取了玛吉的建议，不再回忆写自己的过往。无论哪种情况，凯特都没有从外公的自传《我的未来生活》中获得想要的信息，只知道他如何认识了玛吉、哈里和乔治，他们如何成立了明日联盟组织，见证了彼此之间维系 60 年之久的友谊。如果凯特想了解更多，毫无疑问，她需要明日联盟里其他三人的帮助。

凯特首先联系了玛吉，然而她的助手说，玛吉前些日子飞往德国参加一年一度的法兰克福书展，她会在那里停留一段日子。凯特有些失望，随后她想起了哈里，他说过随时欢迎自己前去拜访。她在电话号码簿上查到他在费城的号码，一打过去便征得了哈里的同意。几天之后，她从波士顿登上美铁的早班车，中午便到了费城；随后，她搭乘一辆计程车，来到哈里提前给她的住处地址。

哈里·斯金纳住在华盛顿广场附近，杉树街上的一个大型砖房公寓楼里；它原本是一栋排屋，后来改建成供老年人居住的房子。正门入口的台阶旁修建了供轮椅进出的斜坡，门厅的墙上贴了一张打印的表格，上面标注着提供面包车服务的日期和时间，给该楼居民出门购物提供方便。凯特按响哈里邮箱上的按钮，一分钟后，哈里的声音从对讲机里传出来。他欢迎凯特的到来，并提醒她乘电梯上去。

来开门的不是哈里，而是一个和凯特差不多年纪的男人。凯特一看到他，就知道哈里年轻时是什么模样，他的家族成员之间的外表相似度太高了，即便他留的是山羊胡子，而哈里是八字须。他笑盈盈地欢迎凯特的到来，与她握了握手，介绍自己是吉姆·斯金纳，哈里的孙子。

哈里的公寓虽小，却也温馨舒适；客厅里的家具虽然陈旧，但仍看得出制作精良；地上的毛毯有些破旧，书架上塞满了书，看得出来哈里一生热衷于读书。和他已故的朋友内森一样，哈里也是鳏夫。凯特看到壁炉台上摆了几个相框，里面都是哈里和一个女子的合照，那人肯定是他的妻子，照片是近一两年拍摄的。凯特猜测，哈里是在妻子去世后才搬到这栋公寓里来的。

“爷爷正在用卫生间，”吉姆一边带凯特进入屋内，一边介绍，“我只是刚好过来看看，马上就离开。”他伸头扫了一眼客厅的古董壁钟。“我该去上班了。”

“可是，今天已经过了一半了。”

“我是一名急诊科医生，在宾夕法尼亚医院工作，离这仅有几个街区。”他耸耸肩苦笑道，“我这周是晚班……真不走运！”

她正要说话，卫生间的门开了，哈里走了出来。他今天没有用轮椅，而是靠拄着一个带轮子的拐杖行走。“你已经见过了，他是我的孙子，一名医生。”哈里一边说话，一边拄杖朝客厅走来，“等我的心脏停止跳动了，被人送往医院，他的护士会跟他说……”

“他死了，吉姆。[①]”他的孙子翻了一个白眼，看来哈里很爱讲这个笑话，“它还不会发生，爷爷。”

“我明白，但是我希望到时我还能听到。我很喜欢那句台词。”

“是啊，应该由你来写《星际迷航》。”吉姆扶爷爷坐在了一个靠窗的扶手椅中，然后从沙发上拿起他的外套，“在我离开之前，需要我再帮你做点什么？怎么称呼你呢，小姐？”

“凯特……叫我凯特就好。不用麻烦了，谢谢。”凯特不由自主地朝吉姆展开一个灿烂的笑容，“很高兴认识你，吉姆。”

“我也是。”他弯腰亲了一下哈里的头顶，“明天同一时间，我再来看你？”

“没问题。记得带些女人过来。”哈里假装惊讶地往凯特方向看了一眼，“噢，没关系了——我已经看到了一个。”

“小心一点儿，”吉姆对凯特说，“他是一个坏老头儿。”然后朝大门走去，“再见。”

哈里一直看着吉姆离去，直到门关上，他才转向凯特。“我悄悄告诉你，吉姆还是单身，任何时候都可赴约。”

凯特早就注意到了，吉姆没有戴婚戒。“好的，我会留心的。”

“我开玩笑的。”哈里推开带轮拐杖，伸展了一下腿。他上身穿了一件宽松肥大的开襟毛线衣，下身是一条老旧的牛仔裤。跟上次在内森葬礼看到的相比，他的身体看起来更虚弱了。凯特猜想是不是吉姆

① “他死了，吉姆”，科幻剧集《星际迷航》中医生扮演者的台词，后来成为流行语。

的主意，让他的爷爷搬到离医院近一点的老年公寓来住。“所以……现在，让我们来聊聊内森·阿克莱特的生平过往？”

“我读了他的自传。但他没有写多少内容，不过，他谈了自己如何遇到……嗯，明日联盟成员。”

哈里咧嘴笑了笑。“你喜欢这个名字吗？我知道它听起来有些孩子气。但我们一直就是这样称呼彼此的。”

“我有点儿惊讶，你们竟保持了那么多年的交往。我理解你们为什么和玛吉交好，她毕竟也是你的文学经纪人；但是，在外公的回忆录里，他一开始就认为，你是他的竞争对手。”

“没错，我们在某种程度上是对手。他的投稿被《惊骇科幻》录用没多久，我的故事就被《惊奇故事》杂志刊登了，我们俩基本上是同时入行的。但是内特没有被征兵入伍，所以他能持续创作。其他科幻作家大部分都应召入伍了。比如，鲍勃·海因莱因、特德·斯特金、艾萨克·阿西莫夫、斯普拉格·德·坎普，还有我——不是登船离开美国，就是上前线参战。你的外公在海军造船厂内以工程师的身份效力，他和鲍勃共用一间办公室，事实上，他一直是平民身份。”

“他到费城来了吗？”

哈里点头：“他拿到学位后，曾搬到费城住过一段时间。那时……”

哈里突然停下来。他看向窗外，静默许久。“该死，”他轻声埋怨，“你非要我想起那些往事。”

“抱歉，我不是……”

“他提过玛吉曾经和我交往过的事吗？”凯特摇头否定，哈里耸了耸肩。“也许他觉得这不值得一提吧，或者他不喜欢谈论那一段往事。”哈里叹了口气，继续说：“不管怎样，我和玛吉在第二次世界大战爆发前是一对恋人。内特那个时候在波士顿读大学，而我的最高学历是高中。我的家人没有钱送我去读大学，所以我去了我爸所在的机械车间工作。但我经常在周末乘火车去纽约见玛吉。我们约会没多久，就正式确定了恋爱关系。可是，那时发生了珍珠港事件，因为我们家人身上都有些海军血统，我没等山姆大叔[①]发出召唤，就到离家最近的征兵办公室报名参军了。我吻别我心爱的姑娘，转身就上了战场。”

他朝远处的书架敬了一个礼，凯特在那里看到过他和他妻子的照片。“你看见最后一个相框了吗？”他问道，用手指向一张黑白照片，里面是一群赤裸着上身的年轻人，他们站在一架 B–29 超级堡垒轰炸机机翼的正下面。“那是我们海军土木工程部队建筑施工营的成员，当时我们在南太平洋。1945 年的夏天，我正在马里亚纳群岛中的一个小岛上。”他特意停顿了一下，“天宁岛[②]这个名字，能让你想起什么吗？”

“不，它——”然后，她想起了第二次世界大战历史，猛地睁大眼睛，“噢，上帝。你是说你在那里参与了……”

“是的，我在那里。乔治当时也在。”

① 山姆大叔，美国的绰号和拟人化形象。他头戴星条旗纹样的高礼帽，身穿礼服，留着山羊胡，身材瘦高，是一个精神抖擞的老人形象。

② 天宁岛，又译作提安尼岛，第二次世界大战时，美国投向日本的两颗原子弹在该岛装载起飞。

8

ARKWRIGHT

搭载美国军事空运司令部的 C–53 运输机从阿尔伯克基[①]出发，陆续在下午晚些时候抵达天宁岛。飞机依次降落，每次相隔不过几分钟，达科塔[②]降落的机场很宽阔，约有 3 200 米长。数月前，海军建造营在这座小岛上奋力工作，用推土机推平了地面。此前，已有三架 B–29 超级堡垒轰炸机抵达小岛，它们来自得克萨斯州的科特兰空军基地；近海区停靠着从旧金山驶来的印第安纳波利斯号重型巡洋舰[③]，它早已在凌晨时分抛锚落定。

哈里记得，那天是 1945 年 7 月 26 日。面对眼前兵力集结的状况，他有一种强烈直觉，有什么大事要发生了！

上士斯金纳倚靠在一辆吉普车上，悠闲地抽着美军特供的好彩烟，

① 阿尔伯克基，美国新墨西哥州中部地区城市，是科特兰空军基地（美国空军核武器中心）所在地。

② 达科塔，指代 C–47 系列运输机，又称“信天翁”。

③ 印第安纳波利斯号重型巡洋舰，1945 年负责向天宁岛美军空军基地运送“小男孩”原子弹组装部件。该舰完成任务后，在前往菲律宾的途中被日军袭击沉没，舰上 1 195 名船员中，最终仅有 316 名获救。

他看到一辆机场使用的汽车正驶向附近的一排飞机库[①]。最大的一间飞机库特意配备了空调，尽管不允许机组人员和飞行工程师进入飞机库，但眼下这么炎热的天气，谁都知道他们是去飞机库里乘凉。一架来自第 509 混合飞行大队的 B-29 超级堡垒轰炸机停靠在飞机库旁边，传闻它的炸弹仓装载量被改装过，能承担超负荷。它还有一个名字，叫作艾诺拉·盖[②]。

哈里清楚它的用途，但是他小心地不去谈论它，不仅仅是因为他不想引起海军情报官员的关注。参军这些年里，哈里学到了一些教训：其中一条就是最好不要显摆自己的聪明。大部分同僚都是和他一样来自美国东海岸工人阶级家庭的孩子，他们没有受过良好教育，其中一些人仅能够弄明白如何操作一辆推土机和起重机。哈里不想和他们讨论自己的怀疑，他们可能不理解他在说什么，也可能根本不相信他的推测。

最后一架 C-53 运输机降落后，两个螺旋桨渐渐停止转动，机身正好停在存放着艾诺拉·盖的飞机库前方。

不像其他运输机，这架明显载有乘客，哈里从飞机侧面舷窗看到了人影。一个地勤工作人员把梯子推到了飞机舱门口，他认出第一个出舱的人后，立马站直并扣好纽扣。过去的数月里，柯蒂斯·李梅[③]将军常常来探访天宁岛，大家都知道他对士兵们邋遢的着装深恶痛绝，丝毫不体谅士兵们是在岛上炙热的高温条件下工作。哈里也急忙丢掉了香烟，装作忙碌的样子，随后，他用余光认出了跟随李梅将军出舱的第二个人。

---

① 飞机库，一种用来存放飞机或航天飞机的封闭建筑。

② 艾诺拉·盖，向广岛投放“小男孩”原子弹的 B-29 超级堡垒轰炸机。

③ 柯蒂斯·李梅，美国空军四星上将，信奉战略轰炸政策，被人称为“冷战之鹰”。他曾在 1945 年 3 月对东京组织实施了夜间轰炸，造成上百万人流离失所，数十万人被烧死烧伤。

“天呐，是他，”哈里小声嘟哝，“这不可能。”

没错，是他，乔治·哈里汉。

乔治没有穿制服，而是身着便服，头上的费多拉帽遮住了他大半张脸。哈里穿过停机坪朝他走来时，他正站在飞机旁边，等候其他人出舱下飞机。乔治转过头，哈里正要拍他的肩膀，然而乔治第一眼没有认出哈里。随即，他吃惊地张大嘴巴，脸上扬起一个大大的笑容。

“哈里·斯金纳……噢，太不可思议了！”

“乔治，你个老……”哈里本来准备紧紧地抱住乔治，但是他瞟到了李梅将军的目光，于是作罢，“你来这里做什么？”

乔治收起了笑容，显得有些局促不安。哈里这才意识到自己问一个敏感问题。“我不能告诉你，”乔治一边低声回复，一边伸手握住哈里的手。“我是作为……嗯，一个顾问，参与一个视察工作。”

哈里点点头。这可能是乔治在不泄露重要机密信息的前提下所能给出的一个最精准的描述。“我们已经好多年没见了，”哈里在他们握手时感慨，“上次我听到关于你的消息时，你还在麻省理工学院读书。”

“是的，真是好久不见，”乔治又笑了起来，仍旧带有一点警惕性，“我拿到博士学位的时候，刚好赶上一个高精尖研究项目招人。”

“嗯，我明白了。”哈里朝乔治身后看去。李梅将军已不再关注他们的谈话了，“我也在这里为一个保密项目工作，理解组织的保密纪律。”

乔治没有立即回复，他的目光越过哈里肩膀，看向从飞机上走下来的人。此时，没有人关注他们。“我们私下谈谈，”他轻声说，“你可以带我在附近看看。”

他们悄悄离开了C–53运输机，两人低着头，佯装在检查脚下的停机坪跑道。附近有一个长条形的浅坑道，是海军建造营的士兵们从混凝土制的停机坪上挖出来的，用来向一架B–29超级堡垒轰炸机的下腹部装载超大容量的弹药。哈里将乔治引向了那个坑道。

“没有人告诉我们将要发生什么事，”哈里小声说着，他用手指向坑道，“但是我觉得我知道。”

乔治迟疑了一下。“我需要遵守保密条款，不能谈论我们正在做的事，”他接着补充，“所以，我什么都不能说。但是——”他停下来，思考了一会。“让我来问你一些问题。你最近读了《惊骇科幻》杂志吗？”

这个突如其来的问题好像跑题了，让哈里感到很吃惊。“嗯……有时候看看。我爸会给我寄。包裹到这里总是很慢，所以我总是落后几期，但是——”

“你看过那篇《截止日期》的故事吗？作者是克利夫·卡特米尔，刊登在去年三月刊。”

哈里回想了一会：“是那个关于两个外星种族，它们正在打仗，其中一个设计了原子——”

“对，就是它。”乔治急忙打断了哈里，怕他往下说出不该说的话，“有机会的话，你再读一遍。听我同事说，这个故事曾引起军方情报人员的注意，他们找来了约翰·坎贝尔问话，询问卡特米尔是如何得知核战信息的。”

再读一遍是不可能了。从家里寄来的杂志，首先是在营房里传阅一遍，然后就会被当作厕所手纸使用了。哈里很少保存他父亲寄来的《惊骇科幻》和《惊奇故事》杂志。尽管如此，哈里还是惊讶地轻声吹出了口哨儿：“你不是在跟我开玩笑吧？”

“我没有开玩笑……我能告诉你的只有这么多了。”

有人在大喊乔治的名字，他们回头看向飞机库。李梅将军所带领的团队准备进飞机库了。一个参议员正朝他和哈里走来。“最好回那边去，”哈里说，“我和你一起走。”

“好的。”乔治点点头，他们一起转身离开了装载坑道。“我们刚刚说的内容，一定要保密。好吗？”哈里点头同意，乔治接着换了一个话题。“我听说了你和玛吉的消息，抱歉。那真是遗憾。”

哈里警惕地看着乔治：“怎么了？”

“我听说你们分手了。内特写信告诉我，他和玛吉正……”

哈里听了乔治的话，瞬间如坠冰窟。他停了下来。“内特和玛吉怎么了？我已经有好几周没收到玛吉的来信了，而内特在过去一年里从来没有给我写过信。”

哈里看到内森·阿克莱特的故事在《惊骇科幻》发表了。“银河巡逻队”系列故事格外受读者的欢迎。他以为内特是因为忙着给坎贝尔干活，才顾不上给参军的好朋友写信。但是，当他看到乔治脸上写着惊讶和“上帝帮帮他吧”的怜悯表情，他知道这个猜测错了。

“噢，不。”乔治的脸色开始变白，他睁大眼睛，“噢，上帝……哈里，我不知道。玛吉说她已经给你写信了，所以我想……我以为……你已经知道了。”

“到这里的邮件都很慢。我告诉过你，有时它要花费……”哈里咽下了他将要说出口的话。

“你是说，内特和玛吉开始……你的意思是，她和内特在……”

乔治低下头，看着地面，慢慢地点了点头：“我很抱歉，我以为你已经知道了。”

“我……我……玛吉在和……约会？”

“哈里汉博士？”这时，那位参议员找到了他们，“李梅将军希望你能过去陪同。”他严厉地看了哈里一眼，无声地责备他：一个低身份的上士，竟然打扰一位科学家参与一个重要项目的工作。

乔治点点头，再次看向哈里：“哈里，我得走了。我们或许还能再相见，好吗？”

“是的，当然了，”哈里小声说，“快走吧！”

乔治紧紧地握了一下哈里的胳膊，这一动作明显带有同情和怜悯，然后他就跟着身边的参议员一同走向存放着艾诺拉·盖的飞机库。哈里站在原地看着他们走远。就在那一刻，太阳似乎没有那么烫了，他也感觉不到脚下大地的存在，纽约像是在月球的另一边，遥不可及。

9

ARKWRIGHT

“原子弹在广岛爆炸后的第二天，我收到了玛吉的来信。”哈里仍旧出神地盯着窗外。自从他开始向凯特讲述 60 年前在天宁岛发生过的事情，他的眼睛就没有离开过窗外的街道。“那是她寄给我的信，不是给某个叫约翰的人。可是，那一封分手信，让我从此就和其他人一样了。”

凯特慢慢地点了点头。即使过去了那么多年，哈里仍然记得那天的心痛。“我想，你为此从来没有原谅过我外公，是吗？”

“不，我最终选择了原谅他。”哈里终于转过头来，看着凯特，“等我退役回到美国，玛吉和内特早已分手。对她来说，那不过是一次冲动之举。她当时很寂寞，我一走就是四年，而内特恰好在她身边……”哈里再次耸耸肩。“我无法责备她。该死！我甚至也不应该责怪内特。只是……好吧，事情就是那么发生了。”

“我妈妈说我外公和外婆是在第二次世界大战期间认识的。”

“没错。内特确实是在那个时候遇到了朱迪思……但是，他当时还没有和玛吉分手。玛吉和我也没有复合，尽管她最终也成了我的文学经纪人。”哈里咧嘴笑了起来，“她的第一个客户是内特，第二个客户就是我。我想，玛吉有某种沟通天赋，能做到和前任和平共处。”

“听上去她很善良。”

“这和善良无关。玛吉的职业是经纪人，她的经济来源是靠为作者和出版商牵线搭桥。内特是她代理客户中最成功的一位，但是玛吉光倚靠内特不足以维持生计，所以她还需要像我这样的普通客户。”凯特准备反驳哈里带有自嘲意味的想法，但是哈里举起了一只手阻止她。“我说得没错。在我们的联盟里，内特是集万千宠爱于一身的幸运儿。”随后，他的目光看向书架，那里摆满了哈里以“马特·布朗”之名出版的平装版和由读者俱乐部专售的精装版图书。“我自认此生也是足够幸运了，一直能靠创作科幻小说谋生。这份工作比在工厂辛苦劳动好太多了，它带我去了很多有趣的地方。”

街上传来隐约的嘈杂声，预示着费城交通晚高峰开始了。凯特不得不考虑结束拜访，准备搭乘计程车去火车站。“我能感受到，你很享受科幻写作。但是——”

“让我来跟你讲讲，一个我以科幻作家身份去过的地方。”哈里往后靠向椅背，双腿交叉，目光重新看向窗外，“1972 年，一个名叫理查德·霍格兰的科普作家——你可能听过他的名字，他后来借用“火星人脸”[①] 大肆鼓吹关于宇航局的阴谋论。当时他出了一个主意：租一艘邮轮停靠在卡纳维拉尔角[②]，邀请一群科学家和科幻小说作家在船上主

① 1976 年美国维京 1 号航天器在火星北半球捕捉到一张似人脸的影像，经媒体或评论家大肆渲染而成为热点话题。理查德·霍格兰认为，美国国家航空航天局故意隐瞒了火星存在先进文明的证据，以及人类和外星生物已有接触的其他证据。事实上，这是一个关于“脸”的幻想性错觉，后续公开的高分辨率照片证明，它仅是火星塞东尼亚区的某个自然小山丘。

② 卡纳维拉尔角，又称肯尼迪角，位于美国东海岸的佛罗里达州，附近有肯尼迪航天中心和卡纳维拉尔角空军基地。因美国航天飞机大多从这两个地方发射，卡纳维拉尔角成了火箭发射基地的代名词。

持阿波罗 17 号[①]的发射任务。他请到了当时所有的大牌科幻作家，也有少数像我这样籍籍无名的作家。”

他若有所思。“从很多方面来看，那一晚很重要。”

那是一个没有月亮的午夜，夜空澄澈，星光灿烂。只是，那个时候本该是佛罗里达州海岸一年之中的暖和时节，晚上竟出乎意料地寒冷。早些时候，两个乘务员在人群中走动，给聚集在汽轮船尾游泳池边上的乘客们分发避寒用的羊毛毯。哈里本来不想领，但是十二月的寒意战胜了他的自尊心。他坐在右舷边的躺椅上，腿上盖着毛毯，双手插进了口袋。

“如果他们再推迟发射，”他抱怨道，“我就要求他们给我退钱。”

内特依靠着栏杆，惊讶地看向他：“我以为你拿到了免费船票。”

“没错。我说的是美国国家航空航天局。”哈里转头朝乔治喊道，“你们难道不能做些令人满意的事吗？”

“不要怪我。我已经不在那里工作了。”乔治自己也缩进了大衣里；他不仅戴了手套，还捧着一杯冒着热气的热巧克力。哈里怪自己忘记了，阿波罗 17 号从航天器装配大楼运输出来的那天，乔治在马歇尔太空飞行中心的工作就已结束了。“耐心一点。现实中的航天器发射可不像你写的小说中那样有效率。”

哈里哼唧了两下，没有再说话。他的目光越过黑沉沉的大海，看向来自远方肯尼迪角的灯光。尽管相距约 11 千米，在它投向天空的搜查灯来回交叉移动地照射下，土星 5 号看起来像是一个迷你字母“i”，伫立在海边的 39-A 号发射台等待升空。阿波罗 17 号原本预计晚上 9 点 38 分发射，但是倒计时停在了倒数 30 秒。船上酒吧里的电视在播

① 阿波罗 17 号，是阿波罗计划中的最后一次发射的载人航天器，发射时间为 1972 年 12 月 7 日。所谓阿波罗计划，是美国国家航空航天局在 1961—1972 年期间制定实施的一系列载人航天任务，目标是完成人类登陆月球并安全返回地球。

放新闻主播沃尔特·克朗凯特的报道，他说是因为航天器上的计算机发生了故障。那是两个半小时之前的解释了，现在已经12点20分了。哈里在想，自己的妻子贝基是否考虑早点上床睡觉去。

多么愚蠢的想法！哈里看向游轮船尾的甲板。在人类进入太空的航天技术变为现实之前，科幻小说的守旧派们畅想过很多次太空旅行，他们现在正与美国最优秀和最聪明的知识分子一起，聚集在游泳池边上等待这一伟大时刻的到来。还在舱面工作的水手们已经用防水帆布遮住了泳池，毕竟寒冷足以让任何人打消下水游泳的念头。弗雷德·波尔、卡罗尔·波尔正和艾萨克·阿西莫夫，还有他的新一任妻子珍妮特，站在靠近船尾的地方聊天。阿瑟·克拉克、马文·明斯基[①]和卡尔·萨根[②]，他们三个人聚在一起，围坐在一张临近泳池的桌子旁交谈。特德·斯特金和《模拟科幻与现实》杂志的主编本·博瓦挤在一团取暖——本已接手这本原名为《惊骇科幻》的杂志一年多了，可是哈里还没能接受约翰·坎贝尔刚离世的消息。同时，阿波罗14号登月宇航员埃德加·米切尔，正和美国全国广播公司新闻主播休·唐斯在一起喝酒闲聊，还有鲍勃和金尼·海因莱因夫妇在一旁大笑。

唯有凯瑟琳·安妮·波特[③]在游轮上显得格格不入。她受《花花公子》杂志的委托，前来报道阿波罗17号发射事件，但是她对同船的科幻作家表现出了明显的鄙夷情绪。她不想与船上的任何人亲近，只和船上唯一称得上是主流作家的诺曼·梅勒交谈。诺曼是因为他的《月亮之火》[④]而被邀请，但是波特对太空毫不感兴趣。看来是《花花公子》

① 马文·明斯基，美国科学家，擅长认知科学和人工智能领域的研究。

② 卡尔·萨根，美国天文学家和科幻作家，擅长天文和天体物理方面的科普工作。

③ 凯瑟琳·安妮·波特，美国小说家和记者，著有长篇小说《愚人船》。该书讲述的是纳粹上台前夕，一艘从墨西哥前往欧洲的游轮上形形色色的人物之间发生的故事。

④ 《月亮之火》（*Of a Fire on the Moon*），1960—1970年连载于《生活》杂志，1970年结集出版。本书记录了诺曼·梅勒个人对于阿波罗11号登月任务的看法，非虚构小说。

里的某人觉得好玩，派出了《愚人船》的作者执行报道任务。哈里暗自决定，等《花花公子》出新刊时，一定要跳过她写的文章。

内特虽然是耐寒的新英格兰人，但是他富有先见之明地穿了厚毛衣，又戴上围巾，才到佛罗里达来。除了他，船上所有人都在靠喝热咖啡或者波本威士忌酒取暖。唯一不怕冻的人是罗伯特·海因莱因，他只穿了一件系领带的晚宴夹克，好像他正身处科罗拉多州温和宜人的春天。仅有少数人的妻子和孩子放弃了等待，选择上床睡觉。大部分人没有因为延迟发射，就放弃自己见证历史的机会。他们甚至不愿像有些选择了妥协的人一样，去暖和一点的泳池酒吧等待，生怕被人抢走自己在甲板上最好的位置。

船上的宾客都是精英，有作家、科学家、知识分子……此次巡游项目注定是一个失败的投资产品：这艘游轮可招待650人住宿，但大概只有100多人是付费登船。海因莱因和阿西莫夫轻信蠢货霍格兰的花言巧语，参与了巡游项目的投资；如果玛吉没有说服内特不要参与，他说不定也会入伙。资本投资一旦进入，这个巡游项目势必失败。

但是，哈里也必须承认，此次海上巡游的体验还挺有趣的。数分钟以前，他还在人群中闲逛，徘徊于多场交谈之间。有的是工作事务，博瓦试图说服斯特金给《模拟科幻与现实》杂志投稿；有的带点八卦性质，阿西莫夫和弗雷德·波尔谈论着一个身穿比基尼的小姐的动机，她花了一整天的时间和船上所有的作家调情；有的很烧脑，比如克拉克、明斯基和萨根之间的对话，他们正探讨未来在宇宙中运用人工智能的可行性。最后，哈里发现他又绕回到了内特和乔治的跟前……他最亲密的朋友，还是明日联盟的成员。这么多年过去了，他们私下还是用明日联盟来称呼彼此。

“你今天的安静真是不同寻常。”乔治说。

“你说我‘不同寻常’，是什么意思？”哈里佯装对乔治生气，做出怒视的样子，随后他举起手捂住嘴，打了一个哈欠，“你打算说些什么？”

“没什么。”乔治小口啜饮杯中的热巧克力，“只是这次会面，我感觉你和内特都无精打采的。”

“我是着急，都等了这么久，还没有新动静。已经耽误我睡觉了。”哈里讨厌抱怨，抱怨显得他像是一个易怒的中年人。

“如果我是你，我就不那么心急。”内特轻声说。“这也许是最后一次机会，我们可以见证载人航天器去往月球。”

他仍旧倚靠着栏杆，只不过这次他背朝卡纳维拉尔角，抬头看向天空。哈里从没有见到过这样的内特，他满脸忧愁，略有所思。站在甲板灯柱昏暗的光晕中，他的表情又增添几分苦涩。哈里后来才意识到，内特越来越倾向于掩藏他的真实感受，他独自将它们埋藏在内心深处。

“尼克松砍掉了美国国家航空航天局最后两次登月计划的资金，”内特继续说道，眼睛仍旧注视着天空深处，“不会再有阿波罗 18 号和 19 号发射任务了。对吗，乔治？”

“没错，是这样的。”乔治点头，“总统说他担心联邦预算超支，但是航天研究所需的硬件设备已经建好，基础设施使用也已超过十年之久。政府通过取消那两个登月计划所省下的钱，在宏观财政规划中根本微不足道。”乔治耸耸肩，表示无奈。“我猜测，尽管过去了那么多年，他还是想报复肯尼迪。阿波罗计划是肯尼迪签名支持的项目，尼克松可能因为他在 1960 年的总统选举中失利，还没有原谅当年的对手肯尼迪。”

“不管是什么原因，这都是最后一次阿波罗任务了。”内特低下头，揉了揉脖子后面，“也许我们会有一架新的航天飞船。或者，一个空间站。我不指望还能获得更多了。”

“但是，我们还有火星计划。”哈里加入讨论。

“不，没有了。”乔治摇摇头，“在我辞职之前，马歇尔太空飞行中心的每位员工都收到了来自美国国家航空航天局在华盛顿总部的消息——火星探索不在计划内，直到以后另有通知。我们现在仅有两个维京号航天器未来会去火星执行无人空间探测任务，但是没有提及载人航空任务。”

“你们曾经有过很好的机会，想想50年代，弗里曼·戴森[①]在通用原子能工作时提出的猎户座计划。”内特用嘴对着双手哈气，然后把它们揣进夹克口袋里。“你说得也没错，没有美国国家航空航天局的支持，没人能够登陆火星。我有点儿想知道我们这代人还有机会吗。”

哈里一时难以相信他刚听到的讨论。和船上的每个人一样，内森·阿克莱特一直坚定不移地支持和倡导人类进行太空探索。人们常说是大受欢迎的“银河巡逻队”系列书和电视节目，促使美国产生了对太空的兴趣。和海因莱因面向青少年群体写作的科幻小说一样，内特带领整整一代人提前进入了未来大冒险之旅。在《星际迷航》和《2001太空漫游》（哈里私下看过这部艺术电影不止五六遍）出现之前，还没有什么作品能像内特的书一样，可以激发大众对探索太空的兴趣。

哈里想过可能是朱迪思影响了内特，让他产生了悲观情绪。此刻朱迪思留在马萨诸塞州，内特说她是因为容易晕船所以没有来。但事实上朱迪思生病了。即使是和最亲近的朋友，内特也不想谈论这件事。如果不是妻子的缘故，那内特的猜疑可能来自别处。

“如果我跟你不是好朋友，”哈里柔声说，“我会指责你刚才所说的是阴谋论。”

“不是阴谋论，而是冰冷、残酷的现实。”内特好像看穿了哈里的

① 弗里曼·戴森，美籍英裔数学物理学家。猎户座计划是指用核能驱动航天器的研究。

想法，他朝海因莱因方向点点头。“鲍勃一直在写作太空主题，他比我们中的任何一个人都努力，但即使是他，也遇到了写作瓶颈。当然，他把一切归咎于民主党削减预算，尤其是普罗克斯迈尔[①]参议员。但是，乔治说得对，削减航空项目预算是两党合力推动的结果。让我们面对这个现实吧，公众对太空已经没那么感兴趣了。”

“我同意。”哈里瞥了眼邻近酒吧的窗户。透过窗帘，他看到少数乘客因受不了寒冷，躲在酒吧里看电视直播。“你们猜，如果电视台现在中止发射直播，插播电视剧《医疗中心》，它们会不会收到很多投诉电话？”

“所以，你们打算做点什么呢？”乔治发问，“我的意思是，这难道不是科幻小说作家的工作吗，让大众对太空感兴趣？”

“我的工作是把书卖给——”

另一侧的酒吧窗户里，正在看电视的人们突然爆发出掌声和兴奋的吼叫声。有人放下酒杯，跑出门来。“火箭即将再次发射。”他向站在甲板上的人们大喊，“倒计时继续，还有30秒！”

人群中回报了更多的欢呼声和掌声。待在甲板泳池边的人们，都暂时放下手中的事，聚集到了游轮的左侧栏杆处。哈里只想赶快跑上楼去喊醒贝基，但是游轮船长替他解决了。他拉响了船上悠长响亮的号角，没有人能在如此轰鸣的声音中睡着。

“他们肯定修复了电脑问题。”哈里从椅子上站起身，伸展了下身体，然后走向栅栏。似乎是咸咸的海风让他清醒了一些，但是哈里心里明白：他是因为期待即将看到的景象而兴奋，这让他感到精神振奋。顺着栏杆往下看，他看到每个人脸上都是同样的表情。艾萨克、弗雷德、鲍勃、特德、本，还有梅勒和波特……他们好像在圣诞前夜晚睡

① 威廉·普罗克斯迈尔，美国参议员，民主党派，曾发起“金羊毛奖”讽刺政府浪费纳税资金的项目，比如美国国家航空航天局“寻找外星文明”计划。

的小孩，等着看是否有圣诞老人会从烟囱里爬出来。

乔治说得没错。这才是他人生真正的目的——不是为了卖更多的书，如果只是为了赚钱，他也可以写神秘或者西部类型小说，但是写科幻是为了向人们推销未来。他来佛罗里达参加海上巡游，就是为了站在甲板上见证此次历史事件的发生。但是，当哈里看向内特时，他正绷着脸，那是哈里作为亲密朋友都很少见到的表情，好像……

耀眼的光束穿过西边的地平钱，看上去像是一束来自错误方向的黎明曙光。在明亮的橘色火光和燃烧着的深红色火焰映照之下，人们可以看清远处的火箭两侧升起了巨大的羽状烟柱。起初听不到声音，游轮停靠的地方距离发射台有 11 公里远，哈里想起，这是 5 台 F–1 发动机的首次点火过程，他们要在 16 秒之后才能听到响声。当土星 5 号从摩天楼大小般的发射塔和白亮又炽热的长矛状烟雾中升起，轰鸣声响彻了整个海面，声音大到哈里必须用手捂住耳朵，他还感觉到脚下的甲板在微微地颤动。

他身边的朋友和同事神情痴迷地目送阿波罗 17 号冲入午夜云霄。它穿过众人头顶的天空，也就是大西洋上空的穹顶。噪音逐渐变小了，但是哈里耳中仍有丝丝微弱的响声。无论如何，他还不到听力退化的年纪。

火箭升空的倒影在海面上是一个火球，哈里看着它在海面上滑行，每过一秒就变小一点；又看见一簇明亮火焰，原来第一级火箭被抛了下来，第二级火箭再次点火，加速推进，火箭最终成了天上一颗明亮的星星，人们再也看不到它的飞行轨迹了。这时，人群中伴随火箭升空的掌声和兴奋的吼叫声已经消退。每个人收回看向天空的视线，咧嘴笑着看向周围的人。毕竟，圣诞老人已经从烟囱上下来了。

“到酒吧去！”鲍勃大喊，“第一轮酒水，我请客！”

人们为免费的酒水欢呼，但是当哈里和乔治从栏杆处离开时，内特停在原地没有动。他还在看着天空中土星 5 号消失的地方，那专注的样子，像是他能看到阿波罗 17 号已丢弃第二级火箭，进入了围绕地球的预定轨道。

“内特？”哈里问，“你怎么了？”

“我们不能眼睁睁看着航天事业走向消亡。”内特的声音低沉，因情绪激动而哽咽。哈里不是很确定，但是他好像看到了内特脸上的泪痕。“无论要我们做什么，都不能让太空探索停在今天。”

“那天对我来说，总是一段难忘的记忆，”哈里的讲述告一段落，“不仅是因为我在现场见证了火箭发射，还因为……当我们年老时再回看，它是为数不多——你外公向我们展现内心的时候。”

凯特看了看她的表。如果她要赶上回波士顿的晚班车，她必须抓紧时间了。“我并不是想说，你讲了一个晦涩的故事，但是我想知道，你为什么要告诉我这件事？它和阿克莱特基金会有什么关系？”

“没有关系，又有关系。”哈里停顿了一会儿，“你可以从玛吉和乔治那里得知剩下的部分。我也可以告诉你，但是我觉得，你最好还是去和他们聊聊。尤其是玛吉。”

凯特有些生气。她大老远来拜访，可不仅仅是为了听一个老头子讲故事。可是，哈里已经说完了他的部分，她自己还要去赶火车。“好吧，谢谢你。”她边说边站起身来，“在我离开之前，你需要我帮你做些什么吗？”

“没有了，谢谢你。”哈里拉过他的拐杖，当他从椅子上站起来时，要用它来支撑身体平衡，“等你和玛吉见面时，麻烦代我问好。”

他一路慢慢走着，把凯特送到了门口。凯特打开门后，他说了另一件事。“你知道吗？我刚想起来，你遗传了内特的红头发。”

“嗯——”凯特停下来，转身看着他，“除了头发颜色，我和外公其他地方都不像。”

“但是，西尔维亚并没有红头发。”

“对，我妈妈的头发在染色之前是深褐色。”

哈里点头。“那一定是隔代遗传。基因还是挺有趣的，对吗?”随后，他向凯特道别，“无论如何，祝你回家的旅途顺利。”

1\0

ARKWRIGHT

凯特的调查未取得任何进展。于是，她决定先将此事搁置一边，开始着手下一个写作任务，她要写一篇调查文章，内容是关于往深海倾倒垃圾所带来的影响。正当她在阅读一沓由伍兹霍尔海洋研究所撰写的研究报告时，玛吉打来了电话。

“我听说你去费城见哈里了，你们聊得愉快吗?”

“如果你知道我见过他了，那你肯定知道他告诉了我什么。”凯特向后靠在她的办公椅上，“我有点儿吃惊，你和外公曾经谈过恋爱。”

“没有持续多长时间，只是几个月。后来他遇到了朱迪思，我们就分手了。”玛吉停顿了一下，“我知道哈里会告诉你这段往事。他已经放下很多年了，只是他还清楚地记得那些事。”

“我可不信。”凯特停顿了一会儿，绞尽脑汁地遣词造句，不至于让她接下来要说的话有冒犯之意，“克劳夫人……玛吉，听外公的朋友讲他过去的事情，的确是件有趣的事，但是我手头也有很多工作要完成。目前，我就有一篇即将截稿的调查报道要写，我没有太多时间去听我外公的私人生活故事。如果你想告诉我一些——”

“我的确有事要告诉你，我保证它不会占用你太多时间。但是这件事我不能通过电话告诉你。我们一起吃顿午饭吧？”

凯特无奈地闭上眼睛。为什么每个人都觉得自由作家不忙？“我眼下没有时间赶到纽约。我——”

“我是说，我们可以在波士顿见面。下周我会去那里出差。我们在四季酒店见一面如何？我来请客。”

这是一个凯特不好拒绝的邀约。她可以从案头工作中抽身几个小时，而且吃饭的地方还是全城最好的餐厅之一，凯特有些心动了。几天之后，凯特和玛吉面对面坐在四季酒店的餐厅里，等候她们刚刚点好的龙虾沙拉。从她们的餐桌向窗外望去，有人在沿着博伊尔斯顿街行走，他们纷纷立起了大衣领子，以抵抗反季节性的寒冷；寒风从波士顿公园一直刮到了她们所在的街道这边。

“所以，你想告诉我什么？”凯特从装着冰茶的玻璃杯中拔出吸管。她们已略过礼节性的问候，包括有关天气的闲聊。

玛吉没有马上回答，而是看向窗外，双手紧握、手指交叉着放在大腿上。玛吉今天穿了一套粗布呢的商务装。凯特觉得玛吉虽然已经80岁了，但看起来依旧很迷人。60多年前，她绝对是个美人，所以并不奇怪，哈里和她的外公都愿意和她坠入爱河，即使是一段很短的相处时间。

“我记得，朱迪思是在你出生前几个月去世的，”玛吉最终开口，“那年是1977年，对吗？”她闭上眼睛回忆着。

凯特眨了眨眼睛，感到迷惑不解。这并不是她期待听到的事情。“没错，1977年。我是11月10日出生的。那时，外婆已经去世了。”

“我记得很清楚。”玛吉缓慢地点点头，“她去世的那天晚上，我和她在一起，还有你的外公和你的妈妈。”随后，她摇了摇头并叹息道，“那天晚上，对我们所有人来说都不好过。”

1\1

ARKWRIGHT

朱迪思·阿克莱特生前住过的病房楼下有一间小型的休息室。玛吉等朱迪思再次睡着后，将内特带到了那间休息室。马萨诸塞州的医生提前告诉过他们，等药物开始起作用，朱迪思在她人生的最后数小时里，意识会时而清醒时而糊涂，最终，白血病将终结她的生命。其他人什么也做不了，只能接受这个现实。

西尔维亚在赶来斯普林菲尔德[①]的路上，但她可能遇到了高速公路上的仲夏交通大堵塞，所以玛吉打算先带内特休息一会儿，再等着她来到医院。朱迪思的病情到了末期时，内特将她从雷诺克斯带到了斯普林菲尔德，一直在病床前照顾她。玛吉从纽约赶过来，发现内特胡子拉碴、面容憔悴，坐在妻子床边紧紧握着她的手。他已经好几天不吃不喝不睡，更别说进浴室刮胡子了，但他至少听从了玛吉——他的经纪人和终身朋友的建议。所以当玛吉喊他起身跟她去休息室待一会儿，内特像玛吉预料的那样，听从了她的话。

他们进入休息室时，里面的电视正开着，在播放一条关于“《星

① 斯普林菲尔德，美国马萨诸塞州西南部的城市。

球大战》热正席卷整个国家”的深夜新闻。这部电影已在影院上映6周了，可排队观影的人数还不见少。玛吉原本打算关掉电视，但内特在凝神观看，她索性让电视继续开着。他坐了下来，全神贯注地盯着电视上播放的《星球大战》电影片段：帝国战士攻击了千年隼号，卢克·天行者在与他父亲的光剑周旋，达斯·维达视察死星的场面——玛吉知道，至少此时此刻，他可以从今天这个漫长黑暗的悲剧夜晚稍微抽出身来，喘一口气。

“你看过这部电影吗？”她问道。

“我看了两遍。一部很不错的电影，虽然它们从我的书里偷用了一些想法。”他指着一个正在战斗中的X翼战机镜头说道，“你看，这些和我在《银河巡逻队》中描写的飞船是有点相像的。”

“没错，我也注意到了。而且，汉·索罗其实很像哈克·塔卢斯，对吗？”

“我应该起诉它们侵权。”他看向她，“你觉得我们应该起诉吗？”

“结果不会如你所愿。电影公司只会派出他们的律师团与你斡旋，即使你赢了诉讼，你所花费的金钱将比你从和解协议中获得的赔偿还要多。”玛吉挤出一个笑容，“再说，这样其实对你有好处。科幻现在是热门题材，而你几乎定义了这类文学。”

“埃德·汉密尔顿和史密斯博士发明了它，我只是改进了科幻文学。”他安静了一会，“你能谈成一个电影改编的版权买卖吗？”

“当然能行。你的书依旧畅销，每个人都还记得老版电视剧。等我接洽一下好莱坞的合作伙伴，看看我能否谈成一个授权——”

这时有人敲门，他们刚转过头，门突然一下子被大力打开，西尔维亚快步走了进来，原本为她带路的护士落在了她后面。西尔维亚盯着她的父亲，张大嘴巴，眼底冒着火。

“真是太好了！妈妈都要去世了，你还在这里和你的经纪人谈工作。”她无力地看向天花板，然后摇摇头，“不可思议。你真是太离谱了。”

她是听到了刚才两人的谈话，还是仅凭眼前所见做出了个人猜测？不论是哪一种，内特和玛吉都很难否定，他们刚刚确实是在谈工作。

“西尔维亚，”玛吉开口解释，“事情不是你想象的那样。我们刚刚只是在谈——”

“不要插手，玛格丽特，”西尔维亚厉声打断她，“这是我和爸爸之前的事。”护士打算离开，她皱着眉头，一言不发地关上了门。西尔维亚恼怒地盯着内特：“你为什么不和妈妈在一起，难道你不关心她——”

“西尔维亚，你冷静一点。”内特以一个父亲的样子耐心地跟她解释，在此之前他们父女总是不断地争吵，好像没有停过一天。“自从你妈妈住院，我就一直在她身边陪着。她现在正在睡觉，我才出来休息一下。”

西尔维亚张开嘴想说话，但是玛吉打断了她：“你父亲说的是真的。他一直在你母亲身边。如果你想责怪谁，那就责怪我吧。是我建议你父亲出来透口气。”

西尔维亚静默不语，于是，内特从椅子中站了起来。“很高兴你终于到了，”他边说边走向前，准备张开手笨拙地拥抱西尔维亚一下，但是西尔维亚不情愿地往后退了一步，他便停了下来。“你一个人开车，还是汉克开车来的？”

“汉克在楼下的花店，他一会儿就上来。”西尔维亚嘴角扬起了笑容，“他不让我独自开车。孩子目前不错，谢谢你的关心。”

她用手摩挲着自己裙子上装饰用的小颗玻璃珠。玛吉情不自禁地看向她的肚子。西尔维亚怀孕 6 个月了。数年前，她和波士顿的建筑师汉克·莫里西结了婚。内特很期待外孙或者外孙女的诞生，可玛吉担心他是否有机会了解那个孩子。他和西尔维亚从不亲近，朱迪思曾经是两人之间的沟通桥梁，还能化解彼此的敌意。可是，现在朱迪思要离开了……

玛吉不止一次地感到后悔，她没能让西尔维亚知道事实真相。她现在已经是个成年人了，但她仍然需要一个母亲，就像她的孩子会需要一个外婆。要是内特早点告诉他的女儿就好了……

“坐下休息一会儿吧。”内特给怀孕的女儿腾出一个空位，“你不该让自己太劳累。你需要我帮你倒些水吗？”

“不用了，我想去看看妈妈。”西尔维亚马上转身离开了休息室，没有给内特挽留她的机会；房门关上后，玛吉听到她在外面的大厅中呼唤护士。

内特呆呆地看着关上的门。他看上去突然老了很多，令人十分同情。他不再是一个成功的中年作家，他在打字机前花费了太多时间，当他猛地从自己花费数十年建造的想象世界中走出来时，他才发现他的妻子要去世了，他的女儿因他的常年忽视对他满怀怨恨。

“我并不想我们变成这样，”内特轻声说，“我从没有想过，她——”

他哽咽了。他垂丧着头，双肩颤抖。玛吉起身站起来，她一时慌乱不知所措，随后，她把内特拥入怀中安慰他。这是他们时隔多年后的第一次拥抱，之前是情侣关系，这次是以朋友身份。她耐心地等待内特稳定情绪，然后为他找了一块手帕，擦拭脸上的泪水。

“好了，”她等内特冷静下来后说道，“我会一直在你身边。现在，我们一起去看看朱迪思。”

他们返回朱迪思所在的病房时发现门被关上了，他们也没有看到西尔维亚。汉克站在门外，手捧花束。他和内特相互点点头，礼貌性地问好；他们也从未亲近，想必西尔维亚和她的丈夫抱怨过她的爸爸。玛吉喜欢汉克，他谦逊有礼，克制冷静，和他的妻子完全是两个极端。她猜测他们的婚姻可能不会长久。

玛吉走到门前，正准备扭动门把手，汉克上前阻止了她。“她醒了，”他向内特和玛吉解释说，“西尔维亚现在和她在一起，但是——”汉克犹豫了一下，“护士过来说，她妈妈想单独和她聊一聊，让我们在门外等候。”

玛吉盯着病房门，转头看了一眼内特。内特脸色变了。他张了张嘴，想说些什么，却什么也没说出口。内特也看向玛吉，此刻，无须言语，他们彼此心知肚明，朱迪思正在和西尔维亚讲什么。

玛吉感觉自己腿发软，她本能地抓住了内特的胳膊，支撑自己的身体平衡。忽然之间，这里成了她最不想待的地方。

他们能做的，只有等待。

三人站在医院走廊里，无心关注在他们眼前来来往往的医务人员，偶尔，医院广播里播放着让人感到费解的声明，等待的过程中，即使是几分钟也感觉很漫长。门开了，西尔维亚走了出来。

她在门口站了一会，她的脸色和她父亲的一样苍白。最开始的几秒，没有人说话，随后，内特走向前。

“西尔维亚，我……我真的对不起你，我——”

一个巴掌甩上来。西尔维亚狠狠地扇了他。“这一巴掌是因为你隐瞒我这么多年。”她低沉沙哑的声音里饱含愤怒的情绪。然后，她转身走向玛吉。

玛吉努力地支撑身体，但是西尔维亚的手在打战，她没有向玛吉伸出手。相反，她只是看着玛吉，先是张了张嘴，又合上，再努力张开。玛吉在一旁等着，最终她说了出来。

“躺在病床上的那个女人才是我妈，”西尔维亚说，“你永远都不会是我妈。”

12

ARKWRIGHT

凯特盯着坐在她对面的女士。“那不是真的。”

“是真的。”玛吉的表情十分严肃。“我可以给你看出生证明。如果你坚持要看更充足的证据，我甚至可以同意做亲子鉴定。”她停顿了一下。“或者，你也可以给你妈妈打电话。如果她知道你知晓了，她会跟你确认我告诉过你的所有事情。”

凯特低头看着桌子。服务员刚刚把她们点的食物端上来了。龙虾沙拉现在看起来令人感到反胃。房间里也感觉太暖和了，其他桌上的客人像是在冲彼此大喊大叫。等苦涩和发酸的胆汁从胃里涌到喉咙口，她才意识到自己要吐了。她一把推开椅子跌跌撞撞地站起身来，慌忙地跑出餐厅。

还好女士卫生间没人。凯特大力推开离她最近的隔间门，双手撑墙趴在马桶上，她张开嘴巴。但是什么都没吐出来。她深深地吸了一口气，期望自己自然地呕吐，但依旧什么也没能吐出来，也许是因为胃里没有食物，或者她刚经历的惊恐情绪逐渐减弱了。

缓过一阵儿，她的呼吸平稳了一些，心跳也不再急促。凯特走到洗手池边，用水冲洗脸部，用手指尽量整理好自己的发型。接着，她拉直了身上的衬衫和裙子，深吸一口气，转身回到了餐厅。

玛吉仍然坐在桌前。“你还好吗？”凯特返回餐桌时，她开口问道，脸上流露出的关切神情，像极了一个外婆的样子，“我原本打算跟去看看你，但是，我想你可能更愿意一个人待会儿。”

凯特坐下来，点点头表示她说得没错。龙虾沙拉放着没动，但是她已经没有胃口了，她用餐巾盖住盘子。“很抱歉，我不是故意的……”

“你不用道歉。”玛吉摇摇头，“我才是那个应该道歉的人。我刚刚说的事对你来说是一个不小的打击。我想不到还有别的方式能告诉你，你不用为感到失望而道歉。”

凯特注视着她，尝试接受她成为自己的亲人，却遇到了阻碍。她从来不了解她的外婆。或者说面前的女人是她成人后才知道是她的外婆。她虽然已经承认眼前的事实，但她还是很难去接受这个新真相：她的外婆还活着，现在就坐在她的对面。

“所以，你期望我怎么称呼你？”凯特问道，“外婆？”

“如果你愿意的话。但我觉得我们现在可以翻篇了，你喊我玛吉就好。”玛吉的笑容略带悲伤。“说实话，曾经有段时间，我期望你能知道我的存在，并愿意称呼我为外婆。但是，这是我当年做出的决定，我往后就应该承受它带来的后果。”

“你当初为什么要那么做？”

玛吉长长地呼出一口气：“请你理解，当我发现我怀了和内特的孩子时，我才刚刚二十岁出头，只是一名在斯特里特 & 史密斯大厦工作的助理编辑。我期望日后能在出版业做出成绩，所以我更想专注于工作，甚至创办属于自己的文学经纪公司。即便我当时在和你外公谈恋爱，但我清楚结婚生子不是我的首选，事实上，我也从未结婚生子。但是，让我选择流产……”她闭上了眼睛，身体微颤，“嗯，不是一个好的选择。那个年代流产手术的风险远比现在高。所以，我当时算是处于一个进退两难的境地。”

她心不在焉地用手指尖滑绕玻璃水杯边缘。“幸运的是，内特承担起了责任。医生告诉我怀孕的消息时，我和内特刚刚分手。我们之间只是一时冲动，而且我们的关系仅持续了短短一阵子。我当时认为这是一个很严重的问题，所以我写信告诉了哈里。我本不应该写那封信。后来，内特接受了这个事实，他承认了孩子是他的，他也愿意承担相应的责任。他和朱迪思那时刚认识，他们对待彼此很认真，双方都考虑到了订婚一事。朱迪思很早就知道我是内特的前任女朋友，她还是把我当作她最亲密的好朋友。”

“听起来，她的胸怀相当宽大，有气量。”凯特评论道。

“朱迪思很善良。她和内特认识的时候，我也在那场聚会上……这是一个很长的故事，总结起来是，他们遇见彼此后，我很惆怅，不知道该如何跟内特说分手才不至于伤害到他。内特是喜欢我，但是他和朱迪思是一见钟情。我能做的就是退出，让他们顺理成章地在一起。”

“所以，你们三个人一直保持着朋友关系。”

“没错，这也使我怀孕一事变得容易解决了。我们三人坐下来，好好商讨了一番。”

“那么，我的外祖父母……外公和朱迪思，我的意思是——”

玛吉笑了起来。“你可以继续喊朱迪思外婆，我理解。”

“所以他们决定，等我母亲一出生，就由他们来抚养她。”

“没错。”玛吉把手肘撑在桌上，双手合十，“我从斯特里特 & 史密斯大厦请到了休息假，当时我的孕肚还没有显怀，所以他们相信了我用来请假的借口：由于神经紧张，我需要度假休息来恢复健康。然后，我搬去了新罕布什尔州，我父母在那里的温尼珀索基湖[①]附近有一个

① 新罕布什尔州，位于美国东北部，南接马萨诸塞州；温尼珀索基湖，位于新罕布什尔州中东部，是该州最大的湖泊，著名的夏季度假胜地。

夏季度假用的木屋。父母同情我的境地，所以我妈妈特意赶来照顾我。与此同时，内特和朱迪思结婚后，搬去了波士顿，内特从波士顿大学得到一份教职工作。朱迪思买了些孕妇装，并偷偷地在衣服里面塞枕头，她不让人摸她的肚子，尽量待在家中不外出，所以每个人都相信她怀孕了。等待时机成熟，他们趁周末到新罕布什尔州旅行，然后对外声称朱迪思在那里生下了孩子。”

“湖边的度假小屋附近刚好有一个乡村助产士帮忙接生。”凯特缓慢地点点头，“我从小到大都是这样被告知的。原来它们都是谎话。”

玛吉耸肩否认。“我更倾向于认为，它是一个可信的解释。”

“没有其他人知道这件事吗？”

“只有哈里和乔治两个人知道。他们向我保证，绝不会泄露半点消息。”她举起手阻止了凯特继续要问的问题。“他们是明日联盟的成员，我们从不向彼此隐瞒秘密……好吧，几乎是从不。”

“然后外公抚养了我的妈妈，外婆对她视如己出。而你——”

“保持适当的距离。”玛吉转头看向窗外，“其实，这是一个相当不错的安排。等我成为一名文学经纪人，内特做了我的第一个客户，我便有机会看着西尔维亚长大。她总以为我是帮助她爸爸打理工作事务的角色，有一段时间里，我甚至还当过她的保姆。”她的脸色暗淡下来。“但是，内特从来没有亲近过她。鉴于她当时出生的情形，我觉得他可能还是没有接受她是自己的孩子。他辞去教师工作从事全职写作后，在工作上付出的时间远多于陪伴她。这一点伤害了他们之间的感情。尤其，朱迪思是在去世之前，才告诉西尔维亚她的出生真相——”

“我想，我现在明白了所有的事情。”

“不，你还没有。”玛吉摇头，“你只了解其中的一部分，你知道了内特、哈里和我为什么能够保持多年紧密的联系，还有明日联盟是如何转变为阿克莱特基金会的部分。”

“我了解了过程，但不知道原因。”玛吉刚告诉了她所有的事情，凯特发现自己再次变得像一个记者。新闻五要素，当她还在新闻学院读书时，就已深深地烙进她的脑子里。何人，何事，何时，何地，何因——她现在已经知道了前四个，但是还有最重要的第五个要素，她不知道。

“你说得对，你也应该知道这个。”服务员走向前来，玛吉挥手示意他可以端走盘子了。“我记得，离我们这条街的几个街区外，就是1989年世界科幻大会的举办地。”她停顿了一下，脸上露出一个凄凉的笑容。“想来，现在距离我们四人——内特、哈里、乔治还有我的第一次见面，整整50年了。”

1\3

ARKWRIGHT

这个周末对内特来说本该是愉快的。然而，玛吉却认为不该带他来参加科幻大会。

粉丝们为了参加内特的签名活动，排队等了一个小时。玛吉陪同内特搭乘自动扶梯来到举办作者签名活动的场地——海恩斯会议中心的长廊，那时已有近400人在等着他到来。内特望着眼前长长的从二楼宽阔的夹层蜿蜒而下的队伍发呆。玛吉以为内特要打退堂鼓逃走。他的管家斯特林先生几分钟之前刚把他们放在外面的人行道上。

“天呐，玛吉，”他小声嘟哝，“这么多人都是为谁而来？”

“是你啊，亲爱的。”她对内特耳语道，然后挽着他的胳膊，将其带到签字桌就座。

这是内特多年以来参加的第一个科幻大会。如果它不是在自己居住的马萨诸塞州举行，他可能都不会来参加。他的新书《穿越黑洞边界》平装版刚刚上市，自去年成为《纽约时报》最佳畅销书以来，他的出版商一直在大力推广，他们也期望内特至少公开露几次面，扩大该书的宣传攻势。在今年的世界科幻大会露面一天，应该不是特别大的负担，但即便如此，玛吉也是费了很大劲儿才把内特从家中拽出来。

自朱迪思去世以后，内特就变成了一个隐士，连科幻大会发来的邀请函也不予理睬。

内特坐在桌旁。谢天谢地，没有不认识的作家坐在他旁边，情况好转了。粉丝一个接一个地走向他，手里都拿着要签名的书，大部分是《穿越黑洞边界》，但是也有人带来了他早期作品的旧版和有收藏价值的版本。其中，有一个收藏者带来了一本崭新的 1940 年 5 月发行的《惊骇科幻》杂志，那里面有他的第一篇作品。起先，内特表现得很冷淡，不怎么和靠近他的人说话。后来，他逐渐适应了桌前的签名工作，变得热情起来。他开始和粉丝聊天，然后再用玛吉给他的万宝龙黑玛瑙钢笔签上自己的名字。他曾用那支钢笔签署了自己的第一份百万美元合同。他甚至愿意和粉丝谈论一些关于《银河巡逻队》的话题。往常他都不大愿意与人谈论，除非对方是参与过该系列书籍制作的专业人士。

玛吉安静地坐在他的身旁，她看到了内特一丝旧日的影子。这个内心深处仍在哀悼妻子逝世的孤独老人，还是她在 50 年前第一次科幻大会上遇到的那个年轻作家。看到他回来了，即便只有短短几分钟，玛吉也感到很高兴。

签名活动进展很顺利，等它一结束，玛吉就陪同他去往另一层楼的休息室。在下一项活动开始之前，他可以暂时远离公众视线。但是，即使在休息室，内特仍旧是焦点人物。多年未见的老朋友哈尔·克莱门特、罗伯特·西尔弗伯格和凯利·弗里亚斯，他们一听到内特也来了，兴奋地走向前来打招呼。然而，年轻的作家们将内特视为科幻传奇人物，有的害羞地上前与他握握手，有的则假装冷酷站在一边旁观，内心却十分高兴能和科幻四大巨头之一同处一室。内特坐在沙发上喝着健怡可乐，他的身边围了一圈作家、艺术家和编辑。在那一瞬间，玛吉熟悉和喜爱的内特仿佛回来了。

但是这没有持续多久。内特稍后参加了大会为他安排的三次公开亮相中的第二个活动——一个主题不清晰、名为“未来的未来”的圆桌讨论会。这一次，内特也是和老朋友们一起参加：鲍勃·西尔弗伯格、弗雷德·波尔，还有主持人斯坦利·施密特，他现在是《模拟科幻与现实》的主编，很多年前内特曾给他写过一个罕见的简版《银河巡逻队》故事。圆桌讨论会被安排在主宴会厅举行，现场座无虚席，很多粉丝甚至靠墙站着或者坐在过道上。按理来说，一切都应该顺利进行。

可是，事与愿违。内特仍是大家关注的焦点，但对他来说，这种备受关注的感受今天早些时候还很新奇，现在则变成了一种负担。玛吉坐在第一排，她看出来内特精力不佳。随着时间一分一秒地过去，内特在他的椅子里越陷越深，他似乎跟不上讨论会其他成员的发言，总是扯远话题避开交锋，说些与主题不相干的事。比如，当弗雷德谈到一个名叫“网络空间”的电子领域新兴事物时，内特却说了一堆乱七八糟的话，抱怨他如何费劲地在伯克希尔县找到一个人，修理他坏掉的菊轮打印机[①]。这还不是最坏的情况，讨论会快结束时发生的事让一切变得更糟。

一个留着胡子的粉丝站起来提问。他头顶卷发，身穿黑色T恤和宽松牛仔裤。玛吉一看到他的样子，就在心中默默怀念旧时代，那个时候，一个有自尊心的年轻人不会不理发、不系领带地出现在公共场合。他问，为什么没有科幻作家再去写太空主题的小说。“你看，现在大家都在写计算机，”他说道，“挑战者号灾难事件[②]向公众展示了太空有多么危险。我们为什么不能用机器人来执行同样的航天任务呢？没有必要让航天员拿他们的生命去冒险。”他轻松地耸了耸肩，脸上挂着

① 菊轮打印机，可换打印头，使用者可选打印字体的打印机，因其转轮上的轮辐状似菊花而得名。

② 1989年，挑战者号航天飞机起飞73秒后发生解体，造成机上7名机组人员丧生。

无所不知般的笑容，“太空旅行…… 你知道的，它在 40 年代或者 50 年代可能是一件伟大的事情，但现在已经是 90 年代了，当下是一个全新的世界。”

鲍勃 · 西尔弗伯格向前倾身准备回答，但是内特抢先打断，没让他说出一句话。“这可能是我听过的最愚蠢的话。”内特说完后，还厌恶地发出一声叹息。

此言一出，观众席上一片惊呼。宴会厅里传来零星的笑声，后方有人对内特发出嘘声，大部分人因惊讶共同发出“噢”的声音。波尔扬起了眉毛，西尔弗伯格警惕地看向内特。施密特闻言也是目瞪口呆，不等他重新掌控麦克风，内特弓起身子，直视眼前这位被吓呆了的年轻人。

“没错，我是认真的，”他继续说道，“你那番话真是白痴。我也有一台电脑，但它能为我做任何事吗？当然不能；它甚至不能煮咖啡。然而你觉得计算机将成为我们所有生活的核心？真是愚蠢。”他摇了摇头。

“内特。”西尔弗伯格试图阻止。

“不，让我说完。”内特转身看向西尔弗伯格和波尔，“你们怎么看，你们认为宇航员是在枪口的威胁下，才进入发射台的吗？”他用手指比出一把手枪的样子，然后朝观众席做出射击动作。“快走…… 登上那艘飞船，不然我就杀了你。”有一部分人笑了，内特继续说道，“宇航员们做的是一件极其勇敢的事，无论计算机技术多么先进，电脑或者机器人永远不可能替代他们。要是人们愿意留在地面，我们为什么想要成为宇航员呢？未来的边界不是坐在电脑屏幕前，吃着薯片就能被探索出来的。未来需要生命，生命需要努力。宇航员明白这一点，他们才自愿接受危险的航天任务。如果你能从沙发上挪开你的屁股，也许你就能理解这些事情！”

此时，宴会厅里安静了下来。笑声停了，每个人都看着内特，好像他是家中一个令人敬爱的祖父，突然间无理由地呵斥他的家人。那个提问的粉丝脸色苍白，他不知道自己应该坐下还是继续站着，他紧张地来回踱步。

“你想看见未来？”内特怒视着他，继续逼问，“你想知道下个世纪，我们的生活会变成什么样子？那么现在关掉电视，放下电脑游戏，丢掉你在读的《星际迷航》，走出家门，自己去动手创造！科幻小说都是虚构的！虚构的故事！你必须去……去……”

内特眨了眨眼，他结巴了，好像他突然想不起来说什么了。这场风暴戛然而止，一如它无端地开始。斯坦利·施密特接过麦克风，机智地转变了话题，而内特在接下来的时间里什么也没说。圆桌讨论会结束后，玛吉赶紧走上台。她抓住内特的胳膊，将他带向一扇侧门，避免任何人强留他谈话。斯特林先生下午放假休息，直到晚上才会来接他们，于是玛吉迅速在博伊尔斯顿街上拦到一辆出租车，将内特安置在后排。

玛吉请司机开往后湾区，那里不太可能遇到任何粉丝或者其他作家。他们刚在一家餐馆就座，玛吉就拿出她的便携式电话——一个昂贵的玩具，来波士顿之前，她幸运地把它放进了随身背包里，以避免任何客户或者编辑联系不到她。现在，她用它联系了科幻大会的联络人。接电话的年轻女士同意了玛吉的请求，答应取消内森·阿克莱特下午的读书会安排。很明显，她已经知道了内特上午在圆桌讨论会上对粉丝发怒的事情。玛吉简单地告诉她，取消读书会是因为内特感到身体不舒服，然后为内特给科幻大会组织者带来的不便道了歉。随即玛吉关掉电话，招呼服务员过来点餐。

内特一路上都沉默不语。他也被自己出格的行为惊呆了，所以他默许玛吉带他偷偷地离开科幻大会会场，来到眼下这个不知名的酒吧，装作一个来喝酒的老人。电视上正在播放一场棒球赛，波士顿本土的红袜队没有上场，所以酒吧里的客人并不在意赛况。等到他们的酒端上桌后，玛吉将手伸向桌对面，握住内特的手。

“你还好吗？”她说，“你刚刚怎么了？”

“我不知道。”内特端起他的威士忌加苏打，小口抿了一下，然后放下酒杯。“我表现得还可以，我觉得……好吧，也许我没有……当那个举止粗鲁的孩子开口说……我不记得了，反正是一些特别愚蠢的话，让我感到很失望。”内特苦笑着，“我吓坏他了，是吗？”

“你要把我吓死了。”

内特大笑，然而当他看到玛吉脸上露出严肃的表情后，他脸上的笑容便消失了。“抱歉，我不是故意为难你。”他低下头看着酒杯，然后摇了摇头，“不，我不知道是什么刺激到了我。也许是因为我对很多事情都感到失望，于是我朝惹怒我的第一个人发泄了出来。来这里对我来说可能不是一个好主意。”

“我们离开会场时什么也没解释。”随即，玛吉摇了摇头，“你在签名活动中表现得非常好，你在休息室里也度过了愉快的时光。事实上，那是近些年来，我看到的你最快乐的时刻。但是后来，当你站在粉丝面前……噢，天呐，内特！你当时在想什么？”

内特转移了视线。他盯着电视，大概有一分钟左右，他像是在津津有味地观看棒球比赛，又像假装在看。

“我不再感兴趣了，玛吉，”他终于说了出来，“我是说科幻小说。这次我来参加科幻大会，见到的全是陌生人。没错，我确实还在大会上有一些熟人，但是除此之外，那些观众都还只是孩子，他们对我所说的任何事都不感兴趣。”

“那不是真的，你的书卖得比以往都要好。你的粉丝还需要你的故事。”

他瞥了一眼玛吉：“算了吧，你很清楚。粉丝不是我的主要读者群体。他们甚至不是核心读者。他们只是一个子集，一个大的维恩图[①]中有交集的小部分。所以，我不是特别关心粉丝的想法，但是……”内特再次摇了摇头，“我生气的可能是因为那个孩子的看法是对的。”

“那又怎样？”

“没有人再向往太空了。科幻粉丝们现在着迷于……弗雷德怎么说的来着，网络空间？如果不是那个，那么就是龙和精灵一类。《银河巡逻队》现在还能卖得好，那是因为我已经写了 50 多年，它们还有同名电视剧和电影吸引着年轻观众。但是，我实在是感到厌烦了。我真的累了。”他停下来摘掉眼镜，“这会是我的最后一本书，玛吉。我要完结整个系列。”

“不要那么说。”

“抱歉，我的女孩，但你必须去找一张新的饭票了。我不会再写“银河巡逻队”系列了。换个别的人来做吧，我确信你肯定能找到愿意写的人。是我已经厌倦了所有的事情。”他端起酒杯喝起来，口中发出“嘶嘶”的声音，“事实上，我厌烦写作了，我要为写作生涯画上一个句号。我已经写足了半个世纪那么长，够了。”

玛吉希望哈里或者乔治能在这里，那样她便能从其他明日联盟成员那里得到帮助。但是哈里生病了，乔治在高等研究所忙着工作，所以她必须靠自己来稳住内特。“那么，你打算再做些什么？难道整天坐在家中，无所事事？”

“不，不是你想那样的。我想继续追求我的兴趣，只不过是以不同的方式。就是那样。”内特放下空酒杯，把它推到一边，“我在考虑使用我名下的财产，把它们拿去投资、支持我信得过的项目。比如，能帮助人们进入太空的项目，公司业务、大学研究，或者类似的机构。”

---

① 维恩图，用于展示不同群组 / 集合之间的数学或者逻辑关系。

“那会有很多人来敲你家的门。”

“不会，我会匿名做这件事。我打算设立一个非营利性质的基金会，用投资太空业务项目获得的利润支持基金会的日常运转。”内特不以为然地耸耸肩，“我还在筹划它。但是，我想说的重点是我不写了。我要退休。”

“没有哪个作家会说出退休这种话，内特。他们只是会停笔，休息一阵子。”玛吉拿起她的酒杯，“用不了多久，你就会开始写作另一本书。”

“除非是让我写回忆录，甜心。”他扬起一边的眉毛，“仔细想想，这倒不是一个坏主意。弗雷德和阿西莫夫都写过他们的自传。我为什么不可以？”

当他说要写自传时，玛吉刚喝下一小口伏特加汤力。她缓了很长一段时间，避免自己说话结巴。“请不要写自传，”她说完，用桌上的纸巾擦拭了嘴唇，“如果你说出了真相，没有人会原谅你。”

“真相？什么真相？”内特看到玛吉慌乱的表情后，理解了她的意思，“噢，你是说那件事。好吧，但是总有一天，她会理解我们的。”

“如果外公写完了回忆录……”凯特接过话头。

“你已经知道了你妈妈和我的关系，”玛吉最后说，“那么，世界上的其他人也将会知道。幸运的是他没有写完自传，他再也写不完了。”

“好吧，我明白了。但是，你刚刚告诉我的是所有的一切吗？”

“如果你再耐心一点，所有的事情都能得到合理解释。”玛吉举起手，示意服务员结账。“我告诉过你，我来波士顿市出差，那是真的，只不过出差的任务是你。我想带你去一个地方。”

“哪里？”

“为什么这么问，当然是去见乔治了，这样他可以告诉你剩下的故事。”

1\4

ARKWRIGHT

玛吉从纽约雇了一辆车来到波士顿。现在那辆车正停在四季酒店外面的路边，司机在他的座位上读着一本平装书。他下车替玛吉和凯特打开后排车门，然后平稳地启动了汽车。很明显，玛吉已经提前告诉过他要去哪里，他专注地行驶在正午交通高峰车流中，没有回头询问行车方向。

凯特惊讶地发现，他们的车开上了高速公路，更出乎凯特意料的是，车子竟然开出了城。他们开上马萨诸塞州的收费公路，驶离了波士顿城；玛吉在路上拒绝回答任何问题，她的双手交叠放在腿上，眼睛直视着前方，一直端坐在她的座位上。尽管她面带一副狡黠的笑容，却不怎么开口说话。

他们在佛雷明翰出口处下了高速公路，随即穿越绿树成荫的波士顿郊区，经过高科技产业园区，园区里有软件设计企业、医疗器械制造企业、生物技术公司。然后，他们进入了一个类似那样园区的车道，驶向第一栋有玻璃外墙的两层楼建筑，这栋没有名字的建筑的前方草坪上，插着一块“可长期租用”的牌子。

“他们应该拿掉它的，”玛吉看到那块写有租赁广告的牌子，不满意地抱怨道，“我们已经租下了整个二层楼。”

“基金会租用的吗？”凯特问道，玛吉点头确认。“为什么你们需要那么大的办公空间？”凯特又问。

轿车停在了楼前，司机起身下车为她们开门。“进来参观一下。”玛吉一边说，一边在司机的帮助下从后排起身站到车外。

数辆维修服务车辆和一辆快递车停靠在楼前。来到一楼的走廊，玛吉和凯特不得不先给一个刚从电梯里推着手推车走出来的工人侧身让路。

“抱歉，这里还是一片混乱。”玛吉在电梯上说。电梯轿厢里的墙壁和地板都包上了棕色的纸，以避免留下刮痕。“就像你看到的，我们还在往里搬运东西。”

进口处是一扇玻璃门，上面贴着手写体的“阿克莱特基金会”。门厅处已安置了一个接待台，里面的地毯上还盖着一层防水防油的帆布，墙面正在重新粉刷，一个年轻的黑人女子坐在接待台后，正在用一台看起来刚拆箱的苹果电脑。

“克劳夫人，很高兴再次见到你！”她们一进门，那名女子就起身问候，“哈里汉博士正在会议室里等着你们。需要我为你们倒杯咖啡吗？”

“谢谢你，芭芭拉。我要一杯茶。凯特，你呢？”

凯特摇了摇头，示意不需要。光是站在接待区就可以听到走廊深处传来的锤子声、钻头声和工人们刻意压低的交谈声。空气中还飘浮着锯末。凯特猜测，他们的基金会可能刚好在还清外公住宅的银行债务后搬进这里。

芭芭拉带着她们进入接待区左手边的走廊，来到一间位于走廊中部的屋子。这间会议室看上去刚完成装修，墙壁上涂了一层蛋白色的油漆，其中一面墙装了一台 42 英寸的等离子电视机。椭圆形的会议桌上铺满了纸张和文件夹，看来这间会议室被当作了临时办公室，坐在一台苹果笔记本电脑面前的人，正是乔治·哈里汉。

“你们来了。我刚刚还在想，你们要什么时候才能到。”乔治今天戴了一个蝶形领结，让他看上去比之前更专业。他站起身绕过桌子，走到她们跟前。他停下来快速亲吻了一下玛吉，再和凯特握了握手。“你和玛吉一起吃午饭，过得还愉快吗，她有没有让你感到无聊？”

凯特不清楚他是不是在开玩笑。“午饭……还不错，和她在一起挺有趣的。”她尽力选择了合适的措辞。

乔治咧开嘴大笑，做出一个恶作剧式的眨眼动作。“我想也是，应该如此。”然后，他快速观察了一会儿凯特的反应，想要从她脸上的表情，看透她内心的真实想法。接着，他后退了一步。“好吧，请你们找个位置坐下，我准备开始了。”

凯特和玛吉选了乔治座位对面的位置，她们坐进崭新的办公椅里。芭芭拉端了一个装有茶饮的马克杯进来，递给玛吉后就转身关门离开了。乔治依旧站着，双手交叉着背在身后。

“好的，现在，”他开始了，“我想玛吉已经告诉了你一些你以前不知道的家族秘事，对吗？”

“是的。”凯特用余光察觉到，玛吉正在看着她，“我还在消化中，但是我确实知道了。”

“不错。”他停顿了一下，“我很抱歉，让你通过如此曲折的方式去了解这些事，包括让你去读内特的自传，然后再依次去和哈里、玛吉谈话。可是，如果是由我们在你外公的葬礼后，直接告诉你所有的事情，你可能都不会相信我们所说的。”

“真是三个老疯子，”玛吉自嘲道，“也许你会那样看我们。”

凯特起初不赞成玛吉的看法，但是她随后意识到玛吉可能是对的。如果一个刚认识的女人声称她是自己真正的外婆，凯特真的会认为她患有阿尔茨海默病。哈里讲述的那些关于天宁岛和阿波罗 17 号发射的故事，只不过是一个老人的回忆。至于她外公的回忆录，读起来是有趣，但都是些无关紧要的叙述。“我理解。”凯特不得不同意。

“好的，很好。现在我来给你讲讲我最后一次见到内特的故事，今年早些时候我去拜访过他。”

1\5
ARKWRIGHT

伯克希尔县的夏天来得有点晚，无论如何，它终究来了。乔治站在内特家中的阳台上四处张望，注意到有一只老鹰在附近的山坡盘旋，寻觅林中可捕食的猎物。目光所及，树木抽发了新叶，三五成群的蜻蜓在空中飞舞，草地再次变绿了。

多么美好的一天。尽管这个下午很暖和，斯特林先生还是给内特瘦弱的肩膀裹上了一件轻薄的披肩。随后，他便离开了房间，留下二人单独相处。内特原本蜷缩在他的摇椅上，现在他的肩膀微微向前倾。乔治此时意识到，和上次见面相比，他的朋友现在的身体状况非常令人担忧，他看上去很虚弱。上次见面已是数年前，乔治无法让自己相信这一事实：内特活不长了。

“你听说那颗小行星的事了吗？”内特发问，“最近报纸上有报道？”

内特突然转变了话题，乔治有点儿猝不及防。刚刚他们还在谈论在伯克希尔县筑巢生活的猛禽种类，内特辨认不清楚那只鹰是何种类，但是乔治可以，他们才聊了一会儿。突然之间，内特就想聊点儿别的了。他总是令人捉摸不透，乔治是为数不多能跟上他思路的人。

“哪颗小行星？”他反问道。

"预测说会在25年之后撞击地球的那颗。"

乔治习惯把自己的大脑当作一个卡片式思想文件夹，他很快在大脑中翻到了那张卡片。"啊，那应该是99942阿波菲斯[①]，一颗最近被发现的近地小行星，嗯，刚刚才发现。"最后一秒，他忍住了没有告诉内特，阿波菲斯实际上是在18个月前被发现的，而媒体报道它会撞击地球一事，大概是自那之后的6个月。他并不想指出内特的记忆正随着变弱的身体而愈发混乱，"我并不担心它。"

内特盯着他看："为什么不呢？天呐，你知道如果它撞击了地球，会发生什么样的事情。"

"那概率很小。我记得经过测算，阿波菲斯在2029年重返时，很可能会与地球擦肩而过。"他笑着解释，"无论哪种情况，我都不怎么担心。到时，我们俩都将不在人世了。"

以往，内特还能领会他刚才的话中那种令人毛骨悚然的幽默，可能还会大笑，但现在，他用愠怒的眼神盯着乔治。"我在担心我死后的人类历史，你懂吗？我不相信在我死去的那一刻，宇宙也会停止运转。"

"当然，它不会。"乔治感到不安，他在椅子上转动了一下身子。这场对话比他预想的要严肃得多。"但是，你能为此做的改变也不多，不是吗？"

"难道不行吗？或许我可以。"

这是自从今早乔治的助理从普林斯顿开车送他来到内特家里，内特布满褶皱的脸上舒展开的第一个笑容。几周前，他意外地接到了一个内特打来的电话，邀请他来自己在马萨诸塞州西部的家中玩几天。乔治已经很久没见过内特了，受邀前往伯克希尔县度周末，听上去挺

① 小行星99942，又名死神星、阿波菲斯，是2004年发现的一颗近地小行星。最新观测认为它可能不会和地球发生撞击。

不错的。

乔治刚到时，内特还有些郁郁寡欢，但是此刻，他露出了原本的样子。内特眼中闪烁着乔治所熟悉的光芒，带有一丝狡黠，那意味着他有了一个新奇的想法，正跃跃欲试地想要展示给“明日联盟中的天才”（他过去喜欢这样称呼乔治）。以往这种情形常常发生在内特为筹备某一本新的《银河巡逻队》进行头脑风暴的时候。自从内特出版了他的最后一本小说，时间已过去将近 20 年了，乔治怀疑他打算创作一本新的小说，即便他现在处在生命的最后阶段。

“你在想什么，内特？”乔治往后靠向椅背，双手指尖相抵，“你为什么喊我来这里？”

内特沉默了一会儿。他抬起头眯着眼，似乎终于注意到了那只在他家上空盘旋着的老鹰。“你读过马丁·里斯的《终极时刻》吗？”他最终开口问道。

“我看过，很有趣的一本书。”

“你怎么看他对未来形势的预测？如果我们不去改变或不能改变现有生活方式，人类在 21 世纪仅有 50% 的存活率，我们注定会自己毁灭。”

乔治噘起了嘴。“马丁爵士的悲观态度稍微有点反常，但是——”他停顿了一会儿，略微组织了一下他要表达的话。“他做出的预测可能是真的。即使没有小行星撞击地球，全球气候变化也会让我们陷入困境。还有核战争或者鼠疫，我们自己制造出来的瘟疫，再相互传染。任何一种其他的灾难都有可能。”

“你会为此感到困惑吗？”

“当然。”乔治露出一脸苦笑，“这也算是我这么多年来坚持我的研究方向的原因之一。我们不能把所有鸡蛋都放在一个篮子里，对吗？”

“没错，你说得对，”内特缓慢地点点头，“我们所有人都在朝一个目标努力，对吗？我是说明日联盟。哈里和我写的故事，是关于人类离开地球去太空的故事，玛吉确保它们能够得到出版，而你在现实生活中尝试实现把人类送往太空。”

“自从我们在第一届世界科幻大会上相识，彼此相伴已经很长时间了，但是请不要给我过高的荣誉，我还没有那么成功。”乔治偏头看向附近的群山。“当我在通用原子能公司工作时，我认为猎户座计划[①]是个不错的想法，但是我们没有得到资金支持。同样的事情发生在70年代我在美国国家航空航天局参与开发核动力火箭引擎[②]时。如果当时我们造出了核动力火箭，我们本可以在1990年登上火星。每次我们快要实现的时候，不是国会就是白宫，他们总会找各种理由拖后腿，停止对我们项目的资助。”

“我也是这么看的。”一阵微风吹过草地。内特紧了紧身上的披肩，好像感觉到有些冷。“问题从来不是缺乏技术支持，也不是我们意志薄弱。它总是和钱相关。”

“说得没错。我们知道进入太空需要什么，如何去开拓另一个星球。如果我们下定决心，我们甚至可以在本世纪内开始建造星际飞船。”

“星际飞船？”内特扬起一边的眉毛，“真的吗？”

“当然。英国星际协会[③]早在70年代就提出了代达罗斯项目的设计方案。后来，其他人修改了它的部分内容，提出了第二代设计，并

---

① 猎户座计划，指通过核能驱动航天器的研究，支持者认为核能驱动的航天器具有星际航行的潜能，后因其可能带来的放射性污染而被禁止研究。

② 核动力火箭，曾被美国国家航空航天局寄予厚望，可用于载人火星任务，后因阿波罗太空计划预算削减而被取消。

③ 英国星际协会，1933年成立，世界上最早的支持太空探索、殖民和私人航天飞机项目的组织，科幻作家阿瑟·克拉克曾担任过该组织主席。

命名为伊卡洛斯项目[①]。它不需要核聚变来获得推动力。工程师们用激光或者微波做了很多模拟光束推动飞船的实验。这项工程浩大而且昂贵，但是迄今为止，还没有其他更吸引人的飞船项目……是的，几乎没有。”

“问题出在哪里？”

“人。”乔治伸展了一下他的双腿，“我们不知道如何让人在飞船抵达另一个星系前长时间地生存在太空中。即使我们把飞船速度提高至光速的一半，尽管这种假设用激光能推动系统实现的可能性非常小，飞船仍然需要将近 5 年的时间才能到达半人马座。去往更遥远的星系则需要花费几十年，甚至几个世纪的时间。”

“世代星际飞船。”

“这对写科幻小说来说是个不错的主意，但是它不能在现实生活中实现。最大的困难是为飞船上的人建立一个可靠、易操作和永久性封闭式循环使用的生态系统。想想生物圈二号实验[②]，虽然在几个月内就产生了温室效应，但最终所有参与实验的居民还是不得不撤离。如果人类在月球或者地球上建立类似的生物圈，还能借助地球的帮助解决出现的问题，可是飞船一旦离开了太阳系，人类就只能依靠自己了。”乔治耸耸肩，继续说道，“此外，仔细想一想，即使是在科幻小说中，大部分的世代星际飞船航行不都是以一场灾难收场的吗？”

“如果让飞船上的人进入休眠状态呢？”

“可行度能高一点。但即使机组成员主动进入昏迷状态，仍然不能解决人在外太空长时间生存的问题。低温冷冻会造成大脑组织损伤，

---

① 代达罗斯和伊卡洛斯两个项目的名字都取自希腊神话。父亲代达罗斯带领儿子伊卡洛斯，用羽毛和蜜蜡制成的翅膀越狱，但儿子伊卡洛斯因飞行时太靠近太阳，蜜蜡被熔化后飞行翅膀散架，他从空中落入大海溺亡了。

② 生物圈二号，一个位于美国亚利桑那州的人造封闭生态系统，建于 1987 年，至今仍在进行科学研究。它的设计初衷是为了探索人类在外太空生存需要的生物条件。

使人回暖复苏的办法，仅仅是我们猜测中的一个最好结果。”乔治摇了摇头，“太空是一个非常危险且无情的环境。我喜欢阅读科幻小说，我也经常读，但是像你和哈里这样的科幻作家，总是低估在外太空生存的难度。”

内特沉默了一会。“你觉得星际旅行是不可能实现了吗？”他最后开口问道。“告诉我你所知道的真相。”

“不是不可能，只是非常非常困难。载人飞船也许是永远没有办法做到了。但是无人探测器可以做到，飞船上不要承载任何宇航员。”他想了一会儿，然后又补充道，“当然，还有一个替代方案。”

“替代方案？你觉得它能成吗？”

“是的，它可能成功。它需要——”

内特举起一只干瘦和布满老年斑的手，阻止乔治继续往下说：“你过一会再解释给我听。我想先告诉你我为什么邀请你来这。”

乔治对其中的原因很好奇。内特已经很久没有邀请过他或者明日联盟里的其他成员来他家过周末了。即使是玛吉，大多数时候也是通过电话和邮件联系他。乔治仍然喜欢参加科幻大会，偶尔去过几次。他喜欢安安静静地作为一个科幻粉丝，享受其中的乐趣。距内森·阿克莱特上次在公众场合露面，时间已经过去了好多年。妻子朱迪思的逝世，也带走了内特的一部分。他继续写作了 10 年之后便放下笔杆，依靠版税和“银河巡逻队”系列剧集复播带来的收入生活。

内特把手搭在椅子扶手上：“这是一个我无法回避的事实，”他平静地说道，“我要死了。”

乔治并不感到惊讶。和老友相处的这几个小时里，他的眼睛已观察到了各项细节。乔治实在是一名优秀的科学家，不会不接受与他观察相符的证据。然而，当乔治问起一个显而易见的问题时，内特摇着头拒绝回答。“别问我细节，”他的嗓子里有痰，声音带着沙哑，“这是唯一让我感到沮丧的部分。我可以接受其他的，但是——”

“我明白。你觉得自己还能撑多久？”

“也就几个月。医生说我可能活不到今年年底了。在那之前，我的身体会越来越虚弱。”内特露出一个勉强的笑容，“我想我完成不了手头正在写的书了。反正，不是每一个人都愿意读我的自传。”

乔治难过地呼出一口气。“很抱歉，内特。我……我不知道该说些什么。”他从来没能处理好面对死亡的焦虑和恐惧，更何况内特是他最亲密的老友之一，“如果我能帮你做些什么——”

“没错，是的，事实上，我需要你的帮助。”内特直勾勾地看着他，“和你一样。我想让人类去探访外星系。我想我找到了一个办法可以做到，这将成为我的遗产，但是我需要你、玛吉和哈里来帮我。”

乔治盯着内特：“我们要如何做？”

“先做紧急的事。”内特再次露出笑容，他看起来感觉好点了，“我刚让律师修改了遗嘱。我准备……”

1\6

ARKWRIGHT

门外一阵礼貌的敲门声打断了乔治的讲述。芭芭拉推门进来，起初凯特以为她是来送咖啡的，但相反，她走到旁边，给后面两个要进门的人让开位置：哈里·斯金纳和他的孙子吉姆。

凯特似乎是房间里唯一一个对他们的出现感到吃惊的人。玛吉朝他们微微一笑，乔治低头看了一眼他的手表。“很好。时间正好，你们来得正是时候。我刚准备告诉凯特关于内特遗产的事。”他再次转向她，“你的外公，他——”

“等一下。”她看向哈里和吉姆，“我前几天才见过你们。你们那时已经知道要来这里了吗？”

哈里今天坐在一个三轮的老年代步电动车里。他在座椅上向前倾了一下身子，将双手搭在车把上。“不是那样的。我们不知道玛吉具体什么时候会把你带来这里，我们只是见机行事。”他竖起大拇指冲向吉姆。“我很庆幸他能从医院请一天假，并借了一辆面包车载我。否则我得坐火车来这里，外出旅行现在对我来说是越来越困难了。”

“好的，我明白了，但是你为什么要那么费劲地来这里？”

乔治清了清他的喉咙：“如果你让我继续说完……”凯特点头，乔治继续，“你的外公决定修改他的遗嘱，建立阿克莱特基金会。在那之前，他打算把大部分的财产捐给慈善组织，剩下一小部分象征性地留给你和你的母亲。但是在他生命的最后几个月里，他萌发了新的想法，决定要用全部的资金去支持那些让他着迷了一辈子的项目。”

“太空旅行。”凯特猜测。

“不，不仅仅是太空旅行——太空殖民。而且也不只是在我们邻近的星系。他的愿景宏大，不是简单地再次把人送往月球，或者送到火星。他想为努力研究星际探索的项目提供种子基金。”

“这项工作实际上是他一直从事的科幻写作事业的延续，”玛吉说道，“他封笔不再写作之后，转向了跟踪和观察前沿不同方向的太空发展项目，尤其关注小型创业公司和私人研究小组。当他看到前景可观的项目时，他就会匿名送上捐款支票，并要求接受者保密；除了公司主席或者研究团队的领导者，不会有其他人知晓此事。”

“只有玛吉清楚这些事，”乔治补充道，“内特没有让我和哈里介入。但在过去的 20 多年里，他一直在悄悄地资助非政府主持的太空项目，尤其是那些与星际探索相关的项目。”

凯特盯着他，有点儿不敢相信她刚听到的话。“星际……你是说，类似建造一艘飞船?”

“没错。”乔治表现得很平静，仿佛他们在谈论一件世界上最合乎逻辑的事，“你是一个科普作家，你肯定清楚最近发现的系外行星。迄今为止，大型行星如热木星、超级木星，或者一些小型行星，它们都不适合人类居住。但是每个人都相信，我们迟早能够发现类似地球质量大小的行星，而且它们的运行轨道与主恒星的距离正好，与地球也足够近，人类也有机会乘飞船抵达它们。实现这一切都只是时间问题。”

“这正是阿克莱特基金会努力在做的事。”玛吉总结了一下谈话思路，她接过乔治的话题继续说，“基金会成立的目的是资助和支持一些发展中的研究和开发项目，争取在下一个百年内建造出第一艘飞船。眼下的这间办公室只是我们的起步。等我们安置好办公场所，我们将会联系与我们拥有共同目标的个人、私企和研究机构，等我们获得他们的技术支持之后，再从这里协调各方资源。”

“我们会悄悄地做这些事，”哈里补充道，“它们不会被公开，也不会有政府机构参与其中。我们不会让它变成另一个由美国国家航空航天局主导的太空项目，因为国会不把太空探索当回事，拿不到充足的资金，这个项目便会化为泡影。所以我们自己单独行动。”

“好吧，那祝你们好运。”凯特并不想给众人留下猜疑心重的印象，但是她忍不住提问，“虽然我知道外公是个富有的人，但我怀疑你们仅依靠他的版税收入，能持续支撑运作这个项目吗？”

“我们明白这一点，”玛吉回答她，“所以，我一直在做一个长期的规划，先将内特的遗产和将来的收入汇集起来，再进行多方面的投资，包括一些我们今后用得到的技术。我们认为，通过如此精心的打理，可以给基金会提供一个长期稳定的财务基础。如果我们管理得当，随着时间的推移，它还会从数百万美元增长到数十亿美元。”

“你们觉得它会需要多长时间？我的意思是，建造一艘飞船的时间。”

“噢，至少几十年，”哈里回答，“甚至几个世纪。”他用手指向玛吉和乔治，“当然，等到那个时候，我们都已经不在了。这就是我们要把基金会留给你和吉姆的原因，防止因为我们的离开而造成计划中断。”

凯特看向吉姆·斯金纳，他早已找好一把椅子，坐在了桌子的另一头，微笑着点点头。很明显，他已经同意与基金会合作了。怪不得哈里那么着急地想让她和他见面，原来他们在费城的短暂会面并不是偶然。

尽管还有些担忧，但凯特不再那么多疑。这起初听起来是个愚蠢的计划，但是她越仔细想越觉得计划可行。玛吉、乔治和哈里告诉她的所有事情都合乎情理。

不，不是所有的。“我始终不明白，”她问道，“我的意思是，你们为什么要找我？我不怎么了解外公，我对星际旅行也不是很感兴趣。你们可以很轻松地找到其他合适的人来做这个基金会的理事长。我没有可以贡献的东西。”

“你有。”乔治回答道，“事实上，除了你的母亲，你拥有一些非常独特的东西，那些东西是我们非常需要的。你的……”

乔治突然停下来，脸色涨红，似乎他将要说出口的事情让他感到难为情。哈里大声地嘲笑他：“噢，不是吧。我真没想到，你是这么一个假正经的人！”

“我们想要你的卵子，”玛吉说道，“就像我们需要吉姆捐献他的精子一样。”

“你说什么？”

“我们将要建造一艘没有宇航员的飞船。”乔治看起来更愿意讨论工程学话题，而不是人类繁殖的问题，“就像我告诉内特的那样，每一个星际旅行计划都有一个关键问题要解决——在飞船抵达目的地之前，保证机组人员在外太空长时间旅行状态下的生命安全和心智健全。所以，我们提出了一个完全不同的问题：为什么我们要送人出去？”

他伸手敲下笔记本键盘上的一个命令键。他身后墙上的等离子电视屏幕一下亮了起来，上面显示出一张流程图：一个女性的卵子接受一个男性的精子受精后，逐渐形成受精卵和胚泡，最后形成了一个胚胎。“我们相信可以开发出一种技术，让卵子和精子的结合过程能在一个人工子宫内发生，”他继续介绍道，“人工子宫将被运上飞船，由飞船上的人工智能来管理控制。当然，船上不止孕育一个胚胎。飞船将携带足够多的卵子和精子样本，每个样本都来自一个捐赠者，以备将来在目的地建立起一个殖民地。”

“但是当这些孩子出生后，将由谁来照顾他们呢？你们不是当真要把一群婴儿送到从没有人居住过的星球上去吧？”

“当然不是。这是另一个需要解决的问题。”乔治摇摇头，“我不会假装自己知道所有问题的答案。但是，基金会成立的目的是着眼于长远，制定出多年发展计划。它不是应急速成的阿波罗计划，而是一个有着长远目标的循序渐进研究和开发过程的计划。”

“好的，我明白了。但是你还是没有解释清楚，你们为什么想要吉姆和我成为捐赠者。”

“这难道还不够明显吗？”玛吉朝哈里和乔治点点头，“如果我们不是已经过了生育年龄，我们自己会成为捐赠者。吉姆有哈里的基因，而你——？”

“有你和外公的基因。”

“没错，”乔治说道，“我没结过婚，也没有小孩，但是多年前，我曾为一个冷冻人体基因材料的项目捐献过一份精子样本。我询问过它的状态，仍然可供使用。”

“所以，明日联盟的成员将会首先试航，即使我们不是直接体验。”哈里咧开嘴直笑，“不过那也还好，我从来不喜欢长途旅行。”

玛吉双手手指交叠：“如果你愿意，我们可以为你提供一个永久性的职位。基金会开始运作后，它将需要一位执行理事带领团队发展。当然，它会是一份全职工作，除非你还想要通过当自由作家来谋生。”

“这是一份诱人的工作邀请。”凯特说。

“怎么样，孩子？”哈里问道，“你准备好加入明日联盟了吗？”

凯特没有马上回答，而是环顾四周，看着坐在桌旁的玛吉、哈里和乔治。四个朋友一起变老后，他们仍然有共同的信念：未来可以通过非凡的想象力变得更好。在一个极端利己、不讲道义的时代，他们萌生出这样一个想法，它有点儿不同寻常，甚至天真，但是他们仍然选择，并且敢于去相信。

明日联盟里的成员已经有一位离世了，但在他的记忆里，其他的成员会花费他们的时间和精力来打理他留在人世的遗产。他们一直以来信仰的理想将由他们的孙辈，以及他们之后的子孙代代相承，努力去实现。

现在她受邀加入他们，奉献此生成就他们老一辈的梦想。凯特知道她无法拒绝。她终于明白了他们那句口号的含义。

“前进吧！我的联盟。”她最后开口说道。

ARKWRIGHT

番外一

与梦想家的一场恋爱

“美国应该在本世纪内建造和发射第一艘星际飞船。”

来自印第安纳州的参议员克拉克·韦森正站在讲台上发言。他双手叠放在玻璃台面上，面向辩论会主持人和她身后新罕布什尔大学礼堂的观众席，强调了他希望美国建造星际飞船的观点。韦森两侧还站立着5位与他来自同一党派的候选人，他们将一同竞选下一届美国总统。韦森的对手们默默注视和忍耐着他接下来的发言。

“像这样大体量的航天工程将花费数十年时间，以及很多金钱。但是，它将通过在多个领域发展高新技术获得回报，同时提供一个长期的目标……嗯，一个目标……对很多主要……嗯，工业来说……企业，它是。”参议员韦森结结巴巴地说完了这句话，很明显，他还不习惯在没有提词器的情况下发言，“最后一点，它将会——”

“你还有5秒，参议员。”主持人提醒道。

“——不仅为我们的国家，也是为全人类，开拓一片新的疆土，创造一个新的世界，它能——”

“时间到，参议员。”

“——数年内实现星际探索和殖民外星球。谢谢。”

观众席中只有些许掌声回应，好像落在谷仓顶部沉闷的雨滴声。韦森只好勉强地笑笑。其他候选人小心地控制他们的面部表情，试图保持中立的姿态。只有罗伯特·雅克·玻利瓦尔不在乎。这位来自佐治亚洲的州长转过身注视着站在他身边的年长一些的韦森，眼中闪过一丝光芒。

“暂停。”马蒂喊道。

全息屏上，韦森和玻利瓦尔两人的三维图像冻结了，他们俩看起来好像是一对放在马蒂办公室壁龛里的玩偶。阿方斯·马蒂诺，新闻网站《丑陋真相》里的每个人都习惯叫他马蒂。他向后靠在椅背上，看着坐在他办公桌对面的年轻职员。

“你看过那部分了吗？”他问道。

“没有，我没看过那场辩论。”吉尔·马勒喝了一小口她带进来的一杯拿铁，它已经变温了，但是她不想再到楼下大厅另买一杯。她注意到马蒂脸上流露出有些恼怒的表情，耸了耸肩继续说道，“你很清楚政治新闻不在我的报道范围内。再说，他们还要在总统初选时期进行很多个回合的辩论呢，不是吗？”

“没错，太多场了，”马蒂承认她说得有几分道理，“他们表现得就像是在参加一场幼儿园的选美比赛，一点也不成熟。”他指向全息屏幕，“但是我认为他说的那些话应该引起你的关注。他说想要建造一艘星际飞船。”

“当然，我在我们的网站上读过关于他的报道了。”吉尔再次抿了一小口咖啡，不情愿地把它放到总编辑办公桌角落里任其变凉，“不仅有玻利瓦尔反驳了他，还有……嗯，他的名字是……一个秃头的家伙，他是来自夏威夷州的国会议员。”

“戈斯林。”

“没错，戈斯林也表达了反对意见。但是玻利瓦尔批评得更凶。他斥责韦森也不看看现在是什么时候，‘国家沿海生态屏障发展计划’已经超出预算，工期远远滞后，他此时提出要花钱建造一艘星际飞船，简直就像一个傻瓜。”吉尔咧嘴笑了笑，“《每日新闻》还给他取了一个外号，星尘议员？”

“没错，是星尘议员。我刚从专栏里看到了这个。”他拿起一台平板电脑，手指在屏幕上一划，然后把它转过来，举着给吉尔看。那是一幅由《丑陋真相》设计师创作的讽刺性漫画：夸张可笑的韦森参议员弯腰拱背地骑着一辆三轮车，头上戴着20世纪40年代风格的太空头盔，手里高高地举起一支玩具激光枪。图片的前景处则有一个开怀大笑的人，戴着印有韦森头像的徽章高声欢呼：“他来了，民众们……美国的下一任总统！”

“看起来很可爱。”吉尔忍不住笑了起来，“我想他的竞选团队要是看到这张图，一定会感到很紧张。”

“他们还会看到更糟糕的。”马蒂放下平板，“韦森关于建造星际飞船的提议是昨晚辩论赛的一大亮点，他现在排名第四，如果他在艾奥瓦州的出场演说中再不努力，他将很难拿到新罕布什尔州的前三席位。他不要妄想自己能从州长玻利瓦尔那里抢票。根据初选两周内最近一次的民意调查显示，玻利瓦尔领先戈斯林5个百分点，超过韦森8个百分点。”

“好吧，韦森昨晚是说了一些愚蠢的话。可你为什么要问我这些呢？”吉尔心不在焉地把她的金色长发撩到肩膀后面，“我是科学新闻部门的。你早已有了6名员工跟进总统大选一事，他们中的任何一人都比我更了解最新动态。”

“你说得没错，他们其中一人找到了一些黑料，我想让你核实一下。”马蒂的身子向前倾，双手叠放在他的办公桌上，“你知道克拉克·韦森为什么要在总统选举期间说出那些奇怪的话吗？”

“他想模仿肯尼迪总统？”

“不错，你还知道一些我们国家的历史。我喜欢你这样的。”马蒂得意地笑了笑，“很高兴看到你对书呆子以外的事情感兴趣。”

吉尔试图保持镇静，免得被他激怒。她意识到，马蒂唯一感兴趣的报道是各式各样的丑闻，显然“书呆子”指的是任何他不太可能发现某种形式的丑闻的东西。他摇头的时候，她什么话也没说。“我们刚开始也是那样想的。然而，负责报道韦森的同事做了些背景调查，上周刚刚挖出了一些黑料。若不是昨晚的那场辩论，我们发现的线索可能还不够有趣。”

马蒂伸出一根手指。“第一个……大约三周前，韦森在参议院的日常问询程序中，代表某个叫作阿克莱特基金会的机构，请求获得《国内太空访问法》的豁免权。国会经过数场会议讨论才通过了那个法案，现在韦森提出了修正请求。”

“什么是——”

“第二个。”马蒂又伸出一根手指，“我们的人查看了韦森关于竞选资金的公开声明，发现他在五个月前公开宣称要竞选总统时，收到了一笔 40 万美元的资助。你猜猜，这些钱来自哪里？”

“阿克莱特基金会？”

“恭喜你答对了，我应该给你颁个奖。”马蒂把他的手指比成一把手枪，瞄准吉尔朝她开火。这是他极其喜爱的一个表情和手势，他使用的次数多到让人讨厌。“所以跑政治线的同事和你一样，都想知道阿克莱特基金会是做什么的，可他们只发现它是一个位于波士顿的非营利组织。这里是我的引用：‘他们致力于促进近期内有关星际旅行的研究和项目开发。’”

“听起来，他们想要建一艘星际飞船。”

“嗯，所有人了解到的就是这些。据我们目前所了解的来看，他们不怎么做公开宣传。他们不需要会员缴纳会费，没有自己的杂志或者新闻报道，只有一个信息量很少的网站，看起来好像随时可以一走了之。”马蒂拿起一根橡皮筋，在手中把玩，“对于一个倡导型的组织来说，他们表现得太安静。作为一个非营利组织，如果他们有能力给一个不太可能获得总统提名的候选人资助那么多钱，那么他们手中一定还有很多可供挥霍的资金。”

“没错，听起来真是一个谜团。”吉尔皱了皱眉头，“让我猜一下，你是想让我去探探他们的底，对吗？”

“没错。你飞去那边，看看能找到什么。他们是什么背景？为什么要资助韦森？为什么韦森要代表他们提出那项议案？”

“好吧，但是——”吉尔犹豫了一下，“为什么是我去？马蒂，这是一个政治题材的故事。我是一个科普作家。你为什么不叫跑政治线的记者负责？”

“因为政治部的同事都在为新罕布什尔州的初选报道加班加点地工作。而这个新闻线索，对你来说可以从科学的角度来报道。”马蒂露出居高临下的笑脸，“再说，你在这好像也没有多少工作要做，不是吗？”

“既然你提起了——”

“不管你现在在做什么，你都要接下这个报道任务。”他脸上的微笑消失了，“如果你同一时间做不了两个报道，我肯定外面会有失业的撰稿人能做到。”

吉尔没有回应。就像他那个手枪姿势一样，马蒂已经对她说了很多遍要炒了她的话，她已经不觉得这话是在威胁自己。自从她开始在《丑陋真相》工作，他几乎每周都说一遍要解雇她的话。如果他做出了性骚扰她的事，那也不会像现在这样惹人烦。每一次他们在工作上有分歧，他就拿出要解雇她的话来威胁她。

另一方面，他们都知道科学部对《丑陋真相》来说是多余的。她从密苏里大学新闻学院毕业后直接来这里上班。过去的一年里，她既没有来自上级压力，也没有工作过劳的担心。私下里，她最近也考虑过是否换个工作。不幸的是，很少有合适的工作。她一直在和同班同学保持联系，可是班上将近一半的人都没有在新闻行业找到工作。不管她喜欢与否，她已经很幸运了，能在一家位于华盛顿的调查新闻网站找到一份工作……即便它意味着要为讨厌的阿方斯·马蒂诺工作。

“既然你说得这么好，”吉尔推开椅子，站起身，“你想要多少字的报道，什么时候要？”

“之前定的是 6 000 字，下周这个时间交稿。”马蒂转身看向他桌上的电脑，“你让安吉帮你订张火车票。”

波士顿南站看上去真糟糕。这里正在进行洲际磁悬浮列车终点站的施工工作，车站到处都是锯木架、塑料板、手提钻，还有弥漫在空气中的水泥粉尘，真是一片混乱。吉尔从美铁站台走向人行道的一段路程，像是在接受一个严酷的考验。等她到达出租车站点时，情况也没有好转。三周前，波士顿湾外围的临时海堤被海水冲开了，整座城市目前仍在清理那场洪水留下的污物。市中心的街道更是充斥着海草和死鱼的味道，吉尔必须跨过一条积满水的排水沟，才能搭乘到一辆排在队前的出租车。

还好波士顿的郊区弗雷明翰没有那么糟心。她预约进行采访的地点看起来已有些年头，它在一个绿树成荫、常春藤丛生的工业园区二楼。从楼前的公司标志牌中，她认出了数家知名高科技公司。二楼的接待区域原本属于一家备受尊崇的老牌慈善机构，现在它的木制墙面上有一副令人印象深刻的银河系壁画，摆放的人造皮革家具看上去很软和，舒服到让人想窝着睡觉。

她差点儿就那么做了。前台接待员是一位名叫芭芭拉的年长女士，她询问了吉尔的名字，然后敲敲自己的耳麦，重复给那一端的同事核实，然后很快便邀请吉尔坐下来等待，给她端来一杯咖啡。考虑到自己要见的人应该马上会出来，吉尔婉拒了咖啡，然后坐在沙发上等待。芭芭拉冲她笑了笑，转身看向自己桌上的屏幕。几分钟之后，吉尔拿出她的平板电脑，查看她为采访准备的问题。又过了几分钟，吉尔开始查看她为此次采访所做的笔记。等她做完这些准备工作，要等的人还没来，于是她决定再查看下电子邮件。吉尔到达采访地点的时间已是当天下午，她搭乘的那趟从华盛顿出发的火车班次又耗时很久，她感到身体有些疲惫。但她还没有意识到自己在打瞌睡，只是觉得眼皮沉重、脖子歪斜，脑袋不由自主地向前倾……

“你好？我打扰到你了吗？”

有只手轻轻地搭在了她的膝盖上。陌生人一句轻声的询问立马让她清醒过来。吉尔发出一声惊呼，马上坐起来道歉：“哦，天呐，很抱歉，我——”

另一半句子卡在她的嘴边。站在她面前蹲下身摇醒她的人是一个和她年纪相仿的男士。他皮肤白皙，头发赤褐色，留着一撮精心修剪过的胡须。他还有一双活泼的蓝色眼睛，藏在一副圆形眼镜后面，眼中闪过一丝恶作剧般的笑意。当他打量着吉尔时，脸上露出一副被她逗乐的表情，并没有嘲笑她的意思。

“别那么说，”他把手从吉尔膝盖上拿开，笑容里带有几分歉意，“我才是那个应该道歉的人。我刚刚在开一个电话会议，时间比我预想的要长。还好，你找到了一个舒服的地方等待。”

吉尔的脸烧得通红。见到采访对象之前打瞌睡可不是得体的礼仪。至少在这间房里，除了芭芭拉，再没有别人见到她失态的样子；芭芭拉体贴地转过身去了。吉尔一时不知道怎么办才好，她站起身伸出手主动问好。“好吧，那么，你好，”她说道，“我是吉尔·马勒，新闻网站《丑陋真相》的撰稿人。”

“我是本杰明·斯金纳，阿克莱特基金会的媒体联络人。”斯金纳站起身和她握了握手。他身材高大，衣着讲究，吉尔觉得他是自己近期遇到过最有魅力的男士。

“很高兴认识你。”吉尔回应，“但是……”她犹豫了一下，“抱歉，我记得我的采访对象是另一个人，她的名字是凯特·斯金纳，这个基金会的主席。”

“没错，她是我母亲。”他点头解释道，“我代她因不能到场接受采访向你道歉。刚刚发生了一些事情，她需要亲自处理。”

通常，吉尔会因被采访对象放鸽子而感到愤怒，但是眼下正是受益于此，她能够和这位英俊的男士多待一会……

别瞎想了，你是来工作的，她提醒自己。“情有可原，我可以理解。谢谢你，斯金纳先生，谢谢你花费时间接受我的采访。”

“别客气，我很乐意。”他伸出一只手指向通往后方的走廊，“请跟我来。”他刚转过身去，又像是想起什么似的停了下来，补充了一句话，“哦，对了，你可以称呼我为斯金纳博士，但是我更愿意你喊我——本。”

“好的，本。”她答应了，“那么，你可以喊我吉尔。”

本带她来到了楼下的一间无窗的办公室，它看起来并不经常使用。她猜测这间房事实上不属于本或者其他人，而是主要用来接待来访客人，比如像这次采访。他在她身后关上了门，然后坐在一张一尘不染的办公桌后面，伸展开双腿，合拢双手，静待采访的开始。

尽管本给出的大部分回答与问题本身一样常规，但仍然是一个有趣的采访。本解释说，阿克莱特基金会是一个私人非营利性质的机构，致力于研究和开发第一艘星际飞船。30 多年前，它由本的外曾祖父——科幻小说作家内森·阿克莱特亲自创立。吉尔一开始并不熟悉那个名字，直到本提醒她，那是《银河巡逻队》的作者，她才有点印象。他的文学收入遗产为基金会提供了种子基金。自那以后，阿克莱特基金会发展迅猛，出钱投资能够完善星际探索所需技术的公司，然后再用投资所获得的利润支持基金会实现最初的目标。

“建造一艘星际飞船？”吉尔发问，本点头确认。“在将来……准确来说是本世纪内？”他再次点头确认。“你们是认真的吗？”

“哦，是的，”他的回复里没有一点感到被羞辱，“我们是非常认真地在做这件事。事实上，我们已经想出了一艘星际飞船的设计图，一艘名叫‘银河号’的无人飞船。”

本的一只手滑过办公桌，敲击了一下桌上内嵌的键盘。他身后的墙面随之变换出一幅星空全景图。第一眼看过去，墙上展示的是一个打开呈水平状态的降落伞，几根缆绳拖拉着一个微型圆柱状的物体。本再次敲击了一下键盘，眼前的图像变成了动画。降落伞开始缓慢地向前移动，此时它背后的星空渐渐变成一片淡蓝色，点点星光伸展成一缕缕又长又细的光线。

“它将会是一艘由光束驱动的飞船。”本在椅子上转过身，指向他身后的图像说道，“也就是说，一艘宇宙飞船不用自己携带发动机，相反，它前进的推动力是靠——”

“激光。”

他惊讶地看了她一眼。“准确来说是微波。我们准备将一个相位阵列①的卫星放置在拉格朗日 L4 点②，以 120 太瓦③功率发射光束——”

---

① 相位阵列，由数个带有移相器的辐射单元组成，通过移动改变每个辐射单元发射信号的相位来形成光束，以积极或者消极的干涉方式操控光束方向。

② 意大利裔法国籍数学家约瑟夫·路易斯·拉格朗日，针对天体力学中的限制性三体问题提出了 5 个特殊解，即两个大质量天体相互绕行时，在太空中有 5 个位置可以放入第三个物体（前提是它的质量小，引力不足以影响另外两个天体），这 5 个点被称作拉格朗日点，L4 和 L5 点是其中两个稳定解。若把航天器置于 L4 和 L5 点，它能与两个天体保持相对静止，易于观测；而当航天器在 L4 和 L5 运动时，它可以不需要任何能量加速离开或者靠近周期轨道。

③ 太瓦，功率单位，1 太瓦等于 10^{12} 瓦特，即 1 万亿瓦特；120 太瓦等于 1.2×10^{14} 瓦特，相当于地球上 0.56 年消耗的全部原油所储存的能量。

“那么强劲？真的能做到吗？”吉尔扬起一边的眉毛，“你们打算如何获取那么多能量？”

“我们会在同一个拉格朗日点运行轨道上放置太阳能发电卫星。它将电能传输给发射器，发射器将其转化为稳定的微波光束。”她刚要问出下一个问题，他便抢先回答了，“太阳能发电卫星遇到日食情况时，发射器上的蓄电池可以持续供电。在飞船的助推阶段，无论它要持续多久，光束推动都不会被打断。”

“好的。”吉尔停下来，在她的平板电脑上做了些笔记。本耐心地等待她完成记录。她感到他在盯着自己看，但奇怪的是她并没有因此感到不安，换作是其他人这么做，可能引起她的反感。“所以，嗯……”

“嗯？”他的声音里没有不耐烦，反而透露出一丝期待，他是一个很好的倾听者。

她想继续进行技术方面的采访。她个人很想知道他们为什么选择建造一艘无人飞船，而不是一艘载人飞船，但是她决定问一个更贴近采访意图的问题。“你们这样做会花许多钱，不是吗？”她问道，他点了点头。“所以基金会打算从哪里获得资金去实现它的目标呢？”

“正如我之前所说，该项目所需资金来自我们对技术公司的投资获利，而且日后这些公司也能提供我们需要用到的技术。比如说，我们早已拥有了太阳能发电卫星，不过我们相信改进版的设计更受市场欢迎。我们最有信心的一个项目是发射器。一旦它把银河号送到目的地，它就能运用于完成我们在太阳系内的星际任务。如果有像那样的发射器，我们就有能力在几周甚至几天时间内，将飞船送到更远的外星系——比如小行星带，或者木星的卫星群①，这是一个绝佳的商业机会。所以，我们由此获得的经济回报足以维持基金会未来数十年的

① 小行星带，太阳系内介于火星和木星轨道之间的小行星密集区域，数量高达 50 万颗。木星的卫星群，目前天文学家认为木星拥有近 79 颗卫星。

运营。”

“但是此时，你们仍然需要筹集资金，对吗？”

本双臂交叉，抱于胸前。“我们现在资金充裕。”他回复道。

这是她的猜测，还是他刚刚开始变得有一点谨慎了？她低下头假装去看笔记，但是她真想让他感到一点焦灼。“所以，你们和克拉克·韦森的关系是什么？”

他在椅子上挪动了一下身体。“你想说什么？”

“好吧，几天前，新罕布什尔州有一场竞选辩论，参议员韦森提出要支持一个和你们非常相似的太空项目。结果证明，原来阿克莱特基金会为他的竞选活动提供了数量可观的现金支持——”

“不是现金。”

“抱歉，我没有听清。”

“我们没有提供现金，那是一张支票。”他笑得像一个孩子，“我看着我母亲填写的。40 万美元。”

“那可是一笔相当大的数额，你不觉得吗？”

本随意地耸了耸肩。“我们还不如别人捐助的多。”

“她为什么——我的意思是基金会——要资助总统候选人？”

“我们认同参议员韦森在各项事务上的立场，我们相信他能成为一个伟大的总统。”

“嗯……事实上，他曾代表阿克莱特基金会，要求从《国内太空访问法》中获得豁免权。”

“多么惊人的巧合。我们更有理由支持他参加总统竞选。”

本仍旧微笑着。如果他不是那么迷人，她可能早就生气了。“所以基金会为什么想要那个豁免权呢？你们为什么要求参议员韦森去——”

“我能问个问题吗？私人的？”

“好的，没问题。你想——”

“你今晚打算吃点什么？”

吉尔大吃一惊，手中的笔从指间滑落。

“哦，我很抱歉，”本立马道歉，“我不是故意……我的意思是说，我不是——”

“没事，没事，我很好。”她紧张地捡起了笔，同时庆幸自己刚刚的俯身动作，让头发遮住了她发烫的脸，“我只是……我不是——”

“抱歉，我刚刚问了一个坏问题。我不应该那么说的。”他喘了一口气，挪开视线。

吉尔打量着他。毫无疑问，她发现本身上有一股令人不可抗拒的魅力，他奇妙地混合了聪明和天真的气质。难道他的母亲提前预料到了《丑陋真相》记者尖锐的提问风格，所以派出她可爱又笨拙的儿子来策反自己？不，没人有那么聪明。他就是那样的，一个很有趣的人。说实话，他比自己认识的任何一个男人都要性感。

管它是不是地狱呢，去吧，她对自己说。

“我还没有任何安排，”她回复道，“为什么这么问？你有什么打算？”

他们一起出去吃了饭。那天晚上，她还接受邀请去了他家。这真的并不奇怪；当他们的甜点端上桌时，吉尔·马勒就已认定本杰明·斯金纳是她容易迷上的类型，而且很明显他们对彼此互有好感。所以她理所当然地接受了他的提议。

那是当天他做出的第二个让她感到惊讶的提议。

吉尔原本以为他们在晚餐聊天时能继续进行采访，但是他们几乎没怎么聊基金会或者它成立的目标。相反地，他带她去了斯特布里奇镇上一家小酒馆，他们在烛光下聊了聊自己的近况。她才知道本在阿克莱特基金会的工作是一份兼职，实际上他是美国国家航空航天局的一名系统工程师。由于《国内太空访问法》带来的意外影响，眼看着太空机构逐渐缩小以至于不存在，他已不打算在美国国家航空航天局待下去了。一旦银河号项目开始实施，他就准备递交辞呈，转而在基金会全职工作。并且，他还没结婚，甚至也没有女朋友，他期待自己有一天能找到意中人。

关于她的故事，吉尔告诉他自己对手头这份工作很失望。她是一名科普作家，却要在一家爱收集和揭发丑闻的新闻网站工作，他们对科学根本不感兴趣；她之所以被雇用，是因为报社觉得他们需要一个科学部，但是大部分时候，她所做的工作只是报道新闻会议。她承认，她也许有点急躁了，她之所以被派来采访基金会，是因为它可能涉及了一桩政治丑闻，而不是因为《丑陋真相》对太空探索感兴趣。吉尔表现得如此坦白直率，可能是由于本点了美妙可口的梅洛葡萄酒的缘故，但也可能不是。她很喜欢他，不想再隐瞒他此次采访的真实意图。不管发生什么，她现在只关心他是否会邀请她和他一起回家；她甚至说自己很愿意接受另一份合适的工作。

然而，她并没有完全忘记自己当初为何来波士顿。所以，等他们亲热了一段时间之后，她将自己的下巴枕靠在他的胸前。

“让我来问你一件事。”她开口说道。

“好的，我当然还可以。”

她吃吃地笑着。“正确的回答，错误的问题。”

“哦哦，原来不是那样。”

“是的，不是那样。”她犹豫了一下，“阿克莱特基金会为什么要资助参议员韦森？”

本没有马上回答。相反，他翻了个身，然后目光越过她，盯着离他们仅有几步之远的壁炉里的假火并没有真正燃烧的余烬。“让我先问你一些事，”过了一会儿，他开口说话了，“如果我告诉了你，你们网站会报道出来吗？”

那真是一个好问题。“或许……哦，我不知道。”吉尔叹了一口气，转头面朝地板。“这事在道德上不合适，不是吗？和一个男人亲热，然后试图让他说出一些会让他陷入麻烦的事情。”

“我不知道。你原本是这么想的吗？”

“不！”她马上坐起身，直视他的眼睛。“我从来不会那么做！但是如果我不能带些有用的信息回去——”

“好吧，当然。我理解了。”本翻身仰卧，“这样如何？我告诉你想知道的，前提是等你知道后，让我再问你一个问题。然后，由你来决定如何处理我告诉你的事情。这样可好？”

吉尔低头看着他。“你那么信任我？”

“嗯。我相信你会做出正确的选择。”

“好的，那没问题。”

本坐了起来，将床单的一头拉到膝盖之上。“没错，我们捐赠给韦森用于竞选的 40 万美元是一笔酬劳，”他一边说着，一边伸手拿起他早先从厨房拿过来的一瓶酒，“很明显，我们想要他递交一份让基金会不受《国内太空访问法》约束的豁免法案。那个法案要求所有美国本土的航天公司，包括像阿克莱特基金会这样的非营利机构，都须从美国发射场发射他们的飞船。现在，你大概能理解我们想要豁免权的原因了吧。”

“嗯。”吉尔看着他往玻璃杯中倒入黑红色的梅洛酒，“《国内太空访问法》的立法本意虽好，但它在实际运用中却事与愿违。佛罗里达州、得克萨斯州、马里兰州的沿海发射场都被海水淹没了，这造成新墨西哥州、加利福尼亚州的商用发射场都被超额预定了。”

“这意味着只要有人想要他们的服务，他们就可以任意开价。”本递给了她一杯酒。“基金会至少需要进行四次发射任务，才能把星际飞船需要的所有部件送到轨道上，这还不包括我们打算在拉格朗日 L1 点放置太阳能卫星。我们没有多余的钱来支付大幅提高的服务价格所产生的额外费用。我们早就在加勒比地区选好了一个不错的发射场，所以如果我们能够得到豁免权——”

“然后，你们就可以从加勒比发射飞船了。”本把酒杯放到了她身旁的地板上，没有品尝一口，“所以，你们才需要贿赂一名参议员。”

“严格意义上来说，那不是一次贿赂。”本轻啜了一口酒。“我们只是很幸运地发现了一个总统候选人，他碰巧还是参议院科学委员会的高级委员。他有足够权力将豁免法案从委员会送去参议院，一旦它进入了参议院的讨论日程，我相信它能被送入众议院。它只是一项日常评估程序，真的——除非，《丑陋真相》要吸引大众来关注此事。”

“嗯……”吉尔盯着全息影像火焰看了一会儿，仔细回想他刚刚所说的一番话，“好吧，我明白你们为什么选择参议员韦森了。虽然你们为他的竞选活动出资助力，看上去不像是明显的贿赂手法，但是他在辩论期间发表的言论引起了大众的关注。如果不是他，没有人会知道你们在做什么。所以他只是愚蠢还是——？”

“不是的。”本放下酒杯，然后拱起背伸了个懒腰，“他并不傻。相反，我觉得他非常聪明。”

“真的吗？”吉尔斜眼看着他，“就我目前所了解的情况来看，他就是因为那番言论，毁掉了自己赢得新罕布什尔州选票的机会。”

“如果他在新罕布什尔州得不到足够的选民支持，那他可能不得不提前退出总统竞选。”本笑道，“你告诉我……你觉得每一个参加总统竞选的政客，真的都期望能赢得大选吗？都期望获得总统提名？”

“当然了，那是肯定的。”她回复道，可他摇头否认，她皱起了眉头。“我不明白。他们为什么不想赢得总统大选？”

“你看，韦森所在的党派有 6 个人参与总统初选，另有 4 个人来自对手党派，还有两个是独立党派的人。这一共是 12 位总统候选人。他们其中只有一个人能在 11 月份入主白宫——或许是两个，如果其中另有一人被选为总统竞选搭档。这意味着总统大选开始之前，其他 10—11 人筹集到的大笔竞选资金等于打了水漂儿。你好好想想——如果候选人退赛，那尚未使用的竞选资金将会怎么处理？”

“用来支付他们的账单？”

“没错，但是如果这个候选人保持较低的开销，然后又早早地退出了竞选呢？比如说，在新罕布什尔州的初选中表现不佳，在竞选辩论时发表一些可笑愚蠢的言论？”

吉尔盯着他。“你是在开玩笑吗？”他没有回答，只是报以一笑。“但是，如果他提前退出了，他不需要向他的主要资助者交代吗？”

“不需要。他们清楚自己用钱资助他的竞选活动是在冒险。当然，我猜测其中可能有一些人想知道他们是否押对了人，但是现在他们也无能为力了。所以，韦森不傻。他清楚自己赢得总统提名的机会渺茫。如果他保持较低的开销——他确实是这么做的，然后在新罕布什尔州表现不佳后离场，他可能会带走……哦，我不知道。几十万美元，甚至可能是百万美元。而且它们完全免税。”

“你们之前知道他打算——”

“不，我们一点也不知情。我们只是在寻找一个能为我们说话做事的参议员。韦森看到了其中的机遇，并且抓住了它。”本躺在毛毯上，双手叠放在脑后，“他得到了他想要的，而我们得到我们想要的。双方各取所需，不是挺好的吗？”

吉尔缓慢地点了点头。“没错，的确。那你觉得我为什么不会报道这个黑料？”

“好吧，首先，从你告诉我关于《丑陋真相》的情况来看，这条新闻迟早不归你来报道。如果你带着它回去华盛顿，你的主编叫马蒂，对吧？他很有可能接过这条线索，然后分配给报道政治新闻的团队。你甚至可能都不会获得一个署名机会。”

吉尔端起她的酒杯，盯着火焰，咕嘟咕嘟地长饮一口。无论她喜欢与否，本说得没错。最好的情况也不过是她的名字出现在另一个作者的文章末尾简短的致谢声明中，她获得的只是一点值得她今后夸耀的小小成就，可一个月以后就没人记得这事了。真是一个苦涩的事实，没错，一个她必须接受的丑陋真相。

“该死。”她嘟囔道。

“抱歉。我来给你出一个主意。”

“我看你早就有主意了，”她不由自主地笑了笑，“我很高兴自己接受了。至少有好事发生。”

“真好。很高兴我们想到一块了。也许你还会喜欢这一个，来为我们工作吧。”

本发出工作邀请时，吉尔正打算喝一口酒。她差点把酒杯摔落在地上。“你说什么？”

“你听到我说的话了。一起来为阿克莱特基金会工作吧。我现在之所以在做媒体关系方面的工作，只是因为我们没有其他人来做。说实话，我并不擅长。我们需要有人来专门负责处理媒体关系。”

“你选择了我？”

“为什么不呢？你清楚地知道你要做什么。如果我为你说些好话，我肯定我母亲会立马雇用你。”他咧嘴一笑，“她可能会喜欢你。从前她也是一名科普作家。”

她回头看着他，仍然不太相信她刚刚听到的一番话。“你是认真的吗？”她握住他的手问道，“你要雇用一个刚刚和你亲热的人，因为——”

“我想雇用一个人代表我们阿克莱特基金会，她不会认为建造一艘星际飞船是一件不可能的事。如果你喜欢，你可以把它称作一次工作面试。”

“我不喜欢!”她半开玩笑地打了一下他的胸部，“我并不希望得到这份工作只是因为……”

“噢！好的！不要再说了!”他抓住她的手腕，避免她再次打他。“不，当然不是。但是我……”他犹豫了一下，“我不想我们只是一夜情。”

“你想经常看到我，是这样吗?”吉尔任由他把自己拉近了一点。

“为什么不呢？这有问题吗?”

“没有。”

他伸出手抚摸着她。“那你会考虑吗?”

“嗯哼，”她低声说，“我明早再给你答复。”

她已经知道自己的回复会是什么了。

ARKWRIGHT

第二册书

回头的浪子

1

ARKWRIGHT

湾流航空G8型机是一架即将退役的旧飞机。每当遇到气穴[1]，飞机的机身就会发出嘎吱嘎吱的响声；更别提这架飞机从圣胡安[2]起飞时就咯咯作响。还好加勒比地区看起来很暖和。马特暗暗想到，如果飞机出了差错不得不紧急迫降，他和其他乘客至少不会在下方波光粼粼的海水里冻死。当然，前提是他们都能从飞机坠毁中幸存下来。

马特将目光从窗户上移开，他偷偷看了一眼坐在相邻过道位置上的年轻女子。过去几小时的旅途中，她一句话也没有对他说过，他不清楚到底是因为她在平板电脑上学习的东西真的那么有吸引力，还是因为她性情冷淡不太愿搭理人。飞机再次出现颠簸，迫使她抬了一下眼，暂时将视线从屏幕上移开。她发现马特正在盯着她看，她出于礼貌回应了一个微笑，然后又低头全神贯注地看着自己的平板电脑。

她可真漂亮。深棕色的皮肤和深邃的黑色眼睛，表明了她的印度血统。她身材苗条，看得出锻炼的痕迹，尽管她表情严肃，但是唇边有细微的笑纹。最关键的是她没有戴婚戒。

---

① 气穴，大气中使飞机突然下跃的气阱。

② 圣胡安，美国波多黎各自由邦的首府和最大城市，为大西洋和加勒比海间重要的海上交通枢纽。

“这趟旅途真艰难。”他开口搭讪。

她再次抬起头：“你说什么？”

“我说，这趟旅途真艰难。”马特思索着再说点别的，于是他挑了最明显的话题，“你觉得基金会是不是有能力提供一架更好的飞机？这架飞机看起来像是从垃圾场出来的。”他从自己左手边已磨损的扶手垫上，扯出一个洞来。

“他们想要省钱。这可能是他们能负担的最便宜的飞机。”

她重新看回自己的平板电脑，右手撩开一缕挡在眼前的红褐色头发。和一个同行乘客聊天明显不是她所感兴趣的事——或者说，她是对那个坐在她身边，还与她年龄相仿的年轻男子不感兴趣。但是马特学会了在追求漂亮女孩时坚持不懈。有时候，直接的方法最管用。

他主动伸出自己的手：“我是马特·斯金纳。”

她盯着马特的手看了好一会儿，然后决定握住它。“钱德拉塞卡·亚尔。”

“钱德拉……”他结结巴巴地发不出后面的音节。

“你可以叫我金迪。”

“好的。你来这里做什么？参加银河号项目？”

“我是载荷专家[①]，在内森 4 号工作。我和检查团队一起来的。”她朝几个坐在他们周围的男子和女子点了点头。他们中的大部分人都是 20 多岁或者 30 岁出头，只有两三个是中年人，或者更年长一些。“我想，除了你以外，我和飞机上的每一个人来这里的理由都一样。”

“哦，好的……检查团队。”马特不知道她在说什么，听上去好像是与携带银河号组件进入太空运行轨道的火箭相关。他靠在扶手上盯着她的平板电脑屏幕看。竖列全是数字，条形图从左到右有着不同颜

① 载荷专家，参与空间实验操作的航天员，在科学、医学、工程等领域受过专业训练且具有丰富操作经验，在太空中负责相关实验载荷的操作。

色的线条，时不时还有自动弹出的菜单窗口。对马特来说，它们和埃及象形文字差不多。“真有趣。”

金迪没有被糊弄住。“我不知道游客也能来黑岛。或者，你是新来的厨房帮手吗？”

这当然是一种侮辱，但至少她现在和他说话了。“哦，不是的，”他回复道，“我来拜访我的父母。他们在为银河号项目工作。本·斯金纳和吉尔·斯金纳。你也许认识他们？”

马特得意地看着金迪吃惊地睁大双眼。“斯金纳博士是你的父亲？”她问道，他点了点头。“那也就是说，你是阿克莱特家族的成员？”

“为什么这么问，当然了。那是我的中间名字——马特·阿克莱特·斯金纳。”他故作轻松地说道，好像它不过是一件很平凡的事。“内森·阿克莱特是我的曾曾外公，大概在70年前，他创立了阿克莱特基金会，当时——”

“我了解基金会的历史。我甚至还读过他的几本小说。”金迪冲其他乘客点头示意，“我敢打赌，这里的每个人都看过。你最喜欢的是哪本？”

一阵轻柔的铃声救了马特，否则他不得不承认，他其实从没读过内森·阿克莱特的任何一本科幻小说。安全带的指示灯亮了起来，扬声器里传来飞行员的提醒：“我们的飞机马上就要降落了，旅客朋友们，请您回到自己的座位上，收好您的物品，我们即将在几分钟后降落。”

其他乘客开始收起他们的小桌板。马特感到耳朵里嗡嗡作响。金迪保存好了工作数据后，迅速地将平板电脑放进旅行袋。“如果你现在往窗外看，或许能看到发射场。”

马特转身看去。刚开始的一会儿，他什么也没看到，然后随着飞机向右倾斜，黑岛映入了他的眼帘。他瞥了一眼这座叫圣吉纳维夫的浮城，它是南半球沿海区域中常见的浮城之一。一批方便装配的活动房屋，简陋的木屋、棚屋搭建在一艘大型平底货船上，货船下面是该岛以前的议会大厦所在地，现在仅留有洪水侵袭之后的遗址。随后飞机驶离海岸，他看到了一个看起来像是巨型黄色蜡笔的物体，正矗立在小岛内部的雨林中，周围环绕着塔架；原来它是一艘坐落在移动发射平台上的载货火箭。

“内森 2 号。”金迪从过道对面探过半边身子，目光越过他的肩膀，“如果一切顺利，它将在后天发射。”

马特回头看向她，目光不由地滑向她宽松的衬衫领口。那里的一片风光无限好。“那是……嗯，微波光束一类的东西吗？”

金迪注意到了他的视线方向，立马坐直身子。“不是，发射器早在 6 周前就随内森 1 号升空了。它被放置在拉格朗日 L1 点，大概会在 4 个月内准备好投入使用。内森 2 号携带的是服务舱[①]。”

“哦，好的。我明白了。”

随着飞机伸出起落架，他们感到脚底颠簸了一下，几秒之后，飞机引擎从向上旋转变换至下降方向，又带来了一阵机身的颤动。现在他们距离地面大约 300 米高，一条平整的飞机跑道进入了众人的视野。金迪随手系上安全带，并确保它扣紧了。“我能问你一个私人问题吗？”

马特的脸上露出一个微笑：“我的回答是，好的，我愿意今晚和你一起共进晚餐。”

她没有回应马特的嬉皮笑脸。“我想问的是，你为什么来这里？”

“又问一遍？”

“我是说，你很明显不了解银河号项目。这里也不是旅游景点。数年前，这座岛因洪水失去了沙滩，现在除了我们的发射团队，岛上没

① 服务舱，通常安装推进系统、电源和气源等设备，对飞船起服务保障作用；完成任务后即被抛弃，它在重返大气层时会被燃烧殆尽。

人住在旅馆里。所以别想在这里用你的姓氏来勾搭女孩子，那是不会有结果的。”

马特的脸发烫了。“我没有……我不是——”

“我相信你肯定不是这么想的。”金迪脸上一副心知肚明的表情，“那是什么原因让你来到这里？”

他突然期待这架飞机能够坠毁，因为现在可能只有死亡才能让他免于此刻的尴尬。金迪看着他，仍旧在等待一个回答。所以，他只能如实相告。

“我奶奶觉得，送我来这里是一个好主意。”他最终松口。

2

ARKWRIGHT

马特的奶奶就是凯特·莫里西·斯金纳，阿克莱特基金会的执行主席。当马特站在所谓的黑岛国际机场关税线上时，他再次后悔自己曾给奶奶打电话要钱用。

马特和奶奶一直相处得很愉快，他应该知道奶奶名义下的财富只是一种假象。基金会之所以能成立依靠的是她祖父留下的遗产。虽然它价值数十亿美元，但是资金的用途仅限于投资能帮助基金会实现它最终的目标：建造和发射第一艘从地球出发的星际飞船。奶奶大约是在马特的年纪被任命为基金会的主席，虽然薪资不错，但是她也不富裕。所以他们彼此都心知肚明，孙子口中的借钱，实际上并不会归还。

马特眼看着海关检查员打开他从美国带来的背包，仔细地检查他的物品。机场航站楼是一间由煤渣砖砌成的大单间，海关只是检查员身后一排可折叠的桌子。房间里很潮湿，天花板上的吊扇除了把热气吹来吹去，一点也没有降温的效果。按理来说当地时节应是春天，可怎么都感觉像是到了仲夏。透过敞开的门可以看到，机场跑道上又有一架加勒比航空的飞机起飞了。除了马特所乘坐的航班下来的乘客，航站楼里的所有人都是黑人。他后来了解到，当地居民是非洲奴隶的后裔，他们从加勒比地区的法国和西班牙种植园逃出来后，在这座位于多米尼克南部的偏远岛屿谋生；它曾是海盗的一个据点，欧洲人当初特意避开了它。

奶奶已经为他做得足够多了。他最近一份工作是在费城医院做护理员，还是奶奶帮忙安排的，他的爷爷生前在那所医院做过医生。但是这份工作的持续时间和他之前做过的各式各样的工作都差不多长；比如兼职演员、唱片公司宣传员、百货商店售货员，以及各行助理协调类的职位。一旦他觉得当前的工作无聊，他的老板注意到他的工作投入度不够了，紧接着就是一连串必然发生的事情。雇主先是申斥，然后是警告，第二次警告，最后一次警告。他毫无悔过之意的道歉之后，便是填写解雇表，领取遣散费支票。然后，他会搬到另一个城市，住在另一间公寓里，在另一个求职网站找到另一份工作。

医院解雇他之后，马特给住在波士顿的奶奶打了一个电话，请求她能接济自己几百美元，好让他在找到新工作之前维持基本的生计。出乎他意料的是，奶奶直接给了他一张去黑岛的机票，说他的父母在那里为他准备了一份工作。这就是他为什么现在会站在黑岛海关，按照海关官员的指令，掏出自己口袋里的东西。

马特从他的牛仔裤和粗布夹克衫口袋里掏出了所有东西。手机、钱包、钥匙串（除了其中一把他还能用来打开一个费城的储物柜，其他钥匙都没什么用了）、一个打火机、一包丹弗快乐牌香烟。一个身穿紫色衣服的高个黑人检查员拿起这包香烟，用力瞪着他。

“先生，这个不允许带入境。”他开口说道，低沉的嗓音带有加勒比地区的口音。

“我以为也是合法的。”

“这里不是美国。你还有其他物品吗，先生？”

“没有了。”

检查员转身走向另一个身穿制服的站在桌子后面的人，他们用法国克里奥尔语[①]交谈了一会。另一个当地岛民盯着那包香烟摇了摇头。“我们可以让你入境，先生，”刚刚检查马特的官员一边说，一边将香烟扔进旁边的一个垃圾桶里，“但是，你得交一笔罚款。100美元，美国小伙。”

“我只有60美元。”

“那也可以。”

马特掏出他钱包里仅剩的最后一点钱，递给那位检查员。他仔细地数了数钞票，然后就放进了自己的衬衣口袋。“谢谢你配合工作，先生。”他又将护照还给马特，“你现在可以入境了。祝你观光愉快。”

马特拉上背包拉链，随意地将包搭在肩膀上朝出口走去。钱德拉塞卡·亚尔早已通过海关检查，和其他新来的人正站在外面准备登上一辆停在路边的破旧的太阳能客车。她瞥见了马特，冲他微微一笑。很明显，他没有让她感到十分厌恶。他正打算过去和她再聊聊，拖延一下时间，看看能否搭个便车。这时，有一个女人在喊他的名字。

他环顾四周，发现是他母亲正在走来。“你好啊，甜心。”她一边说着一边抱住马特，“旅途还顺利吗？”

吉尔·斯金纳大约50岁出头，但是她和她丈夫早些年接受了基因疗法，让她看起来至少比实际年龄年轻了10岁。她现在更像是马特的姐姐而不是母亲。“还不错，”他回复道，也抱住了他的母亲。他觉得自己还是不要告诉母亲，自己刚在海关入境时遇到的麻烦事。“我爸在哪？他没来吗？”

“他正在太空中心忙工作。内森2号过几天就要升空了，你还没有

---

① 克里奥尔语，混合语，尤指英语、法语、西班牙语或葡萄牙语等欧洲语言，通过与西印度群岛所讲的非洲语等当地语言，经过复杂的混合语阶段形成的一种母语。克奥尔人，尤指居住在加勒比海地区的欧洲人和黑人的混血后裔。

听说吗?”她注意到了马特的背包,“这就是你全部的行李?”

“这些就足够了。”他没必要让她知道,背包里的东西几乎就是他仅有的一点财产。马特还有留在储物柜里的一些东西,可是一旦他交不上租金,它们便很有可能被拍卖掉。“你的车停哪儿了?”

“这边走。”她领着他穿过机场停车场,“我恐怕得留你一个人在旅馆。我也需要赶回去工作,不过,我希望你在内森2号升空之后来帮助我工作。”

马特的母亲是阿克莱特基金会在黑岛发射场的媒体联络人,他的父亲是发射任务总指挥。马特从小在基金会长大,但是他从来没有像他父母一样在基金会工作过。这还是许多年来的第一次,母亲公开表示希望他能够加入她和父亲的工作。

“好吧,我原本只是想来这里放松一下。”在他们穿过停车场时,他没有看着她的眼睛说话。“让我先喘口气,再决定我的人生目标。”

他母亲没有说话,至少是没有马上回应。相反,她从短裤口袋里掏出一把车钥匙按了下去。离他们不远处的一辆大众车发出了响声,提示她的车在那里。她打开后备厢,让儿子把背包放进去,此时车的引擎已经嗡嗡作响。

“你都已经28岁了,你这个时候才去想你到底想要做什么,是不是有些晚了呢?”她一边埋怨,一边坐进驾驶位,“先去上新闻学校——”

“那是你的想法,不是我的。”

“然后是表演,接着是音乐,后来你在医院工作时又想着去上医学院——”

“我认识的很多人,他们都是花费了一段时间,才找到自己想做的事。”透过车窗,马特看见金迪所乘坐的客车正在驶离航站楼,不知开往何处。

“很多你认识的人可没有像你一样身无分文。”她没有看着他说出这话，因为她此时正在倒车，“噢，没错，我知道了……你奶奶告诉我了，你打电话向她要钱了。”

“我是在借钱。”

“也许是吧，但是我要告诉你，除非你自己努力工作，否则你不会从你奶奶、你爸和我这里得到一分钱。你不要指望来这里是度假，晒黑你的皮肤。”她把车调成手动挡，然后开向机场大门，“你已经做了两年游手好闲的蚱蜢了。是时候像我们其他人一样，做一只勤劳的小蚂蚁[①]了。”

吉尔·斯金纳很喜欢伊索寓言，从他记事起，她就一直在引用那些讲道理的故事。一切都没有改变。马特无力地靠在座椅上，他开始后悔让海关检查员拿走自己最后一点能让这趟旅途好过一些的东西——钱。

---

① 《蚱蜢与蚂蚁》是一则伊索寓言，警示人们不要好逸恶劳，要努力劳动，做好未来规划。夏秋季节，蚱蜢悠闲地享受玩耍，不去储备冬日粮食，反而嘲笑为之忙碌的蚂蚁不懂生活乐趣；凛冽冬日，蚂蚁自给自足，温暖过冬，而蚱蜢忍饥挨饿，不得不靠乞讨生活。

3

ARKWRIGHT

晴天旅馆以前是个度假胜地，它的发展历史最早可追溯到20世纪，那时游客们仍然来黑岛过冬。可是就像加勒比海大部分地区一样，那个游人如织的辉煌时代结束了。不断上升的海平面和灾难性的飓风摧毁了这里美丽的沙滩和沿岸宜人的村庄，紧接着的是游轮行业的崩溃，当地的旅游业被彻底击垮。晴天旅馆还算幸运，它离海边较远，逃过了像圣吉纳维夫小镇一样的命运。那座口岸小镇被滔天洪水淹没，街道和建筑都毁了，现在的圣吉纳维夫浮城正抛锚泊定在其原址上方。仅有晴天旅馆幸免于难，但因年久失修，它的外表破旧不堪，看起来急需粉刷一层油漆使其焕然一新。现在，它作为航天中心的住宿地，与当地的咖啡、柑橘农产品一起成为黑岛的经济支柱产业。

这座旅馆是一栋殖民地庄园风格的建筑，占地约4公顷，毗邻岛上还未开发的雨林。整体布局像是一个字母“H”，两侧的二层小楼周边环绕着花园、网球场和一个游泳池。马特起先很高兴他能分到泳池边的一间房，直到他发现实际住处并没有听上去那么豪华。不仅房间小，床也很窄，泳池已被抽干许久，上面盖上了一层防水油布。他的父母则住在一栋别墅里；以前它被用来招待富有的贵宾，现在它由基金会的高级职员使用。

“我们住在那边。”吉尔一边向马特指出他们的别墅住处，一边带他走下外面的阶梯，去往泳池边的小屋。“很抱歉，我们无法给你提供一间卧室，我和你爸爸共享了一间房做办公室用，另一间房则供你奶奶来黑岛时住宿用。”

马特看着她用卡刷开门禁。“她经常来这里吗？”

“不经常。她近来不喜欢旅行。”他的母亲站在一旁，让他把拇指按在门禁指纹机上；门禁系统响了两声，确认了他住客的身份。“但是她打算近期过来看看。很有可能是我们发射内森 5 号的时候。她想来这里见证我们把银河号送上太空的那一刻。”

马特以为他母亲会让他单独待会儿，收拾一下行李或者再打个盹儿，但是她另有安排。他刚刚脱下夹克丢下背包，看了一眼他的住处，就被母亲推出门外重新回到车内。此时，天色已是将近黄昏。他从波多黎各转机之后，就再没吃过任何东西。于是，他问母亲晚餐时间是不是快到了。

“我们会回旅馆来吃晚餐。”她一边回复他，一边驾车驶离了旅馆。“每个人都在餐厅一起吃饭——自助餐式，食物味道很不错。现在，我要带你去运行与管理中心。你爸爸想要见见你。”

黑岛航天发射中心建在离旅馆 8 公里远的一处高原上，它离小岛的东海岸不远。马特母亲在路上给他介绍了一下航天发射中心的情况。它由巴拿马太空机构建立于 21 世纪初，后者是南美国家联盟组织，为西半球的私人航天公司提供航天发射服务。几十年来，它已向地球轨道发射了通信、气象、太阳能等卫星。但是美国政府为保护本土航天工业，颁布了《国内太空访问法》。该法案一出台，黑岛就失去了大部分业务。如果不是阿克莱特基金会和银河号项目，黑岛的发射中心便会被弃置不用，直至完全废弃荒芜。基金会采取了一些精明的政治操纵手段，最终获得了《国内太空访问法》的豁免权。黑岛现在是银河号项目的主要发射场。这艘星际飞船的微波推进系统已经从黑岛被送入太空，不久之后，它的其余四部分船舱也将被送入太空。

航天中心周围有一圈铁链栅栏，大门进口处有身穿私人保安制服的岛民负责把守。当吉尔缓慢地开车经过检查站时，马特注意到有几个人蹲守在栅栏外面，他们的旁边扎着数顶被风雨侵蚀过的帐篷。手写的胶合板广告牌随意地插在地上，它们看上去也已淋过多场热带阵雨，上面写的示威标语有："停止银河号项目！否则，上帝不会原谅你们！地球是你们唯一的家园！"抗议者全是中年白人。他们愤怒地紧盯着这对母子所乘坐的大众汽车，马特的母亲飞快地出示了身份证件，警卫挥挥手让她和马特赶紧通过。

"他们是谁？"他好奇地问道。

"傻子。"她以为这个回答能解释所有的事情，然而她看到了马特脸上疑惑的表情。"他们来自新美国教会，一个位于北卡罗来纳州，信奉回归原初信仰的超大教会。自银河号项目开展以来，他们一直表示反对。我们刚进行发射任务没多久，他们就派遣了一批所谓的传教士来岛上找我们麻烦。"她无奈地耸了耸肩。"他们本身无害，真的。如果你不小心碰到了他们，你只要不跟他们说话就好。"

她驾车开向运行与管理中心所在的大楼，它是一栋平顶建筑，离半球形的发射控制中心不远，不远处还有一个巨大的白色立方体建筑，那便是航天器装配大楼。他们抵达时正好是下班时间，工作人员从前门鱼贯而出，每一个身穿亚麻衬衫或细肩带裙子的人脖子上都挂着证件。吉尔在安全管理服务部门为马特领了一个访客证，然后，他们一起上了楼，穿过大厅来到一扇房门前，上面写着"任务总指挥"。她没有敲门就直接走进去了，马特的父亲正在里面。

就跟其他孩子一样，马特常常想知道，等自己变老了是否会长得像爸爸。现在，他有了一个非常肯定的答案。本杰明·斯金纳博士也接受了逆转衰老的基因疗法，变得年轻了许多。他身上穿着工装短裤和短袖衫，这套装束看起来更适合一个年轻男子，只有他胡须上冒出的几缕白丝表明了他的真实年龄。然而，他的办公室是一个高级工程师的房间才会有的样子，真是一团杂乱，书桌被埋在无数的报告和空白表格之下，本还是喜欢阅读纸质读物。通过房间角落里的一扇窗户，可以看到远处的发射台。随着太阳落下山，发射台底部的探照灯亮起来，矗立在其上方的内森 2 号，就像是沐浴在一层光晕里。

“你们来了。”本站起身绕过办公桌，再小心避开地板上一摞摞的文件夹，“一路顺利吗？”

“一切都好。”马特与父亲握了握手，“不过，你们应该换架更好的飞机，我差点以为它会在空中解体。”

“好吧，它真有那么破旧吗？但我们和加勒比航空合作得很愉快，我们省下来的每分钱都用到了刀刃上。”他朝内森 2 号点头示意。

“马蒂，也许你可以就此事写一篇新闻宣传稿。”吉尔从一把扶手椅里清理出一堆书后才坐下去，“这可以是你为我做的第一个工作任务。”

马特不知道他更不喜欢哪件事，是日后成为一名媒体宣传员，还是被母亲呼唤儿时的乳名。“我不知道我是否会在这里待很久。”

“奶奶送给你的是往返机票吗？”本问道。马特摇了摇头，而他的脸上则露出一个笑容。“那好吧，你得接受这个现实。你现在只有买了机票才能回家，而只有先为我们工作，你才有钱买机票。”本耸了耸肩。“我不知道待在这里有什么不好。外面有很多人挤破头地想来这里工作……即使是让他们写新闻稿。”

“我退出音乐行业之后，就不再写那类稿子了。”

“准确来说，你是被解雇了。”他母亲和往常一样，毫不留情地揭他老底。

“这是一份工作，儿子。我和你打赌，如果你愿意试试，你会喜欢它的。”本交叉双臂，身子倚靠着办公桌。“我们是在这里创造历史。发射人类第一艘真正意义上的星际飞船，将我们地球上的物种送往 22 光年以外的新世界。我不知道为什么，怎么会有人明明有机会参与此类事情而感觉不到兴奋。”

即使过去了那么多年，父亲还是不理解。本的梦想，他痴迷了一辈子的航天事业，从来都不是他儿子想要的。马特成长在一个致力于实现他曾曾外祖父理想的家庭中，但是马特从来不理解为什么。凭借阿克莱特基金会这些年在发射工业、小行星开采、太阳能卫星等方面的投资获利，他们本可以毫不费力地生活，相反，他眼看着他的父亲、母亲和奶奶把钱砸在屹立在远处的火箭身上。

“那这样，好吧，”马特低头看向地板，“只要我在这里，我会试着用心投入这份工作。”他知道他们在想什么。他早已尝试过无数次了，早在他离家去外面探索适合自己的生活之前。

“浪子终于回头了。”吉尔不动声色地说道。

“你说什么？”

“不用在意。”她从椅子中站起来，“我想你肯定饿了吧，现在也到晚餐时间了。”吉尔看向她的丈夫。“亲爱的，你是时候回家吃饭了。抱歉，我不会再让你拿售货机里的食物当晚餐。”

“你说得没错。”本看了看他桌上的文件，显然不情愿放下手头的工作，哪怕只是一小会儿。“我可以晚点再回来。”他站直身子，一把揽住他的儿子。“我们旅馆提供的食物相当不错。我们是用了廉价飞机，但是我们对待饮食毫不马虎，我们给了厨房人员足够高的薪水。”

马特想起了金迪的话，她曾以为自己是来给厨房当帮手的。“嗯，我有所耳闻。”

4

ARKWRIGHT

“90 秒倒计时！发射任务总指挥已经下令结束等待，重新开始倒计时。”

从天花板传来的广播声音不带一点口音，听上去像是机器人；马特好奇它是不是由电脑自动生成的。一面隔音玻璃分离了参观者廊台和发射控制中心，马特的座位被安排在了廊台上，他透过另一边的玻璃找到了身处发射控制中心的父亲。

本杰明·斯金纳站在发射任务控制台后，目不转睛地盯着无窗房间的一面墙上呈弧形排列的巨型液晶显示屏。秉着尊重一项由美国航天局时代发射总指挥创立的老传统[①]，他今天从一堆劣质的领带中，选了一条老派风格的领带戴着。马特在吃早饭的时候看到过这条特别的领带；当时，还有一个波利尼西亚[②]女孩赤裸着上身，在棕榈树下跳起了草裙舞[③]。他觉得此类仪式非常愚蠢，但是他的父亲很明显不这么认

① 美国国家航空航天局执行发射任务前后的传统，包括吃甜甜圈、豆子和花生，剪领带等等。

② 波利尼西亚人，善于航海，分布在太平洋中南部的岛屿上，主要使用语言包括毛利语、夏威夷语、萨摩亚语。

③ 草裙舞，又称呼啦舞，一种夏威夷女子舞蹈，有六种基本舞步，靠臀部的扭动或其他姿势来模仿或象征自然现象、历史、神话故事。

为，反而相信它们可以带来好运。

所有其他的操控员都身穿深蓝色带领子的短袖衫，胸前的口袋上绣了银河号项目的标志图案。他们的注意力完全集中在内森 2 号传来的数据流上。通过中央的屏幕可以看到，运送货物的火箭直立在发射台上，它鲜黄色的船体环绕在一片从港口渗漏出来的氢气烟雾中。屏幕上方的计时器，再次开始显示计数：-00:01:29，时间每过去一秒，计时数字就会相应地变小。

"他们为什么要停止计时？"马特问道。

"他们总是在发射前 90 秒停下来等待。"金迪用手掩着嘴巴轻声地解释道，即使身处控制室内的人不可能听到他们的对话。"这样做是为了留给操控员一个机会，再检查一遍任务清单，确定没有漏掉任何准备工作。"

"我还以为电脑操控了一切。"

"在这个时间节点上，它们的确是掌控了一切。"她笑了笑，"但是涉及最终检查确认一类的事情时，只有傻瓜才会完全相信一台电脑。"

马特瞥了一眼他的平板电脑。上面显示着一份他母亲早先发送给他的内森 2 号资料单。银河号的服务舱——一个 33.5 米高的舱体装载了飞船的制导和控制计算机、裂变反应堆、机动喷口①、激光遥测器、帆板控制系统，都将由一家位于印度的宇宙守护者公司生产的自控重型助推器"俱吠罗②"，送去离地球上空约 36 000 千米的地球同步轨道；此类助推器常用来发射太阳能卫星。

其余的是一些数据：可重复使用的单级入轨运载器高 68 米，发射时总重量达 4 750 吨，由 8 台氧氢塞式喷管发动机负责驱动。银河号飞

① 机动喷口，位于飞船的不同位置，通过改变喷流指向，辅助改变飞船的行进方向，可更细微的调整飞船。

② 俱吠罗，印度神话中掌管财富的夜叉族，守卫北方的护法。

船的 4 个舱体经过合理设计，都可以装进它 35 米长、14 米宽大小的货舱，负载重量最高可达 180 吨。俱吠罗号助推器是非常可靠的劳动力，它能以最短的地面周转时间实现多次发射。

“60 秒倒计时！”

金迪抬了一下眉毛，马特转头看向身后转移注意力。他的母亲就坐在他后面几排，正被几个赶过来观看发射现场的记者团团围住。她注意到了马特的视线，向他点了点头，然后就举起手放到自己的耳朵后面，靠近正在采访她的记者，以听清他们刚才提出的问题。

马特知道他原本应坐在母亲身边，熟悉他即将上手的工作。但是他昨天整整一天都和母亲待在一起，力所能及地帮助新闻办公室筹备此次发射报道，他已经厌倦了随时在母亲眼皮底下活动。所以当他看见金迪和同一飞机上的其他航天员一起进入观看台时，他便编了一个理由坐在了她身边。他告诉金迪，他想在观看发射过程中请他人为自己讲解其中的奥妙。

金迪并不介意帮忙，但他感受到了几名男子充满敌意的目光，他们可能也想坐在金迪旁边。马特告诉自己，他并没有真正地喜欢上金迪。如果他长时间地重复告诉自己这句话，他真的有可能相信。

“30 秒倒计时！”

“他们现在在收回塔架手臂，”金迪轻声告知，她的手指着中央墙壁上的屏幕时，头微微偏向他，“火箭现在在使用内部动力。”

“你是说，它现在在自己生产动力？”马特问道，她点了点头。“好的……嗯，那么，如果出了问题会怎么样？”

“闭上你的乌鸦嘴！”一个坐在他们身后的年长男子低声呵斥。

“嘿，”马特回头看着他说，“我只是问问。”

“不要问这种问题。”金迪皱起眉头，同样表示不满，“它会带来坏运气。”她停顿了一下，继续说道，“如果计算机发现了一起严重的机械故障，他们会在最后两秒停止发射。主发动机启动之后，我们几乎指望——”

“20 秒倒计时！”

她突然停了下来，马特吃惊地发现她紧张地抓住了他的手。她原本打算抓住座椅扶手，结果已有人抢先占有了，她便急忙缩回了自己的手。

“没关系，”他低声说，“如果你愿意，你可以抓住我。”

金迪盯着他看了一会儿，黑色的眼睛里流露出尴尬的神情。她松开抓着马特的手，重新放回扶手上。

“谢谢你。”她低语道。

“15 秒倒计时！”

突然一下子，她猛地从座位上站起身。“跟我走！”她对马特喊道，手中还紧握着他的手。

“你要做——”

“快点！”她把他拉起来，然后转身开路，不断请求他们同排的人让他们走出去，“抱歉，抱歉……”

马特的平板电脑掉了，但金迪没有给他时间捡起来。金迪拉着他走向观景廊台另一侧的门口时，他看到母亲脸上露出困惑的表情。金迪松开他的手用力推开门；马特跟着她跑下通往控制中心后门的楼梯。几秒钟之后，他们来到了穹顶建筑大楼的外面，他们又绕着大楼一侧跑。

尽管马特是一个新人，但也知道安全规定，所有人必须在任务控制中心里面观看发射活动。发射台离此处不到 5 千米，如果俱吠罗号助推器爆炸了，控制中心大楼能保护他们免受爆炸伤害。他知道自己会因违背安全条款受到母亲的惩罚，但是金迪没有给他时间做选择。

“15 秒倒计时！”提示声来自控制中心大楼外面的广播喇叭，

"9……8……7……"

"可以停下来了。"金迪抓住他的肩膀，让他停下脚步，"快看。"

"6……5……4……"

他们现在能很清楚地看到发射台全貌。从他们所在的距离看去，那艘火箭好像一个玩具，它的个头跟发射塔架和围绕发射台周围修建的四根避雷杆的高度相比，简直是一个小矮子。马特此时开始后悔刚才在控制中心里看大屏幕时，没有近距离地仔细观察发射台；火箭底部现在突然喷出了一束火焰，发射台下的黑色烟雾在爆破沟中翻滚着向上涌动。

"3……主引擎点火……2……1……发射！"

俱吠罗号助推器从发射台上升起，其底部喷射的火焰十分明亮，以至于马特不得不眯起眼观看。点火动作开始之前，周围环境异常安静，火箭离开发射塔之后，声浪穿过数英里袭来。空中传来的巨大声响打破了原本的沉寂，听上去像是有一辆看不见的货车碾压着开过他的头顶：噼啪作响的轰鸣声，震耳欲聋、惊天动地，直至巨响随火箭消逝在蓝色加勒比海的天空之中。内森 2 号变身为一把火枪刺向天空，海鸥、白鹭和鹦鹉纷纷扇动翅膀，逃出周围的矮棕榈树林和椰子树林。

马特情绪激动得说不出话来。他痴迷地看着火箭升空离开，在大海上空划出一道弧形的黑色痕迹，最终在其顶端消逝远去，仅留下一束小火花。突然，远处传来的音爆[①]声惊醒了马特。他没有注意到金迪正站在一旁安静地观察他，品味他痴迷的表情。那一点火花消失之后，广播喇叭报告说火箭主引擎已关闭，内森 2 号成功进入了低空轨道，他才想起她正站在自己身边。他转头再次看向她，感觉耳内有清脆的响声。

① 音爆，亦称声爆，由超音速飞行的物体造成的冲击波，传到人的耳朵里时，感受为短暂而剧烈的爆炸声。

“这真是……不可思议。”他开口感慨。

“是的，没错。”金迪会意地点点头，“现在，你明白我们为什么要来这里观看了吧？”

5

ARKWRIGHT

晚上，发射团队在旅馆举办了一场庆祝内森 2 号发射成功的派对。不同于餐厅以往的自助餐形式，这次是在游泳池边进行野餐。厨房员工从储藏室中搬出了丙烷烤架，点亮具有热带岛屿风情的提基灯，再从厨房的小型冷冻间搬出数百磅阿根廷牛肉，那是基金会买来为特殊场合贮存的食物。餐桌上现在有汉堡包、牛排、薯条和椰子冰激凌，还有一桶装满了冰块的红条纹啤酒。内森 2 号的“养父母”们心情正好，开心地享受着派对带来的放松时刻，他们的“孩子”终于离家了。

马特原本期待在派对上和金迪开展一段浪漫关系，却失望地发现她对自己不如早上那般感兴趣了。他靠近她身边时，她礼貌地朝他微微一笑，接过了他递来的一瓶啤酒，马特向她发出了共进晚餐的邀请。他们刚在庭院里一张桌子旁坐下没多久，就有其他五六个科学家和工程师带着他们的纸盘，一声不吭地加入他俩的餐桌。不请自来的客人们一落座，立马将桌上谈论的话题转向了技术问题讨论：比如，合并银河号和内森 3 号的航程安排，俱吠罗号助推器返回地球后的修复和周转时间表，完成内森 4 号进度工程的同时，预估最终测试和检查时会出现的问题。

马特尽力跟上他们的思路，但是航天技术性话题实在是超出了他个人能力范围。不到几分钟他就听不懂了，桌上也没人愿意停下来给他解释。金迪礼貌性地让他参与到谈话中来，就好像他是一个蠢笨的男学生，被错误地邀请到了老师们的餐桌上吃饭。不，更糟糕的是：桌上的每个人都和他的年龄相仿，比他大一点或者小一点，但是他们中一些人取得博士学位时，年纪可能和他在便利店打工时差不多。

马特问金迪是否想再来一杯啤酒时，她不耐烦地摇摇头，转身投入了“任务进行阶段，维护银河号的子宫外胎儿孵化系统”的讨论。于是，他悄悄地拿起他的盘子离开了餐桌。他将盘子扔进可回收的圆桶里，又从啤酒桶中掏出几瓶红条纹牌酒；他在泳池的另一边发现了一个无人注意的躺椅。然后，他坐在那里一边听着音响播放的雷鬼音乐[①]，一边大口喝着酒，再次思考自己来这里到底是为了什么。

喝第二瓶啤酒的时候，他的父亲找到了他。本杰明·斯金纳悠闲地走到了被油布盖住的泳池尽头，发现自己的儿子正躲在那里。此时，他已脱掉礼服衬衣，摘掉了那条可笑的领带，穿上了一件同样丑的夏威夷衬衫。本在马特的躺椅前驻足，低头看着他。

“需要我陪陪你吗？”

“当然。”马特以为父亲是想与他喝酒。“请坐。”

“不要介意我坐在你身旁。”本小心缓慢地坐进马特旁边的躺椅。“早些时候，我看见你了。我以为你在认识新朋友。现在——”

“现在，我一个人在这里。”马特替父亲说完了他要说的话。“他们人很好，只是……”他耸了耸肩，“你听过那种关于‘量子’‘星系间’‘微波’一类的开心对话吧，你肯定早听他们聊过了。”

“噢，是的，那类术语。我前不久刚在《英国星际协会期刊》上读

---

① 雷鬼音乐，源自加勒比地区的岛国牙买加，自20世纪60年代起对西方流行音乐产生影响，歌词强调关心社会、政治以及人文关怀。代表人物鲍勃·马利。

过一篇关于它的论文。”本咧开嘴傻笑，可当他发现马特没有听懂这个笑话时，他马上收起了笑容。“这不怪你。如果你和他们不在一个频道上，你确实很难理解他们所讨论的内容。现在，让我来试试，怎么让你高兴一点。”

他把手伸入胸前的口袋，然后马特吃惊地看到他拿出了一根烟卷。“爸爸？你什么时候开始——”

“在你出生之前。”他的父亲一边笑着，一边在指间转着这根手卷烟。“我并不常抽烟，来黑岛了我才再次抽起来。我不介意员工抽烟，只要他们不是在上班时间或是在航天中心里面就行。你有打火机吗？”

“我以为这在这里是非法的。”马特把手伸入短裤口袋搜寻他经常携带的火机。“这还是海关官员告诉我的，他们为此拿走了我的烟。”

“走私时期制定的古老海岛禁令现在仍存在。但只有当警察想要敲诈外国佬时，他们才会严格执行那条法律。否则，没有人会管这些。”话是这么说，他还是警惕地看向泳池另一边的人群，唯恐任何人发现他和儿子在抽烟。“我真的不经常抽。特殊情况下才偶尔吸一口。我一般去圣吉纳维夫小镇买些当地产的烟卷。”

马特把打火机递给他的父亲。“我记下了。”

“如果你要去，记得带人跟你一起去。有些本地人不喜欢从美国来的白人。”本把香烟放入口中，轻轻地按下打火机开关。“今晚和你待在一起的女孩就挺合适的。”

“她叫金迪。”

“嗯。”他的父亲含着烟靠近火苗，点着后深深地长吸了一口，可他手上的烟头因其用力过度，燃烧得并不充分。“钱德拉塞卡·亚尔博士，”他缓慢地吐出一缕烟，继续说道，“我亲自把她从安德鲁 & 雷诺兹生物系统公司挖来的。她人很聪明。”

“你的意思是说，我配不上她。”

“不，我没有那个意思。”本仰着靠向椅背，将烟递给他，“当然，你要想追到她，还是有一些难度，但是……好吧，她肯定注意到了你身上特别的地方，才会花力气带你跑到控制中心大楼外面去看火箭发射。”

“你知道了？我记得，你当时是背对……噢。是妈妈告诉你的。”

“没错。”本皱了皱眉头，“顺便提醒一下，你们违反了安全条例。不要再让我抓到你们这么做。”

马特深吸一口烟入肺。它的味道出乎意料地强劲。“那是她的主意。”

“我并不是要责骂你。所以你喜欢吗？我是指观看火箭发射。”

“我觉得……”马特试图找到合适的词汇来表达，“棒极了！只是……我不知道。我从没见过这种事。”

本笑了笑。“你说得没错。我目送过很多个火箭升空，但是还没有习惯过它带给我的震撼。”他停顿了一下。“你还记得吗？你还是个孩子的时候，我在为美国国家航空航天局工作，你原本可以让我随时带你去那里做任何一件事。我应该在美国国家航空航天局破产之前，为你申请参观火箭发射的访客证。”

那都是过去的事了，马特对他父母奉献一生的航天事业缺乏热情。他还是个孩子的时候，曾有过一段短暂时光，对太空很着迷。他甚至想过长大后成为一名航天员。但是长大后，他抛下了曾拥有过的飞船玩具和天文学风格的书籍。现在他又回到了最开始的起点，他最不想要的一件事是由他的父亲再来推他一把。

“我大概是不感兴趣吧。”他说道。

“嗯……不，我认为你不是。”本吸了一口烟，然后沉默了一会儿，仿佛在回顾过往时光。“我也许犯了个错误，让你过早地卷入了这一切。我后来想过，如果你不是从小到大，一直听我和你妈妈在餐桌上不停地讨论这些事情，你对航空的兴趣可能不会被扼杀。还有你的奶奶——”

“我没有责怪过她。”他拿起了啤酒，“奶奶的……你知道的，对奶奶来说，基金会如同她的命一般。但是你和妈妈……我的意思是，对你们俩来说，整个事情倒像是某种宗教。银河号教堂，赞颂神圣的星际飞船，哈利路亚。”

本对他皱起眉头。“噢，算了吧，哪有那么糟糕。”

“不，它很糟糕，”马特坚持自己的观点，“从我记事起到现在，你们一直那么痴迷。这就是我离开的原因。我必须在我的生命中，找到我能做的其他事情，我不要像你们一样痴迷它。”

他不由自主地发火了。也许是因为烟和啤酒的刺激作用，但是无论他喜欢还是不喜欢，看上去像是他身上压抑许久的挫败感爆发了。冲动之下，他挣扎着离开躺椅，再次站起身时，他因一条腿突然感到发麻，差点失去身体的平衡。“也许我应该走一走，”他嘴中咕哝道。“呼吸下新鲜空气或者别的什么。”

“当然，好的。”本因为马特突然情绪爆发而拒绝继续谈话感到有些伤心，但是他没有阻止马特离开。“你可以做任何你想做的事。但是，马蒂？”

“不要那样叫我。我不再是小孩子了。”

“我知道了，抱歉。”本摇了摇头，“听着，我有一个小建议给你，好吗？你可以批评我的这种痴迷，无论你想怎么称呼它都行，但是——”他压低了声音，转头朝向泳池另一边意味深长地看了一眼，金迪和她的朋友们还坐在一起。“如果你想和她在一起，你必须去认识、了解她所感兴趣的东西。而她很早以前就已经加入了我们的宗教。”

6

ARKWRIGHT

马特即使不在意他父亲提出的建议，但是面对温饱问题，他也没有选择的余地。第二天早上，他的母亲在餐厅里发现了宿醉的他。她给他准备了一杯黑咖啡和一盘让人看上去没什么食欲的炒蛋。派对已经结束了，他不能指望他这趟旅行是来热带岛屿度假的。他该去工作了，成为母亲的新助理。

在马特为了追求成为一名电影演员这个不切实际的幻想而决定离开大学之前，他就读于新闻专业。虽然他的演员梦没有实现，但是新闻专业的学习足够让他知道一点点如何应对媒体关系部门的工作。吉尔·斯金纳在基金会的工作正是负责媒体关系。在马特决定来黑岛投靠父母之前，她就不停地抱怨人手不够。所以，马特的加入对她来说至少是有利的。现在有人帮她做琐碎的事情，她便能分身处理更重要的工作。

接下来的几天里，马特跟随他的母亲穿梭于黑岛航天发射中心的不同地方。吉尔日常的大部分工作是跟进发射中心每天发生的事，将其撰写成一篇篇新闻稿发给新闻媒体。因为她想要马特开始接手其中一部分写稿工作，他便需要完全地了解银河号项目。比如，先从了解内森 3 号的发射准备工作开始，现在距离发射日程还有六周。

这份工作比他想象的要有趣。内森 3 号正在有效载荷装配大楼一间无尘、可控温、无污染的房间里接受检测，这栋建筑紧挨着航天装配器大楼。进行检测的无尘房间大约有一个篮球场那么大，里面的所有东西都是一尘不染、纯净洁白的，每个人身上都穿着一件连体隔离服，让他们看起来像是外科医生。马特不能进入工作间，但他的母亲提前告诉过他观景廊台的哪些位置，有利于他安静地俯视整个楼层。

他站在观景廊台看到了内森 3 号。它是一个巨大的、被薄网状石墨紧紧包裹着的圆柱体，底部靠一根升高的支架作支撑。深灰色的圆柱体侧面，安装了一圈银色条纹支杆，让它整体看起来像一把收拢状态的巨大折叠伞。

银河号的微波帆已经生产好了，它在加州南部一家同样制造太阳能卫星的机构接受测试，可是微波帆与太阳能卫星的用途完全不同。一旦银河号在轨道上完成装配，准备好进行发射，它的微波帆会逐渐展开，实际直径可覆盖约 100 千米。令人难以置信的是，体积如此庞大的设备竟然可以被缩小到能塞进俱吠罗号助推器的货舱内。它的材料密度很小；微波帆本身的设计还参考了折纸术的原理，它在使用时会沿着同一轴心层层展开。前提是俱吠罗助推器能够带它成功飞离地面，到达预定位置。

俱吠罗号带着内森 2 号进入太空的三天后，这艘运输货物的火箭便返回了地球。在吉尔的坚持下，马特陪同技术救援队登上了一艘老旧的货船，前往该火箭在加勒比海域坠落的位置，大约距离黑岛有 161 千米远。到了那里以后，他们看到俱吠罗号正漂在它的着陆充气袋上，让它看上去像是一只巨型鱼鳔。马特看着潜水员穿上紧身橡胶保暖衣向它游去，再给它挂上牵引缆绳。他的工作一完成，货船便拖着俱吠罗号缓缓返回小岛，回到他们货船之前所停靠的圣吉纳维夫小镇的贸易港口。接下来的几天里，桅杆起重机将会吊起这艘火箭，把它装载到一辆载重拖车上，让它随车返回航天中心。然后它将重新进行装配，再接着执行内森 3 号的发射任务。

与此同时，内森 4 号的准备工作也在进行中。另一间白色房间里，银河号的孵化舱正在接受测试，它将携带来自 200 名捐献者低温保存状态下的精子和卵子样本，抵达这艘星际飞船的终点——一颗官方目前称其为格力泽 667C-e[①] 的遥远行星。

许多年前，马特的父母曾向他解释过基金会的计划，可他不是很理解这样做的意义。为什么要送人的精子和卵子去外太空，如果能用更大的飞船，为什么不送活人去呢？但他当时想到是他小时候看过的科幻电影，一艘飞船装载着数千名乘客，以不可思议的超光速驱动，可以轻易地在星球间飞快移动。但现实完全是另一回事儿。超光速驱动根本不存在，也永远不会存在。而且，飞船越大，它需要的能源就越多，才能达到光速的几分之一。如果要全程保证飞船上乘客的生命安全，维持他们清醒的意识，那么这样的一艘飞船就需要有几英里长，一艘世代星际飞船需要维持乘客和他们后代的生命一个世纪，甚至更长的时间。即便人类建造出了那样庞大的飞船——早期，曾有人提议使用一颗被掏空的小行星作飞船——它需要携带燃料至少是自身重量的一半。这就好比我们为了移动一座山，先需要储备另一座山大小的燃料。

更复杂的问题是，没人知道如何建造一个封闭的生命循环系统，以维持乘客长时间生存。一个活人需要消耗的物资数量是惊人的。空气、水和食物，这些能源在数十年甚至数百年的时间里都无法生产或者被回收。同样，还没有人成功地想出一个办法，能够唤醒进入多年

① 格力泽 667C，位于天蝎座，距离地球 22 光年，它拥有至少 6 颗行星，其中 3 颗是超级地球，位于可居住区。本文中提及的格力泽 667C-e 靠近可居住区外缘。

冬眠状态的人。也许有一天可以，但是现在还不行？

解决这一切的办法显而易见：不要载人飞船，只要建造一艘小型轻量级的飞船，携带人类的繁殖材料去往新世界；再让人类的后代在宫外孵化器内受孕分娩。这个过程更好理解也更易操作，如果不需要投入精力维持飞船上乘客的生命，那么人类建造出来一艘星际飞船的成功率更高。而且因为银河号自身没有发动机，它依靠拉格朗日轨道上的微波光束发射器以 0.5 倍光速推动其前进，这趟旅途所花费的时间可能不到半个世纪，飞船便能抵达格力泽 667C-e。

即便如此，银河号的宫外胎儿孵化舱也不是容易建造的。它和内森 2 号、3 号一样巨大，整个圆柱形舱体是一个由人工智能控制、机器人负责维护的实验室。马特站在观景廊台上，看到身穿隔离服的技术人员在舱外工作。这一部分舱体拥有飞船上最严密和最复杂的防辐射装置；透过敞开的检查窗口，马特看见了许多试管；孕育达八周以上的胎儿会先在这些试管中成长为婴儿，再被装入登陆船。该舱体的中心区域仅有一个小小的爬行空间，它是为方便蜘蛛状机器人维护飞船而设计的移动空间，而不是给建造飞船的技术人员提供的活动空间。

银河号的最后一部分——内森 5 号，仍然在加州北部进行装配。它有两个主要的构成部分：一是 27 米高的登陆船，负责运输新出生的婴儿到行星地表，他们在那里将由温柔的机器人保姆照顾，直至他们长大能够照顾自己；二是先于登陆船降落的生物箱，减速伞中放有首次通过生物工程制成的“起源树”，它可以把整个格力泽 667C-e 行星改造成一个适合人类居住的星球，促使该星球稚嫩、单一的动植物区系发展成为成熟多样的生物群落。

谈到建造飞船本身的难度，它也许是银河号计划中最具挑战性的部分，因其将人类技术水平推向了极限。人们寄希望于银河号项目引领太空探索进入一个新的时代。目前除了前往火星和月球的简单任务，以及小规模地开采近地小行星，人类的航空目标很大程度上仍旧局限在本土星系。基金会相信银河号项目将证明建造光束飞船的可行性，进而推动私人公司使用该项目的微波发射器，前往外太空执行载人任务。

无论如何，马特喜欢参观装配车间。他经常从撰稿工作中挤出时间，或者为远道而来的采访记者安排参观行程，带他们亲眼看内森 3 号为远航进行的准备工作。然而，不仅仅是他对银河号日益增长的兴趣吸引他频繁来访观景廊台，同时他还可以站在一旁，观看金迪工作。她的工作服应该让她和其他组员从外表看上去毫无区别，但是他总能从人群中识别出哪个是她，她走动的姿势似乎和她的同事们略有不同。尽管每次她只能冲他挥挥手打个招呼，但是这个小小的亲近举动，对马特来说已经足够了。

他们俩会在吃过晚饭后见面，通常是发射团队在露台上聚会喝酒时，他们偶尔还来一两根香烟。此时，马特已经熟悉了其他一些为银河号项目工作的人。他们也接受了马特的身份，虽然他不是一名科学家，但他在银河号项目中也有要承担的工作。马特则努力地说服自己不要怀疑他能和他们做朋友，维持一份难得的友谊。

可是，有一个晚上，他无心说漏嘴的一件事，让他和金迪的关系陷入了冰谷。

当时，马特和她与另外两个组员坐在泳池边的一张桌子旁：格雷厄姆·罗伊斯和里奇·柯林斯，两人都是英国航空工程师，专攻光束推动系统。三个男人餐后共享了一根香烟。金迪虽然不抽烟，但她出于礼貌，容忍了抽烟的人。她看着一轮新月升上棕榈树林的枝头。那时，内森 3 号已置于发射台之上，离发射倒计时开始仅有四天。英国专家们感到轻松多了，他们知道自己的工作暂时已完成。等到内森 3 号与内森 2 号完成接轨，轨道上完成了微波帆的索具与服务舱之间的连接，他们才需要回去工作。

“你们对银河号项目寄予了很多希望，是吧？”马特一边问道，一边将香烟递给了柯林斯。“我的意思是说，按照我理解，光束发射器需要持续供给飞船燃料长达……多少时间来着，两年半？”

“没错，你说得很接近了。”柯林斯回复。

“920 天。”罗伊斯是另一个年长一些的男子。可他使用了基因疗法，让人很难猜出他真正的年龄，他也不愿让人知道他实际的年龄。

“不管怎样，差不多两年半的时间，飞船的帆需要接收从地球发出的微波光束，即便它离我们越来越远。与此同时，飞船的航行速度越来越快——”

“加速度是 1.9 米每二次方秒。”

“直到飞船距离地球半个光年那么远。”罗伊斯抽了一小口烟，然后递给他的伙伴。“到那时，它已在太阳系外以 0.5 倍光速航行，我们就可以关掉发射器，让它自己滑行了。任何航向路线的调整都将由飞船上的人工智能操控机动推进器完成。等它抵达格力泽 667C-e——”

“厄俄斯[①]。”金迪笑着插话，“我想每一个人都认可了那个名字。”

“必须等到国际天文联合会认可了才算数，”罗伊斯反驳道，“目前，它的官方名字还是格力泽 667C-e。”

柯林斯笑得呛出他刚吸进的烟。“你真是一个讨厌鬼，你知道吗？”罗伊斯傻傻地笑着，柯林斯问道，“所以你的问题是什么——或者我遗漏了你说过什么？”他眯起眼睛，脸上一副茫然的表情。

“嗯，”马特接过话头，“听上去，你们指望所有事情都会按照你们的计划进行。发射器不会被干扰中断，微波帆也完全不会错过接收——”

“所以飞船的微波帆才会造得那么大，”柯林斯解释道，“光束传

① 厄俄斯，希腊神话中的曙光女神。

播时是向外扩散的，所以飞船的微波帆必须足够大，才能接收到微波光束。”

“但是如果有什么东西穿透了它呢，比如一颗陨石或者——”

“流星体，”罗伊斯纠正他，“它没有穿过地球大气层时，它就不叫陨石。不过没关系，我们的微波帆很大，它能经受住几次穿孔，不会影响接收效能。”

“我们将发射器放置在拉格朗日 L4 点的原因，正是为了尽可能地减少它因地球绕太阳公转的影响导致光束传输中断的次数。”柯林斯把香烟递给马特。“所有事情都将由发射器和银河号上同步运转的计算机来控制，所以发射器丢失微波帆的位置是一件小概率事件。”

“但你们依旧是依靠信仰来解决一切问题。”此时，香烟只比指甲盖大一点了，马特不得不从柯林斯的手指头缝里，小心翼翼地把它掐出来。“我的意思是说，这对你们来说几乎就是一种宗教。”

一时间没有人说话。尽管当晚天气温暖，然而当时的温度好像突然往下降了几度。

“这是你对我们工作的看法吗？”过了好一阵子，金迪开口问道，“宗教？”

“有时是的，没错。”马特小心地将香烟放进嘴里，吸了一口它仅剩的一点，“我爸妈过去谈起星际飞船这件事时，我称呼它为银河号教堂。”

“噢，蠢蛋。”罗伊斯厌恶地摇了摇头，“难怪他们把你赶出了家门。”

马特瞪着他。“我是自己主动离开的。他们没有——”

“宗教和信仰之间是有区别的，”金迪解释道，“宗教意味着你需要接受一套理念，即便它们对某些不相信的人来说是不理性的。信仰意味着你可以选择性地接受一些事情，你还有机会提出质疑。信仰可能是一些事情，存在的意义大过于你的生命；如果你选择宗教，那么它就高于上帝，但是这样并不意味着你不理智。所以，没错，我们凭借信仰行事，但这是出于我们对自己所做之事有信心，而不是因为有某个神的旨意。”

马特已经后悔说了那些话。尤其是因为他在黑岛香烟的作用下说的话。“但是，在某些方面，世间仍旧存在你们不能控制的事情。一旦银河号离开了这里，即便你们到时听到了任何状况，你们也无能为力了。”他咧嘴笑了笑。“就算它不是上帝，这也没有什么区别。你们仍旧向一台机器祈祷，对吗？”

“噢，神圣的银河号，请你祝福我们——”柯林斯开始搞怪，可当他看到金迪对他皱起了眉头，他马上闭嘴停了下来。“抱歉。”

“所以我们努力地工作，趁一切还在我们的掌控之中，确保船上的所有部分都能运转无误。”金迪没有再盯着柯林斯看；她那双黑色眼睛紧盯着马特，她看上去非常生气。“而且它不只是一台我为之工作的机器。它是一艘载有未来、某一天能成为人类殖民队的飞船——我的后代也在船上。”

“你的？”

“没错，我的后代。”金迪继续盯着他，“我也捐献了卵子。就我而言，我是在把我的孩子们送往厄俄斯。因此，我尽了最大的努力做好一切我能做的事，确保他们能安全抵达。我相信我所付出的努力，其他的每一个人也是如此。所以，不是，它对我来说不是一种宗教。我谢谢你，那些鬼话留着你自己听吧。”

又是一种令人不安的沉默。柯林斯清清嗓子打破了沉默。“我想吃点冰激凌。有人想要——”

“我愿意去。”金迪站起身来弯起手臂，示意让他过来牵着她，“请你带路。”

马特看着柯林斯殷勤地陪同她穿过露台朝餐厅走去，甜点通常会在最后摆上桌。如果他不知道柯林斯是同性恋，他可能已经生出了嫉妒之心，他不喜欢看她被其他男人带走。

“你宁愿跟过去，对吗？”罗伊斯悠闲地将手放到脑后，躺进他的椅子里。“送你一句明智的话，孩子，永远不要指责一个科学家热爱他的工作如同信奉一个宗教。”

“我们会和好的。”

“你们肯定会。我想知道的是你要怎么做？”

“我会向她道歉。或许再送些玫瑰。”

“道歉是对的。不过，我打赌你在圣吉纳维夫岛上找不到一家花店。我想到了一些主意，更……嗯，象征性的，你想听听看吗？”

“比如说？”

罗伊斯笑了笑。“捐赠你的精子。”

马特惊讶地看着他。“你是在和我开玩笑吧。你知道它听起来像什么？”

“我知道如果我们不是在谈论金迪，这个建议对别人来说意味着什么。但是，就金迪的情况而言，它意味着你愿意相信她正在做的事，你和她一样选择信仰之路。”

“它对我来说，还是有些奇怪——”

“只是一个建议，”格雷厄姆耸耸肩，“你可以再考虑考虑。”

7

ARKWRIGHT

罗伊斯的建议听上去很奇怪，马特原本并不在意，只是把它当作闲话。然而第二天早上，他想起了这件事，他反而越想越觉得罗伊斯说得在理。向银河号项目捐献自己的精子，这是一个多么具有诗意的点子；就像罗伊斯所说，它意味着马特站在了金迪的立场去思考，他也可以像她一样把含有自己基因的物质送上同样的旅程。再加上他的道歉，足以修补他们之间的关系裂痕。

可是当他找到本，告诉他自己有捐献精子的想法时，本拒绝了他。“抱歉，儿子，”本解释道，“你的位置早被你的祖父母占用了。”

“你说什么？”

本从他的办公桌站起身走向咖啡机。“你的爷爷和奶奶是最早向银河号项目捐献精子和卵子的两个人，那时基金会才刚刚成立。事实上，我认为他们一订完婚就完成了捐赠。你知道明日联盟的故事吧？”

“那个曾曾祖父参加过的俱乐部？俱乐部成员都是科幻作家？”

“嗯，你说对了一部分。”本为自己倒了一杯咖啡，然后他手扶着装咖啡的卡拉夫瓶[1]，扬起一边眉毛，示意马特是否要来一杯咖啡。马特摇了摇头，本继续说道，“明日联盟里只有四名成员，其中两人是作家，他们是你的曾曾祖父和曾曾外祖父。我们其实是用你爷爷哈里的笔名为你取的名字。”

“我知道，但是这和捐献精子一事有什么关系？”

“因为你祖父母捐献过了，银河号的基因库中已经收录了他们的基因组。他们携带着明日联盟中三位成员的基因，具体来说是——内森·阿克莱特、玛格丽特·克劳、哈里·斯金纳。如果他们的后代也可以捐献卵子或者精子，那会对殖民地带来不稳定性影响。试想一下，如果你的后代和你祖父母的后代相遇后相爱，然后还决定生孩子，那该怎么办？”

“我不觉得那会怎么样……噢，原来你是在说近亲繁殖。”

“没错。他们甚至不会知道彼此有亲缘关系，可是他们实际上是一家人，这样会给殖民地人口繁衍造成各种问题。”他的父亲走向书架，抽出一本厚重的活页夹，在马特面前打开它，“这是我们对每位捐献者的记录。我们花费了很多时间确保捐献者中没有任何两个人是直属亲戚。你的妈妈可以做捐献，是因为她没有继承我们家族的血统。我也不能做捐献，尽管我也很想。所以，很抱歉，你的运气不太好。”

“噢，好吧，我也只是想想。”马特不在意地耸了耸肩，试图掩盖失落的情绪。

“还是很高兴看到你对捐献项目感兴趣。”本把活页夹放回了书架。“我能问问，你为什么感兴趣吗？”

马特不太情愿解释背后的原因，他生怕父亲觉得他思想幼稚。“不用在意。我只是一时兴起。”

---

① 卡拉夫瓶，餐馆中用来盛酒或其他饮料的喇叭口长颈玻璃瓶。

“对，好吧，”本叹了一口气，回到他的办公桌，“相信我，我也想帮到你，但是宫外胎儿孵化系统本身就有潜在的风险存在。我还有点担心事情最终会怎样发展，等银河号到了厄俄斯星球，它便能更近距离地观察地形。基因改造一事可能会……”

他的声音渐低几乎听不到了，但他最后一句话足以引起马特的兴趣。“哪类改造？”

本沉默了一阵子。他站在办公桌后面，转身盯向发射台。“我们其实不应在公共场合谈论这些事情，基金会与宗教激进主义者之间已有很多的冲突和麻烦要处理了。我们准备在胚胎前期对人进行基因改造，以便他们适应外星球环境。格力泽 667C–e 是一颗 M 型红矮星[①]，比太阳个头小点，气温也低些，但是它自身体积比地球大三分之一，地表重力预计比地球高一半。我们猜测它的二氧化碳大气层中可能有水蒸气的痕迹，即便银河号往该星球投放了生物箱，使它的地表环境变得宜居，但十有八九，任何在那里生存的人类，仍需在某些基本方面进行改造后，才能在那个星球生存下去。”

“你指的是哪些方面？”

“飞船上的人工智能到时会根据它对那个星球地表的调查情况做出决定。我们已经设定好了基本参数和一些我们认为适合的备选项，但是——”本停顿了一下，“好吧，通过宫外胎儿孵化系统出生的人，很可能和大多数人理解的‘人类’不同。”

马特感到一阵寒意。他试图想象他父亲描绘的人类形象，但是他的脑海中仅浮现出一类畸形的儿童，他们正在蹒跚学步，他们的面容丑陋而可怕。“我不敢相信你们居然这么做。我的意思说，重造人类！”

“是吗？”本转过身来，奇怪地看了他一眼，“如果你回到过去，比

① 红矮星，宇宙中最常见的恒星，在哈佛大学天文台的恒星光谱中分类为 M 型。它们的典型颜色为红色，温度在 2473.15℃～3973.15℃之间，质量差不多在 0.8 个太阳大小。亮度十分微弱。

如四百万年前，你觉得你会看到什么？你会遇到人类早期祖先，那些居住在非洲北部的南方古猿与我们也不太相像。他们兴许也会被我们的长相吓到。是进化改变了他们，他们才得以适应当时的环境。这和我们正在做的事没有多大区别，只是我们采用的方式会更快一些，只有这一点不同。”

马特不知道如何反驳他。本坐下后，仍在脑中搜索合适的表达。“很抱歉，我还有很多工作等着去做。就像我之前所说的，谢谢你愿意捐赠，但是——”

“好的，你先忙吧。我没问题了。”突然之间，马特很怀疑这到底是不是一个好主意。

8

ARKWRIGHT

事实证明，他的想法没有带来任何影响。马特再次见到金迪时，她显然已经忘了他们之间的争吵，或者她决定好了要将那些不愉快抛诸脑后。无论哪种情形，她对他依然友好，似乎什么事都没发生。他思忖再三，决定还是不要向她提及自己曾考虑向银河号项目捐赠精子一事，于是再没人提起过他们俩之间的分歧。

内森3号按照原定日程升空，这一次完美的发射顺利地将俱吠罗号助推器和有效载荷带离了黑岛，投入黑色无风的星辰大海的怀抱，此次圆满完成的发射任务预示着银河号即将启航。马特这一次是从控制中心大楼里面观看的发射过程。他和他的母亲，以及他们负责招待的记者们坐在一起，但是当火箭离开发射塔向上升入深蓝色的天空时，他特意地望向金迪所在的位置。他们的目光一相遇，金迪便笑了起来，她好像也想起了上一次发射他们在一起的时候。马特这才意识到自己此刻多么想再坐在她的身旁。

发射任务结束那晚的庆祝派对上，他再次见到了她，这一次他跟得上发射团队成员在泳池边的交谈了。马特下定决心此次绝不在派对上抽一口烟，毕竟上一次抽烟给他带来了很大的麻烦。他拿了一瓶啤酒，时不时地轻轻啜一口，而金迪看上去很感激马特克制的做法，因为她几乎整晚都待在他身旁。晚间暖风轻拂，月光疏朗，眼前的她真是太美了。

更多记者前来黑岛观看内森 3 号的发射。因为银河号不仅是一个位于地球同步轨道上的航天器，外界媒体更加关注整个项目的进展。未完成的银河号飞船船体大到人们在夜晚天空中凭肉眼就可看见，于是，吉尔让马特发给新闻媒体一份通稿，告诉他们如何帮助公众在天空中寻找飞船的位置。不久之后，即便是不怎么关注银河号项目的人们，也意识到地球上方正在建造一艘星际飞船，突然之间，银河号成了那些即使不关注太空的人们也感兴趣的对象。

然而，并非所有关注都是友好的。之前，来自新美国教会的反对者，驻扎在黑岛航天发射中心大楼外的人数不过五六人。但是，马特在内森 3 号发射那天早上来上班时，他注意到了更多的帐篷、标语和反对者。他不知道反对者们是否都同属于一个教会组织，还是有些人是为了其他原因反对银河号项目，从美国飞来的技术人员报告说，他们甚至在机场就遇到了反对者。航天中心大楼外面持续举行的示威活动变得越来越激进；发射团队的员工通过大门时，都能听到反对者们愤怒的叫喊声。基金会为此雇用了更多的保安，然而，有些反对者甚至出现在晴天旅馆外面，羞辱下班回来的团队员工，他们不得不雇用私人警察[①]驻守旅馆。

反对者还不仅仅出现在航天中心和旅馆外面。

那天，内森 4 号最后从无尘室转移出来运往航天器装配大楼，等待装载进入俱吠罗号的货舱。于是，检查团队决定先开一个小型派对庆祝一番。可是他们的烟不够用了，得有人去圣吉纳维夫小镇买些当

① 私人警察，由非政府机构拥有或控制的执法部门，它也可以指不在值班期间，为私人实体提供安全保卫，或其他执法相关服务的警察。

地香烟。马特被指定为完成此次购买任务的人选，他本人也不介意跑腿，毕竟，这也不是他第一次买烟，他得知了一个经常售卖香烟的当地居民的名字和地址。他向母亲借了她的大众汽车，开车奔向小镇。在那之前，他询问金迪是否愿意陪他一同前往。

他的父亲曾建议他去买烟时最好带着金迪一起。因为她不是美国白人，他或许能从当地人那里谈到一个不错的交易价钱，但这并不是马特要带金迪一起去的原因。他想和她单独相处，远离一会儿工作和同事们。这算不上一次真正意义上的约会，但是至少比坐在泳池边交谈要好。让他惊讶的是，金迪同意了。她有点厌倦每天除了旅馆和无尘室以外看不到其他景致的状态。她和马特一样，都没去过圣吉纳维夫小镇。两人一吃过晚饭就出发了。太阳快下山时，他们便到了市政码头，停好车以后他们走路通过旅客桥，前往浮城圣吉纳维夫。

圣吉纳维夫居民为了挽救他们被摧毁的家园，将自己的家重新修建在了木筏、大型平底货船和浮舟上；这些船只正好位于被洪水淹没的城镇原址上方。狭窄的木板人行道漂浮在水面上，依靠浸没在水中的缆绳连接着的木桶，串联起通往不同简陋木屋之间的路。某些情况下，现存砖块建筑的上层部分仍在使用，它们的屋顶放置了层层叠叠的太阳能集热器、碟形卫星接收天线，以及用来收集雨水然后蒸馏出淡水的蓄水池。一串串光纤圣诞灯照亮了人行道，它们挂在一溜溜涂着柏油的船蒿上，运河船和独木舟用绳索绑在大楼之间。炊烟从镀锌板制的烟囱管道中冒出，徐徐回旋上升，咸味的空气中还混合着浮木燃烧的味道和煎鱼的香气。

马特和金迪穿过浮桥，试图找到烟贩子经常去的酒吧。钉在木屋墙上的手写路牌显示出圣吉纳维夫镇原始街道的位置，马特要去的是一个名叫沙尔基的酒吧，它位于现在仍称作主街道的地方。当地的岛民们坐在老旧的野餐椅上，沉默地看着这两个外来者，他们脸上的表情掺杂着消遣、怀疑、好奇的情绪，但是没有人开口说话。航天中心的外国人并不常来镇上，虽然当地人不反对基金会在进行的项目，他们也没有必要表态支持。

沙尔基酒吧原来是一辆两厢式大拖车锈迹斑斑的外壳，它被重新放置在了一艘驳船上；酒吧外面是一个环形门廊，再经由一道纱门才能进入里面。有几个男岛民坐在门廊，安静地看着两个美国人登上驳船，看到金迪时眼中流露出了明显的惊奇和喜爱之意。金迪尽可能地无视他们的注视，她牵起马特的手，而马特对她的举动丝毫不感到惊讶。

这间酒吧不大，里面的灯光暗淡。用来照明的荧光灯泡已有些变色，旁边还有廉价啤酒的价目表。令人难以置信的是，酒吧墙上竟安装了一块最新型的全息屏，上面正在播放一场足球赛，音量调得很小。酒吧里的其他物件都很破旧，店内摆放的胶合板桌子、塑料椅子，和外面甲板上的桌椅一模一样。吧台不过是几块木板放在几个油桶上组成的台面；酒吧侍者面无表情地看着他们来到跟前，一言不发，手中继续擦拭着一个有缺口儿的啤酒杯。

“嗨，我在找一个叫帕克的人。他来了吗？”

“很多人都叫帕克。”侍者没打算帮他找人。“你知道他的姓氏吗？”

“詹姆斯·帕克。”

侍者不以为然地耸耸肩。“我认识一个叫詹姆斯·帕克的人。你想找他做什么？”

“我们知道他在售卖一些我们感兴趣的东西。”

侍者擦干净手中的杯子后把它倒放，再从吧台下方的桶中掏出另一个杯子。“他很快就来了。你们找个位置，先坐下来等吧。要来一些啤酒吗？”

“好的，谢谢。我们要红条纹。”

侍者打开冰箱拿出两瓶啤酒。酒吧里面没有凳子了，正当马特四处寻找一个能让他和金迪就座的地方时，他们身后响起一个声音问道，“你们要不要和我一起坐？”

他是酒吧内的另一个顾客，坐在靠近门边角落里的一张桌子旁。令他们感到惊讶的是，此人是两人自从进入圣吉纳维夫小镇以来见到的第一个白人。他是一名中年男子，体格粗壮，头发灰白，嘴边留了一把两边向上翘起的八字胡，身上是一套只有游客会穿的衣服，下半身为一件黄褐色的徒步短裤，上半身是一件长袖旅行衫，又套了一件摄影师马甲，头上戴着一顶丛林帽，脚下蹬了一双防水靴。他看上去像是打算在雨林中独自生活一段时间，用手中砍刀劈出一条属于他自己的道路来。

马特转头看到他本人，立马对其产生了不信任感。他也不清楚具体是什么原因，也许是因为眼前的这个人比起他和金迪更不适合此地。然而，他们不能无礼地回绝他的热情，于是马特带着金迪走向了那张桌子。

他们一落座，马特就注意到桌上已有几只空瓶的多瑟瑰[①]，同桌陌生人手里还有一瓶正在喝着。显然，他在酒吧里坐了已经有一会儿。

“弗兰克·巴顿。”招呼他们拼桌的陌生人开口介绍自己，“你们怎么称呼？”

“我是马特，她是金迪。”马特与他握了握手，“你来观光旅游的？”

“差不多吧。”巴顿再次拿起他的啤酒瓶，“我过来看看这里正在进行的项目。你们都是航天中心的工作人员？”

“没错，我们为银河号项目工作。”金迪回复了他。

“我看出来了。”巴顿喝下一大口啤酒，他放下酒瓶，用手指揩去

① 多瑟瑰，品牌 Logo 为双 X，墨西哥本地啤酒品牌，后被荷兰喜力啤酒公司收购。

了沾在胡子上的泡沫，“所以，你们具体是做什么工作的？”

“我是工程师，他是顾问。”很明显，金迪也起了疑心。马特朝她瞥了一眼，看到她一脸警惕的表情。

“我看出来了，看出来了。”巴顿缓慢地点着头，“我听说你们工作人员有时会来小镇。我想着要是我在这里坐得足够久，我最终能碰到其中一个。”他笑了起来。“没想到，我真幸运……一下子遇到了两个。”

马特不喜欢他说话的方式。现在，他注意到了另一件事：巴顿敞开的衬衫衣领中，有一条半遮半掩的银色链条，挂着一个象征耶稣受难的金色十字架。这可能不意味着什么，他知道很多人都有类似的物品。但是现在，它也许预示着他们遇到了麻烦。

“你为什么觉得自己幸运？”他问道，“你想了解关于银河号项目的一些事？”

“我早就清楚了。”巴顿的身体往后靠了一下，“为你们的灵魂着想，反而是你们需要启蒙。”

确定无疑了。弗兰克·巴顿来自新美国教会，一直待在沙尔基酒吧里监视往来人群，期望自己能堵到某个来自银河号项目的成员。马特的父亲警告过他，不要与该教会的传教士接触，他现在知道原因了。

马特站起来往后推开座椅：“嗯，很高兴认识你，但是——”

“我的灵魂与此事何干？”金迪没有起身。她向前靠近桌子，把胳膊放在桌上，双手合十地托着自己下巴，“拜托，请让我开窍吧！”

“这还不明显吗？”巴顿目不转睛地盯着她，“你们是在做亵渎上帝的事。你们将上帝创造的人类后代运到外太空，把我们的罪恶强加于其他世界。我们从来没有打算——”

“你说的是真的吗？《圣经》上哪里提到了？”金迪笑起来，“我也去过教堂，可我不记得有人说过太空探索是一件有罪过的事。”

巴顿眯起了他的眼睛。“上帝明确指示过人类只能在地球上生活。他为他选中的子民创造了这个世界，而遗弃了其他世界。”

“又来了，《圣经》上哪里提到了？”金迪看向马特，“我在主日学校[①]一定落下什么课。因为我从来没听过那样的阐释——”

“我们有很多对救世主教义的阐释。”巴顿显然不满被人质疑，“你们从母亲的子宫里扯出孩子，再把他们放到火箭上——”

“噢，不是吧？你真的认为那是我们正在做的事情吗？”金迪当时咧嘴笑了起来。她是在戏弄他，她从彼此交锋的每一秒中都获得了乐趣。“我不想这么说，但你才是那个需要被启蒙的人。你弄错了所有的事情，你甚至都不知道自己错了。”

“你知道神的指示，还犯下这弥天大罪！”即便酒吧里的灯光暗淡，马特依旧能看清巴顿的脸涨得通红。伴随着金迪的嘲笑，他的怒气不断上升，“我原本以为我能拯救你，但我现在明白了，你已无可救药。”

马特闭上了他的眼睛。巴顿是很常见的那类人，他不仅是一个宗教狂热分子，还是一个易怒的中年男子，他认定自己在所有事情上都是对的，不能容忍任何意见上的分歧。和他这样的人争论，没有任何的意义，但是金迪没有停下来。她倒是玩得很开心。

“没错，我是一个罪人，我还以此为傲。”金迪拿起她的啤酒，“这总比一个老混蛋以为他是在为上帝代言要强。”她抿了一小口酒，“如果耶稣看到你，他也会笑掉大牙的——”

“你怎么敢随意提起他的名字？”巴顿从他的椅子上跳起。在马特阻止他之前，他把手伸过桌面，用力拍了一下金迪手里的酒瓶，“可怜的婊子，你没资格——”

距离上次马特用拳头揍人，已经过去好多年了。上次他也是在酒

① 主日学校，又称“星期日学校”，指在星期日对儿童进行基督教育的学校。

吧里打架，而且至今仍为自己的粗暴行为感到羞愧。但是这一次不同。马特用拳头猛地击中巴顿的胡须时，他的内心感到很痛快，更令他感到畅快的是，眼看着巴顿和椅子一起倒下去，撞到身后的墙上之后，瘫倒在地，再也起不来了。

金迪睁大双眼惊讶地看着马特。侍者从吧台后面跑出来。“你们都给我出去！”他冲他们大喊，手里半举起不知从何处取来的板球拍，“不准在我的地盘打架！趁我报警之前，你们赶快离开！”

“嘿，你听我说，他——”

“我们走吧。”金迪抓住马特的胳膊，把他从桌旁拽起来，“你已经尽力了。”

马特低头看了一眼巴顿。他还有意识，脸上一副震惊的表情，看样子他至少一两分钟内起不了身。如果等他再站起来，事情可能会变得更糟。马特不想应付岛上的警察，也不想和愤怒的侍者纠缠。为什么两个来自航天中心的美国人出现在一个沙尔基这样的低档酒吧，这件事并不容易解释清楚。

他从钱包里掏出几美元，放在桌子上表示歉意，然后他跟着金迪离开了酒吧。那些坐在甲板上的岛民肯定听到了里面的打斗声，因为他们就站在门外默默地看着他和金迪走了出来。其中有一个高个子、身材瘦弱的小伙留着长头发绺，似乎刚打算进酒吧。马特猜想他可能就是詹姆斯·帕克，但是他决定不去追问了。今晚肯定是买不成烟了。

他和金迪走路穿过圣吉纳维夫小镇时，两个人都没有开口说话。马特的手开始抽搐，当他弯曲手指时，他才发现自己的中指关节卡住了。可是他还需要开车，因为大众汽车需要他的指纹启动。等他们回到旅馆后，他需要找一些阿司匹林和绷带。

回程路上两人大部分时间都保持了沉默。马特想拿刚发生的事情开几个玩笑，但是没有成功。他用余光看到金迪坐在一旁静静地打量着他。一路上她都没怎么说话，但她一直紧盯着他的脸。车内仅有仪表盘的灯发出微弱的光，马特很难看清楚她脸上的表情。

他把车停在了他父母的住处。他和金迪从车里起身出来时，他们听见了来自泳池边派对的声音，只是他们的视线被树挡住了。

“要是我告诉他们，我这一趟一无所获，我想他们会不高兴的。”马特小声嘟囔，准备踏上通往露台的厚石板路。

金迪把手搭在他的胳膊上，拦住了他。“我们不去派对了。”她轻声说道。

“不去了？”

“嗯，不去了，我们到我的房间去。”

然后，她用力拉近马特，与他忘情地长久拥吻缠绵。

所有人都注意到马特和金迪没有出现在派对上。第二天早上，当他们俩一起下楼吃早餐时，每一双眼睛都在注视着他们，不少人朝他俩露出了会心的微笑。除了格雷厄姆抛给马特一个戏谑的眨眼动作，没有人开口说什么，似乎所有人都在静静地等待着他俩的好事，只是惊讶这一切没有早点儿发生。

第二天晚上，金迪又和他在他的房间里共度了一晚。相较之下，金迪房里的床更大一些，而马特住的小屋从露台就可以看见里面，于是，经过那一晚之后，两人一致同意以后晚上住在金迪的房间，她的房间更舒适，还能保护隐私。就这样，马特每天早上返回他的小屋洗澡、换衣、刷牙，没过多久，他们就决定马特搬来和金迪一起住更好。马特很乐意如此安排，反正，他从没喜欢过自己住的小棚屋。

他们二人的伴侣关系令人赞羡。两人都是多年没谈过恋爱了。和马特一样，金迪也有失败的恋爱经历。她曾经订过一次婚，但是她的未婚夫竟然悄悄地有了外遇，他们便解除了婚约。在她遇见马特之前，从未有人愿意为了保护她而出头。马特松了一口气，因为他的前女友肯定会反感他在酒吧里与人打架，即便他是为了保护她。

他们对彼此来说是合适的人。他们相遇在飞往黑岛的航班上，这也许是一次幸福的意外，但是马特的父母似乎相信金迪是他们儿子在人生中需要遇到的那一类人。马特勉强答应了带金迪和父母共进晚餐的邀请，他为此感到很紧张，他知道父母不喜欢他的上任女友。然而，大家相处得还不错。他母亲见到金迪很高兴，父亲虽然早已知道金迪拥有令人敬佩的高智商，但还是惊讶地发现她极具魅力。马特并不寻求父母认可这段关系，但是无论如何，他因为父母喜欢金迪而开心地享用了这顿晚餐。

后来证明，他们发展成一对情侣这件事还好没有等太久。内森 4 号在几周之后顺利升空，随即，它与银河号飞船进行了一次完美的会面对接。这个发射任务完成后意味着金迪在银河号项目中的工作正式结束了。对她而言，实在没有别的理由继续留在黑岛，她已履行了和阿克莱特基金会签订的合同，现在可以随时离开。然而，金迪想要留在岛上，直到银河号飞船完成组装和发射。由于她现在和马特住在一起，马特的房间便可以腾出来给一名估计很快会到来的内森 5 号技术人员。于是，本杰明 · 斯金纳从预算里拨出了一笔足够的薪资，再次聘用金迪为兼职顾问，这样便解决了两人原本要分别的问题。

马特此时才意识到他也随时可以离开了。他已存够了一笔钱，现在他不仅能买一张回美国的机票，还够付他在找新工作期间的房租。但他不再盼望着离开，当他认真思考这个问题时发现这不仅是因为金迪。过去的数月里，他前所未有地对银河号项目和基金会产生了兴趣。尽管他对该项目最后能否成功还是持怀疑态度，但他的愤世嫉俗已经消失了，是金迪的热情感染了他。他发现自己也希望能留在黑岛，亲眼见证银河号飞船启航，前往格利泽 667C–e。

但之后呢？他和金迪仍然需要弄清楚，他们是否还有未来。这让马特很担心，但大家都在担心另外一个问题，一个更严重的问题。

到目前为止，银河号项目进展一切顺利。银河号飞船的每一个舱体都已发射升空并对接成功，可是他们的幸运到此为止了。轮到内森5号升空发射时，这个项目团队的厄运降临了。

内森5号的建造工作已经落后于原进度安排。登陆船的主发动机在地面测试中暴露出严重的缺陷，加州的分包商因此需要拆除主发动机，替换几个关键部件，这就需要额外的一系列测试来保证它们达标，保证登陆船具备安全飞行的条件。由于这一层缘故，内森5号装载上货船的计划被推迟了一个多月。按照原本的计划，货船将携带内森5号从美国西岸经由巴拿马运河穿过墨西哥湾。这一延迟引起了项目组成员的担忧。

银河号项目的飞船发射时间都经过仔细计算，刚好能避开加勒比海每年的飓风季节[①]。他们选择黑岛作为航天中心的弊端，便是因为它位于容易发生大型风暴的热带区域。确实，历史上的巴拿马太空机构，曾经因为南大西洋突然形成的飓风延期过不少次发射任务。银河号项目规划者一开始制订发射计划时，就意识到了这个问题；可他们寄希望于一切进展顺利，最后一个舱体能赶在天气干扰之前进入轨道。

现在，最后一次发射被推迟到了夏末，被飓风扰乱的风险成倍增加。气象学家很早之前就注意到此事发生的迹象：南大西洋的海水比以往要温暖，几场大型热带风暴早已刮过小安的列斯群岛[②]。俱呋罗号可以停放在航天器装配大楼里，直到天气好转再进行发射。所有人都害怕的是运输内森5号时货船在海上遭遇飓风。失去内森5号意味着丢失生物箱和登陆船，那将是整个项目的重大损失，它需要数年才能完成重建，在此期间，银河号飞船不得不被封存在轨道上，这两种情

---

① 加勒比海飓风季节，每年从6月1日持续到11月30日，高峰期是8月、9月和10月。

② 小安的列斯群岛，位于南北美两大陆之间，加勒比海的东部和南部。群岛呈圆弧状，多为火山岛。

况都将花费很多钱。

本杰明·斯金纳与其他项目规划者在经过长达6个小时的会议后，想出了一个解决方案。与其用船运输内森5号，不如租一架货机，走空路将其运到黑岛。有一类机型能完成此任务：C–110，是一种由波音公司建造的重型军用运输机，货舱足以装下内森5号。他们了解到波音公司在西雅图有两架C–110，专门供私人租用。

现在只剩下一个问题。内森5号之前的舱体都是用船走海路运到黑岛，在俱吠罗号被收回的同一个港口卸载。这个港口由铁链栅栏和武装警卫守护，距离航天中心也很近，从来没有发生过安全问题。但是，如果内森5号走空路运输，货机便要在岛上的机场降落，内森5号被卸载到同样运输过俱吠罗号的载重货车上之后，还要再横穿黑岛的公共道路才能抵达。然而，航天中心外的抗议人数日益增多，货车很容易被反对者拦截。

“情况更糟糕的是载重货车必须开得很慢，”本坐在餐桌一头，他刚和家人用完晚餐，“你们知道这附近的路况……公路已经多年没露出水面了。它们好像搓衣板一样，所以司机开车必须小心，避免内森5号转运途中受损，如果反对者知道内森5号将要走公路……”

“他们已经知道了。外面已经有新闻报道我们的进程安排。”吉尔手中没有停下清理晚饭用的餐盘，“但我不认为他们能带来多大麻烦。他们也许只会站在路边，挥舞他们那些愚蠢的标语牌。他们之前可从未有过暴力行为。”

马特听到这里，视线越过餐桌看向金迪。他们每周来和马特的父母吃一次晚餐，但他还没有告诉过父母他和金迪那天在圣吉纳维夫小镇遭遇的事情。他的父母还没有意识到新美国教会里至少有一个有暴力倾向的成员。

金迪没有开口说话，但是当他们的目光相遇时，她轻轻地摇了摇头。“无论如何，我们最好提前预防，”马特说道，“也许要安排一些我们的人跟着货车走，我们得守在它旁边，不让反对者靠近。”

“没错，那样应该管用。”本缓慢地点点头，“好主意。我和筹备团队商讨一下此事。”他拿起桌上的墨尔乐葡萄酒瓶，又倒了一杯酒，“等你奶奶到了，她也许还有别的建议。”

“奶奶要来黑岛？”

“下下个星期。”吉尔说，“我还以为我告诉过你了。”她笑着回到餐桌旁，“我确定我说过。”

“好吧。是我忘了。”马特不以为然地耸了耸肩，“我最近有点儿忙。”

“是的，你确实变忙了。”本的目光从马特转到了金迪，他露出一个狡黠的笑容，这让马特抓狂，“我想她到时会想和你谈一谈，等我们关闭了这里的业务，你打算干什么去？”

马特再次和金迪交换了一个眼神。他们最近已经谈过不止一次这个话题，通常是他们深夜枕边闲聊的时候。“我考虑过。”

“好的，不错。等你奶奶到了，你可以和她说说。”本有些闪烁其词，露出一个笑容掩盖过去，“我想你奶奶心中早有打算。”

马特的奶奶凯特·斯金纳已有 80 岁高龄，身体仍然非常健康，而且从没有接受过逆转衰老的基因疗法。她接受过老年人通常做的保健治疗，比如心血管纳米手术、器官克隆移植手术。基因再生技术出现得太晚了，对她这个年纪的女性来说，已发挥不了多大作用了。所以，凯特和她的孩子们不一样，她的外表与她的年纪相当。尽管如此，她还是设法常常外出走动，只是格外小心谨慎一些。

马特和他母亲在机场接到了奶奶。她是最后一个下飞机的乘客，不得不忍受空乘扶她下扶梯的难堪，最终心怀感激地坐进了一辆两轮小车，这辆小车被提前放进了 G8 飞机腹部的货舱中。然而，一旦坐回了椅子里，她便恢复成了原来的自己。几个月前，那个曾找过马特麻烦的海关官员在老妇人面前心生胆怯。凯特不允许自己的时间被浪费在行李箱检查上。她的儿媳也知道，最好不要让她在路边等太久，因此吉尔特意从航天中心借了一辆面包车来载她回旅馆。凯特不愿迁就笨人。

让马特感到惊讶的是，奶奶对他更温柔了。她坚持让马特和自己一起坐在后排，等结束和儿媳的寒暄，她的注意力就转向了孙子。

“你在这里得到了一份工作。”她不是在提问，而是陈述一个事实。

“奶奶，我没有多少选择。你给我的飞机票是单程的。”

“我知道，那还是我买的。”凯特抿嘴微笑，“孩子，你不需要我的资助。你需要的是一个重新开始的机会。本告诉我你在这里工作得不错。”

“没错，凯特。”吉尔的头略微一偏，视线仍盯着前方的路，“要是没有马特，我完成不了那么多的工作。他做了很多事，写新闻稿、安排新闻发布会、为记者订机票。他是我非常得力的助手。”

马特没有开口说话。他母亲夸大其词了。他在媒体关系部门的头几周糟透了，冒冒失失地引起了不少混乱局面，即使现在，他偶尔还有失误。然而，如果母亲想向奶奶替他说说好话，他也不会站出来反驳她的。

“你喜欢你的工作吗？”奶奶问道。

“是的，我喜欢。”关于这一点，马特不必撒谎，“我学到了很多，我想我对银河号项目有了更好的认识。”

他决定先不要袒露他对银河号项目可行性的疑虑，比如，如何能把一颗行星改造成适合人类生存的星球，再让机器人抚养的孩子定居在那里。“ 我相信银河号最终能到达目的地。”他希望凯特能满意这个回答，不再追问。

显然，她满意了，点了点头，然后将视线转向他们开车经过的一片雨林。可是，他们之间的对话还没有结束。等他们抵达晴天旅馆，她来到了和孩子们共享的别墅之后，凯特再次提起了该话题。马特想着自己不用帮忙了，正打算离开的时候，凯特举起手拦住了他。

“你等一下。我还想再和你多聊一会儿。”她看向吉尔，“你先走吧，他一会儿去找你。”

吉尔有些惊讶，但是没有反对。她离开小屋时随手关上了前门。

凯特一直等吉尔离开之后，才转头看向马特。“所以……你有没有想过，等我们关闭了这里的公司，你打算去干什么？”

马特记得他父亲在几周前的晚饭后提过同样的问题。“我不知道。我想，我和其他每个人的选择都一样——回家，再找一份新工作。我也许会继续从事媒体公关的工作，把它变成我的事业来发展。”

“没错，你可以选择那样。你在这里的工作只是你简历上一个短暂的项目，但是我想它会帮你在某处获得一份工作。对于你的新工作，你或许能干一阵，只要你不像以前一样，一觉得无聊就辞职。做一份长久的工作，对你来说一直是个问题，对吗？”

“大约是的。”

“大约是的。”她冷淡地重复了一遍他所说的话，似乎她确信他会那样。“好吧，如果你想回去随波逐流，那是你的选择。我不会阻止你。但是我能给你提供一个更好的工作机会。”

她停了下来，等待着他说些什么。可是他没有开口，于是她继续说道：“即使银河号起航了，基金会的工作也没有完成。飞船需要50年才能抵达厄俄斯，但这件事并不像我们只是塞了一张纸到瓶子里，然后便将它抛入大海那么简单。飞船会定期向我们发送信息，告诉我们进展如何，即便那些报告越来越零碎，我们仍需努力地聆听，以防发生我们需要知道的事情。”

“你想要我去做这件事？”

“是的，我想要你加入追踪团队。我们的基金会接管了马萨诸塞州一个古老大学的天文台，位于伯克希尔县郊区，离你曾曾外祖父曾经居住过的地方不远。那里的天文台有激光遥测器，可以接收来自月球追踪站转播的信息。天文台所处地方偏僻，但是我们仍然会留一个小型工作团队驻守在那里。基金会将支付他们工资，以便我们和银河号保持联系。”

“我不懂……”

“你可以学。本可以教你。事实上，他很有可能会去那里负责运营。他难道没有告诉你吗？”马特摇了摇头，凯特叹了一口气。“噢，好吧，我想他是指望着由我来告诉你。无论如何，他会是负责人，但他无法永远守在那里。或早或晚，总有人要去接替他。”

凯特意味深长地看了马特一眼。马特没有说话，他不知道该说些什么。他曾期望奶奶能在基金会给他提供一份工作，但是要他承诺一生只做这一件事，那可是完全不同的一回事儿。他不知道自己是否准备好了：在一座荒无人烟的山上待上数年，监听某个来自遥远距离的星际飞船传来的信号。

“我不知道。”他开口说道。

“你不用马上回答去还是不去。”凯特摇了摇头，“你再好好想一想，好吗？如果你愿意，这份工作就是你的了。如果你不想去，我们也能轻易地找到其他人，但是……”她笑了笑，“我想把这份工作留给家里人，我想你明白我的意思。”

他的确清楚。但他不确定自己是否想秉承那份遗志。

1\1

ARKWRIGHT

内森 5 号将在下周抵达，其所搭乘的波音 C-110 货舱大到甚至能装下一架湾流航空 G8 型飞机。这架巨型的运输机就像一根长出了翅膀的黄瓜，以堪比俱吠罗号升空时的咆哮音量，降落在了黑岛国际机场。一大群当地人早已聚集在机场，等待着见证这架飞机的降落，他们可能不会再看到如此大型的运输机了。他们站在跑道边缘，看着飞机缓缓地垂直降落。自愿前来护航的航天中心员工正站在一旁，等着护送内森 5 号穿越岛屿。

马特、金迪，还有马特的父亲，他们都是护送队伍中的一员。项目规划团队采用了马特的建议，雇用的发射团队的成员们走在货车两旁，守护内森 5 号，将它从机场运往航天中心。起初，大部分人都觉得这是一种没必要的防备措施，但仍有人认为他们需要警惕最坏情况的发生，一群来自新美国教会的抗议者和他们的支持者正站在由警察设置和巡察的锯木架屏障的另一侧。正如马特母亲事先预料到的那样，抗议者一开始就知道了银河号飞船的登陆舱将由海运改为空运，他们利用了运输计划变更这件事。

“他们会给我们带来麻烦吗？”金迪紧张地看着抗议者人群。

“毫无疑问，他们会带来麻烦，”本杰明·斯金纳轻声说道，“只是不知道程度如何。如果他们所做的只不过是举起标语牌，朝我们大声抗议，那一切还好。但是，如果他们的行为超过了那些……”他转头朝在附近待命的私人安保警卫们点了点头。其中一些人携带了声波枪和平常用的警棍、眩晕枪一类的防暴武器。“如果事情变糟了，他们会驱散抗议人群。我不太担心这个问题。”

马特看向运输机的机首：它有三层楼高，采用上掀式机首设计，从驾驶舱的下方旋转着向上开启了舱门，露出货舱内景。内森 5 号放置在一个带轮子的集装架上，全身被密封于一个塑料制的护罩中。机组人员站在跑道上挥手示意方向，半拖式卡车早已向后靠向了飞机。卡车的长平台已被抬高到与飞机货舱甲板一样的高度。一旦这辆纵列挂车安置好了，装载内森 5 号的集装架便可以一直从飞机甲板铺向卡车平板。等把内森 5 号紧紧地捆在卡车上，再用防水油布盖住全身，它就可以从机场离开了。

简单的装载部分完成了。接下来，护送卡车将以步行的速度到达航天中心，这将花费一个多小时。要是道路平整一点就好了，但是那样也无济于事。和大多数的加勒比岛屿一样，黑岛的公路也维护得不好。卡车必须小心地缓慢前进，否则登陆舱便有可能因为晃动而受到损坏。更糟糕的是，通往机场和航天中心之间的道路变窄了，勉强达到双车道通行条件；而黑岛岛民有个习俗，他们在路上遇到朋友时，会打开司机一侧的窗户，伸出手相互握手问好。

岛上的警察已经用封路措施来管制当地车辆通行。尽管如此，这一段路还是特别容易损害卡车和它车上的货物。

马特希望他的父亲是对的。

等卡车准备好离开机场时，已过去差不多一个小时了。当厚重的平板车缓慢地从飞机上移开时，两辆警用越野车已经一前一后停靠在车头和车尾。他们在那里等待护航的志愿者前来接替他们，并守在卡车两边。马特和金迪站在卡车前方附近，马特看见他父亲爬上了驾驶室，监督并确保司机不会把车开得太快。私人安保警卫们分散在步行护送队里，臀部挂着声波枪，那些武器看着显眼，但不一定有恐吓作用。又再等待了一段时间，每个人都准备好之后，卡车的喇叭发出长长的轰鸣声，守护卡车的队伍开始向前缓慢地行进。

抗议者也准备好了。在登陆舱从歌莉亚卸载下来的整个过程中，他们几乎一直很安静地站在锯木机架后面，但是当卡车缓慢地驶出机场货运出口时，他们冲到了路边，高举标语牌抗议，愤怒地大声谴责。警察和私人安保警卫们尽了他们最大的努力，阻止抗议者继续向前；抗议者离卡车两侧仅有几米远，马特不可能无视他们发出的吼叫声和挥舞的标语牌。

“你们会为此下地狱的！”

“格利泽行星没有罪过！”

“忏悔吧！毁掉那艘飞船！”

“不要把婴儿送去太空！”

“亵神！你们是在对神不敬！”

“上帝厌恶科学！”

“忏悔吧！”

一眼望去，全是愤怒的眼睛和挥舞的拳头。有人朝车队扔了一块石头。它没有击中包裹着帆布的登陆舱，而是从卡车侧面反弹了回去。有一名警卫人员立即举起了他的声波枪，朝向抛出石块的人群。他没有开火，警卫人员已被告诫，不到万不得已，不要轻易开枪。那些抗议者一看到防暴武器，立刻退了回去。没有人再扔石头了。

金迪走在马特的前面，尽管她是背对着他，但每当她将目光投向人群时，马特都可以看到她的脸。她尽力让自己保持冷静，可是他清楚她有多么生气。参与登陆舱护航的工作人员不得与抗议者发生冲突，但是马特知道她的耐心受到了极大的考验。金迪无法忍受有人任性固执地犯傻，然而，站在几英尺之外的抗议者正是她所憎恶的那一类人。

他快步赶上前，走在她的旁边。“你玩得还开心吗？”他提高音量，好让她听到。

金迪嘴角上扬，微微一笑：“很开心。嗨，我说，你什么时候能正式地带我去约会，哪怕一次也好？”

“你喜欢跳舞吗？”他问道。她点了点头。“好的，等我们回到美国，我带你去费城的一个地方转转。你会喜欢的。到时我们有烛光晚餐，管弦乐队，就像……”

卡车的喇叭发出一声长长的鸣笛声“呜——呜——”，听起来像是司机在使劲地发出警告。马特起先以为司机是想驱赶挡路的抗议者。接着，有一个警卫跑过他们的身边，马特这才抬起头，看到了前方正在发生的状况。

一辆锈迹斑斑的货车——附近香蕉种植园常用的那一类农用车，从侧面一条小路开进了主干大路，距离车队前方仅有 50 码远。马特看到它掉转了车身，正面朝向他们的载重拖车。它停在原地，任由发动机空转了一阵子，破旧的排气管中冒出灰色的烟——黑岛可能是西半球最后一个仍在使用汽油发动机的地方。与此同时，警察和警卫部队大步走向它，冲司机大声呼喊，挥手示意他把车开走。

“见鬼了？”马特抱怨了一句，载重拖车刹车时发出了一个长而尖的声音。每个人都停止了前行，抗议者甚至也有些困惑。“难道那个家伙没听说道路已被封闭了吗？”

金迪没有开口回应，她径直向前走到停在原地的卡车前方保险杠的位置。她用手遮挡在眼睛上方看向那辆小货车。“我不喜欢这样，”她对小跑着来到她身边的马特说道，“那辆车的后面看起来像是放了什么东西……你能看清吗？”

马特举起他的手挡住正午刺眼的阳光。货车货厢上架起的木板后面不像是一堆香蕉。它们又大又圆……那些是燃料桶吗？“我不知道，看起来像是……”

小货车突然摇晃着向前行驶，它沿着主干道，引擎轰鸣着直面冲了过来。警察的越野车原本挡在它和载重拖车之间，但是小货车司机打了一个向左的急转弯，避开了夹在中间的越野车。抗议者们尖叫着跑开。警察和警卫都被吓了一跳，行动一时变得缓慢，然后赶忙举起他们的武器。

“快走！”马特抓住金迪的肩膀，用力地将她拉离拖车。其他的护送者也四散开来，但是有两个人正好站在小货车驶来的路中间。小货车猛地冲向载有内森 5 号的长平台，也差点轧到几名抗议者。“快跑！”

然而，金迪似乎呆住了。她盯着迎面驶来的小货车，惊讶地张大了嘴巴。马特顺着她的目光看过去，瞥见了让金迪震惊的一幕——挡风玻璃后面的那个司机就是弗兰克·巴顿。

“快走，伙计！离开这里！”一名警卫突然出现在他们的身后，他把马特推到了路边，自己站在保险杠旁，举起手中的声波枪。伴随着他的射击，几下低沉有回响的声音响起，这个时候老式子弹可能更有效。小货车的挡风玻璃应声破裂成现雪花图案，可它仍旧保护着巴顿。

“金迪！”马特倒在未铺砌的路边，没能抓住金迪的手。他挣扎着想要站起来，但是又被一个逃命的抗议者撞倒。“金迪，快走——”

接着，一记瞄得很准的射击成功地震碎了小货车的挡风玻璃，巴顿因此失去了对方向盘的控制。小货车转向右边，与一辆越野车撞击之后，翻倒在地……

那是马特记忆中的最后一个画面。接下来，一场爆炸带走了剩下的所有……

1\2

ARKWRIGHT

马特后来意识到，自己欠那名警卫一条命，是他把自己推出了主干道。那辆被偷来的农场货车后面装有汽油炸弹，多亏了那名警卫，马特才在爆炸发生时侥幸免于死亡或者受到伤害。他逃过了一劫，只是有些脑震荡，头皮被崩飞的碎片划伤了，但是那个救了他的警卫却丢了性命，还有金迪，她……

爆炸发生后的几天里，黑岛医院接收了所有从那场爆炸中幸存的伤者。恢复意识的马特坐在金迪的床边，脑中不断地回放那些糟糕的时刻。他回想起的第一件事是两名急救护理人员用担架抬走了金迪。他的父亲一直跪在他身边，用纱布绷带缠住他的头，直到医生有空来处理伤势较轻的人。当他的父亲留意到金迪已不省人事，满脸是血，被人匆忙地抬向了一辆停在拖车旁的救护车时，他才不得不放低马特的头。

每个人都说金迪是幸运儿。那天一共死了 5 个人：那名警卫，3 名抗议者，还有弗兰克·巴顿。医院里仍有很多的受伤者，而她是伤势最严重的人。

爆炸时产生的冲击力将她撞上拖车右前方的保险杠，导致她的左肩和左臂肱骨[1]骨折，头部也受到了损伤。如果不是现场恰好有一个医生稳定住了她的情况，即便等到了救护车赶来，她可能也会死。讽刺的是，救她的医生碰巧也是抗议者中的一员，他为了照顾伤者，放弃了反对银河号项目的立场。

黑岛医院位于圣吉纳维夫小镇外，医疗设备非常先进，医生全部在美国受过培训。金迪接受了 4 个小时的手术，在此期间，医生设法减轻了她的头骨压力，避免对她造成进一步的脑损伤，他们还用骨移植修复了她身体骨折的部分。然而，术后她还是昏迷不醒，没有人能确定她何时才能醒过来。

马特一直陪在她身边。他只离开过医院一次，回到旅馆换了一身衣服后便径直返回。他在重症监护室病床旁边放了一把椅子，他坐在椅子上握着金迪的手，看着护士给她换药，检查医生放进她喉咙里的进食管。有时他会趴在床边睡一觉，每隔一段时间去餐厅吃点东西，但接下来的 5 天是漫长而无尽的守夜，他时刻观察着金迪醒来的第一迹象。

他模模糊糊地记得登陆舱没有受到剐蹭，它到达航天中心之后，无尘室里的技术人员日夜不停地工作，确保它做好了发射准备，再送往航天器装配大楼装进俱吠罗号助推器的货舱。尽管新美国教会正式公开谴责了那次爆炸袭击，但是银河号项目团队里，没有人敢保证不会有极端分子再发动一次袭击。马特的父亲和奶奶认为，对内森 5 号来说最安全的地方是太空，它越早发射越好。于是，内森 5 号的发射日期提前了一周，航天中心里的每一个人，都在尽他们最大的努力赶上新的最后期限。

内森 5 号运往发射台的那一天，金迪终于醒过来了。她一睁开眼

---

① 肱骨，从肩部到肘部的长骨，上臂的一部分。

睛就看到了马特的脸。她的喉咙里插着塑料管，所以还不能开口说话。但是，当她再次陷入昏迷的那一刻，她紧握了一下马特的手。医生在马特按下呼叫铃后赶到病房，然后他在医生的要求下离开了病房。他来到附近的一间等待室，找了一张椅子窝在里面，睡了近一周以来第一个好觉。

内森 5 号三天后升空。金迪转去了术后恢复室，他们两人一起在病房里，通过电视直播观看了发射过程。金迪开口说话仍然很困难，医生告诉马特，她还需要一段时间才能完全恢复，所以，她说话时马特必须靠得很近才能听清。可是，当俱吠罗号离开塔架咆哮着冲入无云的蓝色天空时，她低声说了一句他毫不费力就能听清的话。

“我就知道……它会升空。”她喃喃道。

马特点了点头。他知道他应该说什么。他只是难以说出口。

13

ARKWRIGHT

一周之后，银河号飞船离开了地球轨道。

内森 5 号与飞船剩下的舱体连接之后，银河号变成了一个高 135 米的圆柱体，它沿着地球上空的高轨道[①]滑行时，银色船身表面因反射太阳光芒而变得耀眼夺目。附近建设中的空间站摄像机捕捉到了它此时的影像，并将其传送回了任务控制中心。现在，每个参与该项目的人都聚集到了一起，他们迫切地希望最后一睹自己花费了那么长时间建造出来的飞船。

观景廊台上挤满了人，不仅所有的座位都坐满了，还有不少人靠墙站着。然而，马特和金迪此次不在观景台上。本坚持让马特推上坐着轮椅的金迪进入控制室里面观看，他将轮椅停在了他父亲所站位置的背后。他的母亲和奶奶也在控制室里面。凯特·莫里西·斯金纳坐在她的轮椅车上，正在用马特从未见过的敬畏神情凝视着眼前剃了光头裹着绷带的年轻女子。她一度握住了金迪的手，低声说了些马特听不到的话，金迪的脸上露出了激动的笑容。

① 高轨道，离地面 20 000 千米以上的地球轨道。

最后的倒计时相当克制且低调，真令人扫兴。任务控制室里的工作人员，表面上正襟危坐，然而，他们中的大部分人都紧张地把手放在了大腿上。银河号的人工智能系统现在完全自主控制着飞船。地面的团队只需在旁观看，做好发生意外事件并介入处理的准备。

倒计时的数字显示为零时，服务舱旁的机动推进器喷嘴，迸发出了微小的火花。飞船开始像纺锤一样慢慢地旋转。然后，突然之间，在飞船船首的内森 3 号一侧有多块又长又窄的镶嵌板被抛了出去，紧接着，第一块灰黑色的微波帆板出现了。此刻，身在控制室和观景台的男男女女们，发出热烈的欢呼声和掌声。

微波帆板花费了几个小时一一展开，它们在由纤细的碳纤维纳米管制成的飞船翼梁上，一个接一个地打开。等完成了这项工作，飞船便要驶离地球同步轨道，离地球远去，朝发射器靠近。此时仍没有人离开航天大楼，控制团队成员们屏息凝视着微波帆板逐渐变大，他们祈祷翼梁不会被卡住，帆索不会产生缠结，一旦发生了此类情况，他们就要紧急召唤装配小组。还好什么也没有发生。一层接着一层，微波帆板完全打开了，就好像一个巨大的凹型碟片，挡住了飞船出现在摄像机的镜头里。

终于，飞船最后的部件都已到位。推进器再次启动了发射，这一次它要将银河号推到微波帆板后面的巡航[①]位置，这让它看起来像一支打开了降落伞的铅笔。紧接着，推进器再一次启动，微调飞船机身以找到适合发射的方向。控制室右边的屏幕上有一幅测绘图，它标注了银河号飞船和发射器的各自位置。

屏幕上突然出现了一条虚线，将飞船和发射器连接起来。微波当然是人的肉眼所看不见的，只有控制室里的设备显示，另一边的发射

① 航空界一般把适宜于持续进行的、接近于定常飞行的飞行状态称之为巡航。

器已启动了微波发射。

过了一会儿，银河号开始移动，最初是缓慢的，然后越来越快，直到它完全在屏幕上消失。

那时，每一个还在大楼里的人，一起高声呼喊着拥抱彼此。大家激动地朝空中挥舞着胜利的拳头，此刻，凯特从轮椅车中起身，颤颤巍巍地走向她的儿子和儿媳，伸出手臂抱紧了他们。

马特站在金迪旁边，把手放在了她的肩膀上。他们什么话也没说，只是盯着银河号飞船上的一个摄像机传来的画面，看着地球渐行渐远的身影。然后，金迪抓住马特的手，将他拉向自己。

“你还认为……它不会抵达目的地吗?”她开口问道，声音小到他差点儿就听不见了。

“不，它会的。”他俯身给了她一个吻，“我相信它能做到。”

ARKWRIGHT

番外二

一个作家的鬼魂

本杰明·斯金纳和他的母亲、妻子、儿子走进晴天旅馆时，那里的宴会厅里早已挤满了人。旅馆里的这个特殊场所现在很少再使用了，但是，这里过去一直用来举行晚宴和招待在黑岛旅游季前来的富裕游客。今天，宴会厅是另一类特殊活动的举办地：银河号飞船发射情况新闻发布会。

一进入会场最先看到的是丛林般密集高高架起三脚架的相机，然后才会注意到记者们一排排地坐在它们后面。会场的天花板不够高，不适合使用迷你型无人机，因此吉尔要求记者们不要使用。飞行摄影机只会给现场添麻烦，本很高兴他的妻子把记者招待会从航天中心搬到了旅馆举行。银河号刚开始的几次发射任务，参与报道的记者人数不多，他们刚好能挤进一间航天中心的会议室。后来，媒体报道证申请如洪水般向基金会涌来，显然有更多的记者见证了内森 5 号的发射过程，以及基金会后续在地球高轨道上发射组装好了的星际飞船。

媒体对银河号项目的报道热情甚至比几周前发生的黑岛暴力事件来得还要早。那辆小货车载着的炸弹不仅造成了 5 人死亡，还差点儿带走马特女朋友的性命。爆炸事件也吸引了公众的注意力，然而，现在很少有人再关注此事了。很多飞来黑岛参加发射现场报道的记者，不得不在停车场扎起帐篷；只有少数幸运的人订到了旅馆的房间，其他人则被迫在圣吉纳维夫小镇和偏远村庄的当地人家里过夜，而这让记者们支付了比旅馆还高的房费。

因此，基金会在宴会厅举办的这场新闻发布会将会是在黑岛举办的最后一场——不是银河号项目的最后一次！它将由成立并运营阿克莱特家族基金会的几代人共同参与主持。本欣慰地看到马特帮助凯特从她的轮椅车上起身，走上临时搭建在会场前方的舞台。也许这样也挺好。本看向舞台左侧，确认安装在那里的全息投影仪显示灯是亮着的。他们为了这最后一场在黑岛举办的新闻发布会，准备了一个小小的惊喜，如果是一间更大一些的房间，现场效果可能会更好。

桌上准备了 3 个麦克风，保证坐在那里的人一人一个。马特特意检查了一下，麦克风正处于打开状态，每个位置上还准备了一杯水。之后，他便走下舞台靠墙站在门旁。阿克莱特基金会的标志，现在正投射在舞台后方的屏幕上。吉尔一站上舞台前方的讲台，台下人群的叽叽喳喳声渐渐平息了。

“下午好，欢迎大家来参加最后一场官方新闻发布会——银河号星际飞船发射情况简报。”吉尔发言时目光不安地扫视着房间，“我们和之前一样，任何在发布会期间做出的解释都将记录在案。关于媒体朋友们提出的个别问题，我们会私下逐项给予答复。到了提问环节，即使我喊出了你的名字，也请你先介绍一下自己和所属媒体。”

台下只有少数几个人点了点头，大部分人若无其事地看着她。在场的大部分记者都熟悉发布会现场的惯例。“对于那些还不认识我的记者朋友，”她继续说道，“我是吉尔·斯金纳，阿克莱特基金会的高级媒体联络官。这是我的丈夫，银河号飞船发射任务的总指挥，本杰明·斯金纳博士，你们可能早就见过了。”本笑了笑，迅速朝台下挥了挥手。“还有他的母亲，凯特·莫里西·斯金纳，阿克莱特基金会的执行董事。”

“还有我们的儿子，马特·斯金纳，他一直在新闻办公室和他母亲一起工作。”本伸手指出了马特所在的位置，马特被迫面对媒体露出了一个笑容，但他没有开口说话。这个年轻人感到了尴尬，但是本忍不住想向媒体介绍他。马特来黑岛的这几个月里了改变了许多，尤其令本印象深刻的是他照顾金迪住院时的那种不离不弃的态度。如果连你的父亲都不想向外人稍稍夸耀一下你，那么谁还会呢？

“嗯，好了。”吉尔一边说着，一边因为本跑偏主题感到慌张，不过她马上恢复了镇定，“我们这样像是一个家族联盟。总之，很高兴你们来参加发布会。”

台下有些人会意地笑了笑，本注意到有几个记者在他们的平板电脑上记了笔记。他突然意识到，在此次发射任务中，他们特别的家庭关系也许能给大多数记者的新闻报道提供一个带有人情味的角度。

吉尔重新回到了本次发布会的主题。在接下来的几分钟里，她简单历数了主要的升空发射情况，从内森 5 号升空开始到银河号飞船展开微波帆板结束；银河号飞船在捕捉到发射器发出的第一束微波后，便驶离了地球轨道。每一个曾在发射控制中心的人都见证了这些，她只是简单地概述整个过程，再提供一些细节信息，比如具体时间和技术名称等等。

她利用讲台的界面将飞行数据投射到了她身后的屏幕上，并允许记者自行下载数据的副本。

“现在可以提问了，”她提醒道，“如果有的问题我回答不了，我会请本或者凯特来回答。”将近一半的人早已经举起了手。凯特指向坐在第一排的中年黑人男子，“乔治？”

“我是乔治·邓肯，来自英国路透社。”这位记者一边自我介绍，一边站起来，“据我了解，银河号飞船现已成功启航，它的任务控制中心不久将会转移到另一个地方。请你多谈谈银河号飞船项目今后的安排。”

“我的丈夫也许能回答你的这个问题，本，你来？”

“没问题。”本向前拱起身子，靠近他的麦克风，“一旦我们关闭了这里的运营中心，银河号飞船的航天指挥和控制中心将由基金会在新英格兰地区的追踪机构所取代。新的机构位于马萨诸塞州克罗夫顿镇，原来是一座名为杜松岭的天文台，本来属于马萨诸塞州大学，现在由我们接管并翻新使用。我们将在杜松岭接收遥测[①]信号，它由位于月球另一面的激光整流天线[②]的中继转发。在银河号去往格利泽 667C-e 的途中，我们的团队成员将继续观察飞船的状态，和它保持通信。”

邓肯咧嘴笑了起来。“那你们要等待很长一段时间了。”他的这句话引发了现场一阵笑声。

“毫无疑问。”本笑着回应，“但是吉尔和我早已决定好了搬到那里，我们相信不久之后还会有其他家庭成员加入进来。”

本说出这话时，不由地往马特所在的方向瞥了一眼。儿子没有开口说话，但他用一个轻微的点头回复了他的父亲。本已告诉马特自己欢迎他的加入，况且他的母亲也在杜松岭，如果他想要和金迪维持长久的关系，他们同样欢迎金迪。马特虽然还没有给他回复，但本肯定他会答应。这个男孩看起来已准备结束闲逛流浪的日子，打算找个地方定居下来结婚成家。虽然天文台有些偏远，但它还是一个实现这些人生大事的完美地方。

---

① 遥测技术，利用无线电波等方式，传送测量仪器的资料数据至可以显示或记录这些资料的设备。

② 整流天线，一种特殊类型的接收天线，用于将电磁能转换为直流电。该技术开发于 20 世纪六七十年代，一般在 10 微米左右的波长范围工作，而新的整流天线进到可见光范围，能把光直接转变成直流电。

吉尔伸手指向另一个举手的记者。一个坐在后排年轻的亚洲女子站了起来。“我叫刘星，来自中国新闻社。基金会现已经成功开发出了一套适用于远程航天飞船的微波推进系统，请问，你们是否有计划将此套系统用于其他目的？”

吉尔再次请本来回答。“从现在起算，920天之后，银河号将结束它的加速阶段，”他说，“到时，我们会暂时关闭发射器。然而，我们不是永久性地不再使用它，我们会将它出租给有意往火星和更远的行星发射航天器的商业航空公司。基金会希望这种商业运作的方式不仅能为我们在杜松岭的运营中心提供运转资金，也能促进今后的外太空探索项目的发展。”

本回答这个问题的时候尽可能地少说一些。早就有人对星际微波发射器的商业运作感兴趣，他们听到一些传言说有几家公司，包括在中国香港的一家公司，已开始准备建造自己的发射器，而不是租用基金会的。尽管阿克莱特基金会尽了最大的努力保护他们的专利权，但没有什么能够阻止他们的竞争者从零开始建造属于自己的激光或者微波发射器，再把它们放在地球轨道上比拉格朗日点更近的地方。所以，他还是说得越少越好。

“杰森·弗洛伊德，来自美联社。你们有没有计划控告新美国教会？它们在那起极端分子袭击你们拖车的事件中扮演了教唆角色。”

本十指交握挡在脸前，掩饰他的表情。自从袭击事件发生之后，每一天都有媒体问这些问题。如果弗兰克·巴顿没有试图用装有炸弹的小货车撞击内森5号，眼下这间房内可能也不会有那么多的记者。他从余光里看到马特低头看着地板，他庆幸吉尔此时出面回答了这个问题。每个人都对那场悲剧记忆犹新，尤其对他而言。

“没错，阿克莱特基金会将会控告那所教会。”吉尔说道，“我们认为是他们煽动其中一名教会成员，发起了那起袭击事件，他们理应承担责任。然而，根据我们律师的建议，我目前只能说这么多。”她说完之后环视了一下四周。“下一个问题？”

提问环节又持续了一个多小时。有的问题很尖锐，有的问题偏技术性，还有那么一两个听起来就相当愚蠢（比如，“银河号飞船和小行星有发生碰撞的危险吗？”）。本和吉尔轮流回答着记者的提问。凯特则在一旁保持安静，等待最后她发言的环节。最后，记者们的问题逐渐减少了，没有人再举手发问了，吉尔又开口说话了。

“提问环节结束了。如果你们还有问题，或者在将来的任何时候有疑问，都可以继续联系我们。基金会的联系方式印在了简报材料上，你们一进会场就已领到了手中。但是在大家离开会场之前，我们最后为你们准备了一个小小的惊喜。为此，我将请我的婆婆来发言，凯特·莫里西·斯金纳。凯特？”

吉尔离开讲台时会场中响起了零星掌声。本站起身来和她一起走下舞台，独留凯特一人在台上。她没有站起来，还是坐在她原来的位置上。等他们和马特站在一起后，凯特自新闻发布会开始以来，第一次开口讲话。

“首先，感谢你们长途跋涉前来黑岛参与银河号飞船的发射现场报道。”她继续说道，“自基金会成立以来，我们大部分时间都很低调，尽可能地避开公众的关注。我们这么做的原因是为了避免政治干涉，这种干涉妨碍了航天人长期为之付出的努力，但我们最终还是希望世界民众关心我们已经取得的成就。媒体朋友们，是你们帮助我们得到了想要的那种关注，因此，我们非常感谢大家。”

“我们期望这种关注会更持久。”吉尔轻声补充，本会意地点了点头。他清楚她所指的是什么。银河号飞船也许会在新闻头版再多停留几天，然后就会有新的热点报道取而代之。新闻热点报道周期总是不可避免地要发生改变，社会各界对人类历史上第一艘星际飞船的讨论热度，将会逐渐淡出。它不会被完全遗忘，但是一年之后，绝大多数的人需要特别费力，才能想起十二个月之前那个曾引起他们关注的故事的细节。

“阿克莱特基金会是我外公内森·阿克莱特的遗产。”凯特继续说道，“内特是一个有远见的作家，他曾用科幻小说这样一种充满想象力的方式探索太空。他笔下的很多故事写成于人类第一艘火箭离开地球之前。他的《银河巡逻队》小说和据此改编的影视系列剧版权收入使他变得富有，但他仅使用了其中一小部分的钱。在生命的最后阶段，他倾尽家财只为实现一个更高远的目标——成立一个基金会，逐步实现他一直信仰的目标。”

本看着马特，悄悄地点了点头。马特从衬衣口袋里，掏出一个遥控器。他拿在手里，等待他的祖母说完。

“我外公在去世之前，”凯特继续说，“留下了一条信息。他不知道它何时会被人听到，但是我们今天将在大家面前播放这条信息。”她停顿了一下。“先生们，女士们……有请内森·阿克莱特。”

本转身调动身后墙上的灯光控制面板，他用手扭动调光器一点点调暗天花板的灯光。等到房内的灯光完全暗下来，马特按下了遥控器上的一个按钮。这对父子在新闻发布会开始之前做了彩排，最终呈现效果还不错。会场内的光线刚开始变暗，就有一束光投射在舞台上桌子的左边，这是一个坐着的老人影像，他看起来虚弱不堪，双手交叉放在膝上。

“你们好，”他开口说道，他的声音来自隐藏在舞台下方的扬声器，“我是内森·阿克莱特……”

这个影像的质量并不完美。内特让他的朋友乔治·哈里汉在他去世前几周为他制作这一段数字录音时，真人大小的全息技术还没有广泛应用。

基金会后来拿着这段录音，找到一家好莱坞的后期制作公司。他们让一个演员装扮成内特模仿他的坐姿，制成了这一段全息影像。他们通过这种方式合理地制作出一个复制版本的内特，让他可以在未来某一刻亲切地面对观众交谈，而他自己是没有机会亲自参与了。

“如果你们发现了这条信息，”内特直视着摄像头说道，“它意味着，今天，阿克莱特基金会已实现它最初成立的目标——成功发射了第一艘星际飞船。船上载有数十名志愿者的基因物质，他们将成为某个距离地球十分遥远的星球上的居民。他们还会是整个银河系的公民……”

本笑了起来。他每次听到那句话，内心都很激动。他好奇房间里到底有多少人注意到，内特引用了自己最喜爱的海因莱因的小说的内容。这就和认为内特剽窃了阿西莫夫基地小说里一个剧情的人一样多。没有人再好好地欣赏经典了。

“我们只能想象他们在那些行星中会发现什么样的世界。我们的子孙后代到时会去拜访他们为自己建造的家园。因为这只是第一步。只是一段旅程的开端。我们的面前是一段浩瀚无垠、无穷无尽的旅程……”

本总认为这一段有些矫揉造作。他当初建议剪去该段时，他的母亲对他大发雷霆。既然是曾祖父留在人世间的最后一条信息，后辈们就应该原封不动地保留，即便这位老人表达得有些夸张。吉尔拉起了本的手，他从她的眼中看出了戏谑之意。原来她也有同感，但现在是凯特的主场时间。

“所以，今天，我们致力于追随他们走向未来。基金会的工作还远未完成。事实上，我们才刚刚开始……”

他朝观众举起手挥了挥，苍老的脸上缓缓露出一个笑容。“谢谢你们，”内特说道，“再见，保重。”

马特关掉了投影仪，本再次调亮了灯光。台下掌声雷动，还有几个记者被感动得站了起来。他们后来都拿到了一份内特遗言的录音副本，本非常确信在发布会结束的当日，全世界都将知晓内特留给公众的最后一条信息。

本转头看向他的儿子，而马特看向了他的母亲。好一会儿，他们谁也没有开口说话，只是安静地冲彼此微微一笑。内特说对了一件事。最难的部分已被克服，但他们的工作还没有结束。

“好吧，接下来，”本轻声说道，“我们一起打包好行李，准备朝山里出发。”

ARKWRIGHT

第三册书

漫长的等待

1

ARKWRIGHT

我的名字是达尼什塔·阿克莱特·斯金纳，这是我一生的故事。但是，若要我准确地叙述出来，我必须从一个离我的出生地很遥远的地方讲起，而不是从我的出生地讲起。

我出生的当天，2070 年 2 月 7 日，人类的第一艘星际飞船银河号，抵达了太阳系最远的地方；基金会放置在轨道上拉格朗日 4 号点的卫星，距离地球有 38 000 千米远，而银河号就是依靠它发射出来的微波，获得了向前航行的动力。若从一个旁观者的视角来看，那是一个离地球很遥远，什么也没有的地方。这艘飞船看起来像是一个直径长达 100 千米的巨大圆盘，但是厚度仅有约 1 厘米，整体外表如同一个抛物线型的曲面，大致与一个降落伞相似。碳网格状的微波帆缓慢地沿着翼梁顺时针方向旋转，它身后纤细的纳米管缆绳费力拖拽着飞船船体；后者是一个 100 米高的圆柱状组合舱，身上布满各式各样的天线，其中有一对小型的桶形激光发射机伸出了船舱，它还有一艘钟形登陆船置于船尾。

那位假想的旁观者在银河号掠过其身旁时仅短暂地瞥了一眼。虽然这艘飞船启航时的航行速度维持在每秒 1.9 米，可是经过数周、数月的航程，它逐渐提高了前进速度，地球在它的身后逐渐缩成了一颗小小的蓝色行星，甚至木星和土星也变成了小亮球。等到银河号飞船穿过海王星轨道进入柯伊伯带时[①]，它将以接近光速 1/4 的速度航行，而且速度还会再增加。

飞船里面一片黑暗，寒冷又寂静。我不在船上。事实上，银河号没有携带任何活着的船员。船上的乘客是密封在一个低温冷冻“托儿所”里的精子和卵子样本，他们其中一些人注定是我的后代。“托儿所”是指一排排圆形的不锈钢管，它们看起来像是一支支覆盖了一层薄霜的银笔。船上唯一开阔的场地是一条横贯飞船上下的中央通道，即使我在船上，那条狭缝对我来说也不够大；它完全是为了给蛛形机器人提供通行，这些机器人偶尔从它们的小房间里出来，接受银河号飞船上量子计算机人工智能的委派，执行日常巡检和维护任务。

飞船上的人工智能系统拥有一种纯逻辑性的机器思维。它没有灵魂也没有梦想，它的思想不过是一个无生命的数字化处理过程。不过，它有很好的耐心，因为它被程序设计成对时间无感，时间对它来说仅仅是一个抽象的概念。人类的语言需要经过翻译成编码输入，它才能明白。它还要持续性地记录旅途过程中的日志，再定期用脉冲发送到月球远端的接收站点，但它写的既不是诗歌，也不是它航行宇宙时唱的劳动号子。虽然我经常把自己想象成一位银河号飞船的乘客，但我很庆幸我不在船上。因为银河号的指挥者是一个糟糕的旅伴。

因此银河号飞船上没有人会关注到这样一件事：在飞船航行速度达到光速一半的同一天，此时它距离地球 0.6 光年，离家 920 天，我出生了。

---

① 海王星，太阳系八大行星中距离太阳最远的行星。柯伊伯带，海王星外天体区域，太阳系的尽头所在。

2
ARKWRIGHT

让我再来告诉你我家的故事。

杜松岭天文台位于伯克希尔县的一座山上，离马萨诸塞州的克罗夫顿小镇不远。这座天文台建于 1926 年，它属于天文学黄金时代的遗迹，当时的人们通过在偏远地方建造光学望远镜，观察、研究行星和恒星。杜松岭起先是由马萨诸塞州学院（后来称作马萨诸塞大学）建立的行星观察台，接近一个世纪的时间里，学生们从阿默斯特[①]校园来到天文台，协助专业的天文学家完成研究工作，比如确认克莱德·汤博[②]对冥王星的发现成果，继续帕西瓦尔·罗威尔[③]对火星的观察和研究。

然而，在 20 世纪末，冥王星已经被重新归类为柯伊伯带内的一颗普通行星，根据美国人和俄罗斯人的探测发现，火星也并不像罗威尔想象的那样。那些大型设备，像杜松岭安装的直径 0.76 米的卡塞格伦

① 马萨诸塞大学阿默斯特分校（简称 UMASS），全美排名最高的文理学院之一。

② 克莱德·汤博，美国天文学家，1930 年独立发现冥王星。

③ 帕西瓦尔·罗威尔，美国天文学家、商人，他曾在美国亚利桑那州的弗拉格斯塔夫建立了罗威尔天文台。克莱德·汤博即是在此工作期间发现了冥王星，他对火星进行了长期的观察和研究，相信火星存在高等智慧生命。

反射镜，它们很大程度上已被废弃了，先是由射电天文学的观测技术替代，再接着由轨道望远镜取代。马萨诸塞大学和其他四所马萨诸塞州西部学校，在魁宾水库建造了五校射电天文台之后，杜松岭天文台对科学研究便没有多大用处了。这座天文台作为本科生学习物理学和天文爱好者聚会的场地，还开放过几年，但在 2012 年，马萨诸塞大学彻底关闭了杜松岭天文台。望远镜拆下来后卖给了波士顿科学博物馆，天文台混凝土穹顶的天窗则被封死了。

如果不是阿克莱特基金会接手，杜松岭天文台和它邻近的建筑可能会被卖给一家房地产开发商，他们会拆了天文台，建一个度假旅游胜地。早在银河号项目在前期规划阶段，基金会就意识到，等银河号的组件在加勒比岛屿黑岛完成发射，并在地球轨道上完成组装之后，他们的运营团队将需要一个永久固定的工作场所。一座已关闭的天文台便是一个理想的场所，事实上杜松岭离阿克莱特基金会捐助者之前的住处不远，与他同姓的人正是基金会的理事长。因此，基金会买下了此处房产，并把它改造成新的任务控制中心。2067 年 8 月，银河号项目组搬了进来。

我来到这个世界的那天，银河号实现了 0.5 光年的航行速度，我的家人们为此特意在任务控制中心（位于原天文台的一楼）举办了庆祝活动，这让我觉得任务控制中心比我的出生还要重要。然而，任务控制团队是等待了将近 7 个月，才收到飞船的最新消息。身处远方的星际飞船要先给位于月球的跟踪站点传送激光遥测信号，再经由月球转发给杜松岭天文台。因此控制团队只能依靠信念坚持等待，之前的报告称飞船仍处于既定航线上。无论如何，当任务总指挥，也就是我的爷爷本杰明·斯金纳下令关闭发射器时，他们一起庆祝了此事。银河号两年半的启动阶段结束了。从此以后，这艘飞船就要靠它自己了。

与此同时，一个住在克罗夫顿的助产士，正要将一个刚出生的婴儿（我）递给一个躺在邻近住房楼上卧室里的女人（我母亲）。尽管我父亲已经预约了医院，钱德拉塞卡·亚尔·斯金纳坚持在家生产而不肯去医院。她最近几年在海湾洲待了很长时间，一直在为脑部损伤接受长期治疗。银河号发射的前几周，她在黑岛遭遇了意外事故——一辆携带炸弹货车在发射场附近爆炸了，我就不再重复那个故事了。因此，对她而言，越少看见医院越好。我的父亲马特·阿克莱特·斯金纳是任务控制团队里的一名成员，他只能不情愿地顺从我母亲的想法，后来我奶奶找到了一名当地的助产士。父亲已习惯了母亲情绪无常。如果她在与他父母同住的家中生产，她会觉得压力小一些，这其实对每个人都好。

我父亲花了好几分钟，才学会用手臂轻轻地搂住我，他还同意了母亲为我取的名字——达尼什塔，最终简称为达尼，就像母亲缩写了她的名字叫金迪一样。我和父亲一样，中间名会取自曾曾曾外祖父内森·阿克莱特的姓氏，以此来纪念他。然后，他便将我交给了母亲，跑回天文台告诉我的爷爷奶奶，那一天当中的第二个好消息。

接着，他开车去了山下的小镇，走进克罗夫顿镇上唯一的一间酒吧，一家名为基克客栈的路边旅馆，它是一个我从小就恨不得放火烧干净的地方。他喝得酩酊大醉，以庆祝这最重要的一天。家人们直到那天晚上很晚，才再次见到他。有人把他放进车里，设置了自动返回的航线，他才回到家里。

遗憾的是，回家这件事，成了我对父亲最大的期望。

当我长大之后意识到他有酗酒问题时，我已经成了杜松岭所有人的孩子。这里一共住了 7 个人：我的父母，马特和金迪，还有祖父母，本和吉尔，他们共享一栋二层新英格兰式盐屋，这栋楼曾用来接待在职的天文学家和访问学者。还有温斯顿·克罗斯比和玛莎·克罗斯比，这对年轻的夫妇住在一间小点的平房里，以前它属于天文台的维护职员。克罗斯比夫妇没有小孩，我是6个成年人的唯一的小孩。所以，虽然我没有兄弟姐妹，或者亲密的玩伴，但是我从不缺成年人的监管……这对我来说是一件幸运的事，因为我的父母虽然爱我，但他们也有自己的烦恼。

我也有过曾曾祖母，但我却一点也记不得她了。凯特·莫里西·斯金纳是我们家族中有威望的大家长。她从波士顿赶到克罗夫顿，亲手抱了抱她刚出生的曾曾孙女，完成了她人生中的最后一趟旅行之后回到家中，数月之后，便安静地在睡梦中离开了人世。我长大之后才知道是凯特要求家人搬到杜松岭来居住的。她作为阿克莱特基金会原董事会中最后一名在世的成员，批准了用来购买天文台的资金，然后把监控银河号航程的任务，委派给了我的父母和祖父母。

从一开始，我就是一个孤独的孩子。我母亲和父亲结婚以后搬来天文台居住，那时，她的举止行为就有些变化无常了，等到我出生之后，她变得更加孤僻遁世了。货车上的炸弹是由一个来自新美国教会组织的成员引爆的，那个组织虽然现在已经不存在了——阿克莱特基金会的诉讼让它们破产了，但她仍相信该组织里还有另一名成员试图找到我们，完成其摧毁银河号项目的任务。头部受创给她留下了妄想、偏执和多疑的后遗症。离我家最近的一所公立学校，位于19千米以外的另一个镇上，她每天必须开车或者乘公共汽车带我去上学，这意味着她要走出熟悉、安全的山顶隐居环境，进入一个满是陌生人的她愈发不信任的外部世界。于是，等我一完成学前教育，她就决定自己在家教我读书。尽管我祖父母表示了反对，但我的父亲并不介意。他可不喜欢每周五天里天天往返幼儿园38千米，同时也觉得如果母亲担当孩子的老师，这个新角色可能会帮助她稳定精神状态。而且温斯顿叔叔和玛莎阿姨也非常乐意帮忙，我母亲不必凡事都自己教，这样也不错。我父亲常常因为醉酒而无法履行诺言。

所以我在6岁以后，只能偶尔看到与我同龄的孩子。有一对双胞胎姐妹，她们住在离天文台5千米的马场，还有一个小男孩和他父亲，他们住在离我们1.6千米远的载重拖车里，但是那对姐妹比我年纪小一点，那个男孩要年长我几岁。在那个时候，孩子们的年纪即使只有一岁的差异，彼此之间都会有一条不可逾越的鸿沟。

年纪差异还仅是一方面。我成长于一个知识分子的家庭，有6个聪明、受过高等教育的成年人常年陪伴我，他们其中的3人每天轮流充当我的老师。我在9岁之前就能阅读中学水平的读物，我十多岁时能讲一口流利的法语、西班牙语和印地语，擅长高等代数和物理，熟悉美国和世界历史，我还读过一系列经典文学作品，比如莎士比亚、爱伦·坡、海明威、马尔克斯、阿瑟·克拉克、迈克尔·斯万维克[①]、厄休拉·勒古恩[②]等人的作品。我是一个聪慧的小女孩，但是早熟的孩子通常和同龄的孩子没有共同语言。所以，聪明让我变得更加孤独。

我还知道大多数小孩不知道的事情：关于人类第一艘星际飞船的细节，它现在正朝着厄俄斯行星前进——或者，如果你想知道如何用技术性用语来称呼它，格利泽667C-e，它是一颗类地行星，靠近一颗距离地球22光年的M型红矮星运行。每天，我的家人和克罗斯比夫妇都会在天文台轮流站岗观测，我们把天文台称作中天[③]大楼。穹顶大楼内部一楼安装了一组环形排列的计算机、控制台和全息屏幕，而最近装修过的二楼则安装了一台直径6米的无线碟形天线，替代了原来老旧的望远镜。穹顶的天窗一开启，碟形天线便会随着基座缓慢地旋转，

① 迈克尔·斯万维克，美国科幻小说家，其科幻作品屡获雨果奖、星云奖，代表作有《时空军团》《无线电波》等。

② 厄休拉·勒古恩，美国重要的科幻、奇幻与女性主义与青少年儿童文学作家，著有小说20余部。代表作《黑暗的左手》《地海传说》《一无所有》。

③ 原文MC，拉丁文Medium Coeli的缩写，它是星盘上标志正午的那一点，一张星图中的最高点。译作中天，意为天的中间。

追踪天空中的通信卫星网络。通信卫星会将信息传送给位于月球轨道上空的另一对卫星，再由它们将信息传输给位于月球另一面的激光接收站。

这些数据信息就是银河号飞船的声音。飞船距离地球 3.5 光年的那一天，我父亲罕见地处于清醒状态，他把我抱在腿上耐心地解释，他和母亲、爷爷和奶奶，以及温斯顿叔叔和玛莎阿姨，在做什么工作谋生：监听飞船从遥远的行星发送回来的报告，等待未来的某一天，那一天事实上是 2135 年 7 月 1 日。人类终于收到飞船安全抵达的消息。

“你看，那艘飞船想要告诉我们的，所有关于它的信息都汇聚到这里来了。”父亲伸手指向漂浮在我们眼前的全息屏幕时，他将我换到另一边的膝盖上，“所有的这些数字都是代码，这些代码让我们知道飞船的运行状况良好。”

“嗯——嗯。”我盯着表格里发光的字母和数字，咬着自己的左手拇指关节，“我不知道它们是什么意思。”我作为一个 7 岁小孩已经很聪明了，但也没有那么聪明。

“不许那样做。”爸爸轻轻地把我的拇指从嘴里抠出来，“你的牙齿会变歪的。你当然不知道它们意味着什么，因为它们是代码——它是一种飞船想要告诉我们信息的简要形式。但是既然我们知道这些代码代表着什么，我们就可以解读出来里面的信息，如果哪些地方出错了，我们还可以告诉飞船如何自我修正，解决问题。”

“尽管解码需要一些时间。”爷爷补充道。我的爷爷坐在环形控制台另一头的椅子里，他一边听着我们谈话，一边在研究眼前的屏幕。“我们无法马上得知银河号想要告诉我们的信息，因为它离我们实在是太远了，银河号也因同样的原因，无法立马知晓我们想要告诉它的信息。”

“我还是不明白。”我坐在父亲的膝头感到不安，但是无论如何，我被这个问题吸引住了。每当我想事情的时候，我都会习惯性地啃我的拇指。“为什么需要这么长的时间？”

“你还记得，光速是多少吗？”

“嗯——”我努力回忆起上周温斯顿叔叔刚刚教过我的知识，“30万千米每秒。”

“答对了！好孩子！那也是携带银河号数据的激光光束在一秒钟内的传输距离。它无法再快一点，因为激光也只是光的一种集中形式，而且……”他等着我说出答案。

“没有什么能比光速更快！”我为自己能明白父亲的意思而感到自豪，“没有！什么都比不上！”

“好的，让我们来捋一捋。一年有多少秒？”

“嗯嗯……”我刚举起拇指放到嘴边，他就再次拽开了我的手。“许多？”

“很好的一个答案。许多。如果你用一年的秒数乘以30万，再用所得之数乘以——”父亲停了下来，伸出食指滑动眼前的屏幕，找到了一个银河号飞船现在距离地球的数字，“3.523光年。这就是飞船现在与我们之间的距离。那意味着我们现在需要三年半的时间，才能听到银河号要对我们说的话，再过三年半，它才能听到我们今天要对它说的话。”

我盯着面前的全息屏幕。“三年半？”

“嗯嗯。等待时间还会再变长。”

我很清楚地记得那一天，因为在那一刻我顿悟了。一个小女孩很少会有这种经历，甚至很少有成年人完全地意识到空间与时间的广阔和宇宙无与伦比的浩瀚。不仅是行星之间的距离比我预想的要遥远，还有关于宇宙本身是无法想象般宏大的暗示，让我感受到了敬畏和恐惧。

突然之间，我变成了世间无关紧要的事物。我如坠深渊，原来自己竟是如此微不足道。

我哆嗦了一下。这栋空心混凝土蛋壳，对我来说已变成了一个寒冷和令人生畏的地方。我强烈地想挣脱我父亲的大腿，离开这栋建筑，再也不要回来。但是父亲用手臂环住了我，将我拉进他的怀里，在我耳边低语了一些我永生难忘的话。

“你想知道一个秘密吗？”

我看着他：“什么秘密？”

父亲回头看了看，想要确定爷爷是否在听我们谈话。他确信爷爷没有再关注我们之后，继续说道：“银河号飞船上有一个小男孩。”

“真的吗？”我震惊了。

“嘘！”父亲举起一根手指放在他嘴边，示意我小声说话，“没错，真的。他只是在沉睡，等银河号飞船到了厄俄斯，他就会醒过来。我说的是真的，他在船上。我们的工作就是要确保他能够安全到达目的地。明白了吗？”

“嗯——嗯。”我想了一会儿，“爸爸，他叫什么名字？”

父亲犹豫了一下，然后告诉了我一个名字。“桑杰。”

3

ARKWRIGHT

长大以后，我常常好奇为什么父亲告诉我那个虚构的小孩是男孩，为什么取名叫桑杰。这也许只是我父亲的一时兴起，给他编造的故事添枝加叶。然而此举可能揭示了他潜意识里流露出来的后悔之意。他也许想要的是一个男孩，而不是一个女孩，如果我母亲生下的是个男孩，他也许会给那个孩子起名为桑杰。

然而，我当时并没有想到这一点。银河号飞船上有一个沉睡的小男孩的消息，带给我了一种不同的奇妙感觉。那天晚上关了灯以后，我裹紧御寒的毯子躺在床上没有睡着，反而盯着天花板，满脑子都在想桑杰。关于他的事，父亲和我说得很少，但是没有关系。我用想象力补充了细节，没多久，他对我来说就像一个真实存在的人了。

桑杰自然和我年龄相仿，而且长得和我很像。他也有深色的皮肤和黑色直发，拥有印度裔美国人的特征。按照我父亲的说法，他现在正处于“人工休眠”状态，因为只有这样，他才能在长达半个世纪的厄俄斯之行中存活下来。但是，在我的想象中，他现在时不时就会醒过来，用手擦掉眼屎，然后从他的小床起身，在飞船上四处闲逛，看看都发生了什么事。在我的脑海中，银河号飞船和它实际的样子大不相同；它是我所熟悉的老式科幻电影里的那一类飞船，我有时会和喜爱此类电影的温斯顿叔叔一起看。桑杰透过舷窗凝视流逝的星星时，手里还拿着一杯热巧克力和一块曲奇饼干。等他检查完飞船上的设备，确定飞船处于正确的航线上后，他会感到疲倦想睡觉，便会再次回到他的小床上休息。

除了我的父亲，没人知道桑杰的存在。这个小男孩是我们共享的一个小秘密，我们心照不宣地对我的母亲、祖父母和克罗斯比夫妇保密。我和我认识的那几个小朋友也没有什么话题可聊——那对双胞胎姐妹乔恩和萨拉只对她们的玩偶感兴趣，她们才不会让我骑她们家的小马。而那个男孩泰迪·罗梅罗有点儿可怕和小气，我总是尽量躲着他。我从没有对他们谈起过桑杰的故事。这样正好。桑杰和我一样孤独，我们之间的共同点让我对他产生了某种亲近感。他是我从未有过的小弟弟和玩伴。他也是我从来没有见过的朋友，然而我经常在没有人的时候跟他讲很多话。

作为一个想象中的朋友，桑杰很棒。无论如何，我还是意识到了这一点，一直以来都是我在单方面地对桑杰诉说，事实上他从未与我说过话。我还知道即使他偶尔从沉睡中醒过来，想对我说话，我都需要在很多年之后才能听到。可是，我仍然很想和他说话。我对这个问题考虑了很久，然后有一天，我向父亲提出了我的解决方案。

“我想给桑杰发一条信息。”我说。

当时是一个晚春的下午。冬雪融化了，树枝抽出了新芽。父亲当时在天文台的楼后面，正站在一个凳梯上清洗太阳能电池板，在附近小山顶上还有一台小型风力涡轮机，它们提供了杜松岭的电力。他的眼睛是浮肿的，因为他又一次在客厅的沙发上过夜了，昨晚很晚才从基克客栈回到家中。但是他从梯子上爬下来，努力地对我挤出了一个微笑，耐心地听我解释。

“你知道他很久才会收到你的信息。”他等我说完后说道。

“是的，我清楚。但是他可以听到的，当他——”我停了一下，父亲还不知道桑杰不是总在睡觉，“当他醒了，无论何时。”我换了一种说法。

父亲点了点头，没有说话。他用清洁光伏电池板上花粉的抹布擦了擦手。“给银河号飞船发送信号的费用非常昂贵，”他最后开口说道，“如果我让你这么做，你只能发一次。你必须把要说的话弄得简短一点，不超过一分钟。你明白了吗？”

一分钟，对于我想对朋友说的话来说，实在是太短了。“好的，就一分钟。拜托了，爸爸。”

“好的。那么——我们下周三会给银河号发信号。你先把你想要说的话写下来，给我看一遍，如果我觉得它的长度合适，我会让你录下来。我们再把它放进下一次发送的脉冲信号中。”他停顿了一下，“不要让任何人知道你在做的事，好吗？桑杰还是我们之间的小秘密。”

我咧开嘴笑了，开心地点点头。接下来的一周里，我把我想说的话，写成了一篇简短的广播稿。因为只有60秒，所以我一遍又一遍地重写，去掉不必要的词语，调整我的想法。然后，我仔细地计时排练，确定我不会超过时间限制。第二天是周二，我的父亲在中天大楼负责监测时，我给他看了我的手稿。他喜欢我写的稿子，并让我大声地读出来，同时他在一旁为我计时。他很满意，于是他让我明晚再来，因为明晚将由他负责向银河号发送信号。

我们的计划差一点破灭。晚饭过后，我按时来到穹顶大楼，却发现房间里不仅有我和父亲。温斯顿叔叔也在那里，虽然我们相处很愉快，但是谈到银河号项目时，他却相当缺乏幽默感，总是说追踪银河号飞船是“一项神圣的职责”。他不会理解我们的突发奇想，为什么要给飞船发送一段无关紧要的视频。

我一进房间就注意到父亲默默地把手指放在了嘴唇上。我便将稿子放进了口袋里，在他和温斯顿叔叔再三检查他们打算发送的加密信息时，我乖乖地保持安静。然后，父亲喝光了他杯子里的最后一滴咖啡，懒散地大声嚷嚷着想要再喝一杯，接着他询问温斯顿叔叔是否愿意返回住处再煮一壶。温斯顿叔叔是只咖啡虫，而且每个人都愿意尽一切努力帮助父亲远离基克客栈，所以他很乐意效劳。

等他一离开，父亲就推着我走向装有摄像机的控制台，他让我坐在它跟前的一把椅子上。父亲帮我调整了头戴式耳机，测试了麦克风，然后走出镜头拍摄范围。“一切都准备好了，”他伸出手指向键盘说道，“当你准备好了，就按下回车键开始说话。”

“好的。”我在控制台上摊开皱巴巴的笔记本。

“你只有一次机会。记得计时。”

“好的，我会做到的。”我深呼一口气，紧张地整理自己的衣服。我当时穿着我最漂亮的衬衫和裙子，甚至在头发上别了一朵黄色的小丝绸花。然后我按下回车键，眼睛直视镜头。

“你好，桑杰。”我开口说道，“我的名字是达尼什塔·阿克莱特·斯金纳，我是在地球跟你发信息……”

4

ARKWRIGHT

桑杰并不真的存在，可我已习惯了通过他来想象银河号飞船。对我来说，他相当于一个生动逼真的飞船代名词，让我更容易想象飞船上正在发生的事情。

大约三年半之后，银河号飞船收到了我发送给桑杰的信息，还有一系列由我父亲发出，但他没向我解释过的相关指令信息。因为这些信息的前缀是非必要新闻公报，它们在飞船到达格利泽 667C-e 之前，都不会对公众公开，飞船上的人工智能系统会先将它们储存起来，再继续接收更重要的信息材料。

银河号飞船的航行方向大致是朝向银河系中心，它正好位于黄道面[①]下方。此时，飞船的起点已看不见了。太阳和太阳系家族里的其他行星，以及附近的恒星，都已消失在飞船身后形成的锥形黑暗区

① 黄道面，地球绕太阳公转的轨道平面，任一时间这个平面总是通过太阳中心。

域里。相同的多普勒效应[①]之下，飞船的相对论性速度[②]超过了每秒150 000 000千米，导致银河号飞船前方和附近的恒星发生了红移[③]，色调的轻微改变让它们看上去在朝着飞船前进的方向移动，与此同时，它们的红外线和紫外线光源在可见光波段里看起来像是新的恒星。

如果船上有活着的乘客，他们肯定会为眼前的景象感到困惑。银河号飞船的人工智能，掌控着飞船上一组级别较低的计算机，它们已经为这些现象做好了准备。导航例行子程序将忽略此类视觉失真，直接从星系坐标获取航行方向，同时参考附近恒星运行产生的视差。飞船在前往厄俄斯途中迷路的概率很小，但是为了保障航程顺利，杜松岭天文台会定时给飞船发送最新的导航信息。

飞船在地球轨道上发射之后不久，银河号便从服务舱升起了一对强有力的激光发射器。银河号便是通过它向杜松岭回复确认飞船的位置信息。微波帆板本身，已不再是飞船的推进系统，而是扮演了它的第二个角色——飞船的接收天线，通过穿过它碳网格状帆板表面的传感器来接收信号。

整体来说，飞船的导航系统大部分时候是全自动的。它必须是无人操控的，因为0.5倍光速造成的时间膨胀效应[④]，导致飞船上的时间

---

① 多普勒效应，奥地利物理学家及数学家克里斯琴·约翰·多普勒在1842年提出，它指光波或声波的波源与观察者发生相对运动时，会使波源的波长及频率发生变化。当波源接近观察者时，每道波移动的距离必定要略微缩短，波峰到来的速率会更快；反之，当波源远离观察者时，波长变长，波峰到来的速率更慢。所有波动现象都存在多普勒效应，科学家爱德文·哈勃使用多普勒效应发现大多数星系都存在红移现象，得出了宇宙正在膨胀的结论。

② 相对论性速度，指显著接近光速的速度。

③ 光在多普勒效应中改变的是我们可以看到的颜色。当恒星或星系接近地球时，我们观测到的光波波长会变短，颜色会向紫光端偏移，这被称为“蓝移”；当恒星或星系不断远离地球时，观测到的波长会变长，颜色会向红光端偏移，称之为“红移”或“多普勒红移”。

④ 时间膨胀效应，指物体运动速度越快，时间在观察者眼中流逝就越慢，当物体的运动速度达到最大值，即真空中光速时，时间流逝对观察者来说是相对静止。所谓的“天上一天，人间十年”，即是时间在观察者参考系中“膨胀”的结果。

比地球上的时间流逝得要慢，从飞船发送确认信号至杜松岭接收到的那一刻，时间已过去很多年了。

等我知道飞船收到了我发送给桑杰的信息时，我已经 15 岁了。

5

ARKWRIGHT

这是当年发生在我身上为数不多的好事之一。我爷爷前一晚在中天大楼值班时，收到了飞船发回的确认信息，他在第二天吃早餐时转告了我这一好消息；它是我父亲最后留给我的几段美好回忆之一，而他那时已不住在杜松岭了。

父亲厌倦了天文台与世隔绝的生活状态。伴随着时间的流逝，他开始想念自己之前的漂泊生活，后悔回家履行监视银河号项目的承诺。他以前是个流浪者，在年过四十时开始怀念起过往的自由时光。我的父亲依旧爱我，只是他和我母亲的关系变得极度紧张。虽然他们还睡在一张床上，但在日复一日地消磨之下，他们彼此甚至都不看对方一眼，更别提亲吻了。于是，基克客栈成了父亲社交生活的中心，某些喝醉的晚上，他甚至不愿回家睡觉，宁愿在他酒友的沙发上将就过夜。

我们不知道的是，他在外面遇到了一个叫莎莉·梅特卡夫的女子，她和他一样喜欢喝纯麦威士忌酒。他们之间的友谊在一段时间里，还没有完全发展成为婚外情，但是我母亲注意到了自己丈夫的目光开始游移不定。再加上我的母亲在多年前头部受伤，一直没有完全康复，她对外人的不信任很快地蔓延到了父亲身上。我和父母的卧室只有一墙之隔，我经常听到他们在隔壁争吵，尽管我的祖父母努力地维持家里平和的氛围，但是越来越明显的是，父亲在一点点地远离我们。

在我 15 岁生日不久之后的一个周六下午，我和祖父母前往附近最大的城镇皮茨菲尔德市购物。温斯顿叔叔和玛莎阿姨去加利福尼亚戴维斯大学参加天体物理学会议。我父亲声称身体不舒服，所以在我祖父母陪我去买新衣服期间，将由我的母亲留守在中天大楼里值班。

皮茨菲尔德的购物之旅对我来说一直很特别，因为我并不能经常购买新衣服。那一天我原本很开心，直到我们回到家里。我们把车停好后注意到的第一件事是，我父亲的车不见了。

我母亲还在天文台里，埋头分析银河号发来的最新数据，她完全没有注意到，父亲在几个小时之前已把他的衣物统统丢进几个皮箱里，还在厨房餐桌上留下一张简短而不带感情的便条——“我要离开一段时间。不要给我打电话……等我准备好了，我会回来！”然后，他就走了。

爷爷试过给父亲打电话，但是他不肯接。我们在波士顿地铁站的停车场找到了我父亲的车，由于他手机上的 GPS 定位器仍在活跃，爷爷追踪到父亲乘车一路向西，经过纽约、宾夕法尼亚州、俄亥俄州，可是他的手机信号在印第安纳州消失了。显然，父亲意识到自己的手机信号能被追踪，所以在印第安纳波利斯[①]车站换乘时丢掉了手机。奶奶去往克罗夫顿找到基克客栈，她从那里的常客口中得知，我母亲的怀疑没有错，父亲在和另一个女子约会，显然是她说服了父亲一起私奔。不过他们要去哪里，谁也说不准。店里喝酒的常客只知道莎莉过去住在“西部的某个地方”，她经常嚷着自己有一日终要回去。

我一个人在自己的房间里待了好几天，躺在床上将毯子拉过头顶，

① 印第安纳波利斯，美国印第安纳州的首府。

不和任何人说话。我常常能隔着墙听到母亲在哭泣。有时我们同时哭泣，但是我们从未一起相拥而泣。事实上，我和母亲不像我跟父亲那样亲密。母亲对我总是有一点疏远，她更喜欢做我的家庭教师或者严格的管理者，然而父亲常常在我小的时候驮着我玩，他还带我徒步旅行，陪我在夏天游泳，冬日在雪地上玩耍（如果他不在喝酒，常常会陪着我），他还给我讲桑杰的故事。

尽管我花了好长时间才知道真相，银河号船上根本没有小男孩，他只是我父亲编出来的一个故事。但是在我内心深处，我总相信桑杰是真实存在的，即便他只是我称呼银河号的代名词。可是，在我的父亲伤了我的心以后，他也打碎了我对那个童年幻想仅保留的一点信任。

我的家庭因为父亲的离开而破碎了。我们尽了自己最大的努力收拾残局，然而事情只是变得更糟。6 周之后，温斯顿叔叔和玛莎阿姨找到祖父母，谈了他们自己以后的安排。他们去参加学术会议时，温斯顿叔叔得知加利福尼亚大学戴维斯分校的物理系在招一名教师。那份工作是终身制，薪水比阿克莱特基金会给的高。除了他妻子，他没有告诉任何人，他悄悄地投递了简历。现在他被录用了，克罗斯比夫妇俩经过考虑过后觉得，这是一个不应该错过的好机会。

我原本可以讽刺温斯顿叔叔，说他们夫妇誓要履行对银河号神圣职责的承诺是有期限的，但是我后来意识到，我不能责怪他或者玛莎。尽管我们把他们当作家人，他们毕竟只是我名义上的叔叔和阿姨，他们已经在杜松岭坚守了 18 年。他们和我父亲一样也是年近四十。我母亲和奶奶不想他们离开，但她们最终还是勉强同意了，是时候让他们夫妇离开这里到外面去继续生活了。他们的车是第二天离开杜松岭的，并且再也没有出现过。

现在天文台只剩下我们一家人了，爷爷和奶奶决定让我承担中天大楼里的一部分工作。这样也好。我母亲变得更孤僻，她尽可能不出门见人。自那以后，我母亲有了边缘性恐惧症，她很少再离开家，即使她要出门，她也只是在邻近主楼的温室附近闲逛。她默默注视着地里种的黄瓜、小红萝卜、西红柿，这些蔬菜都是她在父亲走后种下的。从很多方面来讲，她还是一个病人，现在的情况比以往更加糟糕。父亲的离开让她伤透了心，她变得更加失魂落魄。

我已经可以照顾自己了，除了眼睁睁地看我母亲默默受苦，我没有其他事情可做，所以我很感激祖父母教我以后应该懂的知识，比如如何监控通信设备，如何旋转碟形天线，让它能够接收月球追踪站发出的信号，如何翻译定期出现在屏幕上的加密信息。我爷爷仍独自负责重要的天体计算工作，他偶尔将最新的天体位置信息发送给银河号，但是我们彼此都清楚这项工作最终将由我来担任。他和奶奶在年轻的时候接受过逆转衰老的基因疗法，但是他们的衰老还是显现出来了。他们的头发变得花白，身形佝偻，还总记不住最近发生的事。他们也许永远不会离开杜松岭天文台了，可他们也活不到见证银河号抵达目的地的那一天了。

我也在长大变老，我不再确定自己是否还想要继承那份摆在我面前的使命。

6

ARKWRIGHT

我的青春期并没有延续童年的平静快乐。从各个方面来看，我的童年确实是一段难得的快乐时光。我比同龄的大多数孩子都要聪明，可是母亲不让我上学，聪明对我而言没有任何帮助。我在 16 岁时痛苦地意识到，自己不仅没有朋友，而且还相当天真。

我不算完全孤身一人。我通过网络建立了自己的社交圈，虽然我没见过任何一个在网上聊过天的同龄人，但是我知道他们是谁，他们在做什么。他们躲在头像和网名后面，但是我意识到他们的日常生活与我的很不一样。我不清楚她们和自己喜欢的可爱男孩待在主教室[①]里是一种怎样的感觉，当我们聊到两性话题时，我不得不尽量假装和知道她们知道的一样多（她们也许没有那么精通，但是我并不知道）。她们总在商场买衣服，而我一年购物才两三次，得到一件连帽的新派克大衣，我能高兴一整天。她们随便就能聊起摇滚乐队，而我对摇滚乐队仅有模糊的认识，更别提见过了。没错，我能解释得清楚德雷克公

① 主教室，中小学生早晨接受点名的教室，他们每天各自去上其他课之前，要与同一位老师在一起集合的教室。

式[①]和多普勒效应，可是，这些东西有多少年轻人想听呢？和她们在一起，我感觉自己要么像一个穿着背带裤的乡下土包子，要么就是一个锁在城堡高塔里不谙世事的公主，我对自我评价的高低取决于我当天的情绪感受。

很自然地，我开始变得很叛逆。

我想去学校上学，但我没能吵赢我母亲，她还是不同意，可她拦不住我的双脚。一到下午，我就去小路尽头的乔恩和萨拉姐妹家里，我刻意地和她们一起玩耍，努力培养女孩之间的友谊。这对姐妹那时14岁，但在某些方面，我们仨是同龄人；我学会与她们交谈时要装得傻一点点，我帮她们辅导家庭作业，作为回报，她们向我介绍我平时不会接触到的音乐、电影和一些与女孩子相关的新鲜事物。萨拉仍然有点傲慢，她家有钱，她总不忘向我提醒这一点。我和乔恩相处得很好，我们成了亲密的朋友。未来的日子里，我们的这段友谊变得弥足珍贵。

然后，我偷尝了禁果。对方是泰迪·罗梅罗。他父亲也是基克客栈的常客，泰迪没几年就会和他老爸一样成为酒吧的常客。他有点儿惊讶，我竟然会去他和他父亲居住的拖车，还和他调情。他很热心地带我出去约会了几次，他并不介意我不喝酒（因为某些很明显的原因，我一辈子都不想沾酒）。这样过了两三个晚上后，我终于从他那里得到了我想要的体验。我母亲只待在她自己的小世界里，她没有意识到我和泰迪这段短暂的恋情，而我祖父母有更值得关注的事情要处理。不过，我觉得他们知道我在做什么，而且我为什么要这么做。那件事过去几天之后的某个晚上，泰迪来天文台找我时，我的爷爷将他赶跑了，并警告他不准再来找我。后来，我见过泰迪几次，他每次都朝我抛媚

① 德雷克公式，可用来推测银河系中活跃可交流的地外文明数量的公式，由美国天文学家法兰克·德雷克提出。

眼，但是没过多久，他就对我没兴趣了。再后来，我在城里偶尔见到过他，通常是他踉踉跄跄地进出基克客栈的时候。

那时，我也有了其他要操心的事。

7

ARKWRIGHT

我 18 岁时，家中发生了两件大事：一是我离开了家，二是阿克莱特基金会陷入了麻烦。

上大学是我必然要经历的一件事。我以高分通过了高中级别学术技能测试，并且拿到了普通教育水平证书，但是当地的教育委员会让我在有人监督的情况下又考了一遍，以确保我的高分不是作弊得来的。他们很难相信一个自从 6 岁就在家里接受教育的女孩，依然能够在以公共教育高质量著称的马萨诸塞州，击败所有考生取得前 1% 的好成绩。而我不仅在高中级别学术技能测试中名列前茅，还在学术能力测试中拔得头筹，高分让我顺利入读马萨诸塞大学阿默斯特分校。

我原本想去比阿默斯特远一点的学校，但是我母亲不愿意我离家太远。所以我和母亲相互让了一步：我打算先在阿默斯特校园度过两年大学生活，如果我的成绩还不错，我还想再进一步学习，她会同意我转到州外愿意接收我的大学。这样的安排对我来说很不错。我打算主修物理，日后转去加州大学戴维斯分校就读。虽然克罗斯比夫妇离开杜松岭天文台很久了，但我们一直都保持着联系，温斯顿叔叔还向我承诺，到时他会替我向招生办公室美言几句。

请你理解，我已对银河号项目失去兴趣了。我是听着关于银河号飞船的故事长大的，但是我已有很多年不再相信飞船上存在一个小男孩了。对我来说，阿克莱特基金会是曾曾曾外祖父创立的组织，它现在属于我祖父母。等银河号飞船抵达格利泽 667C-e 的时候，我都是一个老奶奶了。我不想自己白发苍苍了还待在天文台，痴痴地守候远方恒星发来的微弱信号。我父亲离开了，克罗斯比夫妇也搬走了，现在轮到我做出同样的选择。

于是，我收起行囊，与母亲和祖母吻别，坐上祖父的车离开了大山。与我来的地方相比，阿默斯特的校园更像一个大城市，我的寝室对我来说，感觉比那艘现在离地球 9 光年远的星际飞船还要陌生，但是我在接下来的数周里，几乎完全忘记了银河号飞船一事。

不幸的是，世界上的其他人并没有忘记它。

我融入了大学校园生活，并交到了同龄好友。我起初有些害羞，但是我很快发现自己不比校园里的其他人更奇怪。就在这时，阿克莱特基金会因筹款一事受到了不必要的关注。几年前，爷爷意识到基金会的资金将要用完了。一开始，基金会依靠对各种私人企业的投资获益，它们大部分是研发了银河号所需技术的航天公司。用来投资的种子资金来源于内森·阿克莱特文学作品的版税和特许权使用费。基金会从《银河巡逻队》书籍和电影收入中获得了起步资金，很长的一段时间里，基金会的现金流足以支撑它实现最初的目标。

但是银河号项目耗费了巨大的开发、建设和发射费用，资金一点点被耗尽了。从那时起，支持基金会运行的公司不是倒闭就是被控股公司收购，基金会稳定的投资收入来源陷入枯竭。基金会曾打算向私人企业出租发射器获利，但是这一计划也成了泡影。数家位于美国和中国的公司成立了一个名为索莱克斯的联盟，它们计划在地球同步轨道上建立自己的发射器。尽管这台发射器不如基金会放在拉格朗日 L4

点的发射器强大有力，可是索莱克斯的发射器离地球更近，能更方便地提供服务。阿克莱特基金会曾期望银河号项目能够鼓舞人类探索开发银河系，可是它只成功了一小部分。索莱克斯将它的新发射器投入太空冒险，但是它们的航行距离还不到火星，航天器只在离地球很近的小行星带进行商业开采。

雪上加霜的是，《银河巡逻队》系列作品逐渐被公众忘却，已无人问津。除了年长的人，再也没有人知道哈克·塔卢斯。很多人都知道内森·阿克莱特是一个作家的名字，但是很少有人认真读过他的作品。

曾经有一段时间，公众还在谈论是否要开展银河二号项目，但是投资资金根本没有到位。基金会除了要运行杜松岭天文台，没有其他地方的花费，但是维持运行所需的费用还是一笔不小的负担。

于是我的爷爷作为基金会的主席和首席财政官，以及银河号项目的总指挥，决定采取前所未有的行动——向联邦政府寻求经济援助。他向美国国家科学基金会提交了每年 50 万美元的补助金申请，理由是银河号飞船是一艘以谋求全人类福祉为目的而发射的星际探测器，全世界都会从我们最终获得的经验中受益。人人都知道银河号项目——我的奶奶写了一本关于该项目的畅销书。因此，国家科学基金会顺利通过了本杰明·阿克莱特·斯金纳的申请，杜松岭天文台很快得到了支持其运行的新的资金来源。

然而，某位来自西南部沙漠区①的吝啬的初级议员，他听说了联邦预算中有这一项特别的支出。虽然 50 万美元在整体庞大的联邦预算中几乎不值一提，但他觉得此事值得好好调查一番。他宣称那笔钱更值得花在他的选区用来缓解干旱，我怀疑他是想趁机炒作来巩固他的政治生涯。无论如何，他让他的工作人员进行调查，深挖了基金会的历

① 美国西南部沙漠区域，包括亚利桑那州、新墨西哥州等。

史，在它过去的阴影中，他们发现了一个肮脏的小秘密：阿克莱特基金会似乎出钱收买过一位参议员。

我的祖父母没有告诉我他们收到了传票。他们担心此事会让我分心，而且他们对这件事不是很重视。我的母亲当然未察觉到整件事的发生。所以，我不清楚整个事态到底发展到了哪一步，直到我的导师恰好读到那条新闻，然后他告诉了我，我马上给奶奶打了一个电话。

“到底怎么回事？”我质问。

“噢，你不用担心，”她的语气很轻松，好像我们在谈论不合时令的东北风，我们这一带刚刚下了 15 厘米的雪。“华盛顿的某个傻瓜在多管闲事，就是这样。你不用为此事担心。”

“那可是张传票，奶奶！这意味着你和爷爷必须在国会面前作证。”

“亲爱的，那只是国会小组委员会[①]的听证会。你爷爷要去出席发言，他有律师帮忙写证词——”

“律师！”我们家唯一一次雇用律师，是因为一个承包商为家里安装新化粪池的工作做得很糟糕。当时，我们察觉到了难闻的气味，而我现在再次感受到了同样的恶臭。

“老实说，我们只是请律师给些建议。达尼，这件事——”

“还有，基金会付钱给国会议员是为了获得一项豁免权。”我停下来瞥了一眼平板上显示的新闻标题，“从《国内太空访问法》中获得豁免权？这是怎么一回事儿，从来没有人告诉过我这件事。”

电话那端停顿了一下。“这是很多年前的事情了，它不像媒体描绘的那样。媒体和国会小组委员会都理解错了。”然后又是一个停顿，“亲爱的，我在电话里不能谈太多。你知道的，家里的电话使用起来有多糟糕。”

① 美国国会小组委员会，美国国会委员会的一个分支机构，负责审议具体事项并向全体委员会报告。

杜松岭天文台的电话信号一直不错。奶奶是在暗示我，她怀疑有人在监听。我的背后感到一阵凉意。“需要我回家吗？”我问道。“我可以请假，搭公交车回去，如果你——”

“噢，你不用特意回来。”电话那端再次停顿了一下，这一次，我听到了爷爷在一旁说话的声音。“好吧，你回来几天能帮上一些忙。等我们去华盛顿时，你就在家陪陪你妈妈。你觉得自己可以做到吗？”

“当然了，没问题。”自从父亲离家以后，我们从不让母亲一个人待太久。我母亲的精神状态太脆弱了，所以我们不能指望她能照顾好自己。“我大概什么时候回家？”

“两周之后。”奶奶的嗓音再次响亮起来。“真的，达尼，你不用太担心。我们已掌控住局面。”

两周之后，我向学校请了几天假回家，我先是从阿默斯特搭乘了一辆公交车，再在克罗夫顿下车，接着徒步走回了天文台。我的祖父母已经在数小时之前赶去华盛顿，只留下我母亲一个人在家。我花了近一个小时安慰她，让她相信我们没有抛弃她。除了园艺，她还能在中天大楼里做些监测工作，但我还是再检查了一遍，看是否有新的消息。最近的一条消息是银河号在大约 20 年前发来的例行位置报告，而我们在上周才刚刚收到。一切正常。我回到家中准备我和母亲的晚饭。

第二天早上，我们一起坐在客厅里，观看国会小组委员会举行的听证会。联邦政府网站上有在线直播。我把它投放在全息屏幕上，仿佛我们也置身于听证室内。如奶奶告诉我的一样，爷爷在接受质询。一个比我大不了多少的年轻女子和爷爷一起坐在证人席，房间内仅有少数几个人旁听，我看见奶奶就坐在爷爷和他的律师后面。

众议员筹款委员会监督小组的人数较多。会议主持人和指控基金会的国会议员不是同一人。指控基金会的那个人是约瑟夫·杜莱议员，一个留着板寸头的圆脸男子，他看起来好像是在青春期里以扯掉比他小的孩子的内衣为乐的那类人。

会长把发言机会给了杜莱议员，他以对基金会的严厉谴责开场。他注意到阿克莱特基金会已接受了超过 100 万美元的联邦费用："它们以科学研究之名进行的项目，有着可疑的商业价值。"他的工作人员经过调查发现，尽管基金会宣称它们是一家非营利性组织，它的大部分资金收入却是来源于对一些高盈利企业的投资，"至少，它们非营利性组织的身份相当值得怀疑。"让局面更不利于基金会的是，他的工作人员发现，基金会在 2036 年总统选举期间，曾为已故的参议员克拉克・韦森提供了 40 万美元竞选资金，然而他当年并没有获得所在党派的提名。作为回报，韦森不仅公开支持银河号项目——"作为一名总统候选人来说，这是一种不同寻常的表态，当时我们有比太空探索更重要的议题要去解决。"他还提出并推动了一项参议院法案的通过，他让基金会获得了《国内太空访问法》的豁免权，于是基金会才能够使用黑岛的发射中心，而不是选择美国本土的发射场，"这是一种逃避支付联邦税费和本土发射场使用费的方式。"

"现在阿克莱特基金会使用了另一种诈取美国纳税人钱财的手段，"杜莱继续说道，"申请一笔百万美元的资助金，去追踪一艘 20 年前发射的太空探测器。事实上，我们是在向一个废弃的天文台撒钱，这个天文台现在正由基金会创始人的后代占据，他们用专业术语和高尚的承诺来迷惑纳税人，其真实目的就是挪用纳税人的钱供自己挥霍。"

杜莱说这话时，双眼恶狠狠地盯着我的爷爷，似乎期待他的怒火能让爷爷躲到桌子底下去。如果他是这么想的，那他肯定要失望了。我爷爷被他的控诉逗乐了，耐心地等待着这位国会议员结束发言。接着，发言机会轮到了我爷爷，他打开桌上的麦克风，开始辩护。

我爷爷的防守做得很好。他全程保持了一种尊敬的语调，同时，他又以一个德高望重的科学家的身份，给政治黑客[1]上了一堂关于理解公共政策细微差别的讲座。他反驳道，他虽然理解国会小组委员会关注此事，但是事实上这起调查案件中的主要当事人都已经不在人世了；参议员韦森参加过的总统选举已成为历史书中一个不重要的脚注，他母亲凯特·莫里西·斯金纳早在20年前去世了，他们都不能在此为自己辩护。然后，他继续说道，根据当时的联邦法律，他们两个人都没有做出违法的事情。阿克莱特基金会之所以会向参议院韦森的政治行动委员会[2]捐款，是因为基金会赞成他作为一名公务员所倡议的社会议题。基金会没有给该参议员施加压力，要求他支持银河号项目，或者请他提出新法案，允许基金会在成功率更高的黑岛进行发射操作，而不选择美国本土类似的场所。基金会的对外投资完全合法，利润所得全部用于银河号项目的研究和开发，然而因为大部分投资公司不再能够支持基金会在马萨诸塞州西部的业务运转，基金会才不得不请求联邦政府给予适当的资金援助。

“天下没有免费的午餐，杜莱先生，”爷爷继续说道，“我们没有试图诈取任何人的钱财。银河号项目一直致力于扩大人类在宇宙中的生存范围，为我们的族群建立一个新的家园。直到最近，阿克莱特基金会才在美国政府的支持下取得了预期成果。我们从国家科学基金会收到的资金主要用于维持任务控制中心的日常运转，以及支付三名全职监视航天器的工作人员的薪水。欢迎你随时来访杜松岭天文台，你会发现我们没有过着富裕奢侈的生活。”

精彩的辩护！爷爷的证词慷慨激昂，面对基金会受到的诸多指控，见招拆招，应对自如。但是等他一说完，我母亲首次开口说话了。

---

① 政治黑客，贬义词，用来形容某个政党内部的人，相比个人坚定的信仰，更看重胜利成果。

② 政治行动委员会，它是一个由美国工会、工商界、贸易组织或独立的政治团体组织的，为竞选各级公职的候选人筹集政治资金的非党派的基金管理机构。

“你知道吗？他说的是对的。”她平静地说道。

“当然了，他肯定是对的。”我咧嘴一笑，“爷爷刚刚狠狠地教训了他一顿——”

“不，我的意思是说，他是对的。”她伸手指向杜莱，那位议员正在低头研究他的笔记。“他清楚事实真相，本只是在掩盖过去的错误。”

我收起得意的笑容。“你在说银河号项目是一个骗局吗？妈妈，你比其他人更清楚。”

她瞪了我一眼。“银河号项目当然不是骗局。我徒手造出了银河号，不是吗？”她总是那么说，这话从科学上来讲并不准确。“但是，你奶奶告诉过我所有的事情，在我嫁给你的——”她在开口提到父亲之前停了下来，她很久没有提过他了，“在我结婚之后。没错，基金会曾经贿赂过参议员韦森。那笔钱通过他的政治行动委员会转账，但是我打赌他在竞选期间没花一分钱。无论如何，所有人都知道他没机会。因为他在新罕布什尔州的初选中就被淘汰了。”

这是多年以来，除了谈论萝卜和西红柿以外，我母亲第一次开口说了那么多话，而我当时并没有注意到这一点。“所以，你是说基金会的确存在贿赂行为？”

“我们做过最值的一次决定，就是给参议员韦森提供竞选资金。他也实现他的诺言帮了我们。”然后，她笑着看着我。“我想喝些茶，你能去煮一下吗？”

我不知道自己该说或者该做些什么，于是我从沙发起身走进厨房，拿出一个茶壶放在电炉上。我在一旁站了很久，盯着水蒸气从壶嘴冉冉升起，我在手指间来回摆弄茶包。从来没有人告诉过我这些事情。几周之前，我根本不知道参议员韦森是谁。显然，我无法责备我的曾祖母，她为了把银河号送入太空做了她该做的事，可我有些担心阿克莱特基金会，它为了实现目标用了一些腐败的招数。

等我回到客厅时，国会小组委员会已开始质询爷爷。杜莱议员向其他成员分发了参议员韦森的竞选记录，他们从四面八方攻击我的爷爷。突然之间，我的爷爷看起来没有那么镇定了。他身后的奶奶身体僵直地坐在椅子上。她虽然没有任何表情，但我能感觉到她的紧张。

“这些人最好没有我们的罪证，”母亲说这话时，我递给她一个茶杯，“否则，我们就完蛋了。”

可惜他们手中有，于是我们输了。

8

ARKWRIGHT

基于国会的调查结果，联邦政府取消了对阿克莱特基金会的援助。虽然爷爷尽了他最大的努力，议员杜莱还是得逞了。杜莱在参议院和众议院都有盟友，国家科学基金会在两院的压力之下，消减了它此前拨给基金会专用的款项，尽管这笔钱本来就微不足道。杜松岭又一次只能靠它自己了，可是，就在我的祖父母努力想办法弥补这块资金缺口时，遥远的太空中发生了更糟糕的事。

大约同一时间，银河号在去往厄俄斯的中途，靠近了一个恒星系：格利泽 832，一颗距离地球 10.5 光年的 M 型红矮星。这颗无名的恒星不值得一探：它附近有两颗巨型气态行星[①]，然而，可居住区域并没有像地球质量大小的行星。飞船原本应该穿过该星系最外围，可是任务规划者决定让飞船在经过它时进行一个简短的调查，以防那里有什么值得注意的事情。此外，飞船将有机会校准感应器，这样可以确保它到达格利泽 667C 时，仪器还能正常运转，尽管此次调查结果需要十多年的时间才能送达杜松岭。

① 巨型气态行星，主要由氢和氦组成的大质量行星，太阳系中有木星和土星。

银河号飞船的微波帆板已很长时间没有使用了，自从不再用它接受发射器传送的微波光束后，它一直在飞船上充当另一个角色——盾牌，阻挡落在飞船身上的星际尘埃，如果没有它，飞船可能会被毁坏。银河号飞船定点飞越[①]格利泽 832 时，微波帆板很可能被打得千疮百孔，但是它应该能够避开任何飞来的物体，以减少撞击对飞船的伤害。

可是，它没有做到。

我们永远不会知道到底发生了什么，因为飞船上的人工智能没有报告具体原因，所以我们只能猜测。最可能的情况是该星系外围的天体相撞瞬间产生了一些碎片（碎裂的彗星碎片、颗粒状的流星体碎片），它以一种倾斜的角度袭来，因此越过了微波帆板的防护，再以十亿分之一的概率击中了飞船。它的体积应该不是很大，否则产生的撞击力将摧毁银河号，事实上，它也许比一块砾石大不了多少。

在这种情况下，尺寸无关紧要，因为它带来的是灾难性的后果。它毁掉了飞船与地球之间的通信系统。

银河号飞船携带了两台 1250 瓦的激光发射器，由飞船自身的核反应堆提供动力驱动，它们并排安装在服务舱外部。之所以给飞船配备两台发射器，是考虑到即使其中一台出问题了，另一台还能继续运作。然而，被击中的不是激光发射器，而是为它们提供电力的电路总线。它暴露在了服务舱外部的船体钢板上，以保护飞船内部的组件。发射器也许应该单独安置，每一个都有自己的总线，但是没人能够预测每一个可能发生的意外。我们不能因为此次事故，就指责工程师没有先见之明。

无论如何，我们假设中的小砾石击中了总线。在那一瞬间，我们失去了银河号的信号。

---

① 定点飞越，尤指航天器近天体飞行探测。

飞船上的人工智能应该马上侦测到了该事故，它采取了行动。它先将两架发射器撤回进服务舱里，由蛛型机器人来解决问题。根据飞船内部的精密计时器，修复工作可能仅需数天，但是因时间膨胀的缘故，从地球上观察者的角度来看，它需要很长时间才能恢复。十多年来，我们甚至都不知道飞船发生了此次事故。

此时，家里也发生了很多变化。

大学第二学年的下半学期，我遇到了罗伯特，那原本是我在马萨诸塞大学阿默斯特分校的最后一学期。如果不是因为他，我可能会按照原计划，转到加州大学戴维斯分校学习，然后搬到西部去生活。

那时，家里的事情差不多都解决了，我可以安心离开马萨诸塞州，独自一人去闯荡。虽然银河号项目不能再接受联邦政府的资助，但是我奶奶想出了一个主意，她将阿克莱特基金会转变成一个由公众支持的非营利性组织，这样他们就可以出售会员资格，发起筹款活动，以及通过任何其他的方式保持中天大楼的日常运营和维持天文台与飞船之间的通信生命线（我们在很多年后才知晓那起事故）。我母亲找到了一个新的消遣方式，由她负责运营基金会的对外网站，而奶奶开始每月写一篇业务通讯稿，告知支持基金会的会员们天文台在这一个月里发生了什么事。

杜莱议员还在骚扰我们。他不满足我们已被国家科学基金会剥夺了资金援助，还想让司法部门对我们展开民事调查，但是我们的律师和站在我们这边的国会议员向我们保证，杜莱不会再得逞。贿赂参议员韦森的事件发生在数十年之前，牵扯其中的主要当事人都已故去，没有人认真地对待杜莱的言论。这个混蛋已经拿到了他的一磅肉[①]，他应该知足了。

基金会只是勉强维持运营，我爷爷相信它能挺过去。那年夏季我回到了家中，帮忙打理各种事务，可是心中却迫不及待地想要离开。大学一年级时，我和朋友趁周末去了波士顿和纽约游玩。在那些城市里，我坐着贡多拉[②]穿过被淹没的中心街道，去屋顶剧院看戏剧。我感受到了与我在小克罗夫顿截然不同的生活，我还想体验更多。我母亲仍然期望我离她近一点，以确保我的安全，她坚信某些邪恶力量随时准备突袭我们，比如杜莱，他已取代新美国教会成为她的头号敌人。奶奶向我保证，我母亲的情况会慢慢改善，我不用太担心。如果我仍然想要去加州，没有人会阻止我的。

然后，我遇见了罗伯特。

我们的相遇完全是个意外。我离开学生自助餐厅的取餐队伍时，一个笨手笨脚的人撞了我一下，弄掉了我的托盘。纸盒装的牛奶泼洒出来，弄脏了站在我身后的人的鞋子。当我结结巴巴地向他道歉时，他弯下腰来帮我收拾残局。我抬起头看见了一双安静的灰色眼睛，他正饶有兴致地看着我。他把自己的托盘放在一边，喊我等他一会儿，然后他回到取餐队伍，重新拿了一份我刚刚洒掉的食物，并用他的拇指划过扫描仪付了账。接着，他邀请我一起共进午餐。

他就是罗伯特·伊格纳兹。不是罗伯、鲍勃，更不是鲍比，就是罗伯特。他瘦高个儿，有着一头浓密但不爱梳理的深棕色头发，他的性格几乎和我一样内敛害羞。他是学全息雕塑的艺术生，辅修工业设计，难怪我们从没有在同一堂课上见过。没错，如果不是自助餐厅里的那一起

① 一磅肉，出自莎士比亚的讽刺性喜剧《威尼斯商人》，戏中的主人公面临一个困局，如果他无法按时还款，他将被借款人割下一磅肉。

② 贡多拉，小划船，常见于威尼斯运河中的轻便平底船，两头尖而上翘，通过船尾单桨行进。

意外，我们可能没机会相遇。和女孩说话对他来说一直是件难事，因此他认为我用牛奶浸湿了他的鞋子，无疑是天赐良缘让我们相识。

如果没有这件事，那就糟了。我们一起吃了午餐，结束后我给了他电话号码，特意告诉他我周末没有特别安排，然后我们开始联络。我在马萨诸塞大学阿默斯特分校的两年里，确实见过一些男孩，但是没有特别吸引我的。他们中的大部分人让我想起的是泰迪·罗梅罗，我们相处不过十分钟，我就清楚了他们的意图。我不禁猜想我会不会是女同性恋，或者天生是当修女的命，然后我就遇见了罗伯特，他起初甚至不敢牵我的手，直到我第一次主动拉他的手。当我们第三次约会时，我在剧场外的人行道上拦住他，告诉他我不介意接吻，他差点儿昏了过去。我得到了他的初吻。

他也来自一个破碎的家庭。他的母亲在他很小的时候就离开了，他的父亲几乎不怎么管他。虽然他和父亲一起住在康涅狄格州，却很少回家。因为他父亲觉得成年的儿子出现在家中会影响自己四处寻欢作乐的新生活。于是，罗伯特把大学校园当成了自己的家，他早就决定毕业后留在阿默斯特。他喜欢这里，他已经在斯普林菲尔德[①]的一家工业设计工作室做实习生，他原本计划留在那里工作。

当他告诉我这些时，我就知道自己要放弃转学去加州的计划了。如果要我选择转学去加州大学戴维斯分校，还是和罗伯特一起留在马萨诸塞大学阿默斯特分校，很明显我会选择后者。我不后悔。大三第二学期时，我们搬出宿舍在校外租了一间公寓。一年半之后，我一手拿着学位证，一手搂着我最好的朋友、愿意与我共度此生的爱人，离开了校园。

所以我没有搬到西部去生活，反而留在了新英格兰，因为我幸运地遇见了罗伯特。当 Na 来的时候，这个决定改变了我的命运。

---

① 斯普林菲尔德，马萨诸塞州西南部城市，位于康涅狄格河边。

10

ARKWRIGHT

当 2099 NA–2 被发现时，每个活着的人都清楚地记得自己当时在哪，在做什么。

当时我已经 29 岁了，在阿默斯特高中教科学，和罗伯特一起住在附近的莱弗里特镇上一个有两百年历史的农舍里。我们一直没有结婚，也想不出要结婚的真正理由。我们关系融洽，而父母们的婚姻都走向了衰败，我们不想重蹈他们的覆辙。罗伯特在外面单干，他作为全息雕塑师的工作声誉渐长，数年前他离开了他在设计公司的岗位，成立了自己的工作室，他也教学生用光绘画，赚取一点额外的收入。我们没有孩子，但是我们正在考虑此事。与此同时，我们很乐意教授他人的孩子知识。

我记得当时是课间，我正在教师办公室里一边喝着咖啡，一边批阅我的学生刚送来的作业，这时有一个教师喊，“噢，天呐，不!”，我闻声抬起头。墙上的屏幕显示了一个新闻网站，我第一眼看到的是一个模糊不清的、黑色背景下的白色斑点。

自从我在杜松岭天文台的童年时代起，我就学会了如何识别射电望远镜图像。我一看到那张图，脑中冒出的第一个念头就是，它是一颗恒星，或者，它也许是一颗距离地球很多光年新发现的太阳系外行星。结果两者皆不是，它离地球更近。它是我们后来都称为 Na 的怪物。

4 个月前，太空警卫[①]的轨道望远镜首次发现 2099 NA-2 时，它看上去只是另一个近地天体，其椭圆形的运行轨道带着它经过地球。太空中像这样的近地天体几乎数不胜数，但是绝大多数都不会比月球距离[②]近。而这颗特殊的小行星在第一次被观测到时，它距离地球只比半个天文单位[③]多一点，太空警卫起初认定它不会小于月球距离。但是按照惯例，它被评定为一颗值得持续关注、具有潜在危险的天体，每年都发现的潜在威胁天体中任何一种都比它危险。然而，等这颗特殊的小行星不久之后穿过火星轨道时，行星天文学家重新检测了相关数据，他们才意识到它比任何潜在威胁天体都危险。亚利桑那州的罗威尔天文台，有一支太空警卫预警小队被指派去研究 2099 NA-2，他们一拿到发现结果就立刻联系了夏威夷的同事，请求协助再确认一遍发现结果。数天之后，毛伊岛[④]天文台给出了他们的意见，最终结果非常不好。

首先，若 2099 NA-2 沿着目前的轨道飞行，它将与地球发生碰撞。它正在以每小时 43 000 千米的速度接近我们，预计两个半月后撞上地球。

其次，情况更糟糕的是，它是一颗巨大的小行星。C 类碳质球粒陨石，形状似土豆，宽约半英里，长约 1.6 千米——新闻播音员喜欢

① 太空警卫，任何专注于发现近地天体的组织都被视为“太空警卫”，该词原本出自阿瑟·克拉克的小说《与拉玛相会》。

② 月球距离，天文学解释从地球到月球的平均距离是 384 401 000 米。

③ 天文单位，天文学中计量天体之间距离的一种单位，曾以地球到太阳的平均距离定义该数值，后固定为 149 597 870 700 米，常用 AU 作为天文单位的符号。半个天文单位大约是 74 798 935 350 米。

④ 毛伊岛，夏威夷群岛第二大岛，位于夏威夷西北。

喊它“一座飞来的山”（Na 的名字是后来取的，它恰巧与《圣经》中“那鸿[①]”谐音）。它不会是另一个让恐龙灭绝的杀手，那一颗陨石曾将活生生的霸王龙变成有意思的化石，无论如何，2099 年 6 月 17 日成了地球上每一个活着的生物经历过的最糟糕的一天。

通常来说，公众最后才知晓这个消息。世界各国政府的高层最先收到消息，从华盛顿国会大厦到北京中南海，会议室里彻夜灯火通明，各国高层们秘密地商定，在他们的国防和科学部门联合起来研讨出各种可行方案之前，这个消息暂时不对外发布。那时已能确定 Na 最终很有可能落入太平洋某处，这既是一个好消息，也是一个坏消息——好的方面是，它不会砸中任何主要大陆区域，坏的方面是，它可能影响全球气候的长期变化，更别提它对太平洋水域沿海城市和小岛有着直接的影响。

我们还有喘息的时间，Na 现在距离地球还很远，这期间我们还能做些事情来减轻损失。显而易见，我们在不可避免的海啸到来之前，应该提前疏散沿海城市和太平洋群岛上的人口。然而，我们还有一个可能性很低的方案，尽管机会渺茫，它也可能使 Na 偏离原有运行轨道。事实上，第一次新闻发布会召开时，月球资源开采公司宣布，它们有一艘名为“康斯托克”的小行星开采飞船，正在月球背面运行，它准备和 Na 来一次深空会面。等它一旦到达预定地点，操纵康斯托克的航天员将在 Na 身上安装质量加速器[②]，进而将这颗小行星推入新的运行轨道。

我们被告知不要恐慌，当局已控制局势，世界末日并非不可避免。大部分地区的人们以平和的心态接受了此事。整体来说，世界并不像

---

① 那鸿，南方犹太国先知，传为《那鸿书》的作者。该书在希伯来《圣经》中原是“十二小先知书”的一部分，内容是预言亚述帝国首都尼尼微的覆灭，表达了对亚述人的痛恨。

② 质量加速器，一种利用电磁加速的工具，让磁化了的物体加速并投射出去。

很多人预测的那样，一份宣告行星撞击地球的声明，就会引发大面积人群情绪失控，歇斯底里，造成无政府的混乱秩序。必须承认的是，的确有人在家里筑防御工事，他们手里拿起了步枪、手枪等各式武器，做好世界末日到来的准备（我猜想，也许有很多人在暗自祈祷末日降临）。总的来说，绝大部分人想要做的事，不过是保护自己的朋友和家人能够活下去。有些人向宗教寻求慰藉，而有些人则坚定地相信人类精神。还有些人甚至认为，整件事是一场恶作剧，或者这场恐慌很快会过去。每个人在 6 月 18 日醒来时，会发现世界还是原来的样子，什么也没有改变。

无论如何，公众一再地得到保证，康斯托克的任务很有可能会成功，现在的强制性撤离是以防万一。只有很少人清楚，它要完成的任务是一次希望不大的尝试。在那之前，小行星开采机仅成功移动过直径数百英尺的近地天体。而 Na 的直径要大得多，它的质量越大，意味着它的惯性也就越大；康斯托克的质量加速器不足以胜任此项任务。炸毁这颗小行星更是不可能；即使康斯托克为完成引爆任务，携带了充足的炸药（事实并非如此），结果将变成：原来地球仅会被一块大岩石击中，现在它要遭受一场小型岩石雨，而其中一些岩石很有可能会落在人口密集区域。不仅如此，康斯托克需要将近 3 周时间才能靠近 Na，而那时这颗小行星离地球仅有 1900 多万千米，这大大降低了任务成功的可能性。

当局故意弱化对该任务成功机会的描述，以避免大规模的恐慌，他们的策略在一段时间内成功了。生活一如往常。可随着人们意识到这场灾难的规模和其造成的长期影响。即将有一场持续数年的全球寒冬，这种悲观的情绪逐渐深入人心，于是，远离推测中行星陨落区域的居民也开始做准备。

那份声明公开一周后，阿默斯特教育委员会决定无限期停课，这样孩子们可以回去帮助家里做些力所能及的事。突然之间，我失业了。这也无妨，因为恰好在几天之前，我的爷爷打电话来喊我回家。

我的奶奶在几年前过世了，留下爷爷和我母亲守在杜松岭。爷爷常常需要把他的精力分成两部分，一部分用于监测中天大楼的设备运行，另一部分用来照顾我的母亲。我母亲虽然近来变得独立了，但对于年纪已过 80 岁，不能再接受基因疗法的爷爷来说，照顾她仍旧是一份吃力的任务。可这还不是他要面对的全部困难。

“达尼，你妈妈感到很害怕，”爷爷说道，“她状态一直挺好的，但是如今……”

“她再次把自己关起来了吗？”

“是的，你猜对了。她已经有好几天不出门了，而我一点办法也没有，她不停地说想要你陪在身边。”爷爷叹了一口气。“我清楚这是一个过分的要求，但是你和罗伯特能回家来吗？即使就待一会儿……”

他的声音渐渐变小，没有说出后面的话。他也不必说，我懂。我母亲只是勉强地接受了罗伯特，她最初还是有戒备和怀疑。她从来不信任陌生人。在她心中，罗伯特是一个夺走她女儿的外人。罗伯特尽力与她友好相处，可她从来没有热情地回应过他，因此我们每次回去只待几天。然而爷爷这一次要求的是长住。

我看着客厅里的罗伯特。他把耳机插在家里的电话上，守在一旁安静地听我们交谈。我们四目相对时，他点点头表示没问题。“当然没问题，我们会回家的。”我回复道，“我们只是还要再停留几天，等我们用木板把家里封起来之后，我们就回去。”

“谢谢，非常感谢。”爷爷松了一口气，“对了——我打算搬到楼上去，让你们用楼下的卧室。”

“没关系的，爷爷。我们住楼上就好。”罗伯特听到这里，他朝我撇了撇嘴。我们住在楼上意味着，我们的房间会和我母亲的房间紧挨着，这样我们就少点隐私空间，可是我并不想爷爷吃力地爬上爬下。于是，我换了一个话题，“银河号飞船如何？它有最新的消息吗？”

电话那端停顿了一下，这一次时间有点长。“我不知道。”他最终开口说道，“我没打算告诉你这些，可我们在10天前失去了和飞船的联系。”

“什么信号也没有？”

“对，什么都没有。更别提位置报告了。我们和银河号飞船失联了。”

罗伯特和我再次四目相对。他和我一样知道那意味着什么。

“我们会尽快回到家中。”我安慰着爷爷。

1\1

ARKWRIGHT

现在看来，幸好杜松岭天文台凡事自给自足。当初，我的父亲和爷爷担心中天大楼会因当地停电而停止运转，于是给天文台安装了太阳能发电板，剩下的日常用电则来自附近山顶上小镇的风力涡轮机。家里用水取自深层自流井，我母亲热衷打理的温室能为我们保证源源不断的食物供给，我们只是需要勒紧一点裤腰带。我们还储备了一些其他东西，比如扫雪机，我的爷爷已将它安在了卡车前部；一堆罐头食品，通常是为了寒冬储备，以免有时不方便出去购物。我们比大部分人要准备得充分。

不过，等罗伯特和我回到家，我们还是一样忙得不可开交。主楼的屋顶急需重新铺瓦，木柴只有半捆了，窗户需要安装新的挡风雨条。而爷爷身体状况不佳，无法独自完成那些修理，所以我和罗伯特要做好这些准备，以抵御 Na 将要带来的灾难。幸运的是，那颗小行星选择了一个好时机到来。在新英格兰，晚春是最适合应对此类事情的季节。

我母亲的情况不乐观。爷爷告诉我，Na 要来的新闻消息扰乱了她，她再次陷入了沮丧和抑郁，我知道她曾经为此挣扎了很久。她张开双臂，热泪盈眶地拥抱我，欢迎我回家，但她只和罗伯特试探性地握了握手，罗伯特从外往里搬运我们的行李时，她站在一旁用惊恐的眼神盯着他。如果我们正式结婚了，也许情况会变得好一点，但是……好吧，现在想这些已经太晚了。她逐渐接受了罗伯特也要和我们同住一栋房子的事实，可她用了一周时间才适应，她要和一个陌生男人共享楼上的浴室。

此外，我们接受了一个意想不到的人给予的援助：乔妮·奥格尔维。

在我长大后离开天文台的这些年里，我青少年时期最好的朋友也变了样。她的双胞胎妹妹萨拉已搬去伦敦生活，并成为劳埃德保险社[①]的一名高管，乔妮则在她们父母离世后留在了克罗夫顿，她在结婚后接管了家族的马场。

乔妮的身材高挑匀称，她有一头玉米须长发和一双冷峻的绿色眼眸，如果她愿意，她随时都能成为一名T台模特，可她选择了当一个性格直率、做事爽快的乡村女子。我已有很多年没见过她了，所以当她和布雷特来到我家时，我感到十分惊讶。乔妮注意到罗伯特正在爬梯子上屋顶，她告诉我，她家里的屋顶修缮后还剩下两包瓦片，我们可以拿去用。马萨诸塞州西部的每家五金店，都已售空了此类建筑材料，在这样的情况下，她的赠予不仅慷慨而且让我们难以拒绝。

泰迪·罗梅罗离开很久了。他父亲死后，他就卖了拖车，离开了克罗夫顿。没人再看到过他。这对我来说是甩掉了心里的一个包袱，至少我不用担心他会出现在我家附近。另一方面，乔妮和布雷特做我们的邻居，让我感到几分安慰。等乔妮和我恢复了朋友关系，我们两家人便可在即将到来的困难日子里相互依靠。

要是我们所有的问题都能那么容易解决就好了，中天大楼完全是

① 劳埃德保险社，英国伦敦市的一个保险交易所，世界最大的保险交易市场。

另一大难题。虽然它对我们的生存没有重要影响，可它无论如何是我们家族驻守在杜松岭天文台的重要原因。阿克莱特基金会因我奶奶的去世遭受了巨大打击。会员的捐款已减少到寥寥无几，中天大楼里的电脑已经破旧不堪，急需升级，在这样窘迫的条件下，换新是毫无可能的事情。我的爷爷尽己所能维护着它们继续运转，但是如果没有我母亲的帮助，他的努力也不够用。

我知道如何运作中天大楼，可我对修理问题束手无策。大楼里的电脑或多或少地都还在运行，但碟形天线不能再全方位转动，我们都能听到其基座部分齿轮在转动时，地板受压发出“嘎吱嘎吱”的响声。而且，每当我们想从月球追踪站下载新的数据时，显示屏一直保持黑屏状态。

银河号飞船已然消失了吗？它长久的沉默，是否意味着飞船已因某种原因被摧毁了？或者，它只是遇到了一个简单的通信障碍，我们最终还能收到新信息？我们无从得知。爷爷每一天都向它发出新的询问，那些问题都类似这样：“你还好吗？你在哪里？请马上回复！”它没有任何回应，只有无尽的沉默。

“你知道吗？有一件事特别讽刺。”一天下午，爷爷说道。

“什么事？”我拿起水壶，轻啜了一口，然后递给罗伯特。我们三人正坐在天文台下方山坡的一片空地上休息，我们刚刚在用链锯砍掉一些我们家里的死树。我母亲在大楼里值班，徒劳地等待银河号的信息，等它告诉我们一切都好。

“你的曾曾曾外祖父之所以发起这一切，是因为他担心人类某一天会因一颗小行星灭亡。”我脸上的表情在当时肯定是有些难以置信，爷爷咧嘴笑了笑，他点点头继续说道，“这件事是真的。知道的人不多，但这确实是他把财产遗赠给阿克莱特基金会的原因。”

“我还以为是因为他想建一艘星际飞船。我妈妈告诉我的就是这样。”我本来还想加一句，我父亲也和我说了同样的话，但是我已多年未见过他，也很少想起他。

“噢，我想那也是其中一个原因。否则他会让我们建地堡。”爷爷耸了耸肩，“迈向星空能意味着一些什么，向地下挖洞则没有。我的意思是说，保持对未来的信心比只顾生存要重要。这也许是因为他是一个科幻小说家，他的选择是他看待世界的一种角度，可……好吧，不管怎样，他走在了时代的前面。”

“但是人类不会被灭绝。”罗伯特说。然后，他带着一丝不确定的语气问：“对吗？”

爷爷沉默了良久，没有回答他的问题。他转身看向山下的景致。这是一个多么美好的下午，湛蓝的天空中没有一丝云彩，暖风轻拂，枝条抽出了新叶。很难相信如此完美的世界即将迎来一场灾祸。

“也许不会。”他最终开口说道，“毕竟，我们从 20 世纪的全球气候变化中活了下来，我们扛住了干旱、超强飓风、沿海洪涝等自然灾害的侵袭。整个世界因此失去了 15 亿人口，然而人口数量经过数十年时间才开始往下降。人类是适应性极强的生物，面对困境有很好的复原力。”他捡起一根我们刚刚锯断的圆木，随意地剥去它的树皮。“这一次不同。他们即使在海啸到来之前，成功转移了沿海区域的人口，可是，Na 落入大海后，很多海水会因此蒸发。这将造成高层大气云层密布，进而带来气候连锁反应。”他抬头望了一眼天空。“我们也许在很长一段时间内，都看不到像今天这样的天空了。况且，不是每家每户都建有温室大棚，供应日常蔬菜。”

“康斯托克也许能成功，对吗？”

爷爷和我对望了一眼。我们比包括我伴侣在内的大多数人都清楚眼前这种情况的原理，改变小行星运行轨道的任务实际上非常冒险。“没错……当然了，它还是有机会成功的。”爷爷安慰道，然后他丢掉手中的圆木，弯腰拾起链锯，“好了，快来帮我，这木头可不会自己锯断。”

我们又花了几个小时准备柴火，然后爷爷和罗伯特返回家中，开着卡车去乔妮和布雷特夫妇的家装载他们许诺给我们的瓦片。后来，我们帮他们打包干草，准备喂马的粮食，以此回报了他们的援助。在我们两家毗邻的山区草地上，长有很多高草，足够她家的 7 匹马吃了。如果阳光不够充足，我们无法为汽车和卡车的太阳能板充电，它们就是我们的代步工具。尽管没有人说出口，可是我们心里都清楚，如果我们的食物不够吃了，或者没有粮食再喂马了，乔妮最心爱的马儿们也许会成我们的盘中餐。

我将刚锯好的木头整齐地码成了一堆，正准备回房进屋做晚饭时，我听到了一辆汽车驶来的声音。它在道路的拐弯处，被一片树林挡住了车身，起初，我以为那是爷爷的卡车，这有点奇怪。他们需要时间把瓦片装上车，怎么这么快就回来了？等我看清楚，原来那是一辆大型的黑色跑车。

这里没人开过那一类车，于是我举起我的腕带电话，打算告诉我母亲。“我们有客人来了。”等她一接起电话，我便说出了这句话。我们经常提前告诉母亲有人来访，好让她有时间躲起来。我母亲从来不喜欢不速之客。

“好的。”她回复道，“等他们离开了，再告诉我一声。”

此时，我已经能看见它淡色的车窗和浅蓝色的公车车牌。我走到车道尽头等它停下来。司机一侧的车门开了，走出来一个身穿空军制服的年轻男子。

“有什么需要我帮忙吗？”我主动开口问道。

他看上去迟疑了一下，好像不确定我是谁。“你是钱德拉塞卡·斯金纳？”

真是一个奇怪的问题。很少有人把我认作母亲。我们是有几分相像，除非你很久没见过她，才有可能弄混我们俩，但大多数人是不会认错的。“不，我是她的女儿，达尼。”

他什么话也没有说，而是转身回到车旁，拉开后面的车门，和坐在后排的人说了几句。我听不清他在说什么。几分钟过后，又有两个人从车内走下来。一个是体格健壮、有着姜黄发色的女人，她穿了一套长裤装，与那辆车的司机一样，看上去是为政府效力的人。另一个是白头发、高个子、有些驼背的中年男子。他是最后一个下车的人，他盯着我看了好一阵，好像在等我说些什么。

“达尼，”最终还是他先开口，“你已经长大了。”

如果他没有开口说话，我也许要花好几分钟才能认出来，他是我的父亲。

1\2

ARKWRIGHT

此时此刻是14年来我第一次见到父亲，我不知道该跟他说些什么，而银河号飞船也在尝试修复它与地球之间的沟通问题。

蛛形机器人只用了数日就修好了激光天线，它只需要从船上备件供应处取一些额外的电缆，然后将其接到主总线上就好了。一旦激光发射器恢复了电力，这组设备将会重新部署在外部舱体，在那里进行一场快速测试之后，银河号的系统恢复了通信。

接下来才是最难的部分：银河号需要定位地球的位置以便恢复通信。银河号的启程地，连同太阳和其他邻近的天体，都已消失在飞船身后的锥形黑暗区域。由于飞船以0.5倍光速行驶，引发了多普勒效应，使得它们统统看不见了。更为复杂情况的是，断掉通信期间，飞船没有再接收到杜松岭发送的导航更新信息。所以飞船只能完全靠自己判断出地球的位置，再朝着精准的方向发射激光脉冲——这番功绩不亚于一个神枪手，用布蒙住眼睛，拿起一支大威力来复枪，瞄准10英里以外树上的一只麻雀。

幸运的是，银河号的量子人工智能有比神枪手更厉害的东西，包括详细的星球地图，内含银河系内已知脉冲星[①]的精确位置。每颗脉冲星发射出的射电波束频率都不一样，飞船因此可以将它们当作信标[②]，有点类似星际间的灯塔。配合极好的方向感，根据飞船当前的位置和预计轨道，以及飞船内部精确到以纳秒为单位的计时器，不仅仅是当前，银河号今后也能预测出地球和月球的位置。所有这些涉及一套非常复杂的四维并行运算，可它仅需两三分钟就能解决。

然后，银河号发出了一条信息，等待地球方面的回复。

---

① 脉冲星，周期性发射脉冲讯号的星体，20 世纪 60 年代天文学四大发现之一。

② 信标，用于确定船只、飞机或者航天器位置的无线电信标。

1\3

ARKWRIGHT

不止我一个人因父亲的归来而感到震惊。我的母亲步入客厅，发现她的丈夫——那个抛弃婚姻和家庭，被她视作已死去的人，正和我坐在一起。同时，房间里还有两个把他带回杜松岭的陌生人。她站在原地没有动，瞪大眼睛，不可置信地盯着他看。她似乎想开口说话，但又紧紧闭上了嘴唇，然后再度张开嘴；她呼吸急促，想开口却说不出来。她的身体左摇右晃，我担心她双腿发软瘫倒在地，于是，我从沙发起身，我的父亲也从他多年前常坐的扶手椅中站起来。

"金迪……我回家了。"他举起双手，一步步靠近她，"亲爱的，我真的，真的很抱歉。我——"

"你不要过来。"她伸出左手，手掌向前，"拜托——"她移开目光，手在颤抖，"不要过来。我不想……"

"妈妈？"我走向她，"妈妈，你还好吗？"这真是一个愚蠢的问题。她看上去当然不好。

"不……不……"她不再看向父亲和我，转身踉跄地离去。我的母亲已经很久没喝过酒，但是她刚刚的状态看上去和父亲往年夜夜从基克客栈醉酒晚归一样。"只是……你们让我单独待一会儿。"

然后她从刚进来的那扇门离开，跌跌撞撞地走回天文台。我犯了一个愚蠢的错误，我刚刚打电话喊母亲从天文台回家来时，没有告诉她是谁在客厅等她。我不是故意的，也不想对她说，“惊不惊喜！看看谁回家了！”我只是不知道该如何告诉她，父亲突然回来了，我想她最好能自己亲眼看到。结果证明，我只是自作聪明。

我看向父亲。他仍站在原地，脸色苍白，双手仍举着等待拥抱他的妻子。他看着我解释：“达尼，我不是……我没有……”

“闭嘴！”我长那么大，从来没有斥责过任何人，但在那一刻，我气得只想动手打他。不知什么原因，我还是控制住了自己。“坐下。”我指着他的扶手椅说道。“现在，你来说说……不，等一下。”我又举起腕带电话通知了爷爷。“快回家来。”电话一接通，我赶紧说道，“我爸回来了。”我没有等爷爷回复我，就挂断了电话。“好了，现在我们来谈一谈。”

“由我来解释可能会更好。”和我父亲一起出现的女子开口说道。她和那位空军军官一起坐在客厅的另一侧。“我是卡桑德拉·奥尼尔，这是空军上尉菲利普·詹森，我们是——”

“不，他先说，你们等一下。”我甚至没有看他们，我的注意力全在我父亲身上。“开始吧。”

父亲放下他还在举着的手，叹了一口气，缓慢地坐回椅子。“达尼什塔，我不知道从哪开始说起，但是……”他摇了摇头，“好吧，我尽力。”

14 年前，他和他在镇上遇到的一个女人——他甚至花了点时间才说出她的名字，莎莉·梅特卡夫，一起私奔了。他起初以为他可能离开不过几周时间，也许最多数月。他们的目的地是那个女人的家乡丹佛，据她所说，她在那里还有朋友、家人和工作，她跟他描绘了两人在丹佛未来生活的模样。

但是，他们想先来一次冒险之旅。在波士顿丢弃了汽车之后，他们登上了火车，肆意地周游全国，他们有时也会下车，去体验当地的夜生活。就这样，他们流连于不同酒吧，辗转于一个又一个汽车旅馆，他们在劣质餐馆吃饭，缓解宿醉。两人长期放纵，狂欢作乐，逃离他们抛下的一切。

说起来也可笑，或者可悲，我父亲竟然记不清楚那段时间了。我想断片也是旅途的一部分。等他再次清醒过来时，他发现自己身处丹佛的一所监狱里，他一点都不记得自己是怎么进了那里。不知道是在路途中的什么地方，莎莉离开了他，他身上的所有钱财也都不见了。从那以后，他再也没有见过她。

然而，对我来说最震惊的是，等我发现他彻底离开我和母亲的生活时，已有 7 个月过去了。

父亲被人发现躺在城中心一家漂泊者酒吧外边的人行道上，丹佛警察随后前来带走了他。不知是谁拿走了他的钱包和里面仅剩一点的钱财，他因此被指控流浪罪和在公共场合酗酒而入狱。他成了无家可归的人，雪上加霜的是，他在监狱里醒来的数个小时内出现了震颤性谵妄①症状。

"我被带到医院接受了治疗，那对我来说真是一件天大的好事，"父亲继续说道，"我离开医院后接受了法庭的审判，法官认为我更需要接受治疗而不是去蹲监狱。于是，我被送往了一家药物滥用中心，在那——"

"你始终没有告诉我，过去 14 年里，你一直在哪儿？"我并不想表现得冷漠，但我对他的话已经没有耐心再听下去，"你也没有提，你为什么要挑这个时候回来？"

① 震颤性谵妄，因戒酒引发的颤抖、寒战、心悸以及盗汗，或有高热、幻听幻觉、癫痫等情形，通常发生在大量喝酒超过一个月的饮酒者身上。

“我也许能回答你的问题。”爷爷突然插话。

他和罗伯特走进客厅时太安静了，我都没有留意到他们中的任何一个人回来了。父亲开口说话时，四处张望了一下。“你好，爸爸，”他轻声说道，“很高兴再次见到你。”

“你看起来不错，儿子。我希望你已经远离酒瓶了？”

“我滴酒不沾已有 13 年了。”

“很高兴听到你这么说。你的新工作如何？”

“我的工作还好，它已不是一份新工作了。”父亲微微一笑，“我来这里是为了——”

“等一下！”我先是盯着父亲，然后看向爷爷，“我听明白了，难道你一直都知道他在哪儿？”

爷爷慢慢地松了口气。客厅里已经没有空椅子了，所以他只好背靠着墙，双手环抱在胸前，“罗伯特，能麻烦你去泡些咖啡吗？谢谢。”罗伯特点点头离开了客厅，然后爷爷继续说道，“你父亲在接受治疗后不久就联系了我，他说自己想回家，可我不想他重蹈覆辙。”

“就是我之前犯下的事情，”父亲解释道，“如果我回家来，再次泡在酒吧成为酒鬼终究只是一个时间问题。”他说出这话时甚至不敢看我，“我很抱歉，达尼，我伤害过你和你母亲，所以我听取了你爷爷的建议，远离你们。”

“我没有让你或者你的母亲知晓此事，”爷爷继续对我解释，“你们当时都遭受了打击，需要时间来愈合。所以当你爸爸重新开始生活后，我悄悄地与他保持联系。等他做好了一切准备，我们再放弃折中方案……”

“我在外面待了两年半。我花了很长时间才彻底戒掉酒。”父亲停顿了一会儿，再次低头看着地板，“可当我成功戒酒后，我觉得自己再也无颜见你们。尤其在我对你们做了那么多的错事以后。”

"所以，我们决定，不如让他在西部重新开始生活，与过去做个了断。"爷爷看上去也有些尴尬，也许他也没料到会有这样一天的到来。"我给温斯顿·克罗斯比和玛莎·克罗斯比夫妇打了电话，请他们在加利福尼亚帮你爸爸找份工作，于是他们设法在加州大学戴维斯分校给他安排了一份职员工作。"

我张大了嘴巴，惊讶不已。"我差点转学去了那里。"

"我知道。"我的父亲慢慢地点了点头，"我原本期待你能来，如果你能来，我们也许能重新回到彼此的生活中。但是——"

"我遇见了罗伯特，留在了这里。"

"也许上天本意如此，让我与你保持距离。"他再次叹了一口气，"达尼，你不知道……你也无法知道……这对我来说真的很难。坦白来讲，我没有一天不后悔我对你和你妈妈造成的伤害。但是我真的很怕，我很怕如果我回到你们身边，最后又烂醉在基克客栈里。"

"好吧，所以你留在了加利福尼亚。这对你来说是个不错的选择。"我并没有打算原谅他，但我至少对他的长期缺席有了一点点理解。他也许是对的。他的离开给母亲带来了无尽的痛楚，如果他返回家后又开始喝酒，那也许会给她带来致命打击。"可是，你的解释并不能说明你为什么选择此时回家？"我看了一眼奥尼尔和詹森，"他们到底是谁？"

"我也想知道，"爷爷附和道。

"让我来介绍吧。"卡桑德拉·奥尼尔清了清她的喉咙，"斯金纳博士，斯金纳女士，菲尔和我来自国防高级研究项目署，你们也许听说过我们这个机构？"我点了点头，然后她继续说道："我们属于特别工作组，负责寻找阻止 Na 撞击地球的方法。我们来这里是因为马特联系了我们。"

詹森开口补充道："斯金纳博士忘了说明，马特过去十多年在加利福尼亚从事的是什么工作。他一直在参与克罗斯比夫妇主导的应用高能物理研究，贡献他在银河号项目中的经验，一同为下一代星际飞船努力开发另一种推进系统。我们要建一艘可以携带活人的大型飞船。”

“具体来说，我们正在研究核聚变引擎使用外星系资源的问题，”父亲解释道，“有人提议从木星的高层大气中提取氦-3[①]，或者是土星的高层大气；它的磁场相对微弱，更易获取。拥有一个像基金会那样强威力的激光发射器，是我们抵达外星系的最佳方式。整个银河号项目在建设时跨越了国界，不分彼此。”

“基金会的激光发射器还有其他用途，”奥尼尔补充道，“虽然这也是一次尝试，可是温·克罗斯比计算过了，用它去偏转 Na 的运行轨道是可行的。毕竟它有 120 太瓦功率，这可比索莱克斯联盟 38 吉瓦[②]的发射器强劲太多。”

爷爷轻吹了一声口哨表示惊讶，“真该死，我怎么没有想到可以那样？”

我没有说出来，可我知道原因。他有其他事情要烦忧，比如，他要苦恼与银河号失去了联系，他要照顾我的母亲，他不太可能记得他在我出生那天关掉了一颗微波卫星。“它还能用吗？”我问道，“它被关闭很多年了。”

“我们上个星期送了一组航天员去检查，”詹森说，“它的确需要修复，可它还能使用。它只能在这里才能被重启或者操纵，因为——”

“只有我们拥有那套操作系统。”爷爷替他把话说完。

“没错，这就是我回来的原因。”父亲看着我说道，“一旦我们重启了基金会的发射器，让它再次运转起来，我们就有可能用它将 Na 推离

---

① 氦-3，一种无色、无味、无臭、性质稳定的氦同位素，非常理想的核聚变燃料，安全、清洁、高效、易控制，产生的放射性物质微乎其微。

② 1 吉瓦等于 10^9 瓦特，即 1 亿瓦特，38 吉瓦等于 3.8×10^{10} 瓦特。

当前的轨道。”他耸了耸肩。“我的意思是说，它原本的用处是将一艘91米高的飞船速度推进到光速的一半，所以它应该也能推动一块直径数百米的大型笨重的岩石。它只需要让Na偏离轨道，那就足够了。”

“是的，我们也许能做到。”爷爷一边看向别处，一边缓慢地点着头，表示认可父亲的观点，“我觉得我们三个人足以让发射器完成它应该做的事，对吗，金迪？”

我朝着爷爷凝视的方向望去。我们中的任何一人都没有注意到我母亲已经回到了客厅。我不清楚她站在那里多久了，听到了多少我们谈论的内容。她没有开口说话，只是用阴沉和痛苦的眼神盯着父亲。我父亲也看着她，当他们的目光相遇时，她明显地表现出想退缩，但是这次她没有像我以为的那样逃走。

“很有可能。”她轻声说出口，声音低得几乎听不到。

1\4

ARKWRIGHT

这是我们最接近幸福的家庭团聚了。可眼下的情况是，我们每浪费一分钟，Na 离地球就又近了 720 千米，所以爷爷、母亲和我到现在还没有时间调整好心情接受父亲的突然归来。罗伯特刚端着咖啡回到客厅，奥尼尔和詹森就急着推我们前往中天大楼查看运行状况。因为基金会没钱定期升级设备，他们看到的都是一些由爷爷呵护多年的古董电脑，于是奥尼尔打电话寻求了外援。那天晚上，一架美国空军的自旋转翼机[①]降落在屋外的草坪上，飞机上携带着最先进的计算机和五角大楼[②]最好的技术人员。

从那时起，杜松岭和银河号项目落入了军队管辖范围。未经允许任何人不得离开，所有来自外部的电话和邮件都要经过审查。如果不是我爷爷阻拦，詹森将在通往天文台的必经之路上设置关卡，要是真的那样做了，杜松岭和军方定会招致不想要的公众关注度。除了乔妮，

---

① 自旋转翼机，是一种区别于固定翼飞机和直升机的旋翼类飞行器，外形类似直升机，但飞行原理更接近于固定翼飞机，大多以尾桨提供动力前进，用尾舵控制方向。

② 五角大楼，美国国防部总部办公大楼，因建筑物形似五角形而得名，也常用来指代“美国军事当局”“美国国防部”。

很少有人来天文台，如果克罗夫顿镇上有人看见军人蜂拥而至，那么他们每一个人都会知道发生了什么事。詹森勉强同意低调执行任务，这也是我们一贯的行事风格。我还特意去到乔恩和布雷特家中，请他们最近几日不要过来，我没有告诉他们具体原因，他们也没有过问太多。

我父亲和奥尼尔、詹森一起住进了平房，那间小屋自从克罗斯比夫妇多年前搬走之后就一直空着。我看他们不大会离开杜松岭半步。他们和我爷爷大部分时候都待在中天大楼里，不分昼夜地工作，当技师更换旧电脑时，他们要确保所有数据和操作系统都已成功地转移到新电脑上。与此同时，另一组技师在楼上修理碟形天线，让它重新恢复到正常工作状态。他们困了就在椅子上小睡，饿了就大口吞咽我和罗伯特从家中送去的三明治和汤。要不是天文台里有卫生间，我怀疑他们会冲着灌木丛小便。

起先，我母亲一直置身事外。第一天，她躲在楼上自己的卧室里，只在吃饭时间下楼。但是她对发射器操作系统的熟悉程度远高于我爷爷，所以他们请她加入工作团队只是时间问题。我的爷爷亲自上楼，敲开了她的房门，与她促膝长谈。等爷爷出来后，母亲跟在他的身后。她换了一身新衣服，还扎起了头发，她径直跟随祖父去了中天大楼，并不理睬我和罗伯特。

等他们走远，罗伯特转身对我说，“如果她想要谋杀你父亲，那些空军家伙会阻止她吗？”

“他们最好拦住，”我小声嘟哝道，“我是不会管的。”

然而，几个小时之后我去探访中天大楼，却看见我的母亲和父亲肩并肩坐在主控制台旁，为彼此念出检查清单上的信息，进行复杂的核验工作。他们没有真正地牵着手，但在那一瞬间，我感觉我父亲好像从来没有离开过。父亲的肘部不小心碰到了母亲，她立马缩了一下身子，我知道她不会那么快原谅父亲。

那天下午晚些时候，中天大楼恢复了正常运行，这一次我们不仅拥有了新的电脑设备，还有一个能与美国国家航空航天局数据库联网、调取其最新上传信息的操作系统。这真是莫大的讽刺。美国国家航空航天局已是一个空壳机构，它只不过在华盛顿地区有一个办公大楼，而阿克莱特基金会曾被美国国会立案调查，但是，世界的命运现在就掌握在这两个机构手中，它们一个是不受重视的联邦部门，一个是贫穷的非营利组织。如果杜莱议员仍在世，也能看到这一切就好了。可惜的是，他所在选区的居民让他下台之后，他没几年就因心脏病去世了。

正当地面上的中天大楼更新设备的时候，一支空间建设小队也在天上维修发射器，替换它因微陨石[①]撞击而穿孔的太阳能电池板，升级聚焦装置。地面的杜松岭团队已完成他们的工作，天上的维修团队紧跟其后，数小时之后也完成了任务。等空间建设小队一离开，母亲和爷爷就进行了一项测试，他们让发射器瞄准一颗 483 万千米以外、即将掠过地球的近地天体，以确保发射器能够再次发出高功率的微波光束。微波虽然无形，可卫星仪器仍能够记录它的轨迹，在它发射出去的几分钟之后，空间望远镜探测到那颗小行星表面升起了一股细小的羽流[②]。

成功了！发射器击中了它，可是没有人准备开香槟庆祝。击中一颗近地天体是一回事，击中 Na 完全是另一回事。然而，我的父亲拿出了温斯顿·克罗斯比团队的研究，最终的结果对我们可能有利。Na 既然是一颗 C 类小行星，它的地表深处很有可能含有气态氢、氧、碳，

① 微陨石，进入地球大气层，未被燃尽而漂浮其中的流星尘。

② 羽流，力学解释，一个局部热源上面有大片流体存在，则热流体将会上升形成狭窄柱状，此即羽流。

甚至水冰[1]的原始沉积层。如果我们的发射器能够穿透表面岩石，加热这些挥发物，理论上来讲，它们会冲出地表形成羽状烟柱，从而扰乱Na的运行轨道。

没有人能保证事情一定会如我们所预料的发展。但是，康斯托克仍然需要数天才能靠近Na，银河号项目的激光发射器寄托了我们最大的希望，不算是我们最后的机会。于是，我的父母、爷爷和卡桑德拉·奥尼尔决定，转动发射器，对准Na，锁定其位置，确保这颗小行星能被精确地追踪。

然后，他们启动了发射器。杜松岭的每一个人都屏住了呼吸。

---

① 水冰，由水或融水在低温下固结的冰。

1\5

ARKWRIGHT

你已经知道接下来的故事了。或者，至少你以为自己了解，如果当时你还活着，听到了新闻报道。可是你们不在杜松岭现场，你们并不知道故事全貌。这里是我所看到的全部：接下来的六天里，发射器追踪到了 Na 撞向地球的轨迹，它持续地向 Na 发射微波光束，同时炙烤着 Na 的表面。康斯托克与小行星保持了一个安全追踪距离，它的操作人员小心翼翼地避开微波光束的射击路径，同时不断地监测 Na 的位置变动，留心任何小行星运行轨迹或者地表的显著变化。在此期间，让我们回到地面看看。

我们在杜松岭，做我们最常做的事情——等待。尽管此次是为了不同的缘由。这也是头一回，银河号飞船被我们大家完全遗忘，我们现在无暇顾及它失联的事。

这些天里，我们中没有一个人睡过安稳觉。我们轮流在中天大楼值班，通常情况下，大楼里有两到三人值守。屏幕上显示着 Na 的位置变化，我们的工作就是死死盯着它。它看上去从未变动，但是我们始终密切地注视着它，希望此刻小行星能够偏离屏幕上代表着推断航线的虚线。有时，我的母亲和父亲会一起值班。起先，他们只对彼此说几句话，但随着日复一日地接触，他们之间的话开始多了起来。

一天晚饭过后，我离开家出去呼吸新鲜空气。太阳刚刚开始西沉，蟋蟀和树蛙此起彼伏地鸣叫着，好像在演奏一首夜间交响乐。我刚走到车道上，就听到来自院子一角的谈话声。我环顾四周，看到了我的母亲和父亲，他们正一起坐在一把长凳上，背靠枫树眺望山腰。我不知道他们在谈什么，可他们的谈话氛围是愉悦的，不是愤怒的……接着，我意外地听到了我以为我再也不会听到的声音。

我听见我的母亲在笑。

我没有发出任何声音，而是悄悄地转身走回了房子。第二天早上，我和父亲谈了一次。我就不在此详述细节了，我们彼此敞开心扉，谈论了很多事情。结束时，我用手臂环住他，久久地抱住他不松开。等我们分开时，彼此脸上都留下了泪痕。

我们终于再次成了一家人。

那天下午晚些时候，詹森冲进家里，当时其他人正聚在一起准备吃晚饭。他刚收到康斯托克的报告，他们观察到 Na 的表面喷涌出一股巨大的气态羽流，它刚好在小行星面对他们的一侧，还与地球呈垂直角度。每个人都放下了自己手中正在做的事，冲去天文台挤在控制台旁，研究开采飞船康斯托克传送过来的实时照片。几乎所有的图片都因拍摄距离遥远而模糊。尽管如此，我们还是能看出，一股喷柱正从 Na 身上涌出。康斯托克的质谱仪[①]分辨出，它是一股含有微量碳元素的水蒸气，很明显，微波光束击中了小行星的一处地下冰层，经过数天的努力加热，它最终以蒸气的形式喷射出地表。

在我们惊叹的注视中，Na 偏离了既定航线。

接下来是所有人都知道的事情：这颗小行星外部有持续稳定的微

① 质谱仪，将物质粒子电离成离子，并将它们分离检测其强度，进行定性、定量分析的仪器，得出鉴定样品中存在的化学成分的含量和类型。

波光束施压，内部有泄出的喷射气流，导致 Na 稍稍偏离了那条致命航线，三周之后，它有惊无险地掠过地球。它当时离地球很近，正好 210 000 千米，比地月距离的一半仅仅小一点——还好它足够远，没有被地球引力捕获而撞向地球。身处太平洋的天文台和在其后方支持的天文学家用望远镜观测到，黎明前的太平洋天空中划过一束亮光，持续时间不到一分钟，Na，走了。

但是我的父亲留了下来。

1\6

ARKWRIGHT

我和罗伯特也留在了杜松岭。

其实，我们俩没有理由留下来。我爷爷虽然年事已高，可现在我父亲回家了，他和母亲可以继续监测工作，期待有一天我们能和银河号再次联络上。可我不想离开我父母，他们现在仍在修复关系。再加上银河号项目现在得到了国防高级研究项目署的支持，有了丰厚的经济资助，我没有必要再回去教书。

于是，我和罗伯特卖掉莱弗里特的房子，搬到克罗夫顿，住进了杜松岭天文台的平房。我找到了一份新工作，在公立学校做线上教师。我们给罗伯特新建了一间工作室，这样他就可以继续做雕塑工作。他的工作方向从全息技术转向了老式陶瓷制作工艺，并且他做得越来越顺手。日子过得就像我们在伯克希尔县时一样，缓慢而优雅，季节轮回，岁月更替。

就这样，我们平静地踏入了 22 世纪。曾几何时，我一心想要离开杜松岭。Na 的到来，教会了我和其他人一件事：生命短暂，亲友珍贵。如果你发现了自己生命的真正意义，总是停留在一个地方又何妨。我现在明白了，我的命运归属之地是杜松岭，我再也不会嫌弃它。

我的儿子朱利安在几年之后出生了。又一次，一个助产士在家中接生了他。没错，这和32年前我母亲生我时一样，我们请到的还是同一位助产士。母亲、父亲、罗伯特还有乔妮，他们都陪在我的身边。乔妮不得不拽住罗伯特，因为他差点昏了过去。但是这一次，没有人再去山下的基克客栈喝酒。

事实上，我再也没有看到过我父亲喝过比咖啡或者冰茶更浓的饮料。自从他回家以来，他一直保持清醒。在他和母亲重归于好同寝一室之后不久，母亲说出了让我们所有人都惊讶的一句话，她在某个周六的早饭过后轻松地提了出来，她说她想去皮茨菲尔德购物。那是她那么多年第一次迈出杜松岭，我感受到她享受回归俗世后的每一分钟。

我爷爷和我们在一起过了很多年，他见证了朱利安第一次学走路。后来，他在某一个下午打了个盹儿，然后就离开我们去和奶奶团聚了。他的坟墓安置在离天文台不远的一处山坡，每过一段时间我都会去看他，更换他墓碑前的玫瑰花，和他聊聊我们的近况。

我们终于收到了银河号发来的信息。

那天，我把朱利安和乔妮的女儿凯特送到学校，刚刚回到家里。自从我儿子一出生，我就决定以后要让他和其他小孩一起长大，即便我和罗伯特每天都要亲自接送他。罗伯特从他的工作室冲出来，一把抱住我转起圈来，嘴里还大声嚷着。这时，母亲也从天文台走出来。她笑着告诉我：她刚刚收到银河号的信息，它的通信激光器出了一点小意外，已经修复好了，现在它正在前往格利泽667C-e的路上。

我真希望爷爷当时还在世，能亲自听到这个消息。他在临死之前都一直相信银河号的失联仅仅是暂时的，我们最终能够收到它的消息。有信仰是件好事情，关键是要一直相信。

我父亲回复了一个简短的确认信息，我们知道它可能要到达目的地，才能收到这条消息。事实上，那是杜松岭最后一次发送的信号。

我们没有必要再发出任何信息了。

然而，银河号仍在继续向我们报告日常情况。大概 20 年后，我们收到了它靠近厄俄斯的消息。在母亲去世后的几个月，父亲和我在中天大楼里收到了银河号已抵达格利泽 667C–e 的信息。飞船上的人工智能丢弃微波帆板，启动了磁性刹车装置，它现在正指导飞船近距离飞行，借助太阳风[①]和手动刹车进入厄俄斯的运行轨道。朱利安当时正在度蜜月，他听到这个消息后也很高兴。

10 个月后，父亲也离开了我们，这一次他去了一个没有人能跟去的地方。杜松岭现在只剩下我和罗伯特了，朱利安和他妻子克拉丽斯有时会来看望我们。我刚收到他的一封来信，信上说我马上要做奶奶了。这时，罗伯特走了进来，他手上拿着一份打印出来的纸，他冲我咧嘴一笑。我马上知道银河号来信了。

"它做到了，对吗？"我问道。

"嗯嗯。一切都在按计划进行。它还发来了这个。"

他把那条消息递给我。它很短，只有一句话：

"桑杰醒了，他向你问好。"

罗伯特将手搭在我背后的椅子上，身子靠近我的肩膀。"谁是桑杰？"他问道。

"一个我听父亲讲过的人，"我回复道，"很久以前的事情了。"

---

① 太阳风，太阳大气最外层的日冕，向太阳系各大行星和恒星，以很高的速度和不稳定的强度持续释放的等离子体流。

ARKWRIGHT

番外三

抵达

银河号作为地球的一颗种子，终于到达了它的目的地。

当飞船进入包裹着格利泽 667C 行星太阳圈[①]的最外层时，丢弃了原本作为推进装置的巨型微波帆板。帆板上布满了被小陨石撞击出来的孔洞，曾经银色的外表因辐射缘故，沾满了灰色的斑块，这让它看起来好像一颗巨大的平顶蘑菇。船上的人工智能系统操控着飞船，毫无失落感地监视帆板的脱落。帆板很好地完成了它作为飞船组件的任务，可现在它不再被需要了，可以丢弃了。

银河号装载的人工智能不是人类智能，它没有自己的情感，不会产生惊讶的感觉，它和人类计算时间流逝的方式也不一样。这个无名无声，却拥有认知能力的机器是量子计算机，是当时地球上最先进的人工智能，即便人类和大黄蜂之间的共同点都要多过与这个冷冰冰的自动机器。它所做出的观察、分析和决策统统基于一种纯粹的逻辑方式，它恪守造物主人类编写进它记忆核心里的条款和指令。与此同时，它也能独立思考得出结论，并按照自己的意志采取行动。

① 太阳圈，是包裹和保护太阳系内全部行星的一圈带有磁场的“气泡”，来自太阳的太阳风创建和维护这个鼓起的气泡，抵抗来自太阳系外的物质和辐射。

因此，当银河号抵达超过半个世纪航程的目的地——太阳系边缘时，它便不再只是一艘飞船，而是一个智能生物。不过，它不是血肉之躯，这一点既是它的长处也是弱点。

等帆板一脱落，飞船启动了船身中部的机动推进器，借此来了个180度大转弯，将船尾朝向原本的行进方向。等飞船一完成这些动作，位于帆板底部的小型鼓状舱体就会打开，露出来一个螺旋状的金属环。将其接入电缆网络后，磁化帆①将逐渐增大到它原来大小的数倍，等它完全地展开了，带电粒子将被引入金属环中。飞船借由在其周围形成的磁性气泡，捕捉和偏转格利泽667C的太阳风，从而通过反作用力产生制动效果。

不可阻挡地，银河号缓慢地从0.5光速的航行速度降了下来。减速过程中，船上的人工智能将反复启动机动推进器，微调航行方向，以便飞船找到进入格利泽667C星系合适的方向。银河号没有直接朝向它的目的地航行，相反地，它将前往最外围的行星，格利泽667C-g，别名盖亚。

银河号抵达这颗巨大多岩石的天体时，它的航行速度已下降了大半。它关闭磁化帆，给船尾的一个大型减速气球充气，这个气球将充当飞船的隔热罩。然后，飞船执行了一项复杂的行星气层减速操作，它需要通过减速气球降低下降速度，减少飞船对盖亚富含甲烷的大气层的摩擦。

银河号环绕着盖亚加速飞行，出现在该星球的另一侧。它成功地完成了两步减速程序，继续以缓慢平稳的方式，靠近格利泽667C星系内的其他星球。

随着飞船深入星系内部，舱内升起感应天线，开始仔细调查剩下的

① 磁化帆，利用太阳辐射出的带电粒子在固定磁场中偏转而将部分动量传递给航天器以获得加速度的一种推进方法，它也可以利用行星或太阳的磁场的斥力而获得推动。

7 颗行星，确认和更新地球上天文学家关于该星系的认知。按照人类的标准，格利泽 667C 星系不适宜居住。天蝎座最外围有 3 颗相互绕转的 M 型恒星，国际天文联合会将其主星命名为卡利俄珀，两个伴星命名为以太和巴克斯——卡利俄珀仅有太阳的 1/3 大，因此它的温度也要低一些。虽然卡利俄珀被称作红矮星，可它的颜色偏淡橙色，好像一盏需要更换的交通指示灯。此外，它 7 颗行星的轨道距离相距都不到一个天文单位的 60%，这相当于地球到太阳的平均距离，大部分行星距离主星不过 0.22 个天文单位；它们与卡利俄珀的距离，要比水星离索尔[①]的距离短。

然而，这就是它们仅有的相似之处了。卡利俄珀比索尔小很多，宜居带离太阳较近。盖亚最近的邻居——得墨忒耳，处于宜居带以外；还有两颗位于星系深处的行星，格利泽 667C-b 和格利泽 667C-h，它们分别名为博纳德和赫斯提亚，它们的表面太热了，无法储存液体。银河号通过服务舱内升起的远程仪器扫描得知，博纳德距离它的恒星仅有 0.05 个天文单位，这个星球上遍布活火山，地表温度极高，非常类似艾奥[②]。至于赫斯提亚，只有 0.08 个天文单位那么远，它不过是一颗燃烧过的小煤渣。

银河号放弃了对它们的观察，转而集中精力关注卡利俄珀看上去紧凑的宜居区域内的 3 颗行星。

格利泽 667C-c 和格利泽 667C-f，又名柯罗诺斯和福纳斯，它们分别距离恒星卡利俄珀 0.12 个天文单位和 0.15 个天文单位。它们都被称作超级地球，可它们比地球更大更重，地表重力也更强。此外，柯罗诺斯的地表温度太高了，而且，由于它受潮汐锁定[③]的限制，它的一个

① 索尔，即指太阳，罗马神话中的太阳神。

② 艾奥，伽利略所发现的木星卫星之一，它是离木星第五近的卫星，火山活动剧烈，因硫化合物呈红色和黄色，直径 3 630 千米。

③ 潮汐锁定，或同步自转，由于引力场强度不同所导致的，一个天体永远以同一面对着另一个天体。

半球始终面朝卡利俄珀，因此，它的二氧化碳大气层太稀薄，无法维持生命。福纳斯的情况也不妙。它也受潮汐锁定影响，虽然它的另一个半球温度凉爽、适宜居住，但是人类无法承受它地表的重力。银河号完成了对卡利俄珀及其行星的测量，毫不犹豫地淘汰了它们作为人类家园的候选之地。

但是厄俄斯……厄俄斯是完全不同的情况。

格利泽 667C–e 对银河号项目来说，一直是一个备受争议的目的地。事实上，自 21 世纪初人们发现卡利俄珀的行星系统不久后，第五颗行星究竟是否存在，备受争议，有些人认为厄俄斯是人们运用光学干涉测量法寻找行星过程中的一个误会。然而，人们通过更先进的轨道望远镜进一步观测之后，确认厄俄斯是真实存在的，它便立即排在了人类殖民候选星球的首位。

银河号靠近厄俄斯时，更仔细地探测了一番这颗星球。厄俄斯位于卡利俄珀宜居带的外围，它的轨道呈半椭圆形，直径达 16 951 千米，体积比地球大将近 1/3，表面重力是地球的 1.5 倍。这颗行星没有被潮汐锁定，它的自转周期为 26 小时，围绕卡利俄珀旋转一周所用时间为 62 天。厄俄斯的轨道有微小的偏心度，因此星球上有规律交替的四季，可是它的季节变化非常快——冬天，春天，夏天，秋天，每个季节只有 15.25 天。

厄俄斯的大气层稀薄，主要由二氧化碳组成。尽管如此，星球上还是有足够的氧气和氢气形成液态水，产生覆盖厄俄斯大部分星球表面的浅海区，两极周围有冰川环绕。因为它没有月亮，也就没有潮汐存在。然而，它有相邻的星球，这意味着当福纳斯和得墨忒耳升到地平线之上时，它的海平面也会有轻微的上升和降落。然而，厄俄斯星球上没有明显的生命迹象，更别提居住地了。它几乎没有光合作用的指征。大气中的二氧化碳很有可能是火上活动造成的结果。这是一件好事。目前所有的发现都预示，厄俄斯是一个无人居住的星球。

从地理上来说，厄俄斯与地球有些相似之处。厄俄斯的陆地部分主要由整块大陆构成，还有零星散落在各处的小岛和群岛。顺着山脉和裂谷，可以发现大量的活火山和休眠火山，暗示着这里的地质过去并不稳定。早在海洋形成之前，地壳构造运动就分割了大陆板块。赤道是全星球气候最温和的地区。银河号做初步调查时，在赤道南边暂时发现了某片沿海区域的大陆，近海处还有一些小群岛，这里看上去很适合作为殖民地。

远程观测仅了解到这么多。任务设计者在飞船离开地球之前都很清楚，银河号计划最终成败的关键点是在它抵达目的地之后。所以，当飞船启动推进器朝厄俄斯驶近，整个银河号计划进入了一个全新的阶段，它将决定银河号的创造者和他们后代的努力，是否是浪费时间。

又一次，银河号做了一个长长的浅俯冲，穿过行星的大气层，再利用隔热罩制动刹车。站在进入黑夜那面的大地上看去，这一艘降临的飞船像是一个火球，正飞快地划过黑暗的天空。银河号启动它侧面的推进器，现身于大气层中，它现在大致位于该行星赤道上方的同步轨道。

然后，银河号开始工作了。

它先是打开装有生物箱舱体的左舷，丢出来一个小型探测器。探测器坠入大气层后不久，抛弃外层的减速伞，打开了降落伞。随后，探测器缓慢地降落在某个软着陆点，其附近便是之前银河号暂时选定作为人类首个殖民地的区域。探测器在下降过程中，打开了五六个面板，以保护它的仪器组合。

接下来是很长的一段等待时间。时间对银河号来说并不重要，所以它几乎没有计算探测器所用的时间。它在大气中取样，从地表挖掘土壤，分析其构成，研究厄俄斯星球的化学组成和性质。它马上探知该星球有机分子的 DNA 是向左旋转的，这一点对厄俄斯星球未来的宜居性非常关键。如果它们的偏光性是向右的，那么，任何转移地球生物到此星球上的行动都是白费力气，因为即使是最简单的植物也会被厄俄斯的土壤毒死。所以，这是一个非常幸运的结果。

另一方面，探测器在做出这一判断时，也了解到厄俄斯星球上并非完全没有生命。作为一颗红矮星，卡利俄珀是一颗年轻的恒星，所以它的行星也很年轻。厄俄斯的本土物种还是原始状态，它们处于进化阶梯的最底层。然而，这里有苔藓、海绵霉菌、微小的蕨类植物群以及占据动物食物链的顶端的多足蠕虫和类似三叶虫的甲壳动物，证明厄俄斯星球并不荒芜贫瘠。

很多年前，阿克莱特基金会的科学家和任务设计者曾就这个发现带来的伦理问题，展开过长久而激烈的争论。银河号计划一直以来的意图，是将格利泽 667C-e 改造成一个虽然不像地球，但是能够养活通过生物工程制成的地球物种的星球：植物、动物，没错，还有人类。然而，为了让一个地球殖民地存活和繁荣起来，就宣告厄俄斯整个星球生态系统的死亡，这在道义上是正确的吗？没有人能给出一个简单的答案，人类在自己的星球上早已造成数百万植物和动物物种的灭绝。于是，他们做出了一项妥协。一切交由银河号飞船上的人工智能来判断，它早已被设定了一系列科学实验的规程，来辨明厄俄斯星球上的生命是否已充分进化，它的改造行动是否会带来种族灭绝？

如果试验结果是肯定的，那么银河号将停止行动，它最后一个动作将是通过激光向地球传送信息，22 年后，无论是谁在管理阿克莱特基金会，接到银河号的消息后，都会沮丧地尖叫。但是，人工智能依靠自身冷血无情的逻辑，仅在数秒之后就得出了一个否定的答案。

从那一刻起，厄俄斯的命运被永远改变了。

第四册书

▼

盖尔的孩子

1

ARKWRIGHT

桑杰·阿克莱特的母亲将要被送往炼狱之地普加托德里，时间是七月里的第二天，一个礼拜一。蔡尔德镇的天刚刚破晓，奥拉便被两个守卫押解着离开了家，他们沉默地直立行走在这个异教徒的两侧，他们要将她带往沙滩。桑杰和他的父亲戴奥安静地跟在他们旁边。两人用四肢着地走路，身上还驮着行李，尽量低着头，避免和镇上的居民有眼神接触。有人从自家的小屋和工场作坊探出头来，注视着即将被流放的奥拉经过他们的门前。

这一天对她的家人来说是耻辱之日，然而奥拉仍然挺直了身子走路。即使有一个守卫用棍棒戳着她的后颈，她也拒绝低下头，或者趴下前肢走在鹅卵石铺就的街道上。她直立着身子用后肢大步流星地向前迈步，傲慢地直视前方，无视围观她的邻居们。就这一点来说，桑杰为他的母亲感到骄傲。她遵循《盖尔经》的教诲，但绝不接受对她的羞辱。

一群信徒早已聚集在沙滩上围起了一个祷告圈。他们半蹲着组成一个半圆形，面朝西部海峡看向远方，以太和巴克斯刚刚从远处的流放海角岸边露出脸来。东面升起的橘色星球卡利俄珀，发出耀眼的光芒照亮了大地，人们低下头将前肢聚拢捧在胸前，众人齐唱从母亲和祖母那里流传下来的圣歌：

盖尔，我们的造物主，盖尔，我们的全知神，
请原谅我们的姐妹，她拒绝了您给予的爱。
盖尔，我们的造物主，盖尔，我们的全知神，
当您在高处观看时，请指引我们的姐妹……

奥拉和押解她的守卫到达沙滩后，他们的声音便沉寂了下来。如果他们期待奥拉加入祷告，那么他们肯定会感到失望。奥拉经过他们时甚至都没有看他们一眼，桑杰竭力让自己面部表情保持平静。

戴奥注意到了他的异常。“不要笑，”他对他的儿子耳语道，“你也不要站起来。每个人都在看着我们。”

桑杰没有开口回应，但他向父亲点了点头。他父亲说得对。此刻的气氛是悲伤的，也是危险的。大部分跟随他们来到海边的人都信奉盖尔，即便其中有些人是他们家的朋友。个别非常虔诚的信徒会向守卫报告他们轻微的不当行为。只要奥拉的家庭成员表现出任何迹象，执事们很容易判决奥拉的丈夫和儿子犯下了和她一样的罪行。上一次有一家人全部被送往炼狱之地普加托德里，这样的处置虽然让人感到难以置信，但是确实发生过。

瑞贝卡·赛丝，蔡尔德镇盖尔信徒教会的执事，四肢着地趴在奥拉的远行船旁，和她在一起的还有来自石头断崖、海景区、灯塔角等多处的执事，他们为了参加对奥拉的审判，跨越普罗维登斯大陆而来。两个守卫将奥拉引至执事们跟前后，就退到了两侧。他们笔直地站立着，将棍棒插入沙床。瑞贝卡用前肢撑着站起来，直视着奥拉的眼睛。其他执事也像她那样站了起来，众人静默许久，这期间只有清凉的晨

风吹乱了他们的斗篷。奥拉红色的发辫因兜帽滑落露了出来，她身上穿了一件守卫给她的黑色长袍。

瑞贝卡开口说话了。

“风暴纪的第一天，”她面向众人控诉奥拉的罪名，“盖尔从先民中挑出她的信徒，告诫道，‘你们要始终遵循我的教诲，听从你们教员的教导，按照我所说的去做，你们将活下来，质疑我的人则会受到应有的惩罚。’奥拉·阿克莱特，盖尔信徒教会的执事们经过调查，发现你居然质疑《盖尔经》，我们因你拒绝悔改，裁决你犯下了异端邪说罪。你有何要辩解？”

“我没什么好申辩的。”奥拉的声音中没有一丝悔恨之意，一如往常，有人向她提问，她就当面回复。“我没有罪，也没有冒犯之意。我只是说出了我所看到的……《盖尔经》里也没有说过它不能存在。”

瑞贝卡的眼神更加犀利。她伸手指向天空，“你抬头看看，那里除了盖尔和她的太阳，什么亮光也没有。即使是在夜晚，以太和巴克斯升起驱散黑暗，星星出现在天空中，盖尔仍旧明亮地待在原地。星星不会突然出现又消失，没有什么能够靠近盖尔。”

桑杰几乎是不太情愿地顺着执事瑞贝卡举起的前肢看向远方。正如她所说的那样，创世者盖尔几乎是悬停在他们头顶的正上方，它好像一颗永不会升起或者落下的明亮的星星，仿佛固定在天空中。自从盖尔携带被挑选出来的先民，从厄夫来到应许之地厄俄斯的那一刻算起，盖尔就保持这个状态。按照厄俄斯的历史记录已经有 152 六纪[①]。

除了傻子或者异教徒之外，没有人会质疑这一点。那些提出质疑的人都被驱逐出了普罗维登斯。他们被迫只身前往一个几乎无法生存的大陆，在那里度过他们的余生。

---

① 六纪，与后文的“三纪”一样，是当地的一种计时单位，当地人以“纪”为基本计时单位。——编者注

然而奥拉没有放弃她的主张。“我那时没有撒谎，我现在也没有撒谎。我在值夜班的时候，确实看见天空中出现了一颗新的星星，它在空中朝盖尔移动。”

“所以，你是在质疑盖尔的至上地位？她作为创世者，地位不容挑战。”

“我没有质疑任何事情。这不是一个亵渎神明的行为，执事，这是我的责任，报告任何不同寻常的现象。”

听到这句话，信徒们在沙滩上蹲下身子，哀号痛哭不已。瑞贝卡看见他们用前肢挡住耳朵，她厌恶地撇了撇嘴。她已经给过奥拉一个忏悔和祈求原谅的机会，结果换来的只是她固执的申辩，这和她在审判时为自己做出的辩护一模一样。桑杰再一次为他的母亲感到骄傲，他内心翻腾的这股自豪感超过了此刻的悲伤。他的母亲从来不是一个会打退堂鼓的人，她现在也不打算服软。

然而，她的勇气没有得到同情。其他三个执事放低身子聚拢在一起，他们将前肢捧在胸前，瑞贝卡从她的斗篷下面拿出一把象征她身份职责的刀，她一直随身携带着这把大白刀。它与巨大的盖尔石是同一类材料，圣坛里的教员身穿的变形机甲也拥有同样的材质，它们是在风暴纪到来之前为数不多的遗留物，也就是在那个时候，被选中的先民第一次从厄夫迁来厄俄斯。瑞贝卡左手紧抓着那把黯淡无光的刀片，将它举过头顶，她缓慢而庄重地说出每个人都期望听到的话：

“以厄俄斯的创造者、我们子民们的母亲盖尔的名义，我判决你——奥拉·阿克莱特，驱逐之刑。但愿盖尔许你安全抵达炼狱之地普加托德里，你将在那里度过余生。”

然后，她拿着刀走到奥拉跟前，快速地在奥拉的右脸划了一道。桑杰的母亲因疼痛抽搐了一下，但她没有因刀锋划破脸颊而哭泣。她脸上留下的这一道伤疤，将表示她要作为一个被驱逐的人度过余生，今后，倘若她要返回普罗维登斯任何一个群体生活，她脸上的疤痕都会让人认出，她曾被神明抛弃过。只要奥拉再出现在岛上，她就会被判处死刑。

瑞贝卡转过身背对她，直立着身子走开。“你们现在可以跟她告别了。”她大步经过戴奥和桑杰面前时，她轻声对他们说了一句，“要快一点！”

桑杰和他的父亲是唯一可以接近奥拉的人。按照惯例，其他所有站着目睹过仪式的人都要转过身背对着她。桑杰穿过人群时，瞥见了凯乐·大友。她的黑色长发垂落脸庞，挡住了她的表情，然而她还是注意到了桑杰的目光，她轻轻地朝他点点了头。然后，她也背过了身。

戴奥挺直后背，放下腰包，露出腹部。腰包里面装满了衣服，还有两个打火机、一些渔具和一把他最好的小刀，这些东西已得到了守卫的允许，可以拿给被判处驱逐之刑的人。奥拉从他那里接过行李包，她的丈夫帮她擦去了脸上的鲜血，他张开双臂将她拥入怀中。桑杰听不清他的父亲对母亲低语了什么，但是他看到母亲的眼中含着泪水，这就足够了。过了一会，戴奥放开了她，接下来，桑杰要和母亲告别。

“奥拉……”

“没事的。一切都会好起来。”

他没有想到还能看到她苍白脸上的笑容。她接过桑杰腰间的包裹，里面装满了他从家中碗橱里拿来的食物，她把它放在了地上，挨着他父亲带来的腰包。

“我比你还伤心，”她开口安慰，“我不能见证你和凯乐的结合仪式了，但是——”

“这不公平！”

“嘘！小点儿声。”她的视线越过他的肩膀，警惕信徒或者守卫偷听他们的对话。“当然了，这不公平。我只是在履行我的职责。但是守卫们也有他们的职责，瑞贝卡她——”她又笑了起来，可这一次带有几分讥讽，“好吧，如果冬天来晚了，她也会说那是因为亵神之举造成的。我唯一的罪过是我在开口讲述那件事时，没有认识到这一点。”

桑杰想要开口说些什么，可她张开手臂将他紧紧抱住。“这不是结束，”她低声说道，“我们还会再见面的。”

桑杰心里清楚那是不可能的事。一旦有人被送到了普加托德里，他就无法再从西部海峡的另一侧返回。他的母亲也许还不肯面对现实，或者她说的是执事口中的来世，信仰盖尔的人相信他们死后能相聚。所以，他只是点点头回应，他告诉母亲自己爱她。奥拉拿起他的鱼骨刀，割下了他的一缕红色头发带在身边。接着，一位守卫走上前来，不耐烦地用棍棒敲击沙地。

她该走了。

双体游艇上设备齐全，船身坚固。船的舷外托架船体由经过加工处理的伞棕制作而成，主帆由竹丝编织而成。桑杰在朋友约翰·桑亚尔的帮助下亲手制作了这只小船。他们完成此项工作时，奥拉正被软禁在家中等待其他执事前来，参与一场几乎可以知晓结果的审判。他们从春季渔猎季节里挤出时间，迅速而又小心地为奥拉制作出远行用的小船。造船大师科迪·罗伊斯没有反对两个男孩在渔猎船队的紧要时期，溜走好几日不工作。作为桑杰的导师，他清楚为母亲造船这件事对桑杰有多么的重要。

尽管桑杰没有得到全力支持，可当他悄悄地将一支鱼叉藏在船桨下面时，也没有人表示反对。奥拉横渡海峡时不太可能遇到海中巨兽，鲸鱼常在夜间活动。黎明正是退潮的时候，这也是为什么受到驱逐的人要在此刻离开。避开水中怪兽于夜晚涨潮浮出水面捕猎的时间，他们才有机会活着抵达流放海角。无论如何，如果奥拉在旅途中遇到了巨兽，鱼叉可以起到一些防护作用。

奥拉和普罗维登斯的所有居民一样，是熟练的水手。船上装载好了行李包裹，她没有马上扬帆出发，而是用船桨将小船推离沙滩，缓慢驶入蔡尔德镇港湾。为了表示对奥拉的敬意，没有渔船在该出港的时候启程。船员们站在附近的码头上，默默地等待奥拉划桨离开，祝愿她能够横渡 60 千米最终到达主大陆。

奥拉终于放下舷外托架升起主帆，她坐在双体船尾部，身影看起来很小。主帆迎着晨风展开时，瞭望塔响起了一声长长的钟声。每当有岛民被驱逐流放，这是一个常用的信号。钟声回荡在水面上，奥拉举起她的一个前肢，向家人最后挥了挥手。

桑杰和他的父亲做了同样的挥手动作，然后他们一起站在海岸边，静静地等待，直到奥拉的船消失。

2

ARKWRIGHT

在接下来的数天里，桑杰尽可能地将母亲被驱逐一事抛诸脑后。夏天还有两周就结束了，季节交替之前，他手头还有很多农活要做：捕鱼、晾晒、存储、播种和照料春播作物以及修缮房屋和船只。他和他父亲将奥拉的物品储存了起来，他们做不到亲手焚烧她的衣物品。通常一家之中若有人被送去了普加托德里，他的家人则要焚毁他的所有物。这对父子接受了那些怀有善意的人们的同情，但是，他们仍然需要时间来适应如今空荡荡的房子。那些消失的笑声，饭桌上的空位……无论何时他们回到家中，过往都在眼前萦绕，久久不能离去。

桑杰并不想去圣坛参加七月仪式，但是戴奥坚持要他一定出席。如果他没有露面，爱打听别人私事的信徒就会猜测：奥拉的儿子是不是和她一样，怀有亵渎神明的信仰。戴奥可能不是特别虔诚，但他是一个严格遵守教规的教徒，他们最不想引来守卫的关注。所以，礼拜五早上，他们跟随其他信徒一起前往位于镇中心的穹顶神庙。他们二人先是恭敬地面向那株生长在圣坛周边，令人畏惧的起源树鞠躬行礼，然后进入圣坛后面的房间，他们并排坐在地面铺着的席子上，尽可能地忽略周围的人投过来的好奇目光。瑞贝卡正站在圣台前，变形机甲外形的神龛中央立有一块了无生气的盖尔石，她低声重述着盖尔如何从厄夫可憎的地狱搜集了天选之子的灵魂，她带着 22 个引火物和一半的人穿过黑暗来到了厄俄斯。桑杰走神了，仔细观察起立于圣台后方托儿所里的教员。

孩童时期，桑杰常常好奇为什么教员长得不像蔡尔德镇上的居民或他们的后代。他的个头比一般成年岛民要高，腿部的膝盖奇特地可以朝前接合，下肢的脚趾之间没有蹼。他的双臂交叠在胸前，比下肢短一些，然而他上肢的手指很长，手指之间也没有蹼。他的脖子短得恰到好处，正好撑起一个没有头发的脑袋，他的面部毫无特色可言：一双永远睁着的眼睛，嘴部没有双唇，挺直的鼻子底端没有鼻孔。再有就是，教员身穿一件用覆盆子染成紫色的华丽锦缎长袍，每一个小孩都曾在圣坛仪式结束后，悄悄地溜进托儿所内掀起过它衣角的一边偷看他的下体，他们都知道教员那里没有阴茎，双腿之间光滑平坦。

《盖尔经》解释了造成此种差异的原因：教员的模样是造物者盖尔特意按照统治厄夫的恶魔的样子来设计的，想要以此方式提醒蔡尔德镇居民，他们从何处而来。这也是为什么教员的身体由盖尔石制成，而不是寻常的血肉之躯。按照历史记载，教员和信徒们是在大风暴来临之前逃离主大陆奔向了普罗维登斯，只有不忠之人被留下了；因为他们不听盖尔的警告，他们的土地很快将被暴风和洪水侵蚀。这些内容每个人都曾在学校学习和背诵过。

近年来，教员不再移动或开口讲话。他的身体虽然不会腐烂，但依旧被保存在圣坛之中。他和变形机甲、盖尔石都是圣物，它们是风暴纪的遗物。在瑞贝卡的布道中，她经常预言教员有一天会再次醒过来，到时他将带来关于《盖尔经》的新阐释，可是桑杰暗中质疑那种情况发生的可能性。如果瑞贝卡的预言成真，桑杰期望自己到时也在场，他很想看看一个四肢和手脚畸形的人如何走路。

自从奥拉离开以后，凯乐有意地与桑杰保持距离。他虽然很想她，可他理解她为什么疏远自己。她的父母爱子和杰克的信仰坚定，他们不愿自己的女儿和异教徒的儿子交往，这一点情有可原。然而，凯乐并不像她的父母那样忠诚地信仰盖尔，她只是尽己所能地追随盖尔，顺应世俗。他很少能见到她，有时是在镇上碰见，更多的时候是在清晨的码头擦肩而过。桑杰是一个造船师，他的姓氏是在他父亲和母亲结合后取的，它源自一个古老的英格利斯单词，意为造船家。而凯乐则从小被训练成为潜水员，她要下沉至海峡深处，捕获栖息于海床的食腐兽。每当两人相遇，他们会冲彼此微笑，挥手打招呼，这意味着她仍挂念着桑杰，如果她的父母允许，她会立马回到他的身边。

另一方面，戴奥躲起来不愿见人。七月已过去，八月、九月相继到来，桑杰眼看着父亲日益消沉却无可奈何。他很少说话，更别说是和自己的儿子沟通了，他每日遵循着无聊的作息——起床、吃早饭、打开木工铺子迎客，在店里忙活一整天，然后关店、回家、吃饭、上床、睡觉。虽然他和奥拉的婚姻仍在持续，但在人们眼中，他们的那段关系已名存实亡。别的女子可以将他视作合适的求婚者，如果他愿意，他也可以和她们结合让她们冠以夫姓。可是，戴奥年近中年，蔡尔德镇上的女子不见得愿意找他做配偶，尤其是他曾有过一个异教徒妻子。所以，桑杰只能眼看着父亲颓丧萎靡，自己却无力疏解他的苦闷。

桑杰不止一次怨恨过母亲，为什么不隐瞒那晚她值夜班时看到的异象。他开始怀疑她可能是眼花了。在夜晚见到一道光痕并不稀奇。小型岩石有时会从天空坠落，世代相传的古老英格利斯智慧，将它们称作陨石。也许奥拉看见的是类似陨石的东西，而她误以为是一颗正在移动的星星。执事委员会召唤她时，奥拉发誓说自己看到的是其他东西，她是一个聪明的女人，不太可能认错陨石。无论如何，桑杰这一次很想知道，他母亲到底是不是一个傻瓜或是一个异教徒，即便执事们早已宣称她是。

当九月的第三周，也就是夏季的最后一周来临时，再次轮到桑杰值夜班。加思·科因——桑杰的伯伯和蔡尔德镇的镇长，特意在那天下午来到船厂，告诉桑杰如果他不想去值夜班，可以不用去。加思能找到别人代替他，桑杰可以在三周后再去值守十二月里的第三周夜班。

加思当然是出于好意。守夜人的部分职责是留意任何试图从流放海角穿越海峡的人，无论是一个基于邪恶目的试图绑架岛民的罪犯（这是信教徒们对村庄偶尔有人消失不见的解释），还是一个流放犯想方设法地要返回镇上。加思是一镇之长，但他也是戴奥的哥哥，所以他比大多数人更能体会到桑杰的心情，此时若要桑杰去守夜，无疑是让他在站岗期间防止自己的母亲回家来，这是一个多么讽刺的安排。然而桑杰拒绝了他的好意。桑杰不想让任何人认为，他不情愿承担那一个导致奥拉堕落的值夜任务。

那晚，桑杰站在木制的瞭望塔焦急地望向天空，期待能够看到奥拉口中所说的那颗神秘星星。然而，卡利俄珀下山之后，厚重的云层迅疾聚集起来，他只能看到它在远处的同伴以太和巴克斯穿过阴云漫射的光芒。即使是盖尔，他也看不到了。他唯一看得到的光亮，来自漂浮在海湾的夜明蚌。桑杰一无所获地结束了守夜，在他站岗期间值得报告的有趣事情，不过是一只海中巨兽在礁石群不远处跃出了水面；随着夏天即将结束，海水变得寒冷，值夜人经常可以在普罗维登斯海滨看到捕食者们。

他已接受自己再也不会见到母亲这一事实时，凯乐在第四个周的周三的早上找到了他。当时，他正坐在一条独木舟旁，修补主帆上的一个裂口，她趴在地上用四肢行走，穿过整片沙滩来到他的身边。

“瞧，桑杰。”她开口打招呼，“你最近过得怎么样？”

桑杰抬头看向她，对她若无其事的问候感到惊讶。她整个季节都没有跟他说过话。他的大部分朋友都疏远了他，可他最为想念的是她。夏天是一个和恋人躺在一起的好时节，而他的床铺因为少了她变得寒冷孤单。桑杰后来想过，分开对她来说也许是一个好结果，可她现在突然出现在自己身旁，一下让他措手不及。

“我过得还不错，谢谢惦念。我正在修补这条船。”他假装她的出现对自己来说无关紧要，但是，当他试图用鱼骨针将线穿过帆面打补丁时，他的前肢滑了一下，右手食指被刮伤了。

“噢……当心一点！”他疼得发出“嘶嘶”的声音，凯乐惊呼起来，“来，让我看看。”

不等桑杰拒绝，她俯身靠近拿起他的手，温柔地放入自己的口中。她含着他受伤的手指，嘴角露出一抹狡黠的笑容，眼神中闪现出调皮的神情，她在用温暖湿润的舌头挑逗他的指尖。桑杰感到情欲涌动。他紧张地侧了一下身子，暗自希望她不会注意到自己的变化，但是即使她注意到了，她也没有任何表示。

“好了。”她把他的手指从口中取出，“你感觉好些了吗？”他点点头，她笑了起来，“所以我在想，你今天要不要和我一起去潜水？”

“潜水？”他之前也有过潜水经验，但是那和凯乐被训练的潜水方式不一样。“为什么？”

“仅仅是因为，”她耸了耸肩，“我们很久没有见面了，我想……好吧，也许我们能通过这样再回到从前。”她又笑了笑，“还有，我的组进度现在有点落后，我想请外援来帮帮忙。”

桑杰看向倒放着独木舟的龙骨。科迪蹲在附近某处，他和约翰忙着一条新船的完工。桑杰都不用开口问他们是不是偷听了他和凯乐的交谈内容；科迪和约翰彼此交换了一个有好戏看的眼神，然后他的导师点了点头。

“没问题，你去吧。我们来照看今天的工作。”

桑杰犹豫了片刻。“好的。我很乐意和你一起去。”他撇下没有缝补完的破洞，再从身上的背心里取下工具包交给约翰保管，“我跟在你后面。”他说。凯乐再次笑了笑，然后转过身带着他四肢着地走向附近的码头。

凯乐停下来让他赶上自己，然后站直身体，用前肢搂起桑杰。起初，他还以为她只是在撒娇，他站起身来好让两人挨得更近一些，看起来，她是要给他一个吻，可她只是凑到他的耳边，用只有他才能听到的声音说了一些话。

“我需要告诉你一些事情。”她低语道。

“什么事？”桑杰瞥了一眼周围，看附近是否有其他人。

沙滩上并不是只有他们两个人，他们身边不时有人经过。此时此刻的海滨总是很忙碌。

“不在这里说。”她轻柔地说，“等我们出海了，就没有人能够偷听了。”她接着停顿了一下，以更平静地口吻说，“奥拉看到的，我也见过。”

3
ARKWRIGHT

捕鱼船在港口里暖和的蓝色水面上晃动，6 艘独木舟收拢船帆放下了船锚。夏末时节，船队有必要冒险航行去往离海岸远一点的地方，这样潜水员才能捕获更有价值的海产。因为上一纪出生的面包鱼和食腐兽需要在接下来的秋季、冬季和春季里生长九周时间，其大小才能达到捕捉要求，所以船队必须散开工作，队员们才能带回体面的收获，这为凯乐和桑杰的谈话创造了良好条件，起码不容易被偷听。

不过，桑杰费了好大劲儿才忍住追问凯乐，她所说的究竟是什么意思。她的船上还有两个人。塞拉·贝莉是一个三纪之前才成为潜水员的年轻女孩，不是特别外向，喜欢独来独往。而拉莫斯完全是另外一回事儿，他被任命为船队的守卫，负责监督渔民，帮助他们在工作期间保持心灵纯净。事实上他是瑞贝卡的儿子，这一点让他变得更危险。凯乐和桑杰必须当心点。

于是，当他和凯乐用桨划出港口时，特意和塞拉闲聊了几句，他们也没说多么重要的事，只是为了冷落拉莫斯。船只距离分隔港口最外围与西部海峡的暗礁有半公里远时，拉莫斯喊停小船，让船员们放下帆抛出船锚。此时，他们的船离下一艘最近的小船相隔有 100 多竿，这一距离满足了他们所要的隐私空间。

桑杰看着凯乐站直身子，脱去了身上的披肩，然后她像是又想到什么似的，脱掉了露背衫。现在她的身上，除了一条丁字裤能遮住一点点隐私部位外，其他什么也没有穿。他从没忘记过她的美丽。橘黄的阳光洒在她浅棕色的皮肤上，她犹如盖尔一般光彩照人。桑杰脱下背心和短裙后，庆幸自己还穿了一条丁字裤。塞拉年仅 16 个六纪，身体还没有发育成熟，不像 22 个六纪的凯乐那么有女人味。

拉莫斯坚守自己作为守卫的职责，假装不去关注任何一个女子。他等待所有人扣好潜水安全带、别好刀鞘、拿起收集用的编织袋。“好了，你们出发吧。”等他们一切都准备好，拉莫斯发出口令，“祝你们有一个好收获！愿盖尔保佑你们平平安安。”

“谢谢你的祝福。”凯乐将前肢举到肩部，然后头朝下地扎入水中，溅起小小的水花后，就不见人影了。塞拉随后从小船的另一侧跟随她跃入水中。桑杰多呼吸了几口气，好让空气填满肺部，然后他以不太优雅的姿势加入了她们。

一入水，他本能地眯起眼，合上防水的瞬膜[①]保护眼睛。感谢智慧的盖尔赐予她的孩子们此项身体机能。与此同时，他的手掌和脚趾之间纷纷张开蹼，这一器官让他的族人游得又快又省力。虽然他不像凯乐和塞拉是专业的潜水员，可他一次也能在水下待上三到四分钟，这些时间足够他下沉到有 20 竿距离的水底。阳光变暗了，他仍能看清凯乐正朝着海蕨丛林游去，海蕨遍布整个港口的海床。

那里也是他们搜寻食腐兽的地方。食腐兽是形似蜘蛛的甲壳动物，常在海蕨丛中觅食，依靠沉到海底的夜明蚌、面包鱼和其他浮游生物的死尸为生。食腐兽擅长隐藏，捕获它们可不容易。凯乐在这一点上

① 瞬膜，脊椎动物中的某些软骨鱼、无尾两栖类、爬行类和鸟类等所具有的一种半透明的眼睑，称“第三眼睑”。瞬膜可以遮住角膜以湿润眼球，且不影响视线，因此有保护整个眼球的作用。

比他厉害，他仍在苦寻一只的时候，她已经搜集到了两只，当他好不容易找到一只小体型的甲壳动物，拿给凯乐看，她却摇了摇头表示太小了，放了它。

这时，他的肺部开始胀疼，于是他跟随凯乐往回游，看着她将编织袋扔到船上，从拉莫斯那里又领了一个袋子。食腐兽暴露在阳光下没多久就死了，但这并不影响它们甲壳之下柔嫩的肉的口感。凯乐和桑杰花了一两分钟吸气填满肺部，之后，他们再次潜入水中。成群的面包鱼偶尔游过他们身边，他们并不在意，还是把它们留给其他船上放长线垂钓的队员吧。不过，他们尽量避免靠近礁石，因为那里是海刀巡逻的区域，任何胆敢冒犯它们领地的人，它们都会毫不留情地展开攻击。

接下来的几个小时中，他们做了七次下潜，每两次或者每三次停下来，爬上船躺着歇息几分钟。桑杰留心观察到，塞拉离船越来越近，而凯乐却逐渐将他领向更远处。拉莫斯当然期待她这么做，他才不在乎他们要多游几竿距离才能再上船。那天早上晚些时候，他打算就在船尾躺着，用手臂挡住阳光，眯上一小会儿。

最后一次潜水时，桑杰抓到了一只大体型的食腐兽，令他感到惊讶的是，当他举给凯乐看时，她依旧摇了摇头。她指了指水面。他抬头看去，现在这里已看不到船的龙骨了。他明白了她的意思，放生了那只食腐兽，紧跟着凯乐浮出水面。

等他们一出水，她就朝他划过去，将前肢搭在他的肩膀上，拉近两人的身体距离。凯乐此番举动让桑杰感到喜出望外。“吻我，”她低语道，他很乐意听从她的话。“不错。”他们一分开，凯乐开口评价道，“现在，抱紧我。所有人都会认为我们是在亲热，这样他们就不会来管我们了。”

此时，他差不多都忘了她喊他来潜水的原因了。“我们不能两件事都做吗?”他询问。与冰冷的海水相比，她的身体很温暖，他能感受到自己的前肢因愉悦起了一层鸡皮疙瘩。

“也许晚一点。”她推开他的前肢，嘴角露出一抹狡猾的坏笑，“就现在而言，你只要听我说。那晚，我正在值岗……”

在凯乐的允许下，桑杰亲吻着她，而凯乐则以一种隐秘的语调，悄悄地讲述了她前一晚在瞭望塔的经历。当晚夜空明亮，不像桑杰值守的那一晚有云层遮蔽而无法观测天空，但是她并没有刻意寻找异常现象。然而，在夜最深的时候，以太和巴克斯正要东沉，卡利俄珀还没有从西方升起，凯乐注意到天空最高处有一处不寻常的移动。

“有一颗小的星星，飞快地从东边移到了西边。”说完，凯乐抬头看了一眼天空，“它径直奔向盖尔，它起先速度很快，接着……”她迟疑了一下，再次低头看着桑杰。

“接着，怎么了?”他问。

“它减慢了速度，然后……桑杰，它和盖尔合为一体了。”说这话时，她睁大了眼睛，嘴唇不停地颤抖，“它们看上去像是合二为一了。短短数秒，它们一下子变得很亮，然后，盖尔就恢复了正常。”

他对她的身体失去了兴趣，他收回自己的前肢，在身侧来回摆荡，保持身体的漂浮状态。“怎么可能——”

“这还不是全部。我一直盯着，等它再有动作时，天已经快亮了。那颗小星星再次离开了盖尔，朝它来的方向返回，但是这一次，它没有消失在地平线，而是开始加速行进，它变得越来越明亮，直到身后形成一条光尾。我还听见了雷声，好像一场风暴要袭来，可是天空中并没有云。然后……”

凯乐再次转移了视线，不过这次她不是看向天空而是西边，“它落向了那里。”她轻声说，桑杰顺着她的目光，发现她盯着的远方灰线竟是流放海角的海岸。

“炼狱之地普加托德里?”他几乎无法相信她所说的话，“你确定?”

凯乐怒视着他。“当然了，我非常确定!”她急促地喊，她游向桑杰时，嗓音提高了一点，“我告诉你，我看见了——”

她停了下来。她和桑杰一样，想起奥拉在执事面前为自己辩护时，也曾说过一模一样的话。桑杰在瞭望塔待过很长一段时间，他知道从那里看流放海角的景色美极了。在普罗维登斯，除了北面的石崖峭壁、望山的顶峰和岛内森林内部的圆顶山，再也没有比瞭望塔更高的观察位置了。的确，岛上曾流传着一个说法，在晴朗的夜晚，从上述那些地方可以看到主大陆闪烁着微弱的灯光，这表明被驱逐到那里的人至少有一些还活着，他们在炼狱之地挣扎着生存，而盖尔也正是从那里拯救了她最虔诚的追随者。

“我相信你。”他轻声说，朝她划近了一点，“听起来，你和我母亲看到了一样的异象。至少，它们是类似的东西。”

“不。我比奥拉看到的更多。”她看了一眼他的身后，又把前肢搭在了桑杰的肩上。“吻我，”她低声说，“拉莫斯在往这边看。”

再一次，他们吻在了一起。然而，桑杰这一次只感受到一点点愉悦。他在想别的事情。“你告诉过别人吗?”他轻声问，他的脸贴着她的湿发。

“没有。”她叹了一口气。尽管水温变暖和了，但桑杰感受到她在颤抖。“看到奥拉的下场后，我怎么敢告诉别人?”

“当然。”凯乐谨记《盖尔经》的教诲，她不会重蹈奥拉犯过的错。瑞贝卡绝不会容忍第二次亵神行为。桑杰想知道是否还有其他人像凯乐一样最近在值夜时看到了相同的异象，但因为害怕像奥拉一样遭到驱逐而保持了沉默。可即便他们看到的是相似景象，凯乐和桑杰也无从得知，除非……

“我们只有一个办法能够知道。”他不假思索地轻声说道。

凯乐直视着他。“什么办法?”她随即理解了他的意思，吃惊地张大了嘴巴，“不……不行，你不能当真。”

她说得没错。当这个想法从脑子里冒出来时，桑杰马上决定放弃。除了被执事们赶出普罗维登斯的人，没有人冒险穿越过西部海峡。事实上，除了渔民和乘帆船来往于沿海村庄的人，无人被允许离开小岛。居民们对厄俄斯其他地方的了解来自一张属于第一代蔡尔德人的古老地图，它经由数代人保存流转至今。他们形容世界大陆被大洋分割成了不同地区，普罗维登斯是赤道附近群岛中最大的一座岛屿，它离一个地貌形似小圆肌的海岸很近。盖尔禁止探索远方大陆，所以她的子民对世界上的其他地方一无所知。那张地图由执事委员会严密保管，很少有人能看到。

“是的，你说得没错。”他摇了摇头，“我们不能那么做。我们——”

一声尖锐的哨声从他们的船上发出，拉莫斯的喊声随即穿过水面而来，“行了，你们两个，够了。快回来工作!”

塞拉也在喊他们。“没错，你们要适可而止!”她像个孩子一般，幼稚地朝他们喊话，“桑杰，你有本事把她带到你的床上去。”

凯乐勉强地挤出一个笑脸，举起她的一个前肢示意，但是桑杰不打算就这样放手。“她的建议不错，”他开口说，“我很想你。你愿意——”

她笑了笑，这一次笑得很开心，她将桑杰推开。“那你帮我多捕一些食腐兽，”她说，“我就考虑一下。”

然后，她头朝下潜入水中，后腿一蹬就消失了。桑杰在她离开之前看到，她羞涩地朝自己眨了眨眼睛，他想那个动作意味着她早已做好了决定。

4

ARKWRIGHT

凯乐遵守了承诺。等卡利俄珀下山，他们的船队返回海滨后，她便和桑杰一起回家。

戴奥早早回到家中准备晚饭。当他看到凯乐和他的儿子一起进屋时，感到很惊讶，这也是数周以来桑杰第一次见到他笑。家里好像什么也没改变，他在桌上又放了一个盘子，还从碗橱中拿出番苹果和藤瓜，接着又端出一大罐葡萄酒。桑杰带回来一只由他亲手捕获的食腐兽，没花多长时间，它就被蒸熟了，剥好壳后端上了餐桌。他们边吃边聊桑杰的潜水之旅，这一次，戴奥不再惜字如金。客厅里飘荡着令人心怡的果香和饭香味，刹那间，一切仿佛回到了奥拉离开之前。

等大家吃完晚饭，戴奥清理干净厨房，他嘀咕自己应该去加思家过夜。桑杰礼貌地拒绝了父亲的提议，他知道父亲为什么要去伯伯那里。戴奥卷起铺盖，又从酒柜中取了一罐葡萄酒，不等凯乐向他就晚饭表示感谢就离开了家。

桑杰点起壁炉，从壁炉架上取下一个装有致幻烟草的小木盒。凯乐吹灭蜡烛，两人共享一筒烟。他们几乎一言不发地盯着火焰，任由烟雾让他们意识迷离。夜晚寒冷，桑杰关上了百叶窗。壁炉里的火很温暖，不一会儿，他们相互抚摸着彼此的身体，很快就一起躺在了小地毯上，重新找回两人错失了一整个夏天的乐趣。

凯乐曾考虑过回家，但是这个时间点很晚了，无论她为自己找任何借口解释晚归，都将是一场徒劳。再说，她的父母是时候清楚了：无论他们如何不看好桑杰的家庭，她都不会再离开他了。桑杰完全支持她的做法。壁炉里的火焰开始忽明忽暗地闪烁时，他带着她穿过漆黑的屋子去往他的房间。两人在疲惫袭来时裹着暖和的毛毯，相互依偎着睡去。

不知是什么时候，桑杰感觉到有人将前肢搭在了自己肩膀上，耳边还听到有人在呼喊他的名字。桑杰从沉睡中慢慢苏醒过来，他的第一个念头是凯乐在叫他。可当呼唤声再次响起时，他意识到那不是凯乐的声音。她仍睡在自己身侧，然而那个想要叫醒桑杰的人就蹲在他的床边。透过卧室里合上的百叶窗的缝隙，以太和巴克斯姐妹洒进来一缕微弱的黄光。他睁开眼睛转过头，借着微光，他看见了奥拉。

他猛地坐起身来，不敢相信自己看到了什么。不过，没等他想说什么，他的母亲赶紧用前肢捂住了他的嘴巴。

“嘘——安静一点。”她小声说，音量比耳语声大不了多少，“不要吵醒你爸爸。”

“桑杰？”凯乐转过身面向他，她刚刚从睡梦中醒来，“桑杰，发生了什么事？”

奥拉睁大眼睛，嘴巴也因惊愕大大张开。“凯乐？”她轻声问，好像那还会是别人一样。桑杰还没有从母亲突然现身的震惊中缓过神来，他只好点了点头回应母亲的问题。她叹了一口气，“噢，不……我没想到这一点。”

“奥拉？”凯乐像桑杰一样突然惊醒了，然后她同样呆住了，“奥拉，你在——”

“嘘——嘘——”奥拉在嘴边举起一根手指示意噤声，“小点声。我不希望戴奥知道我在这里。”

凯乐沉默不语，可桑杰感受到她在一旁颤抖。“他不在家，”他轻声说，“他今晚在加思伯伯家中过夜。”

奥拉长长地舒了一口气，“那好，不错。等一下。”

她离开床边，随后，传来一阵轻柔的火石刮擦声，它间或冒出细小的火花。桑杰衣橱上的鱼油灯闪了一下，房间内便亮了起来，现在他们可以看清楚奥拉了。奥拉身上还是穿着桑杰最后一次见她时的黑色长袍；尽管她头上盖着连衣帽，他还是能看清瑞贝卡的刀子留下的伤疤，这个标记将提醒人们，她是一个受到驱逐的人，如果她返回普罗维登斯，任何人都能处死她。

她肯定也想到了那个警告，因为等她回过身再次看着他们时，脸上露出了警戒的表情。“凯乐，”她轻声唤道，“我能相信你，对吗？你不会向守卫告密的，是吗？”她直视着那个女孩，目光中带有怀疑的意味。

凯乐迟疑了许久，桑杰意识到她是在与自己的良心做斗争。“不会，我不会的。”她最终开口说，他大大地松了一口气。“我不是我父母。我并不想看到你被驱逐。但是奥拉，你为什么……”

“我不能告诉你。至少现在不行。没有时间了。”她朝窗户点了一下头，“马上就要天亮了，我们必须在那之前离开。”她停顿了一下。“桑杰，我的意思是……凯乐，你留下来。我需要你向我保证，你不会告诉任何人我来过这里，或者我们要去哪里——”

桑杰理解了她接下来要说的话，她停了下来。“你想要我和你一起走？”他问，她点点头确认。“去普加托德里？”奥拉再次郑重地点了点头。他感到心口一紧，忙问：“为什么？”

凯乐不等奥拉回答，就再次开口说话，“昨晚轮到我值岗的时候，我也看到了天空中的那束光。就像你看到的一样，但是这一次，它和盖尔合二为一了，然后它落入了流放海角。这和那件事有关，对吗？”

奥拉脸上勉强露出一个笑容。“没错，是的。”然后笑容消失了，她思索了好一阵，“有多少人知道你在这里过夜？”

“我父母和戴奥。”凯乐搭了一只前肢在桑杰的肩上，“但除此之外，我们昨天潜水回来，几乎所有人都看到我们是一起离开沙滩的。”

奥拉再次叹了一口气，摇摇头说：“所以，如果桑杰失踪了，守卫们会拷问你。我不想你因为我去面对他们或者瑞贝卡。我不能强迫你跟着我们，但是——”

“不，我想去。”

桑杰吓了一跳，转头盯着她。她迎着他的注视，朝他微微点了点头。没错，她知道自己卷入了什么事。无论如何，她决意要蹚这趟浑水。

“好吧。”奥拉说完转过身去，“你们赶紧起来，穿好你们的衣服。外面有一条船在等我们。”

“一条从普加托德里开来的船？谁在——”

“现在不是关注那个问题的时候。我们两分钟后离开。”

不等桑杰再发问，母亲便离开了他的卧室。奥拉没有再点起一盏灯，但是当他和凯乐从床上爬起来的时候，他们听到碗橱门发出“嘎吱嘎吱”的声音，他知道了，她在拿食物。他奇怪母亲为什么要多此一举，可没有时间去问。

“你确定你要参与进来吗？”他一边问凯乐，一边从他的衣柜中找出一件纱笼[①]，一件及膝的无袖外衣，一双到小腿肚子的靴子；它们可比她昨天身上穿的披肩暖和多了。没几天就要到秋天了，而他们现在要离家远行。“你明白离开意味着什么，对吗？”他补充了一句，手上

① 纱笼，用一块长布做成的围裙式衣服，穿时裹住身子，在腰围处或腋窝处收拢打结，系东南亚传统服装，男女皆可穿。

又拿出一套几乎完全相同的衣服。

凯乐没有说话，但是她默默地朝他点了点头，向他展示自己的决心。无论好与坏，他们现在都要和奥拉一起去普加托德里。

5

ARKWRIGHT

他们三人从后门溜走时，以太和巴克斯姐妹正要落下。凯乐提过今晚站岗的人是约翰，桑杰认为这是一个好消息，因为他知道他最好的朋友约翰在值班时，经常偷偷睡上几个小时，这样第二天就有足够的精力去工作。无论如何，他们还是尽量避免走主街道。他们四肢着地，安静地穿梭在茅屋、棚屋和店铺之间阴暗的小巷中，直到抵达蔡尔德镇东部边界的森林。没有人发现他们的行迹。这是夜晚最寒冷的时刻，整个小镇都在沉睡。

奥拉领着桑杰和凯乐走上了一条向南通向山溪的乡间小道，那道山溪从望山穿过森林一直流向东北。顺着这条小路走，他们将到达河口湾，溪水在此处注入海湾。奥拉告诉他们，带她穿过海峡的船只就在那里等着她回去。

“你今晚过来的？”尽管村庄里的人已听不到他们的动静，桑杰还是小心地降低了音量，“你们怎么做到不被发现的？”

他们经过的森林里一片漆黑，伞棕的黑色叶子和遮阳树木形成了一道屏障，除了一道道来自以太和巴克斯姐妹的狭长光影，它遮蔽了所有事物。然而，桑杰仍然看到奥拉脸上露出了一个轻柔的微笑。

“流放者有很多办法可以回到这里，”她说，“你会知道的。”

“那海兽——”

“那是完全不同的一回事儿。”她脸上的笑容消失了，“现在你就别说话了。不许再提问。”

桑杰和凯乐相互交换了一个眼神，只好顺从地保持沉默。桑杰知道最好不要和他母亲争论。然而，他还是认为母亲对此事表现得过于神秘了，他焦虑地挪动了一下身上固定腹部包裹的皮带。

此时，他们差不多离蔡尔德镇有 3 千米的距离，他们走到了小路的尽头。穿过生长在河岸两边的野生覆盆子和竹子，河口湾便显现在他们的眼前，在以太和巴克斯姐妹光芒的照射下，溪水闪烁着微光缓缓地流淌着。小路的另一侧长有一株起源树，桑杰认出来有一艘双体船正停靠在狭窄的海滩上。当他们靠近起源树时，他听到了一个之前从来没有听过的柔和男声。

“这株植物看上去似乎成熟了，高度接近 1.8 米，宽度……底部大约 1 米多一点。它和其他仿土物种一样，叶子呈现天然的磨砂黑色。经过基因改造，它比原物种小了一点，在这种情况下，能产生蓝细菌[①]，随后产生大气中的氧气和氮气。它的形态清楚地表明，它是异常高大的玉簪属植物[②]。总的来说，银河号对它的基本基因模式进行改造的结果非常成功，尤其考虑到——”

“我们回来了。”奥拉提高嗓门喊。

那名男子意识到自己不再是一个人之后，立马停止了说话，不过在那之前，桑杰认出了是谁在发声。他比任何人都要高。事实上，他

① 蓝细菌，也被称为蓝绿藻，一类能透过光合作用放氧的细菌。它在地球上已存在约 36 亿年，是目前发现的最早的光合放氧生物，对地球表面从无氧的大气环境变为有氧环境起了巨大的作用。

② 玉簪属，簇生多年生草本植物，叶面具有弧形脉和纤细的横脉，叶柄长，花葶从叶丛中央抽出，蒴果近圆柱状。

和他身旁的起源树一样高。他直立着身子，整个人从头到脚隐藏在一个带风帽的斗篷之下。等到靠近一点时，桑杰惊讶地看到，他在风帽底下竟然还带了一个黑色面罩，这完全掩盖了他的样貌特征。

然而，他的嗓音是让桑杰最好奇的地方。眼前的陌生人口中所说的是英格利斯，可他用了很多桑杰不熟悉的单词。桑杰可以听清他说的每一句话，但就是不明白它们的意思。他的口音不寻常，更加尖锐，音节的转调还有些奇怪。

“噢，太好了。你做到了。”那个人从起源树旁边走开，一瞬间，桑杰注意到他的右手握着什么东西，他把它藏进了斗篷之下。“你们没遇到什么麻烦吧？”

“没有。没有人注意到我们离开了。但是——”奥拉犹豫了一下，然后站直身子指了指凯乐，“我必须再带一个人走。这是凯乐，她已经与我的儿子订婚了。他们俩当时在一起。我们不能把她一个人留下来。”

面纱后面传来一声不满的叹息，“你确定吗？你知道的，这会让事情变得更复杂。”

“如果她留了下来，守卫们会知道桑杰失踪的时候他们俩正在一起，因为昨天一整天很多人都看见了他们俩在一起。他们会想方设法地从她口中套出实话，瑞贝卡非常擅长拷问人。可是，如果她跟我们走了，要是幸运的话，我丈夫和她的家人都会相信，他们只是像其他年轻人有时会做的那样离家出走一段日子。”

桑杰现在明白了奥拉为什么要从碗橱里取些食物。一旦他和凯乐被发现失踪了（这是不可避免的），最有可能的一种解释是他们要在野外离群索居一阵子，也许是躲到桑杰在山里某处私自建的棚屋里。还没有举行结合仪式的情侣有时会这样做，他们期望能够远离家人和邻居们偷窥的目光。信徒们并不被允许这样，但是这种做法还是被容忍了下来。如果他们运气好，起码有一阵子，不会有人来找他们，人们愿意给情侣们一点隐私空间，让他们尝试一下未来作为一对夫妻的生活。

“那好吧，我们没有多少选择。”那个人戴着风帽朝着小船的方向点了点头，“泰瑞正在船上等着你们。你们等我一下，我要割一片叶子。”

他朝向起源树走去。“住手！”凯乐厉声阻止，举起了前肢，“你不能那么做！”

那个陌生人停下来，再次打量着她，“抱歉，但是——”

“不能触摸起源树。”凯乐被她所见吓坏了，她也感到很茫然，“在我们这里，这是每个人都知道的禁令。”

桑杰也感到很疑惑。《盖尔经》中最基本的一条就是严禁收割像眼前这样的野生起源树。它们是盖尔创造厄俄斯的方式，按照春秋分的惯例，在没有一名执事的监督之下，私自触碰起源树是亵神之罪。每一个小孩第一次被带到森林里，学习关于森林传说的第一堂课时，都会被告知这一条禁令。这个人怎么会毫不知晓呢？

“我道歉。我……”那个陌生人停了下来，“也许，我应该自我介绍一下，我叫内森。”

这是一个再普通不过的岛民名字。在盖尔传说中，据说它是属于天使长的名字，天使长曾恳求盖尔将天选之子从厄夫带到新世界。然而，桑杰注意到他没有提及自己的家庭姓氏。

“我是桑杰·阿克莱特。”他正式地鞠了一躬，他在紧抱双臂的同时，还向前弯曲了一下双膝。

“我知道你的名字，”内森也向他鞠躬回礼，但是内森的方式有些特别：他腰部以下的双膝僵直，他的双臂依然藏在斗篷之下。“自从你的母亲告诉我你的名字后，我就一直想见你。事实上，你是我们来这里的原因。”

“我？”

“现在没有时间讨论这些，”奥拉催促道，“卡利俄珀马上就升起了。我们需要在被人发现之前离开这里。”她用手指向附近的船只，“请动作快一点。”

他们跟随奥拉来到沙滩上，那里有一个和她差不多年纪的男子正在升起双体船的船帆。当他们走向小船时，桑杰就注意到内森更愿意直立着行走，而其他人都是四肢着地。他的步伐真慢，似乎每一步都要费点力气。他是瘸了吗？也许是，如果是那样的身体状况，他为什么还要出海冒险呢？

桑杰暂时把这些想法抛在一边，他先帮母亲和凯乐将带来的腰包放到船上，然后帮船长把船推入水中。他现在清楚为什么这艘船在穿越海峡时没有被发现。它的木制船体、桅杆、长凳和桨都被漆成了黑色，甚至船帆也被染成了黑色。夜晚时分，值夜人很难从漆黑的海湾水面上认出这艘船。

他很好奇普加托德里居民从前是否也用过同样的一艘船穿越海峡。也许是的。岛上有流言说，流放者有时会回到普罗维登斯作恶，通常是一个被留下来的亲戚或者朋友无缘无故地就消失了。但是，那也许是……

“好了，每个人都坐好了吗？”船长的名字是泰瑞·科林，他坐在舵柄旁环顾众人。

桑杰和凯乐在船中部找好了座位，奥拉和内森则坐在了船头。内森的姿势有些笨拙，他的上半身微微向前倾，下半身的后肢直挺挺地伸在前面，他整个人仍旧罩在长袍之下。

“很好，那么接下来，”内森一边说着，一边用桨把船推离海岸，“桑杰，请升起帆。”

桑杰转身抓住桅杆上悬挂的绳索将它拉下来，迎着风打开了黑色的船帆。此时，潮水开始退去，晨风袭面吹来，船帆在杆头飘荡，小船悄悄地离去，它的舷外支杆轻轻掠过水面。

“我们现在需要保持沉默，”奥拉俯身向前，她对桑杰和凯乐耳语，“不要说话，不要移动，直到我们安全穿过暗礁。明白了吗?”

桑杰和凯乐点头回应。天色依旧黑暗，卡利俄珀还没有升起。如果运气好，蔡尔德镇上的人不会看见有一只小船正朝着港湾外围驶去。无论如何，他希望约翰正在塔里睡觉。

当船驶入港湾时，整个小镇显露在眼前，没有窗户亮起灯，也没有人敲响警钟。蔡尔德镇依旧平静祥和，无人知晓夜间有人闯入。泰瑞之前肯定来过，因为他准确地驾船驶过了暗礁的缺口，而这些暗礁距离海岸有数千米之远。船身划过发光夜明蚌聚集的水面，驱散因好奇心靠近船只的刀鱼。高空之上，无处不在的盖尔，目光庄重地注视着他们的小船行驶过的海面。

桑杰抬头看向盖尔，他希望她能原谅他们的违规之举。普罗维登斯已变成身后一个不断远去的黑色长条体，岛上耸立的山脉看上去则像三个低矮的驼峰。除了白天，他还没有到过海峡这么远的地方。

他祈祷海兽不会注意到他们。

可是，他的祈祷并没有得到回应。

6

ARKWRIGHT

“海兽来了，”泰瑞喊，“离开右舷船头。”

泰瑞冷静地说出了这句话，然而语调中的紧迫感丝毫未减。桑杰转头望去。起先，他什么都没看见，水面和天色依旧黑暗。然后，他在离船身大约 300 竿远的地方，看见了一个形似刀尖的浅灰色背鳍，正向上伸出漆黑的水面。它和他们并驱而行，既不靠近也不远离，它那庞大的身躯看上去正在跟着双体船一起游泳。它在跟踪、观察，然后伺机攻击。

向东边望去，地平线上刚露出第一抹猩红的晨雾，高处的云层也轻微地染上了橘色和红色。他暗自期许，随着暗夜离去，他们被海兽盯上的危险也能消失。但是这只海兽并没有下沉至海峡最低点。它仍旧徘徊在普罗维登斯与流放海角中间的水域寻找猎物。

现在，它发现了他们。

舱面有一支鱼镖正好在桑杰脚边，他拿起它握在手中。但是泰瑞对此摇了摇头，“不需要。”他双手扶着舵柄说，“只需要等着。”他看了奥拉一眼，“到船的中部去，奥拉。每个人都抓好了。”

桑杰不信任地盯着泰瑞。他绝不相信他们能够逃脱海兽的追击。

很多人都尝试过这么做，但是只有当他们距离海兽很远，海兽追不上的时候成功过。而这一只跟上了他们的速度。他们生存的唯一希望在于用鱼镖抵抗它的攻击。

他再次拾起鱼镖，但是这一次，他母亲从船头走回来时，用前肢按住了他的手腕。“你只要看着就好，”她轻声说，“我们在来的路上也遇到了同样的袭击。”

“一只海兽昨晚攻击了你们？”他脸上露出难以置信的表情，“你们怎么——”

“等着看。”奥拉笑着蹲坐在他和凯乐的对面，然后她向内森点了点头。

那个陌生人仍然在船头待着。在此之前，桑杰还没有注意到，内森身旁的舱面上，放有一件包裹着防水竹布的长条形物体。内森拾起它，除去外衣，露出一件桑杰从没见过的物件：一个细长的棒状东西，中间宽，然后一端逐渐变窄，顶部好像一根空心的管子，手柄下边突出来一个小型的环状物。即将到来的黎明的光线有些暗淡，可它的表面看上去仍微微反光，桑杰此时意识到它全身是由金属制造的：这种材料非常稀有。

“那是什么？”凯乐问。

没有人回答她。内森从凳子上站了起来，后肢用力地抵住轻微摇晃的船身，前肢托举着那个家伙。他背对着大家，蹲下身子，拉下了面纱。桑杰看不到他的面容，只能从他的后脑勺看到他有一头极短的红发。

“它冲我们过来了！”泰瑞发出一声惊呼。

桑杰朝船长所指的方向看去。那只海兽突然转向，冲着双体船游来，它的背鳍划开水面，留下一串串泡沫般起伏的波纹。距离船身还有 50 竿距离的时候，背鳍突然从水面上消失了。桑杰知道那是海兽在为攻击做潜水准备，但是就在他抓住鱼镖，站直身子准备搏斗时，他听到内森手中端着的家伙发出微弱的“嗖嗖”声。他从余光中看见那个陌生人将它举到了肩膀高度，眼睛顺着那根管子的方向直视海面。

桑杰没有时间去思考内森到底在做什么，那只海兽冲出了水面。它的身体映入眼帘，上面是灰色，下面是白色，这只海兽跃出水面之时，离右舷仅有几竿距离。它几乎和他们的船一样大小，嘴巴大到能生吞一个活人，口内一排排布满了锯齿状的牙齿。桑杰瞥见了它的眼睛，虽小但眼神恶毒，伴随着它一声愤怒的尖叫，他双手举起了鱼镖……

内森手中家伙的末端仿佛射出了一道光线，那股细小白色的光芒暂时无声地驱散了黑暗。它直接刺入海兽口腔深处，紧接着，桑杰看到那束光重新出现在海兽的下颌。那光线穿透了海兽的脑袋，散发出一股烤鱼的味道，随即，响起一声饱受折磨的呻吟声，那只海兽掉入水中，溅起一个巨大的水花，船身一侧也掀起了阵阵浪花。

受伤的海兽在水面扑腾挣扎了好一阵子，它的背鳍和尾巴剧烈地前后摆动，此时内森拿起他的武器再次对准了它——显然那个家伙是武器。再一次，纤细的光束割掉了海兽的脑袋，这一次是从眼睛中间下手。那只海兽先是抽搐了一下，然后就静止不动了，变成漂浮在水面上的一堆死物。

“它是来自盖尔的一份礼物。”凯乐低声说。

“不。”这是内森自他们的船只离开海岸后，第一次开口说话，“这不是盖尔的功劳。它是一支等离子激光步枪。”

桑杰一点也不明白内森在说什么，可当内森转过身来面对他时，那些事都不重要了。内森敞开了外袍，桑杰现在可以看清那副奇怪身体的剩下部分：他的后肢不仅细长，还可以向前弯曲，他的腰部比自己的要粗，脖子没有自己的长。微风吹起长袍，内森将长袍拉回肩膀，桑杰看见他的手指中间没有蹼。

最让桑杰感到惊奇的是他的那张脸。除了他的红胡子、张开的鼻孔和可见瞳孔的眼睛，内森的容貌和教员的样貌几乎一模一样。

凯乐小声抽泣着，恐惧地抓住桑杰的肩膀。桑杰盯着发生在眼前的异象，不知道该说什么，或者做些什么。他瞥见了奥拉脸上的表情，她镇定自若，露出一个早已知道的微笑。她一直都很清楚会发生什么。

“你是谁?”他问道。

“你不会相信的，”内森停了下来，纠正了一下自己的措辞，“但是，我希望你最终能够接受。桑杰，我是你的表哥。”

7

ARKWRIGHT

横渡海峡的余下旅程中，内森拒绝透露更多关于他自己的信息。他安静地坐在船头消磨剩下的数个小时，那把步枪靠在他能向前弯曲的膝盖旁；内森耐心有礼貌地忍受年轻小伙接连的提问，他脸上始终带着一个令人费解的微笑。终于，他举起一只前肢，冲小伙摇了摇头。

“够了，”他无奈地说，“你只要等我们到岸。等我们到了，见到我的朋友们——”

“还有很多像你一样的人？”桑杰等着他回答。

“然后，我就告诉你想知道的所有事情。”

“所以，你们那里有很多像你一样的教员。”凯乐没有之前那么害怕了，但她仍旧紧抓着桑杰的前肢不放。

一个无奈的笑容。“我不是教员，他们也不是。我们是人类，和你们一样，只是稍有些差异。”

“那么，为什么你们看上去像——”

“有点耐心。所有事情都会得到一个解释。”然后，他转过身去，不再开口说话。

桑杰看向他的母亲，奥拉也沉默地摇了摇头。她和泰瑞都不肯开口，桑杰和凯乐只好等着。

卡利俄珀升起来了，整个大陆的全貌展现在他们眼前。此时，卡利俄珀悬在海峡上空，他们得以看清海岸身后的黑森林，它逐渐和内陆延绵起伏的山脉相连，后者被称作长城。这是大多数人能够从普罗维登斯看到的流放海角全貌，桑杰看到它与远方的地平线相接，惊讶地发现状似小圆肌的东部半岛的地貌竟然和普罗维登斯十分相像。自孩童时代起就有人告诉过他，倘若有人胆敢靠近普加托德里，他将听到被驱逐人的哀号声，然而，他眼前只有海鸟盘旋于海岸浅滩之上，听到的声音来自它们尖厉刺耳的鸣叫。

船只离海岸仅有数千米远了，他看到了更多景象。

这里附近的海域有渔船航行，与那些船帆一同进入眼帘的还有白沙滩。他们的双体船经过时，船上的男男女女们纷纷举起前肢，向他们挥手问好，泰瑞做了同样的动作回礼。

“快挥手，”奥拉催促着他的儿子，“那些人都是朋友。”

桑杰疑惑地看着母亲，但还是照她所说的做了。他留心观察到，内森不再费力隐藏自己的身形或者他畸形的肢体。内森虽冲着渔民们微笑，风帽依旧压得很低，不少人都盯着他看，但是没有人对他的外表感到惊讶，更别说是把他当作盖尔的使者。没错，他们的态度就像内森口中所说的那样：他只是一个看上去有点不一样的人。

从水面上看过去，前方没有定居点，然而，岸边却排列着不少独木舟和帆船，这里聚集起来的人数几乎和普罗维登斯滨海区的一样多。数名男子涉水过来迎接他们的船；这些人伸手抓住船的一侧，用力将它拉到沙滩上，其中一个人还帮助内森爬出了船舱。与往常一样，桑杰注意到内森走路不弯膝，像是得了关节炎一样。他突然意识到，那个陌生人不是不肯用四肢走路，而是不能。他总是站着，除了抓握东西，几乎从不用前肢。而且，他背上好像背负着什么重担，他走起路来晃晃悠悠，肩膀向前倾，脑袋微微耷拉着。

奥拉看见桑杰紧盯着内森，于是她绕过搁浅在沙滩上的双体船，走到他身旁。“他生来如此，”她低声细语道，“并不是怪胎，你不要那样盯着人看，这很不礼貌。”

“他……不是本地人，对吗？”他悄悄地问，奥拉摇了摇头。“那么，他来自哪里？”

“你迟早会自己发现的。快来。”

奥拉领着桑杰离开沙滩，凯乐跟在他们的身后。海岸边上没有任何建筑物，但林木线边缘搭建了一个可供植物攀爬的棚架门，作为通往森林的木板人行道的入口。内森早已走在他们的前面。他刚到门口，就有一个留着络腮胡的长者从人行道上走了出来。他举起自己的前肢与内森打招呼；他们没有向彼此行通常的鞠躬礼，反而是紧握彼此的右前肢，桑杰之前从来没见过那个姿势。然后，长者看向奥拉、桑杰和凯乐。

“奥拉，很高兴看到你回来了。路上可遇到什么麻烦？”

“一切都好。”奥拉居然认为他们和那只海兽近距离搏斗的事不值得一提。他们相互行了鞠躬礼，然后奥拉举起一只前肢，指向桑杰和凯乐，“让我来介绍一下，这是我的儿子，桑杰，他已订婚的女友，凯乐·大友。我有不得不带她来的苦衷。”

“我相信你。”他露出善意的笑容，“别担心。我很高兴你能安全逃脱。”他凭借四肢着地走路，靠近桑杰和凯乐，“欢迎来到先锋小镇。我是本贾姆·哈里汉，这里的镇长。很高兴认识你们俩。”

“能够认识你是我们的荣幸。”桑杰站起来，正式行了一个鞠躬礼，凯乐也是如此。“抱歉，我不是很明白，你刚刚说我们是在哪里？”

“先锋小镇。”本贾姆笑得更开心了，“我们不用普加托德里这个名字。事实上，先锋小镇是我们在风暴纪来临之前给此地取的名字。

信徒们……”他耸了耸肩，“可以这么说，你学到的大部分历史都是错的。”

一听此话，桑杰本能地警惕起来，环顾四周是否有人在偷听他们谈话。奥拉注意到了桑杰的紧张，放声大笑了起来，“不用担心，这里没有守卫，也没有执事。你不会在先锋小镇发现任何信奉盖尔的人。”

“我们是有一个圣坛，”本贾姆补充道，“但是只有几个人在那里敬奉神灵。大部分从普罗维登斯来的年长的流放者还是无法接受这个真相。”

“什么真相?”凯乐问。

本贾姆正欲解释，但是他停了下来，转头看了看内森。那个陌生人摇了摇头，镇长回过头来，再次看向她和桑杰。“这个问题的答案很长，很复杂，”他脸上的笑容渐渐消失了，“我们中的一些人最近会了解一些我们自己之前并不知道的事情。”他看向桑杰，“这些人其中包括你，我的朋友。”

“我？我怎么了——?”

“我们也许该找一个隐蔽点的地方说话。”内森开口说，他看上去比到岸时疲倦，“一个更舒服一点的地方。”

“当然了。你们肯定累坏了。”本贾姆四肢着地，领着他们走上木板人行道，“请走这边。”

8

ARKWRIGHT

先锋小镇位于森林深处一块低矮的高地上，它周围的树木都已清除。当桑杰顺着台阶走到人行道的尽头，他为这片隐匿于西部海峡的森林和湿地感到惊讶。镇上的房屋规模比蔡尔德镇的要大，看上去也更富足一些。他们的住房和店铺高大宽敞，坚实牢固，窗上镶有玻璃，有的甚至有二层楼。他之前都没有见到过这些。沟壑之上的高架渠将山间泉水引至镇上供居民作淡水使用。桑杰还看见了水车在转动磨盘和车床，本贾姆告诉他，地下还有由陶瓷管组成的供水网络，通向每家每户。此时已是夏季的最后一天，但是镇上的人们似乎并不急着为即将到来的寒冷季节做准备。他闻到了柴火和干鱼的味道，耳边不停传来唠叨声和欢声笑语。镇上的居民有条不紊地处理日常事务，有不少孩子们正在学校的操场里尽情玩耍。

他原本以为此处会是一个简陋的营地，挤满了忍饥挨饿的粗鄙之人，他们口中念叨着被普罗维登斯驱逐的悔恨之情，而不是眼前这样一个平静而幸福的生活小区，居住其中的人们不愁吃穿，开心快乐。这里确实像本贾姆所说，有一处很小、很容易被忽略的盖尔圣坛。一眼可以看出生长在其附近的起源树定期受到了照料，但是它们并没有被石头圈围起来。看起来这里并没有多少盖尔的门徒，或者他们在这里并没有多少威信。

更让人感到惊叹的是，靠近居民点的菜园，竟然有一排排畜养牲畜的围栏。栏圈里面有体格大而不会飞的鸟，它们又肥又白，不时发出“咯咯”的叫声，或在地上啄食。桑杰和凯乐之前从没有见过，他们停下来紧盯着它们，其他人不得不也停下了脚步。

“它们是鸡，”本贾姆走到他们身边介绍，“那边的是火鸡。”他用手指向另一个面积大一点，里面的鸟也更肥一点的栏圈，“我们饲养它们是为了吃肉。”

“它们是食物？”凯乐开口问，本贾姆点了点头。“你们从哪里发现了它们？普罗维登斯没有像这样的动物。”

“它们不是本地的，甚至不是厄俄斯本土的。它们来自地球。”

“厄夫？”桑杰从栏圈旁转过身。

“不是，是地球。”本贾姆再次露出一个笑容。“走吧，你们还有很多要了解的。”

桑杰看向他的母亲。奥拉只是冲他点了点头，什么也没有说。然而当他们重新跟着本贾姆继续往前走时，桑杰注意到，在他和凯乐观察小鸡和火鸡时，内森不见了。环顾四周，他看见那个陌生人走远了，他的方向是居民点的其他地方。有些路人好奇地瞅了内森几眼，但是没有人被他的外表所吓到。显而易见，人们知道他要来。

本贾姆将他们带到了城镇中心附近一栋高大的、两边呈斜面的建筑大楼。本贾姆打开大门，带着他们进入了一间看上去像是会议厅的房间。屋内面朝后方一堵高墙的位置整齐摆放着数排垫子，墙上镶嵌着的彩色玻璃构成了一个抽象图案，乍一看，它和圣坛的布局有点相仿，只是没有圣台，没有托儿所，没有沉睡的教员，只有一张低矮的桌子。这间房虽然有点冷，但是仍令人感到舒适。镇长示意他们坐在前排垫子上，等桑杰、凯乐和奥拉坐下，他就面向他们蹲坐在桌子跟前。

“内森很快就会回来，”他开口对桑杰和凯乐解释，“但是在他回来之前，让我来告诉你们，奥拉之前在这里了解到了什么。可以说，你们从小到大接触到的大部分信息都是……坦白来说……都是错的。”

“异端邪说。”凯乐蜷起身下的双腿，在胸前交叉双臂，她怒视着本贾姆。

“不，不是异端邪说……我说的是历史。历代居住在普罗维登斯的人们已经遗失了历史，”本贾姆停顿了一下，“你是在一个循规蹈矩、信奉盖尔的家庭环境中长大的，对吗？”他问，凯乐点了点头。“你没有错，你不会因为相信与《盖尔经》相反的言论都是亵神之举而受到指责。但是，请你一定要相信我，你所知道的《盖尔经》，扭曲了许多纪前真实发生过的事情，历史上的真实事件比你们被告知的情况还要复杂。”

凯乐瞪了他一眼，准备站起身来，但是桑杰用他的前肢摁住了她，“我们先听听他怎么说。我们都已经到这里了。他也许能解释你和奥拉看见的到底是什么。”

凯乐犹豫了一下，然后不情愿地坐下了。

本贾姆长长地舒了一口气，然后耐心地继续讲解：“首先……厄夫不是像你们被告知的那样，是一个充斥着受难灵魂的阴间冥府。它的名字是地球，一颗很像厄俄斯的星球，但是它只有厄俄斯的三分之一大小。它围绕着一颗名为太阳的恒星旋转，那颗星球比卡利俄珀还要巨大明亮……它的光芒呈白色而不是橘色。地球到太阳的距离，也比厄俄斯到卡利俄珀的距离要遥远。”

“盖尔也为太阳创造了姐妹吗？”桑杰问。

本贾姆摇了摇头：“没有，那里只有一颗太阳……盖尔没有创造卡利俄珀，或是太阳，甚至地球，厄俄斯也不是由它创造的。它们早在盖尔之前就已存在了很久很久。盖尔不是什么神明，而是一艘由人类创造的飞船。实际上，是我们的祖先创造了盖尔。”

凯乐从她的牙齿间发出嘘声：“你是在亵渎神明！”

“好好听着。”奥拉瞪了她一眼，“他说的是实话。本贾姆，请继续。”

“盖尔是一艘飞船。像内森那样的人们，他们把它称作星际飞船。”本贾姆继续往下说，“大约在440纪以前，或者说是440年以前，‘年’是内森他们计算时间的单位。我们的祖先建造了一艘名为‘银河号’的飞船，他们的目的是携带那个世界的男人和女人的后代前往我们现在所处的世界，他们认为这样可以延续生命的发展。”

“为什么？”不像凯乐，桑杰没有感到失望，反而对他听到的话提起了兴趣。

“原因很复杂。”本贾姆皱起眉头，摇了摇脑袋，“我都不确定自己完全理解了。内森和他的伙伴告诉我们，人类建造银河号是因为当时地球上的生物正处于被毁灭的危险境地，他们想确保人类种族能够延续下去。”他露出一个狡黠的笑容。“地球还在那里，不过它不是一个可怕之地，并非到处都是饱受折磨的灵魂。被选中的先民，就像我们所称呼的那样，他们是花费数年建造飞船的人类的后代。事实上，他们和内森的外形相像……那些我们称作先民的人，他们在出生之前的基因都被调整过，这是为了方便他们在厄俄斯生活居住，而厄俄斯也被改造过，它变成了一个更加适合人类居住的环境。”

“那么，盖尔……我的意思是银河号，”桑杰结结巴巴地发出那个不熟悉的音节，“它是我们的创造者。”

“正如《盖尔经》所说的一样。”凯乐快速地补充了一句。

“没错，盖尔创造了我们，还有我们所居住的世界，但是它并不是一个神明。先锋小镇的居民和其他主大陆的居民区，是的，还有其他像我们这样的村庄，只是规模没有我们的那么大。我们都知道这件事，而内森和他的伙伴前几周才抵达这里。我们一直都清楚自己是人类种子的后代，他们称其为精子和卵子。这些后代从地球通过银河号来到了厄俄斯。据我们所知，大约300纪之前，未经改造的厄俄斯是一个与现在截然不同的星球。”

本贾姆指了指会议厅敞开的门外：“你们看到的那些鸟禽，小鸡和火鸡，它们也是以同样的方式被带来的。事实上，厄俄斯星球上的所有生物，包括森林、昆虫、我们吃的水果、海里的鱼，它们都是随银河号到来的生物后代，它们经过相关改造后才得以适应厄俄斯的环境。”

“内森称其为‘基因工程’。”奥拉插话补充道，她缓慢地背出那个最近刚学到的词，“听上去真的很复杂，我也不确定自己是否真的明白了。”

“基因工程全是在银河号船上完成的，那时，银河号正在绕着厄俄斯星球旋转。”本贾姆点头赞同奥拉补充的话。“内森，还有和他一起来的人，他们告诉我们，在那同一时间段——估计有数百纪那么久，这比我们的历史还要长，银河号还在厄俄斯放置了数十艘名为‘生物箱’、装有起源树的小型飞船。那时的厄俄斯是一个完全不同的星球，它的大气层稀薄，空气不宜呼吸，星球上唯一的生命是微不足道的地衣一类。他们在厄俄斯整个星球表面都播撒了起源树，等它们扎根成熟后，便能吸收原本的大气，替换成我们能呼吸的空气，同时它还能增厚大气层，使其可以保留卡利俄珀和她的姐妹带来的热量。这项工作一旦完成，起源树将会播撒我们熟悉的其他植物的种子，它们从未在厄俄斯本土上出现过，是银河号将它们带来的。接着，其他生物箱带来了在船上孵化的幼儿阶段的鱼类、鸟类、昆虫和其他动物的幼崽。等它们落地之后——”

“然后，就轮到你们了。”内森说。

没人注意到他已经进入房间，而且他还不是一个人。桑杰转头看见，他身边站了一个男人和一个女人，他们都是站直了身子走路，用他们那两条不能向前弯曲的腿和一双不可思议的小脚。这一次，他没有穿着那件在普罗维登斯遮蔽全身的连帽斗篷，反而在衣服外面套了一件奇怪的外衣，它的外形是由相互接合的管状物和经过塑形的金属薄板组成，它伴随内森的每一个举动，发出柔和的"沙沙"声和"咔嗒"声。其他两个人也穿了同样的外衣。

内森注意到桑杰在盯着他看。"这叫作外骨骼，"他一边解释，一边和另外两个人走向他们的座位，"厄俄斯表面的重力比地球高一半，重力是一种让你留在地面的力。没有这些外骨骼帮助我们站立或者移动，我们很快会感到疲倦。我们的心脏也需加倍负荷工作，要是我们长时间住在这里，身体会受不了的。所以，外骨骼能帮我们减轻点负担。"

桑杰站直了身子，试探性地去摸内森身上外骨骼的胸甲。它的质地坚硬、触感冰冷，让他想起了食腐兽的背甲。"你去普罗维登斯时，怎么没见你穿着它？"

"不幸的是，它没有办法漂浮。如果我掉下了船，它能把我拽至海底。我要是乘船去普罗维登斯，脱下它才是明智之选。"他咧嘴一笑，"幸运的是，我体格不错，可以忍受一段时间的超额重力。"内森转头看向和他一起进来的两个人，"让我来介绍一下我的伙伴。这位是玛丽莲·桑亚尔，那位是罗素·科因。他们和我一样，和你们熟悉的某些人是亲戚。"

"我有个朋友叫约翰·桑亚尔。我爸爸的姓氏是科因。"

"真的吗？"尽管罗素和桑杰样貌不同，但他们看上去年龄相仿。他咧嘴一笑，伸出一只形状奇怪的前肢，然后他又像是突然意识到，还是行鞠躬礼更为合适。"我想，这意味着我们是亲戚。"

桑杰没有回礼。他转而看着内森："你在船上说过，我们是表兄弟。你也是……？"

"是的，我们之间的血缘关系，比罗素的还近。我的姓氏是阿克莱特，内森·阿克莱特二世。"他举起了一只前肢，阻止桑杰再问更多的问题。"这其中涉及复杂的家族历史，但是你应该清楚的是，我们都继承了建造银河号先辈们的姓氏，我也只是继承了祖辈的姓氏。"他摸了摸自己的头发，然后又指向桑杰的头发，"同样的发色，事实上，这是遗传。"

"你是说桑杰是某个来自厄夫的人的后代，经由盖尔带来了这里？"

"不对。"内森转头看向她，"至少不是你表达的那样。正如本贾姆刚刚告诉过你，厄夫是一个名为地球的世界，盖尔是一艘名为银河号的星际飞船，它至今还停留在厄俄斯的轨道上。随着时间流逝，人们只记得它们被缩短的新名字，忘记了它们原来的模样。"

"其他地方你都说对了。"玛丽莲看上去比凯乐年龄大些，但比奥拉年纪小些。在这三个人当中，只有她的皮肤颜色和当地居民一样黑，其他两人的肤色几乎和教员一样苍白。"请问，你的姓氏是什么？"

凯乐犹豫了一下，开口答："大友。"

玛丽莲从她外骨骼下的衣服口袋中，掏出一个小型扁平的东西。她用左手托着那个东西，用手指敲击了几下，然后研究了片刻。"银河号飞船的建造者中有一个人叫加津美·大友，"她继续说，"她是设计火箭推进器的工程师。你别管那是什么意思。她是你的祖辈之一。"

"你认识的每一个人，这个世界的每一个人，都是向银河号基因池捐献生殖细胞的两百人中至少两名男女的后代。"罗素补充道，"首先，飞船向这颗星球播撒起源树，让它们在大气中产生蓝细菌，降低二氧化碳含量提高氧氮比，进而通过生态培育，让厄俄斯星球变得更适合人类居住——"

“罗斯，别用太多专业名词，”内森轻声提醒，“他们还没有准备好接受那部分知识。”罗素有点不情愿地点了点头，内森接着说，“重点是，尽管我们看起来不一样，但是我们和你们一样都是人类。银河号改造了你们直系祖辈的胚胎形态，使他们能够适应这颗星球的高重力，同时也让他们具备了两栖能力——”

“你刚刚不是还告诉我，不要讲得太专业。”罗素挑起了一边眉毛，抗议道。

“那么，《盖尔经》是对的，”凯乐说，“即使你们说的是真的，也是在说盖尔创造了我们。”

内森听完不知如何是好，他和罗素、玛丽莲交换了一个眼神，“好吧，我想你可以这么说，但是它不是你所想的那层含义。”

“可是，她每日每夜都在天空中看着我们的所作所为。”凯乐执拗地反驳道，“算上我们的曾祖母、祖母和母亲，已有三辈人见证，她可是一直在那里。”

“一个关于母系神话和母系社会的议题，”玛丽莲轻声说道，“真有趣。”

内森没有理她，继续解释道：“人类一旦被带到地面上来，银河号飞船就进入了厄俄斯同步轨道——”他停了一下，“它是一个天空中的位置，从地面上来看，它每时每刻都出现在同一个位置。它的用途是作为一个……嗯，原始殖民地的信息源。这就是你总能看到它的原因。而且它是以厄俄斯的角速度[①]旋转，因此它总是在你们的头顶位置。”

罗素接过话头：“飞船还携带了两个……嗯，人工机器，我们称它们为机器人，作为你们的导师。他们负责培育第一批落地的孩子，教授他们生存技能。”

---

① 角速度，物理学中描绘物体转动时，在单位时间内转过多少角度以及转动方向的向量；角速度的方向垂直于转动平面。

“你说的是教员。一共有两个吗？”桑杰问道。

“没错，有两个。”本贾姆在一旁安静了好一阵子，现在他又开始介绍，“先锋小镇上有一个和普罗维登斯一样的教员，我们还有一个变形机甲。”他看向罗素说道，“按照你们的话来说，那是我们使用的第一种工具，它们全身由一种我们叫作盖尔石的材料制成。”

“说得没错。”罗素感到很欣慰，终于有人明白他一直打算解释什么。“变形机甲，我们把它称作三维激光生产器。它们从银河号的数据库中提取信息，然后——”他瞥见内森严厉的目光，“可恶，我又犯了老毛病，对吗？”

内森点了点头，然后对桑杰继续解释，“教员、变形机甲等你们称作盖尔石的东西，它们都是被派来帮助第一批殖民者——按照你们的说法是天选之子——长大成人，适应新的家园。但是，后来发生了一个意外。”

“够了。”凯乐举起手，阻止他继续往下说。“你们已经说了很多想要我们去相信的事情，但是你们没有提供一份证据。”她怒气冲冲地瞪着内森，“你们也许已做到了让他们满脑子都是你们所说的谎言——”

“我们没有撒谎。”内森平静地反驳道。

“我拒绝接受你们的一面之词，请拿出证据来！”

一时间，没有人说话。此时，本贾姆站了起来。“让我来给你想要的证据。它们自我们的历史诞生以来就一直存在，我们一直把它们视作是生命起源于此处的证据。”

“你也会清楚到底是什么造成你从天空中看到了那种光。”内森补充道。玛丽莲想要开口拒绝他们的提议，但是内森摇了摇头说道：“没办法了，她需要看见那些遗留物。这是唯一的办法。”

“跟我走吧。“本贾姆招呼大家，然后用四肢着地走向门外。

9

ARKWRIGHT

这条路位于小镇尽头的另一端，他们经过上坡路，抵达群山底部浓密的森林。本贾姆领着众人前往黑森林的路上，内森继续他在会议厅中断的叙述。

“先锋小镇是最先开拓的殖民地，尤其在最开始的几年里——嗯，六纪——它是唯一一处定居点。教员们在此期间养育了数百个事先在银河号飞船上孕育出生的孩子……它们为孩子们建造落脚处，提供自己培育的食物：番苹果、覆盆子、藤瓜……以及抚育婴儿直至他们成长为孩童。厄俄斯短暂的季节交替起到了很大的帮助作用。你们这里与地球不同，冬天只持续三周，赤道附近地区的气候相对温和。”

“你们见过雪吗？”玛丽莲问道。

桑杰和凯乐都摇了摇头。“那是什么？”桑杰问道。

“它是……嗯……”

“不要打断我。”内森对玛丽莲突然插话表示不满。她咧嘴笑了笑，然后不再说话。内森继续讲述，“此处殖民地快要达到自给自足时，发生了一件意料之外的事情，它改变了一切。你们的太阳，卡利俄珀，进入了反复易变阶段。”

“卡利俄珀是一颗红矮星。”罗素说话时，他转过身面对大家，后肢却仍在往后退着走。桑杰看呆了，这个动作看似是不可能做到的，他竟然能如此随意地做到。然而，罗素并没有注意到桑杰惊异的目光。“它比地球的太阳更小更冷一些，但是大约每隔几千年的时间，由于日珥[①]的缘故，它会自发地进入一个变热变亮的阶段——”

“罗素。”内森出声提醒，他担心桑杰和凯乐不一定能听得懂。

“不用停下来，”桑杰说，“我想我能理解你在说什么。”

“你确定？”罗素问道。桑杰点了点头，凯乐过了好一会儿才不情愿地点了点头。“那太好了。无论如何，当卡利俄珀开始进入那些反复易变的阶段之一时，银河号侦测到了即将要发生的变化——”

“她当然能做到，”凯乐插话说道，“盖尔无所不知，无所不能。”

玛丽莲叹了一口气，摇摇头。“请你试着去理解，盖尔不是神明。它是一台机器。”看到年轻女子脸上露出了迷茫困惑的神情，她再一次解释道，“它就像一个工具，只是远比你见过的复杂。其中一件它能做到的事情，就是和你一样，可以自主思考和做出推断。”

“工具可以有自己的思想？”奥拉听完她的解释，也感到很惊讶。

“一定程度上是的。”这一次，罗素努力用岛民可以听懂的语言解释，“它并不完全像你们一样，但是……没错，它可以观察，收集证据，然后做出自己的决定。银河号同时也给教员提供指导帮助，向变形机甲发布指令。”

“不幸的是，它也会犯错。”内森忧虑地说道。他走路时低下了头，眼睛紧盯着地面，“当它核实卡利俄珀将要进入活跃阶段这一情况后，就估算那会对厄俄斯行星气候可能造成的影响，它意识到将会有数个风暴，我们称其为台风，在此区域发生。殖民地的居民当时年纪还很

① 日珥，受太阳磁场剧烈活动影响，从太阳表面喷出的炙热气流，它是太阳的色球层上产生的一种非常强烈的太阳活动。

小，他们的定居点还建在了海边，那里容易有大风、洪水袭来。”

“风暴纪。”桑杰明白了。

“我们都知道那段历史。”凯乐脸上浮现出一个笑容，像是证明了自己的观点是正确的。“也就是在那个时候，盖尔将信奉她的人带去了普罗维登斯，抛弃了身负罪孽之人。”

“再说一次，你只说对了一半。”桑杰从内森说话的语气听出来，他已在竭力保持耐心。“这跟谁有罪或无罪，没有关联。银河号认为，如果殖民地的居民能够分开避难，他们存活的概率会更高一些，于是有一半的人被送走了，剩下的人留下来保护定居点的建筑。银河号指导教员建造了船只，让它带领 50 名儿童去往邻近的岛屿，银河号计算出该岛屿西边的海岸要比风暴登陆的东部海岸受到的侵害少一点，离开的居民将一直待在岛上，直到卡利俄珀活跃期结束，气候重新稳定下来。”

“我的祖辈在留下来的那 50 人中。”本贾姆放慢脚步，转头对凯乐和桑杰说道，“他们和你们的祖先一样，也有一名教员和一名变形机甲守护他们。之后，他们搬离沙滩，居住在了高地，就是我们先锋小镇现在所处的位置。”

“这本来是暂时的，”玛丽莲补充道，“但是，后来——”

“我们到了。”本贾姆提醒众人。

小路尽头是一片平地，只有齐胸高的杂草和成簇生长的致幻烟草。平地中间伫立着一个高大的物体，它通体白色，部分爬满了藤蔓，整个形状像一颗牙齿，微微地向一边倾斜。等走近了一点，才能发现那根本不是一个自然产生的物体。它的底部已变黑，向上逐渐变细，好像一个圆锥的形状，两边涂有神秘符号。它的中部开了一扇圆门，有一架绳梯悬挂在那里。

无论它是什么，它很显然是经由人类的力量创造的。

“这就是一切开始的源头。”本贾姆停下脚步，站直身子，“这是一艘飞船，我们祖辈当初就是乘坐它来到了地表。”

内森指了指飞船表面上方的深蓝色符号，因被紧紧缠绕的藤蔓遮盖，那些字符只能隐约可见。“看到了吗？盖……尔，”他耸了耸肩，“剩下的部分被擦掉了，或者受到了磨损。”

“也许是飞船进入和降落时与大气产生了摩擦所致，”罗素补充道，“也有可能是日晒雨淋的缘故。然而，考虑到飞船在这里已停留很长时间了，它的整体保存状况还是不错的。”

桑杰又走近了一点，他站直身子，费力地看向内森所指的方向。在他的眼中，那些字符看起来不过是像蜗牛、鱼镖、直角的东西。“我听不懂你们在说什么。”

“你看不懂吗？”玛丽莲开口问道。“你怎么会不——”然后，她用一种惊异的眼光打量着桑杰，“哦，天呐，你不识字，是吗？”

“不是的，”本贾姆平静地解释道，“对于岛民来说，英格利斯是他们称呼英语的方式，它是一种完全靠发音表达的语言，没有相对应的书面文字部分。”他遗憾地看向桑杰和凯乐，“被送去普罗维登斯的孩子们在他们的教员瘫痪之后，就丧失了读写的能力，他们也因此与银河号失去了联系。这就是他们对历史的理解掺杂了神话的主要原因。”

“口述历史。”玛丽莲一下子明白了，她点了点头，“没有书面文字，人们易受外部因素影响，十分容易曲解本意。他们所知道的一切，或者说，他们以为自己所知道的都被——”

“你们到底在说什么？”桑杰瞪了他们一眼，既感到困惑又恼怒于他们显摆的优越感，“你们难道是想告诉我们，执事们讲述过的所有事情都是……都是……”

“错的。”内森替他说出内心的想法，“抱歉，我们一直想要向你们解释证明的就是那一点。”他越过本贾姆，缓慢地穿过高高的草丛，毕恭毕敬地靠近飞船，好像那里才是一座圣坛。“你想要证据，”他回头对凯乐说，“来吧，它就在这里。你走近一点来看看?”

凯乐犹豫了一下。接着，好奇心终究战胜了恐惧，她跟在内森和本贾姆后面，站起来用后肢走路，想要将飞船看得更清楚一些。桑杰和奥拉则跟在她的身后，然后是罗素和玛丽莲跟在他们后面。正当大家穿越草地时，内森继续说道，“我们的飞船是在数周前抵达的。桑杰，那正是你妈妈看到的那束光。我们到达之后的第一件事，就是跟银河号会面，读取它的记忆。你们要是愿意，也可以和它谈谈。我们了解了过去160年间发生过的很多事情——我的意思是说160纪，但是其中仍有很多未解之谜，直到我们来了这里，联系到了本贾姆和他的族人。”

“我就是在那时被告知了真相，”奥拉转头看向桑杰，轻声说道，“我跟所有被流放到这里的人一样，我学到的第一件事，便是执事们错得非常离谱。我们全部的历史，我们所知道的一切……”她的声音越来越小。

内森接着说道，“卡利俄珀进入活跃期，带来最坏的影响是，卡利俄珀到达运动周期顶峰时，它会释放出巨量的电磁辐射波。”他转头看向桑杰和凯乐，“我知道你们不太理解，我再简单地解释一下。像卡利俄珀这样的恒星，它们散发的不只是热量和光亮，还会释放你听不见、看不着、感觉不到，但是实际上存在的多种辐射。愈加变强的辐射量，它不仅损坏了银河号与教员、变形机甲之间的通信联络，还中断了岛民与留在主大陆上同伴的联系。”

“我们没有像你们那样失去教员，”本贾姆解释道，“它躲避在飞船里面，这艘飞船自身的防护能力足以抵御高强度的辐射。所以，我们依旧有渠道了解包括历史和起源在内的知识。但是，我们的变形机甲和高增益天线都受到了损害，我们已经建起来的住房也没有办法及时拆除。”

“几乎所有的电子设备都失去了信号，”罗素补充道，“除了紧急无线电信标还能用，因为它安置在登陆船内部，由一个核能电池供电驱动。我们当初是从银河号那里得知了它的频率，进而可以找出你们居民点的位置。”

“凯乐，那就是你看到的那束光。”奥拉说。

凯乐没有说话。那时，他们已经走到登陆船跟前。它大约有 40 竿高，桑杰现在才看清楚，它全身由金属制成，喷漆已因年代久远而剥落褪色。飞船的侧面中间有一个敞开的舱门，从里面向外悬挂出一架由藤蔓和竹子编织的绳梯。

“被带去普罗维登斯的孩子因此留在了那里，”本贾姆继续说道，“他们的教员和变形机甲逐渐失去行动能力后，他们便与留在主大陆的人们也失去了联系。大风暴终于在四纪之后结束，他们从那时开始相信，所有留在主大陆的人都已死去了。他们自己没有能力跨越海峡，因为那样有可能因被海兽攻击而丧命。”

“我们在地球上把那些海兽称作大白鲨，”玛丽莲补充道，“就和其他生物一样，基于生物多样性的考虑，它们才会出现在厄俄斯。没想到的是，它们也成了两个居民点之间的障碍。”

“于是，普罗维登斯上的居民点形成了他们自己的文化，”本贾姆继续解释，“没有书面语言、历史，甚至科学的帮助，时间一久，他们的孩子，孩子的后代们开始信仰盖尔，但是这里——”他伸出一只前肢，放在船体上，“我们没有失去那些知识。在我们自己的教员失去行动能力之前，它教会了我们的祖父母一切需要知道的知识。那时，他们试图造船，与岛上的人们重新取得联系，然而，信徒们所做的一切都与《盖尔经》相反。《盖尔经》实际上是银河号飞船向岛上居民点发出的最后指引。许多纪以来，它经由口耳相传，传世于人。可是，它一直以来都遭到了重新解读和误解。这才是一种异端邪说。要是我们试图横渡海峡，信徒可能会让我们丧命。于是，我们能做的只有守在这里，接受被放逐的人们。你们明白了吗？”

“明白了。”桑杰回应道。

“不对，”凯乐反驳道，“我所看到的只不过是一件盖尔留下来的东西，它可以是你口中所说的任何东西。”

“凯乐，”奥拉摇了摇头，她脸上流露出来的失望大于生气，“他们告诉你的每一件事都是真的。”

“如果你还是不相信我们，你自己走进去亲眼看看。”本贾姆用力拉了一下绳梯底部，“来，爬上去，看一看。”

桑杰没有丝毫犹豫。他站到绳梯前，用前肢抓住梯子的横档，小心翼翼地向上攀爬。接着，内森跟在他的身后爬上了绳梯，桑杰停了一下，他回头往下看去。凯乐仍然站在原地，她留意到桑杰的目光后，不情愿地来到绳梯前开始攀爬。

舱门另一侧的船舱里，一片漆黑。桑杰爬进去之后，发现自己几乎什么都看不见。他的后肢感受到地板是由网格结构的金属材质制成，他的前肢摸到圆形墙壁上凸起了一些大块的椭圆形物体，他几乎只能分辨出这些。内森自他的身后走进来，桑杰被他从口袋里掏出来的一个圆柱体射出的光束吓到了。但是那种惊吓远比不上当他看见光束落在另一边船舱的某件东西上时受到的冲击大。

“教员！”凯乐刚进入飞船。她蹲在敞开的舱门边上，紧盯着内森手里的光束刚刚照到的景象。

桑杰凝视着那位貌似坐在一张玻璃桌面前的隐士的身影，他的心怦怦直跳。这名教员和蔡尔德镇的教员一样，脸上毫无特征可言，四肢一样奇特。然而，它身穿一件宽松连身款式的衣服，因时间长久，衣服已腐烂破裂，露出了里面灰白相间的皮肤。它和长久失联的那位同伴一样，眼睛也是一片空白，看上去也是久未移动。

“本贾姆告诉我说，它挣扎着度过了风暴纪。”内森的声音平静，语气中几乎带有恭敬之意，而桑杰则蹲伏在教员身旁。“它在这里得到了庇护，这也是它比你们岛上失去行动能力的那位老师保持了更长久的活力的原因。不幸的是，它们无法及时拆除复制者，我的意思是变形机甲，或者通信天线，来拯救它们，因此，这里是唯一一处有电子设备的地方。”

“我不明白你在说什么。”桑杰继续盯着教员看。他用指尖戳了戳它的脸部，他在蔡尔德镇时一直想这么干。它那由盖尔石制成的皮肤，没有一点像人类的，可以说是一点也不像任何活物的皮肤质感。

“我明白，很抱歉。你们需要一段时间——”内森停顿了一下，“无论如何，这里还有其他东西需要你们亲眼看看。”他转头看向凯乐。“靠近一点。你也需要亲眼看看。”

“不要。我就留在原地。”她不肯从舱门口处挪动一步。桑杰看出来她感到害怕了。

“随你便。”内森低下头，避免碰着低矮的顶棚，走向更远处的船舱内部。“桑杰，你过来看看这些，”他用手电筒扫过墙上整齐排列着的卵形物体，“你觉得它们看起来像是什么？”

桑杰走进那些鸡蛋形状的物体，仔细观察。尽管它们的表面覆盖了一层灰，他还是看出来，它们上半部分是透明的，看似是玻璃，实际上由更类似盖尔石的材质制成。他举起一只前肢，轻轻地擦去其中一个的灰尘。内森拿着手电筒靠近了一点，桑杰看到里面有一张小床，床上的被罩腐烂已久，但是大小足以容纳一个婴儿。

“它们看起来像是摇篮。”他低声说道。

“没错。它们就是摇篮，用来携带转移轨道上的 100 名新生婴儿。”内森用手电筒照向前方，桑杰抬头看见顶棚上有一个敞开的舱门。“在我们这一层以上，还有三层像这里一样的地方，其中两层装有更多的摇篮，其他地方存放的是从地球运来的设备。婴儿算是飞船上最重要的货物。”

内森将灯光重新打向那一个桑杰仔细查看过的摇篮，他走过桑杰身旁，用手轻拍透明盖上的一块面板。“我知道，你无法阅读上面写了什么，但是印在上面的名字是‘格里森’。他是躺在这个摇篮里的孩子的名字，他也是曾向银河号基因池捐献生殖细胞那个人的姓氏。所有的摇篮都有名字，我敢打赌，如果你仔细地检查这艘登陆船，你能发现你所有同伴的姓氏。只有一个人除外。你知道那个人是谁吗？”

“不知道。”

“是你。”

桑杰转头看向他。“我不明白。你是说——”

“这里没有一个摇篮的名字标有阿克莱特，但是那并不意味着我们共同的祖辈不在这艘登陆船上。这些名字都在银河号离开地球之前就印在了摇篮上，而阿克莱特的基因——阿克莱特是我们的家族，原本是由凯特·莫里西·斯金纳的基因作代表，也就是说银河号抵达之后，发生了某些意想不到的事情。这也是我和你的母亲找你来的原因。”

“你说的是什么事？”

内森没有马上回答。“我可以告诉你，但是也许由你自己听到更好。”他转头看向凯乐，“你还是不相信我所说的吗？”他不是用一种苛刻的口吻，而是怀有极大的耐心问道，“你仍然相信所有的这些都是由一个全能的神明所为吗？”

凯乐保持沉默。她的目光扫视了一下船舱，看到了内森所指的摇篮。接着，她开口说道，语速缓慢而坚定，“我相信盖尔。”

“好吧，那就让我们一起去看看盖尔。”

1\0

ARKWRIGHT

从太空看厄俄斯和桑杰想象中的样子完全不同。他的同族当然知道自己生活在一个星球之上。除了小孩子，没有人认为世界是平的。但是只有执事们能看到风暴纪以前的全球地图。另一方面，他们的历史迷失于对盖尔的迷信之中，他的同族人对地理知识的了解，仅限于普罗维登斯、西部海峡和流放海角。

当那架有机翼的飞船搭载桑杰、凯乐、内森和玛丽莲进入太空以后，他的视线再也无法从窗边离开。窗外，一个庞大的蓝色星球映入眼帘，连绵的海洋被深色的陆地所断开，群山和沙漠之上笼罩了一层薄纱般的白云。整个世界在他们的眼皮底下缓慢地旋转，它是如此的巨大，他几乎不敢相信它是真实存在的。

“它很漂亮，对吗？”玛丽莲坐在飞行舱内右前方的位置轻声说道。那艘飞船是她和内森带着桑杰和凯乐穿过森林找到的，位于距银河号登陆船半千姆远的一处草场上。三周之前，探险队的联络组也是在那里降落。

“是的，没错，它太美了。”桑杰几乎无法形容。痴迷打败了升空造成的恐惧，飞船迅速上升带来了噪音和颤动，一股无形的压力迫使凯乐和桑杰落入柔软的沙发之中，尽管内森之前为他们调整过座位，他们的身体还是不适应沙发（在此期间，桑杰学会了访客对他们前肢和后肢的称呼：手和脚）。随着压力消失，他的身体现在感到完全没有了重量，仿佛自己正漂浮在海面上，他不用费任何力气就可以保持浮力。只是安全带把他绑在了座位之上。“我从来没有想过，它是……如此巨大。”

“厄俄斯的半径有 8 500 千米，直径达 17 000 千米。”内森的视线没有离开他腿上一个像是轭架状的操控杆。“千米就是你们称作千姆的单位。总之，厄俄斯的体积比地球大三分之一，那数值只比地球到索尔的距离略多五分之一，大约是 0.2 个天文单位，你们不需要考虑这些。重要的是它的旋转方向没有被固定，因此它才适合人类居住。”

桑杰看向凯乐。从飞船离开地面那一刻开始，她就一直闭着眼睛，可她现在睁开了眼睛，她面对眼前的厄俄斯，既感到畏惧又不由得发出惊叹。她紧抓着身旁的短臂扶手，几乎没有注意到桑杰伸出了他的一只前肢，覆在她的前肢之上。

“你是说，它原来不是这个模样？”她开口问道，声如细丝。

“没错。在银河号飞船抵达并释放生物箱之前，厄俄斯基本上是一个没有生命的世界。星球上有海洋，但里面几乎是无菌的，浮在海洋表面的弱小生命个体很小，构造简单。生物箱和起源树改变了一切，速度也相当快，只用了三个世纪。”内森再次转过头。“按照你们的算法，大约是 1800 纪。时间非常短……只是你们的每一个季节更迭得快，所以对你们来说，那是一段非常长的时间。”

“你说过，你们是搭另一艘飞船来到厄俄斯的？”桑杰问道，“你们那艘比我们乘坐的这艘还要大吗？”

“噢，是的，大多了。”玛丽莲转身用手按下她和内森座位之间的一排按钮，过了一会儿，按钮位置上方升起了一块小型的玻璃平板，亮起来的屏幕上显示出一个形似沙漏的物体，一端一个鼓状的圆柱体，球体部分聚集在中间。它那银色的皮肤反射出以太和巴克斯姐妹的亮光，上方的圆柱体里隐约地闪现出几个微小的窗户。桑杰还注意到，厄俄斯星球夜晚的一面正悄无声息地出现在背景之中。光是能见到这一景象，都足以称为奇迹，更别说还有那艘飞船。可是接下来，桑杰逐渐习惯了见到奇迹。

“那就是我们的飞船，尼尔·德·格拉斯·泰森[①]，”玛丽莲继续说道，“这是一艘代达罗斯级别的星际飞船，全长超过 600 米——一米的长度和你们所用的一竿距离差不多——船上可搭乘 200 多人。我们花了 67 年才到达这里。”

“这么久？”桑杰已经熟悉了他们计算时间的方式。

“是的，但是我们大部分时间都在休眠，所以——”

“休眠？你们如何做到——”

“解释起来相当复杂。”玛丽莲摇了摇头，“总的来说，飞船现在位于厄俄斯星球的另一端，你们从普罗维登斯看不到它，但是你的母亲看到过，在它的主引擎点火减速的时候。”她再一次沮丧地呼出了一口气，无助地看向内森，“我从没想过，我得解释那么多东西。”

“没有人预料得到。”内森低声回复。

“盖尔在哪里？”凯乐突然问道，“你说过，我们是去见她的。她在哪儿？”

她的表情严肃，眼睛里不再流露出好奇的神情。她已经忍耐很久了，现在，她只想看到她被承诺过的东西——造物之神的样貌。桑杰几乎替她感到羞愧。他已然相信内森和玛丽莲告诉他们的事是真相，但是她仍然顽固不化，相信盖尔一说。

---

① 尼尔·德·格拉斯·泰森，同为一位以从事科学传播闻名的美国天文学家的名字。

“就在前面了，”玛丽莲用手指了指，“到了，快看。”

桑杰尽力向前倾身，他摆脱安全带的束缚，看向透明圆罩的外面。起先，除了星星，他什么也没有看见。过了一会儿，出现了什么东西，一盏明亮耀眼的小灯在卡利俄珀的照射之下闪烁着。它逐渐变大，徐徐显露出体形。

“它离开地球时要比现在大得多，”内森一边介绍，一边操控他们的飞船靠近一点，“它曾经有一块比普罗维登斯还要大的帆，但是等它一到厄俄斯，帆就被丢弃了。我们拜访过的登陆船曾经也在这艘飞船上。现在，它只有我们看到的这些了。”

盘旋在他们眼前的是一个细长、圆柱状的物体，它全长有 100 多竿，正缓慢地从黑夜那边翻转过来。它银色的船壳反射出日光的照射，它整体看上去就像一根棍子，一个轮盘，一个全身多处凹陷的铁桶。无论从哪里看，它都不像是一个神明，事实上，它除了像一个玩具，其他的什么都不像。也许是某个富有想象力的孩子用废弃的家用器具随意拼凑了它。

“这就是盖尔吗？”凯乐睁大眼睛，低声细语道。

“这就是你口中的盖尔。”玛丽莲满怀歉意地说道，“抱歉，凯乐。没错，这就是全部。”

桑杰再次低头看向厄俄斯。他看了好一会儿，才认出下方岛屿的形状，从赤道大陆东北角伸出的手指形状的半岛，很可能就是流放海角，也就是说，那片离海岸不远的大陆是普罗维登斯。卡利俄珀正要向西落下，此刻，任何一个岛上的居民只要抬头看，都能看到与他们眼中所见相同的景象。

“她说的是实话。”桑杰转头看向凯乐，他感到嘴巴发干。“我们正处于蔡尔德镇上方。”他指向窗外说道，“每当我们看向天空，这就是我们所看到的盖尔。”

凯乐没有说话，但是当她看向他所指的方向时，脸色变得灰白。

“桑杰，我有些事要告诉你。”内森一边说着，一边调试轭架状操控杆的位置，以方便他能弯腰触碰到更多按钮。“很多很多年前，银河号还在前来厄俄斯的路上时，你在地球上的一位祖辈发来了一条信息。她的名字是达尼什塔，她的父亲马特帮助她向银河号发送了一条信息，飞船一收到后就储存了起来，我们在抵达时发现了这条信息。这里是达尼要说的话。”

玻璃平板的屏幕再次亮起，这一次显现出一个孩子的面庞：小女孩的年纪不超过 7 个或者 8 个六纪，她和岛民一样拥有深色皮肤，她黑色的长发上别了一朵黄色的花朵。她挺直身子，坐在一把椅子里，笑容灿烂。桑杰看着屏幕，她开始说话。

“你好，桑杰。我是达尼什塔·阿克莱特·斯金纳，我是在地球向你发信息……”

画面的颗粒感很强，时不时穿插着一条条细白线。小女孩欢快的声音听起来也有些模糊，好在他还能听懂她说的话。“我知道你还在冬眠，也许你要很多年后才能看到这个视频，我想银河号那时应该最终抵达了厄俄斯，我希望你……”

她微微停顿了一下，表情略显慌张：“我的意思是说，希望你能看到这个视频。我希望自己能在你身边，我很想知道新世界到底是什么样子。我希望它和地球一样棒，你们在那里生活得愉快。请记住我，记得你在地球还有一个朋友。深爱你的，达尼。”

小女孩说完了。她眨了眨眼睛，然后看向别处：“这样可以了吗？我……”

接着，玻璃平板进入了息屏状态。

桑杰不知道该说些什么。他说不出来哪一个更令他感到震惊，耳闻目睹一个来自跨越时空的小女孩对他说话这一事实，还是她所说的内容。当他再次抬起眼睛，他看见内森和玛丽莲都在朝他微微一笑。

“她说她的名字是阿克莱特。”他开口说道。

“没错。”内森点了点头，“达尼什塔·阿克莱特·斯金纳。阿克莱特是她的中间名字。她是你和我的祖辈。”

“但是她是如何……如何知道我在这里？”

“在年老以后，”玛丽莲解释道，“达尼写下了她的回忆。她一生的故事。她说她的父亲马特·斯金纳曾告诉她银河号飞船上有一个名为桑杰的小男孩，是他帮助她给桑杰发送了那条视频消息。”

“但是，这个小男孩实际上并不存在，”内森继续说道，“于是，她的父亲向银河号发送了另一条指令，要求它的人工智能，也就是飞船的机器大脑修改原先的指令。正如我之前所介绍，很多参与银河号飞船建造的人们，允许捐献他们自己的卵子和精子，他们的后代因此成了厄俄斯星球第一批居民。按照你们的称呼，他们是天选之子。参与创建银河号的人们之中有一个名为凯特·莫里西的女人，她是达尼什塔的曾曾祖母，也是内森·阿克莱特的外孙女。”

“你和那个人同名。”

“没错。嗯，马特没有告诉任何人，他命令人工智能将莫里西的基因组，重命名为阿克莱特，第一代子女中男性取名为桑杰。”

“这是他送给女儿的一份礼物，但是他从来没有跟她说过此事，”玛丽莲补充道，“事实上，我们也不知道这件事情，直到我们登陆银河号，听到了人工智能的话。”

“我曾曾祖父的名字是桑杰·阿克莱特。”桑杰几乎说不出话来。他的声音低沉嘶哑，“他是天选之子其中一员。”

“他是那个达尼想象中银河号飞船上的孩子，”玛丽莲说道，“可是他没能看见这个视频。所以，从某种意义上来说，这条视频信息是给你的。”

桑杰感到自己的脸上沾到了某些细小湿润的东西。他举手擦拭掉转头看向凯乐，才意识到是她在哭。她的眼泪没有顺着脸庞往下滚，而是像闪闪发亮的小泡泡一样飘浮在空中。

“你现在相信我们了吗?”玛丽莲轻声问道，语气中包含同情。

凯乐没有说话，她只是点了点头，继续为刚刚死去的盖尔神明哭泣。

“是的……没错，我们相信你们所说的一切，”桑杰轻声说道，“那么，我们现在该怎么办?”

内森和玛丽莲相互看了一眼。这一次，换成他们不知所措。

“这取决于你们，”内森平静地说道，“你们觉得我们应该做什么?”

桑杰转头看向窗外，凝视了好一阵子。“我想我知道了。”他最后开口说道。

1\0

ARKWRIGHT

伴随着强烈颠簸，飞船机翼进入大气层，过了几分钟之后，他们的座舱盖上包裹了一层橘红色的光环。桑杰咬紧牙关，死死握住凯乐的手，重力恢复之后，他后悔自己忘记了位于厄俄斯星球上方时体会到的那份短暂喜悦。内森曾提醒过他们，飞船重回地面会遭遇刚刚那般激烈的抖动，可是这话并没有帮助他们减轻一点恐惧。桑杰只希望旅途赶快结束，虽然他也不是很期盼接下来将要发生的事。

飞船的晃动逐渐减弱，环绕其周围的光晕也褪去了，映入眼帘的是傍晚时分的暗蓝天空。透过座舱罩的窗户，他们还看见了大海。以太和巴克斯正从地平线上升起，桑杰出神地盯着看，他现在知道了它们并不是真正的姐妹，只不过是和卡利俄珀一样的两颗红矮星，它们三个都围绕一个共同的重心旋转。

原本熟悉的事物都变得新奇了。厄俄斯，她的子民，他们在历史上的地位，甚至盖尔……不，现在应该是银河号。它们曾经都是盖尔这个全能神明创造的杰作，桑杰现在明白了一些不同之处，虽然不多，但重要的是他知道了浩瀚的宇宙是可以被认识的。

“你们确定这是你们想要做的吗?”内森的视线没有离开他的控制杆，

但是桑杰知道他是在跟自己和凯乐说话。“你们随时可以改变主意。”

“我不确定我们是否在做对的事情。”玛丽莲对内森说道，没有顾及他们身后的两位乘客，“那是他们的本土文化，真相会让他们太过震惊。我们或许应该一步一步来，慢慢地向大家介绍。”

“不要，”桑杰感受到身体重新回到了重力状态之下，他觉得自己有责任告诉族人他所了解到的真相，“我的父亲，我的朋友，甚至那些执事们，他们都应该知道真相。”他看了一眼凯乐，“对吗？”

她靠着椅背，凝视着窗外。“没错，”她最终开口说道，她转过头来看向桑杰，面对他不确定地笑了笑，“他们不会喜欢我们要说的话，但是他们有权利知道每一个在普加托德里的人都早已知晓的事情。”

内森点点头，然后看向玛丽莲。“好吧，接下来，”他松了一口气儿，“我们就要降落了。”

“请降落在沙滩上，”桑杰说道，“那里有很多空地。”

飞船下方可以看见普罗维登斯了。今天最后的一抹余晖洒在白色狭长的海岸线上，桑杰没能认出蔡尔德镇的位置，但是他知道住在镇上的人，肯定看到了从天空坠落下来一颗明亮的星星，最终变成一个像鸟一样的东西。瞭望塔的钟声响起来了，镇上的人们纷纷从自家和店铺里跑了出来，他们目不转睛地看着那个正朝他们落下的奇怪东西。

桑杰暗自笑了起来，他想象了一下，当这艘飞船降落在海岸边时，瑞贝卡看见他们从舱内走出来的反应。很快，这里将不会再有异教徒。他被自己的另一个想法逗乐了，不由得笑出声来。

凯乐疑惑地看着他，“什么事那么好笑？”

“我马上就要忙起来了，”他回复道，“我们将需要更多船只。”

凯乐摇了摇头，不懂他在说什么。桑杰没有解释他所说的话，他只是凝视着天空。银河号一如既往地在原地待着，可是现在，它的漫长旅途终于要结束了。

另一段旅程将要开启。

ARKWRIGHT

尾声

尾声

内森·阿克莱特起身准备发言，发现先锋小镇的会议厅几乎挤满了人。那个冬天的早晨，前来参加集会的人大部分是镇上的居民，也有少数最近刚从普罗维登斯搬来的新移民，他们将普加托德里视为允许拥有个人自由意志之地，还有十多人是刚抵达的地球居民，他们在先锋小镇的南部新建了一栋建筑。现在是二月里的第二天，距离春季还有一周时间，居民们因此有时间从繁忙的日常杂事中抽身出来，坐下来听一听探险队长想要说些什么话。

房间的前部已经摆放好一个典雅的竹制讲台，它对内森来说有点矮，但是方便用来放置他的演讲稿。内森从他穿在外骨骼外面的夹克衫中掏出一本书，正准备开口说话时，听到了一阵来自远方的隆隆雷声，他抬起了头。坐在地面席子上的大部分人也做了同样的动作，尤其是厄俄斯本地的人，他们最近才听到过音爆声，还不知道那是什么造成的。另一架来自泰森号的航天飞机进入大气层时产生了剧烈的轰鸣声，这一动静让当地居民受到了惊吓，然而，与内森同船的队友们只是相互看了看彼此，露出会心一笑。

内森等候着噪声减弱。“看来我们不久就会有客人来了。”他开口说道，坐在底下的听众发出一阵略带紧张的笑声。“兴许，现在正是合适的时候，”他继续说道，“很多年前，那个促使我们抵达厄俄斯成为可能的人，听到这一消息应该会很高兴。他是我的祖辈，与我同名。我猜想他大概会丢下手头正在做的一切事情，跑到房子外面去观看。他在世时，人类才刚刚开始探索地球以外的宇宙。在他所处的那个时代，很少有人像他一样，敢于想象这些——”他举起双手，示意他指的是厄俄斯当下的发展状态，“超越了他和他同行所讲述的故事。”

来自地球的几位点头同意他的发言。然而，出生在厄俄斯的听众，他们的眼睛则充满困惑地盯着内森，不太明白他在说什么。

“我的祖辈是内森·阿克莱特，”他继续解释道，“我和他同名，但事实上，你们中的一些人和他的血缘关系比我还近一点。按照阿克莱特家族的族谱排序，我只是一个远房亲戚，属于他在世时几乎都不怎么认识他本人的表亲们的后代。但是，银河号上有他的基因组代表，因此他的基因作为基因池的一部分，融入到你们中大部分人的血管里。我知道自己不仅是在面向他的直系后代，还有他的家人和朋友，进行此番演讲。我感到非常的荣幸。”

内森一边发言，一边有意无意地用手指敲击他带来的那本书的封面。这是一本非常老旧的书，它出版于500多年以前，仅有少量版本存世。考虑到它的印刷成本之低，还能够被保存那么久，它的存在本身就是一个奇迹。内森也可以朗诵电子版本，产生的效果也一样好，但是这本书是他从地球带来的家传珍宝，他希望自己有一天能够当众阅读它。

“接下来，我想给大家朗读一段内森·阿克莱特在几个世纪之前写下的想象文字，这些文字早于你们抵达厄俄斯之前，早于银河号被建造之前，甚至早于星际旅行这一想法诞生之前，它是内森最荒诞的幻想。”内森感到喉咙生涩，于是捂嘴咳嗽了一声，趁机眨了眨眼睛，将要流出眼眶的热泪挡了回去，然后他继续说道，“我相信他书中的故事激励着我们来到厄俄斯，但是我知道他的故事只是其中的原因之一。像他那样富有远见卓识的人不计其数，他们都对未来充满信心。”

接着，他打开手中的书，开始朗读《银河巡逻队》。

ARKWRIGHT

致谢

《星际方舟》一书中的很多想法来自我参加过的两个会议。2011 年 10 月，我受邀前往佛罗里达州奥兰多市，参加了由美国国防高级研究计划局和美国国家航空航天局联合举办的“百年星舰讨论会”。还有一个是在 2013 年 5 月，亚瑟·克拉克人类想象力中心在加州大学圣迭戈分校内举办的“星际飞船世纪大会”。这部小说就是我在参加第二个大会时构思出来的。

因此，我非常感谢两次大会的组织者和参会者。尤其感谢格雷格和吉姆·本福德邀请我参加“星际飞船世纪大会”，并对本书提出了反馈建议。感谢杰弗里·兰迪斯[①]帮助我理解了微波推进系统的工作原理，感谢微波科学学术机构提供了银河号微波发射器和微波帆板的基础设计帮助。

此外，我还要感谢鲍勃·马德勒和戴维·凯尔与我分享了他们对 1939 年第一届世界科幻大会的回忆。感谢贝琪·沃尔海姆分享了她父

① 杰弗里·兰迪斯，美国科学家、科幻小说作家。美国国家航空航天局约翰格伦研究中心的光电能及太空环境研究专家。

亲唐纳德·艾伦·沃尔海姆[①]的故事，让我了解了他鲜为人知的一面。感谢加德纳·多佐伊斯[②]、苏珊·卡斯帕[③]、迈克尔·斯万维克[④]陪我熟悉费城的街区。感谢杰克·麦克德维特教会我垒球运动规则，启发了我对那张政治讽刺漫画的设想。感谢罗布·卡斯维尔和德布·齐格勒设计了精美的内部插图，呼应我的种种构想。[⑤]

我特别感谢希拉·威廉姆斯，将这本小说首次以连载的形式刊登于《阿西莫夫科幻》杂志，感谢我的编辑、美国托尔图书出版公司的大卫·哈特维尔[⑥]挽救了此书，他的助理詹尼弗·冈纳尔斯也是本书的守护天使。感谢我的文学经纪人玛莎·米勒德一路支持和守护我，尽管你曾多次有掐断我脖子的念头。

最后，像往常一样，我深深地感激我的妻子琳达，她陪伴我完成了 20 本小说的写作，现在还时常乐于谈论它们。

写于沃特利镇，马萨诸塞州

2013 年 9 月 -2014 年 11 月

---

① 唐纳德·艾伦·沃尔海姆，美国科幻作家，假名为大卫·格林奈尔，未来人科幻粉丝组织创始成员之一。

② 加德纳·多佐伊斯，美国著名科幻编辑，15 次获得雨果奖最佳编辑，与艾萨克·阿西莫夫、乔治·马丁均有合作。

③ 苏珊·卡斯帕，美国科幻作家和编辑，加德纳·多佐伊斯的妻子。

④ 迈克尔·斯万维克，美国科幻作家，尤其擅长中短篇小说，曾以每周一篇的频率创作了一百多篇“科幻元素周期表”系列小说，其作品多次获得雨果奖、星云奖、世界奇幻奖等奖项；热门动画短片集《爱·死亡·机器人》中《冰河时代》一集改编自斯万维克的短篇小说。

⑤ 本书中文简体版无插图。

⑥ 大卫·哈特维尔，美国评论家、出版商，上千部科幻和奇幻小说的编辑，被誉为美国出版界过去 40 年以来最具影响力的编辑。

未来，属于终身学习者

我这辈子遇到的聪明人（来自各行各业的聪明人）没有不每天阅读的——没有，一个都没有。巴菲特读书之多，我读书之多，可能会让你感到吃惊。孩子们都笑话我。他们觉得我是一本长了两条腿的书。

——查理·芒格

互联网改变了信息连接的方式；指数型技术在迅速颠覆着现有的商业世界；人工智能已经开始抢占人类的工作岗位……

未来，到底需要什么样的人才？

改变命运唯一的策略是你要变成终身学习者。未来世界将不再需要单一的技能型人才，而是需要具备完善的知识结构、极强逻辑思考力和高感知力的复合型人才。优秀的人往往通过阅读建立足够强大的抽象思维能力，获得异于众人的思考和整合能力。未来，将属于终身学习者！而阅读必定和终身学习形影不离。

很多人读书，追求的是干货，寻求的是立刻行之有效的解决方案。其实这是一种留在舒适区的阅读方法。在这个充满不确定性的年代，答案不会简单地出现在书里，因为生活根本就没有标准确切的答案，你也不能期望过去的经验能解决未来的问题。

而真正的阅读，应该在书中与智者同行思考，借他们的视角看到世界的多元性，提出比答案更重要的好问题，在不确定的时代中领先起跑。

湛庐阅读 App：与最聪明的人共同进化

有人常常把成本支出的焦点放在书价上，把读完一本书当作阅读的终结。其实不然。

时间是读者付出的最大阅读成本

怎么读是读者面临的最大阅读障碍

“读书破万卷”不仅仅在“万”，更重要的是在“破”！

现在，我们构建了全新的“湛庐阅读”App。它将成为你“破万卷”的新居所。在这里：

- 不用考虑读什么，你可以便捷找到纸书、电子书、有声书和各种声音产品；
- 你可以学会怎么读，你将发现集泛读、通读、精读于一体的阅读解决方案；
- 你会与作者、译者、专家、推荐人和阅读教练相遇，他们是优质思想的发源地；
- 你会与优秀的读者和终身学习者为伍，他们对阅读和学习有着持久的热情和源源不绝的内驱力。

下载湛庐阅读 App，
坚持亲自阅读，
有声书、电子书、阅读服务，
一站获得。

图书在版编目（CIP）数据

浙江省版权局
著作权合同登记号
图字:11-2022-265号

星际方舟 / （美）艾伦·斯蒂尔（Allen Steele）著；耿永霞译. -- 杭州：浙江教育出版社，2022.11
书名原文：Arkwright
ISBN 978-7-5722-4594-7

Ⅰ. ①星… Ⅱ. ①艾… ②耿… Ⅲ. ①幻想小说—美国—现代 Ⅳ. ①I712.45

中国版本图书馆CIP数据核字(2022)第202876号

上架指导：科幻小说

星际方舟
XINGJI FANGZHOU
[美]艾伦·斯蒂尔（Allen Steele） 著
耿永霞 译

责任编辑：余理阳
美术编辑：韩 波
责任校对：李 剑
责任印务：曹雨辰
封面设计：ablackcover.com
出版发行：浙江教育出版社（杭州市天目山路40号 电话：0571-85170300-80928）
印 刷：唐山富达印务有限公司
开 本：880mm ×1230mm 1/32
印 张：12.25 字 数：306千
版 次：2022年11月第1版 印 次：2022年11月第1次印刷
书 号：ISBN 978-7-5722-4594-7 定 价：89.90元

如发现印装质量问题，影响阅读，请致电010-56676359联系调换。